ハヤカワ文庫SF
〈SF1333〉

ハイペリオン
〔上〕

ダン・シモンズ
酒井昭伸訳

早 川 書 房
4657

HYPERION

by

Dan Simmons

Translated by
Akinobu Sakai
Published 2000 in Japan by
HAYAKAWA PUBLISHING, INC.
This book is published in Japan by
direct arrangement with
RICHARD CURTIS ASSOCIATES, INC.

テッドに

目次

ハイペリオン

〔上〕

プロローグ

漆黒の宇宙船のバルコニーで、年代ものだが手入れのいきとどいたスタインウェイのまえにすわり、連邦《ヘゲモニー》の〝領事〟はラフマニノフの『前奏曲嬰ハ短調』を演奏していた。

バルコニーからは沼沢地が一望のもとに見わたせる。その沼沢地をさかんに哮えたてながら駆けていくのは、緑色の巨竜の群れだ。北のほうからは雷雨の前線が迫りつつある。巨大な裸子植物の森は蒼黒い雲の下に黒々と沈み、荒ぶる天に伸びあがる層積雲は高さ九キロメートルにも達しようか。地平線上のあちこちに閃く電光のさざなみ。船にほどちかいところでは、ときおり巨竜のぼんやりした影が遮蔽フィールドにつっこみ、そのたびにギャーッと悲鳴をあげては、あたふたと藍色の闇のなかへ逃げこんでゆく。

だが――前奏曲はいよいよ難所にさしかかろうとしていた。領事はいまにも訪れんとする嵐や宵闇には目もくれず、演奏に没頭した。

超光速通信機《FATライン》のチャイムが鳴ったのは、そのときだった。

領事はピアノを弾く手をとめ、鍵盤の上に両手を浮かせたまま耳をすました。重苦しい空気の彼方から、ごろごろという雷鳴の音が聞こえてくる。裸子植物の森に響きわたるのは、腐肉食らいの群れがひしりあげる哀しげな遠吠えだ。その遠吠えに応え、下の闇のどこかで、愚かなけものが挑戦のおたけびをあげた。一転、静寂が訪れる。突然の静寂に、遮蔽フィールドのたてる低いブーンという音までもが聞きとれた。ふたたび、FATライン通信機のチャイムが鳴った。

「ええい」

領事は毒づき、バルコニーをあとにすると、船内にはいった。

崩壊するタキオンをコンピュータが変換し、音声信号に変えるまで、数秒を要する。そのあいだに、領事はスコッチをつぎ、そのグラス片手に立体映像投影《ホロ》ピットへ向かった。ちょうどピットのクッションにおちついたとき、表示《ディス》キーがグリーンの光を明滅させた。

「はじめろ」と領事は命じた。

「――ハイペリオンへもどってもらいたい」

しゃべりだしたのは、女性のハスキーな声だった。画像変換はまだ終了していない。ホロピットには暗号通信のパルスがちらついているのみだ。そのパルスからすると、発信地は連邦の首星、タウ・ケティ中央《センター》だろう。もっとも、わざわざ通信座標を確認するまでもない。多少年齢を感じさせるとはいえ、いまなお美しいマイナ・グラッドストーンの声は聞きまちがえようもないからだ。声はくりかえした。

「ハイペリオンへもどってもらいたい――〈百舌《シュライク》〉を訪《おとな》う巡礼のひとりとして」

ばかをいえ、と領事は思い、ピットを出ようと立ちあがった。マイナ・グラッドストーンの声は先をつづけた。

「きみをふくむ七名は、シュライク教団によって巡礼に選ばれ、万民院《オールシング》の承認も受けた。もどってもらえれば、連邦としてもありがたい」

領事はちらつくパルスに背を向け、ピットのなかで立ちつくした。そのままふりかえることなくグラスをかかげ、残っていたスコッチを一気に飲みほす。

「状況はきわめて混沌としている」マイナ・グラッドストーンの声には憔悴《しょうすい》の色がにじんでいた。「三標準週間前のことだ――ハイペリオン領事館と惑星自治委員会より、〈時間の墓標《タイム・トゥーム》〉が開きかけているとの報がとどいた。〈墓標〉周辺の抗エントロピー場が急激に膨張しだし、それにともなってあのシュライクも、南は〈馬勒《ばろく》山脈〉にまで出没するようになったという」

領事は画面に向きなおり、クッションに身を沈めた。眼前には立体映像が投影され、老マイナ・グラッドストーンの老熟した顔だちが浮かびあがっている。声とおなじくその双眸《そうぼう》にも、疲労が色濃くにじんでいた。

「〈時間の墓標〉が開かないうちに連邦市民を疎開させるため、当局はただちにパールヴァティーのFORCE駐屯軍を割《さ》き、救出艦隊をさしむけた。現地到着までに要する期間は三ハイペリオン年強だ」

マイナ・グラッドストーンは、いったんことばを切った。これほど深刻な顔をした行政府最高運営責任者《ＣＥＯ》を見るのははじめてだな、と領事は思った。

「艦隊が間にあうかどうかはわからない。しかも、それに輪をかけて事態を複雑にする要素がある。ハイペリオン星系をめざし、〈放逐者《アウスター》〉の群狼船団が接近しつつあることが判明したのだ。船団規模は、すくなくとも四千隻。そして、わが艦隊が到着してまもなく、その群狼船団も現地に到着する」

グラッドストーンが憔悴するのも、なるほど、これはむりからぬ事態だった。アウスターの放浪船団は、小はひとり乗りの偵察艇《ラムスカウト》から、大は宇宙都市、さらには小惑星要塞にいたるまで、大小さまざまなサイズの船で構成されており、そこに住みついているのは——何十万という宇宙の蛮族なのである。

「ＦＯＲＣＥ統合参謀本部は、これをアウスターの大々的侵攻と見なしている」と、マイナ・グラッドストーンはつづけた。宇宙船のコンピュータがホロの投影角度を調整しているため、ＣＥＯの悲しげな茶色の瞳は、まっすぐこちらを見つめているような印象を与える。

「アウスターのハイペリオン攻略が〈時間の墓標〉めあてであるのか、それとも〈ワールドウェブ〉に対する全面戦争の布石であるのか、いまのところは判断のしようがない。いずれにせよ、カム星系より、転位《ファーキャスター》ステーション建造のための工兵一個大隊を収容させたうえでＦＯＲＣＥ一個機動艦隊を量子リープさせた。これは現地にて先行の救出艦隊と合流する予定だが、状況によっては、機動艦隊は呼びもどさざるをえなくなるかもしれない」

　領事はうなずき、考えにふけりながらスコッチを口もとへ運んだが、そこで中身がからであることに気づき、ホロピットのぶ厚い絨毯にグラスを放り投げた。軍事訓練を受けた経験がない領事にも、状況の難しさはよくわかる。グラッドストーンや統合参謀本部がつきつけられているのは、きわめて困難な戦術的決断だ。軍用転位ステーションを大急ぎで——しかも、巨額の費用も顧みず——ハイペリオン星系に建造しないかぎり、アウスターの侵攻に抗するすべはない。〈時間の墓標〉にどのような秘密が秘められているにせよ、あの惑星は連邦の敵の手に落ちてしまう。その反面、機動艦隊がアウスター来襲前に転位ステーション建造に成功したとしても、はるか僻遠《へきえん》の一開拓星にすぎないハイペリオン防衛のためにFORCE全軍を投入すれば、〈ワールドウェブ〉は周辺星域をアウスターに襲撃される危険にさらされ——最悪の場合、あの野蛮人どもに辺境星域の転位システムを奪取されて、〈ウェブ〉内への侵略をゆるす事態をも招きかねない。アウスターの侵略部隊が転位ゲートを通って〈ウェブ〉内になだれこみ、百もの惑星の無防備な諸都市を略奪してまわる場面を、領事は思い描こうとした。

　それから、スコッチをつぐため、立体映像のマイナ・グラッドストーンを通りぬけ、床のグラスを拾いあげて、いったんピットの外に出た。

「きみはシュライクを訪う巡礼に選ばれた」老CEOのイメージがつづけた。その風貌には独特の存在感があり、マスコミは好んで、そのときどきの流行りに合わせ、彼女をリンカーン、チャーチル、アルバレス＝テンプその他、聖遷以前の歴史上の伝説的偉人になぞらえる。

「現在、パールヴァティーの森霊修道会《テンプル》が、聖樹船《ツリーシップ》〈イグドラシル〉の出航準備を進めている。救出艦隊には、同船の通過を許可するよう通知ずみだ。〈イグドラシル〉が出航して量子リープを行なうのは、〈ウェブ〉時間で三週間後。それまでにパールヴァティーに赴けば、宇宙船ごと収容してもらえる手はずになっている。シュライク教団の選んだ他の六人の巡礼も、この聖樹船に同乗していく。ただし、情報部の報告によれば、七人の巡礼のうちすくなくともひとりは——アウスターのエージェントだという。われわれは……現時点では……そのひとりがだれなのか、さぐりだすすべを持たない」

領事は思わず笑みをもらした。これもまた、グラッドストーンが冒さなくてはならない数々の危険のひとつだ。領事がアウスターのスパイかもしれないと知りつつ、重要な情報を打ち明けざるをえないのだから。いや、いままで聞かされたのは、ほんとうに重要な情報なのか？　艦隊がホーキング航法を使えば、その行動はすぐに察知されてしまう。それに、もし自分がスパイだとしたら、CEOのことばに脅威をおぼえるはずだ。そこまで読んだうえで釘を刺しているのか？　領事は笑みを消し、スコッチを口にふくんだ。

「選ばれた七人のなかには、あのソル・ワイントラウブとフィドマーン・カッサードもふくまれている」とグラッドストーンはいった。

領事の眉間のたて皺がますます深くなった。老CEOのイメージのまわりで塵《ちり》のようにちらつく数値の雲をじっと見つめる。残された通信時間は、あと十五秒。

「ぜひともきみの助力を仰ぎたい。〈時間の墓標〉とシュライクの秘密は、なんとしても暴かなくてはならぬ。この巡礼は、その最後のチャンスになると考えられる。たとえアウスターにハイペリオンを占領されようとも、そのまえにアウスターのエージェントを抹殺し、〈時間の墓標〉を封印してしまわなくては――。連邦の命運はそこにかかっているのだ」

最後にランデブー座標のパルスを伝え、通信は切れた。

「返信しますか？」

宇宙船のコンピュータがたずねた。銀河系の人類居住圏は、ひしめきあうFATライン通信網で常時結びつけられている。この宇宙船には、莫大なエネルギーを要するにもかかわらず、一瞬ながら、圧縮された暗号通信をそのネットに付加できる能力があった。

「いや、いい」

と領事は答え、外に出てバルコニーの手すりにもたれかかった。すでに夜のとばりはおり、暗雲は重くたれこめている。星の姿はまったく見えない。北を見れば、断続的にきらめく稲光と、沼地を青くおおう仄《ほの》かな鬼火を除き、ただ惣闇《つつやみ》だけが地上を支配している。その瞬間、領事は強く実感した――この名もない惑星で、自分は唯一の知的生物だということを。沼地から響いてくる太古の音を聴きながら、この星での日々を思い返す。朝の陽ざし、払暁とともにヴィケンの電磁浮揚車《EMV》に乗りこんで宇宙船を出発した日々、陽光のもとで過ごした日々。南のシダの森で狩りを楽しんだあと、日暮れどきに宇宙船へもどってきて堪能した、旨《うま》いステーキに冷たいビール。痛快きわまりない狩猟の醍醐味と、おなじくらい強烈な孤独の愉悦。その孤独こそは、ハイペリオンでいやというほど味わった苦痛と悪夢の末に獲得したものだ。

ハイペリオン――。

屋内にもどり、バルコニーを船内へ引きこんで、船を気密状態にしたちょうどそのとき、重い雨粒が船体をたたきだした。領事は螺旋階段をのぼり、船の頂きにある寝室にはいった。音もなく閃く電光が、天窓を通して真っ暗な円形の部屋を照らしだし、窓外を流れ落ちる雨粒を浮かびあがらせる。服をぬぎ、固いマットレスにあおむけに寝ころがると、オーディオ・システムと船外音ピックアップをオンにし、ワーグナーの『ワルキューレ騎行』をかけた。嵐の猛《たけ》り狂う音にかぶせて聴くこの曲の猛々しさには格別の味わいがある。烈風が宇宙船を殴打した。天雷の轟きが室内を満たすたびに、天窓がかっと白く光り、領事の網膜に強烈な残像を焼きつけた。

(やはりワーグナーは、雷鳴のなかで聴くにかぎる)

そう思いながら瞑目《めいもく》したが、まぶたを閉じたくらいでは、稲光の閃光を締めだすことはできない。その光が、かつての記憶を呼びさました。〈時間の墓標〉のそばの低い丘陵に建つ荒れはてた廃墟、その廃墟に舞う氷晶《ひようしよう》のきらめき、その氷晶より冷たい鋼の輝きをたたえたシュライクの速贄《はやにえ》の樹……そして、夜をつんざく絶叫、精緻なカッティングを施したルビーのごとき血の色にきらめくシュライクの双眸《そうぼう》――。

ハイペリオン。

全スピーカーをオフにするよう、無言でコンピュータに指示し、片手で両目をおおって光をさえぎる。訪れた突然の静寂のなか、じっと横たわって、ハイペリオンにもどるのがいかに常軌を逸した行動かを考えた。あの遠く謎めいた惑星で領事を務めた十一年間のあいだに、外世界から訪れた巡礼団は――秘教シュライク教団の許可を受け、北に連なる〈馬勒山脈〉を越えて風吹きすさぶ曠野《あらの》に〈時間の墓標〉をめざす巡礼団は――十組以上を数えた。だが、もどってきた者はただのひとりもいない。平常時ですら――時潮《ときしお》や、だれにも理解できない謎の力、さらには抗エントロピー場などにより、シュライクが行動を封じられ、〈時間の墓標〉周辺数十メートルの範囲しか動きまわれなかった平常時ですら――そんなありさまだったのだ。おまけにあのころは、アウスターの侵略などという脅威も存在しなかった。

あのシュライクが解きはなたれ、ハイペリオンのいたるところを彷徨するさまを思うと、さすがに身の毛がよだち、あたたかい寝室にいるにもかかわらず、身ぶるいが起きた。何百万もの先住入植者も、何千人もの連邦市民も、シュライクのまえにはなすすべもなく、ただただ恐怖に打ちふるえるのみだ。なにしろ相手は、物理法則のことごとくを無視し、死を介してのみ接することのできる、人知を超えた怪物なのだから――。

ハイペリオン。

夜は更け、嵐は去った。が、夜明けが近づくにつれて、つぎの雷雨前線が接近しようとしていた。高さ二百メートルにもそびえる裸子植物の樹々が、気流の乱れを察知し、大きく揺れ動いている。やがて曙光がきざす直前、領事の操る漆黒の宇宙船は、船尾から青いプラズマの尾を吐き、押しよせる暗雲をついて、宇宙へ、ランデブー・ポイントへと、一気に駆け昇っていった。

第一章

　目を覚ますと、低温睡眠《フーガ》から覚めたとき特有の頭痛がしており、のどもからからで、一千もの夢をわすれてしまったような感覚をおぼえた。領事は目をしばたたき、低いカウチに上体を起こすと、まだ肌にまとわりついているセンサー・テープを力なくはらいのけた。窓のない卵形の室内にいるのは、ひどく小柄なクローン・クルーがふたりと、頭巾をかぶった森霊修道士がひとりだ。むかしからの伝統で、覚醒後にはオレンジジュースを飲むことになっている。領事はクローンのひとりがさしだしたジュースのグラスを受けとり、ごくごくと飲んだ。

「聖樹船は現在、ハイペリオンまで二光分の距離にあります。到着は五時間後の予定です」

　森霊修道士がいった。よくよく見れば、その修道士は、森霊修道会が誇る聖樹船の船長にして〈聖樹の真の声〉、ヘット・マスティーンその人だった。船長に起こされるとはたいへんな名誉だな、と領事はぼんやりと思ったものの、低温睡眠で体力を消耗しきり、意識も朦朧としているため、しかるべき礼をつくした態度がとれなかった。

「ほかの方々は数時間前に目覚められました」ヘット・マスティーンはつづけ、クローンたちに立ちさるようにと手ぶりで指示した。「すでに、樹冠部のダイニング・プラットフォームに集まっておいでです」

「あいが……」

ことばがうまく出てこない。領事はもうひとくちジュースを飲み、せきばらいをしてから、ふたたび口を開いた。なんとか声になった。

「ありがとう、ヘット・マスティーン」

おもむろに、卵形の室内を見まわす。黒っぽい芝草の絨毯、透明な薄膜壁、何本も連なる湾曲した堰木《せきぼく》のたるき——それらから判断すると、ここは小さめの居住莢《ポッド》のひとつのようだ。領事は瞑目し、聖樹船が量子リープする直前の、ランデブー時のようすを思いだそうとした。

全長一キロにおよぶ聖樹船の姿をはじめて目のあたりにしたのは、まさにランデブーまぎわになってからのことだった。補助機械群に加え、エルグの生みだす遮蔽フィールド《コンテインメント》が球形の霧となってすっぽり船体をつつみこんでいたため、細部までは見きわめられなかったが、枝葉の生い茂る聖樹全体は何千という光点できらきらと光り輝き、その光点や葉むらの間に間に、薄膜壁でくるまれた数々の居住莢をはじめ、無数のプラットフォーム、橋、船橋《ブリッジ》、階段、あずまやなど、さまざまな付属物が点在しているのが見えた。聖樹船の基部周辺に蝟《い》集《しゅう》する球状の機関莢や貨物莢は、ばかでかい癭瘤《えいりゅう》を思わせた。長さ十キロにもわたって船尾から伸びるブルーと菫色《すみれいろ》の噴射炎は、まるで長大な根のようだった。

「ほかのみなさんがお待ちです」

　ヘット・マスティーンは静かにうながし、低いクッションへあごをしゃくった。そこには領事の荷物が置いてあり、開かれるのを待っていた。領事が着替えにかかると、船長は目をそらし、考え深げな顔で堰木のたるきを見つめた。領事が選んだのはセミフォーマルなイブニングウェアで、ゆったりとした黒のズボンに艶やかな船内ブーツ、腰とひじのところが膨らんだ白いシャツ、トパーズのネックバンド、肩章に連邦の真紅のスラッシュをあしらった黒のデミコート、やわらかい金の三角帽子という組みあわせだった。湾曲した壁面の一部は鏡になっており、領事はそこに映った自分の姿を検分した。セミフォーマルなイブニングウェアを着た、もはや中年とはいえない男。悲しげな目の下では、日焼けした肌が妙に青白く見える。領事は眉をひそめ、ひとつうなずくと、背を向けた。

　それから、うながされるままに、ロープをまとったヘット・マスティーンの長身につづき、莢の膨張部分から薄膜壁の外に出て、上り勾配のウォークウェイを進みだした。ウォークウェイはカーブしながら上へと向かっており、聖樹船の巨大な樹皮壁をまわりこんで、幹の陰につづいていた。途中、領事は足をとめ、通路のはしに歩みよって下を覗きこみ——あわてて一歩あとずさった。この船には、主幹にそって〝上下〟がある。聖樹の基部に収容された特異点群が、六分の一標準Gを創りだしているからだ。この位置から根元までの高さは、すくなくとも六百メートル——しかもウォークウェイには手すりがない。

領事たちは無言の歩みを再開し、三十メートルほど登って主幹部分を半周したのち、貧弱な吊り橋をわたり、太さ五メートルの枝に移った。その枝を先端方向へしばらく進むにつれ、周囲の密生した葉むらが光を浴びてきらきらと輝きはじめた。光の源はハイペリオンの太陽だ。

「わたしの船は、もう格納庫から……？」領事はたずねた。

「引き出して燃料も補給しておきました。いつでも第十一球莢《スファイア》から発進できます」ヘット・マスティーンが答えた。ふたりはふたたび幹の影にはいった。交錯する黒々とした枝葉の合間の暗黒に、また星々が見えるようになった。「ほかの巡礼の方々も、あなたの船で降下することに同意されています。ただし、FORCEが通過許可を出すならばですが」

領事は目をこすり、もうすこし時間がほしかったなと思った。そうすれば、低温睡眠の影響から完全に回復し、ウィットをとりもどせていたろうに。

「救出艦隊とは、もう連絡ずみですか？」

「はい。量子リープをおえて実体化したとたん、停船命令を受けました。連邦の戦闘艦一隻が、われわれを……護衛しています……こうしているいまも」

ヘット・マスティーンはそういって、上方空域の一角を指さした。

領事は目をすがめ、頭上をふりあおいだ。その瞬間――聖樹船の自転にともない、上層部の枝々が影のなかからぬけだして、何エーカーもの枝葉がいっせいに夕陽の色に染まり、赤金色に燃えたった。だが、影になった部分も、そのきらびやかさでは決してひけをとらない。

ウォークウェイの上から日本の提灯《ちょうちん》のような微光であたりを照らす霊光鳥や、ほんのりと発光する振り子蔦、ライトアップされた吊り橋等々が、あちこちで光の饗宴をくりひろげ、さらにはオールドアースから持ちこまれた螢の大群と、マウイ＝コヴェナント原産のきらめく燐光蝶とが、枝葉の迷宮のなかで明滅し、あるいは道しるべとなり、背景の星座と渾然一体になって、旅慣れた恒星間旅行者でさえ星々と見まがう光景を現出せしめていたのである。

ヘット・マスティーンがバスケット・リフトに乗りこんだ。リフトを吊りさげる強化カ《ウイスカード》ーボン・ケーブルは、頭上三百メートルの高みにある聖樹船の樹冠部分まで伸びている。船長につづいて領事も乗りこむと、リフトは音もなく上昇しだした。途中、領事は気づいた。通りすぎるウォークウェイといい、莢やプラットフォームといい、どこもかしこもがらんとしており、まれに森霊修道士と小柄なクローンの随員を見かける程度でしかない。そういえば、ランデブーから低温睡眠にはいるまでのあわただしいひとときにも、ほかの乗客はまったく見かけなかった。あのときは、聖樹船の量子リープが目前にさしせまっていたため、そんなことを気にする余裕もなく、ほかの乗客はすでに低温睡眠カウチにおさまっているのだろうと思ったのだが……こうして相対論的速度をはるかに下まわる速度で航行しているいまなら、枝々は奇観に目を見張る旅行者であふれていていいはずなのに。その疑問を口にすると、ヘット・マスティーンはこう答えた。

「乗客はあなたがた六名だけです」

葉むらの迷路のなかで、バスケットが停止した。聖樹船の船長はリフトからおり、年月を経てすっかり古びた木製エスカレーターへと歩きだした。

たったの六名？　領事は驚いて目をしばたたいた。森霊修道会の聖樹船といえば、二千名から五千名の収容能力を持つ。恒星間を旅するのに、聖樹船以上に快適な乗り物はない。通常は数光年しか離れていない星系同士を結ぶ船だから、航行に要する客観時間はせいぜい四、五カ月ですみ、そんな短期の旅でありながらみごとな眺めが満喫できるとあって、裕福な乗客は低温睡眠の時間を必要最低限に切り詰め、星々を眺めて過ごすのがふつうだ。しかし、聖樹船でハイペリオンまで一往復するとなると、そのあいだに〈ウェブ〉では六年の時間が経過してしまう。それだけの期間、乗客から料金をとれないのであれば、森霊修道会は莫大な損害をこうむるだろうに……。

そこでやっと、領事は気がついた。きたるべき避難作戦において、この聖樹船は理想的な難民船になるはずだ。そしてその費用は、最終的には連邦が補償するのだろう。とはいえ、〈イグドラシル〉ほど美しく、脆弱《ぜいじゃく》な宇宙船を――同型の船はほかに四隻しかない――戦争星域に送りこむからには、森霊修道会も多大なリスクを覚悟しているにちがいない。

「――ともに旅する巡礼の方々です」

広々としたプラットフォームにはいると同時に、ヘット・マスティーンが紹介した。長い木製テーブルの一端に、五人の巡礼がすわって待っていた。一同の頭上には星々がきらめいており、聖樹船の針路が微妙に変わるたびに、それらが旋舞《せんぶ》をくりかえす。プラットフォームの両側面に密生してそびえる球状の葉むらは、一見、緑色をした巨大な果実の外皮のようだ。領事はすぐさまプラットフォームの席次を見てとった。あんのじょう、先客の五人が立ちあがり、テーブルの上座にヘット・マスティーンを迎えた。領事の席は、船長のすぐ左側にあけてあった。

全員が着席し、室内に沈黙が降りると、ヘット・マスティーンが丁重にみなを紹介した。面識のある人物はいなかったが、いくつかの名前には聞き覚えがあり、領事は長い外交官歴で得た特殊技能を発揮して、それぞれの素姓と印象を頭のなかにファイルしていった。

領事の左どなりにすわるのは、ルナール・ホイト神父――カトリックという、いまや凋落しはてたキリスト教の一会派の司祭だった。領事は一瞬、その黒い司祭服とローマン・カラーの意味するものを見過ごしそうになったが、そこでふと、それがまんざら自分に関係なくもないことを思いだした。いまから四十標準年ちかくまえ、領事は惑星ヘブロンで外交官としての仕事に倦《う》み疲れ、浴びるようにやけ酒を飲んだあげく、アルコール依存症となって、現地の聖フランチェスコ病院で治療してもらったことがあったのだ。それに、このホイトという名前……これは領事として在任中、ハイペリオンで行方不明になってしまった、ある司祭の名を思いださせる。

領事の見たところ、ルナール・ホイトはまだ若く、三十代はじめの齢格好《としかっこう》だったが、さほど遠くないむかしにひどく恐ろしい体験でもしたのか、齢に似あわず老けこんで見えた。頬はげっそりとこけ、土気色の肌には顴骨《かんこつ》がとびだし、目玉はぎょろぎょろと大きいくせに深い眼窩の陰になり、薄い唇は冷笑と呼ぶのもはばかられるひきつりを浮かべ、頭髪は禿げているというよりも放射線治療でぬけ落ちたように後退して……総じて長い闘病生活をつづけてきた人間のような印象がある。それでいて、驚いたことに、苦しみで塗りつくされた仮面の下には、少年時代の若々しさを忍ばせる面影も残っていた。そこには、もっと若々しく、もっと健康的で、さほどシニカルではなかったルナール・ホイトが持っていたはずの、まるい顔、きれいな肌、おだやかな口もとなどの片鱗が、ごくかすかながら見てとれたのだ。

神父のとなりには、領事が隠遁する数年前の時点で、連邦市民では知らぬ者のないほど顔の売れていた男がすわっていた。どうなんだろう、だれかが全〈ワールドウェブ〉的注目を集める期間は、いまもあの当時のように短いんだろうか。たぶん、もっと短くなっているのだろう。とすれば、通称〝南ブレシアの死神〟ことフィドマーン・カッサード大佐は、もはや悪名高くもなく、雷名が轟いてもいないにちがいない。だが、領事の世代の人間、そして辺境の悠然たる時間に生きる者にとって、カッサードの名はけっしてわすれられないものだった。

フィドマーン・カッサード大佐は背が高く——なにしろ、身長二メートルもあるヘット・マスティーンの目を真正面から覗きこめるほどなのだ——階級章や勲章のたぐいはひとつもつけていないが、ＦＯＲＣＥの黒い制服を着用していた。その黒い制服自体は、ホイト神父の黒衣と奇妙に似かよっている。しかし両者の共通点は、それ以外になにひとつない。ホイトが病人と見まがうばかりなのに対して、カッサードは褐色に日焼けしており、鍛えこんだからだは鋼《はがね》のように引き締まって、肩、手首、のどの筋肉がたくましく盛りあがっている。

目は小さくて黒く、原始的なビデオカメラのレンズのように広範囲をとらえているようだ。顔つきは鋭角的で、影、平面、切子面などがよくめだつ。といって、ホイト神父のようにやつれた感じはなく、むしろ冷たい石から削りだしたような凄味を感じさせた。あごを縁どる薄いひげのラインは、顔だちの鋭さをひときわ強調しており、ナイフの刃先についた血玉に等しい効果をあげている。

大佐の力強い、ゆっくりとした動きから、領事は何年も前に惑星〈異形《ルーサス》〉の私立播種船《はしゅせん》動物園で見た、地球産のジャガーを連想した。大佐の声はおだやかだったが、沈黙しているときでさえ、おれのまえでは心してものをいえという無言の圧力を放射していた。

長い木製テーブルは、ほとんどが空席になっている。七人が集まっているのは、その片隅だ。フィドマーン・カッサードの向かいにすわる男は、詩人のマーティン・サイリーナスと紹介された。

サイリーナスは、向かいにすわる軍人とは正反対のタイプだった。カッサードが引き締まった肉体を持ち、長身であるのにくらべて、マーティン・サイリーナスは背が低く、おせじにもスタイルがよいとはいえない。石を削りだしたような顔つきのカッサードとは対照的に、詩人の顔は政治家なみによく動き、表情豊かだ。声は大きく、下卑ていてがさつ。かてて加えて、赤ら顔に大きな口、切り整えた眉、とがった耳、たえず動く手、異様にひょろ長い指とくれば、小気味よいほどに悪魔的ではある。こんな指がふさわしい人間は、コンサート・ピアニストか——でなければ、絞殺魔だろう。短く刈った銀髪は、乱雑に切った馬のしっぽのようだ。

年齢は五十代後半に見えるが、のどや手のひらの特徴的な蒼みは、延齢処置《パウルセン》を受けていることを示している。それも、一度や二度ではない。ほんとうの年齢は、九十歳から百五十歳までのどこかと思ってよさそうだ。もし百五十歳のほうにちかければ、かなりの確率で、もはやまともな精神状態ではなくなっているにちがいない。

マーティン・サイリーナスが騒々しくてせわしない第一印象を与えるのに対して、その左どなりにすわる巡礼は、これまた特徴的なオーラをはなち、詩人に負けず劣らず強い印象を与える人物だった。ただし、この男を印象づけているのは、その知的で控えめな雰囲気だ。紹介されて顔をあげたソル・ワイントラウブは、半白の短いあごひげをはやし、額には皺を刻みこませ、目には悲しげだが力強い眼光をたたえていた。……ではこれが、あの有名な学者なのか。〝さまよえるユダヤ人〟とその絶望的な探索の旅のことは耳にしているが、老人がひざの上に赤ん坊をかかえているのを見て、領事はあらためてショックをおぼえた。赤ん坊は女の子で、名前をレイチェルという。年齢はどう見ても、生後一週間というところだ。領事はいたたまれなくなり、目をそらした。

六人めの巡礼、そして巡礼中ただひとりの女性は、ブローン・レイミアという名の私立探偵だった。森霊修道士に紹介されたレイミアは、領事にひたと鋭い視線をそそいできた。あまりにも強烈な凝視だったので、彼女が目をそらしたあとも、視線の圧力が残像のように残った気がした。

　重力が一・三Gある惑星ルーサスの住人であるため、ブローン・レイミアの身長は、ひとつおいて右にすわる詩人サイリーナスにもおよばないが、その小ぶりな体軀がごつい筋肉のかたまりであることは、ゆったりとしたコーデュロイの船内服の上からでもひと目でわかる。カールした黒髪は肩にかかる長さだ。眉は広い額に真横に引いた二本の黒い線。鼻はいかつくて鋭く、それが視線の鋭さを強調する効果をもたらしている。口は大きく、表情豊かで、官能的といってもいい。微笑を浮かべるとき、口の両はしが小さくきゅっとつりあがるさまは、酷薄そうにも見えるし、たんにおもしろがっているだけのようにも見える。その黒い瞳は、相対する相手に対し、どちらが依頼人かを思いださせようとしているかのようだった。

　ブローン・レイミア。これは世間では、さぞかし美人と考えられていることだろう。

　紹介がおわると、領事は咳ばらいをし、船長／森霊修道士に顔をむけた。

「ヘット・マスティーン。さきほどあなたは、巡礼が七人とおっしゃったが。七人めはM《マン》・ワイントラウブのおじょうさんということだろうか？」

　ヘット・マスティーンの頭巾が、ゆっくりと左右にふられた。

「そうではありません。巡礼に数えられるのは、シュライクを訪ねようとみずからの意志で決断した者だけです」

　巡礼たちが小さく身じろぎした。みなも思いはおなじにちがいない。構成人員は素数とする――この条件を満たした巡礼団だけが、シュライク教団の支援のもと、北への旅をゆるされるのである。

「七人めは、このわたくしです」

と、森霊修道会の聖樹船〈イグドラシル〉の船長にして〈聖樹の真の声〉、ヘット・マスティーンがいった。一座はしんと静まりかえった。ややあって、ヘット・マスティーンがクローン・クルーの一団に合図し、巡礼たちにハイペリオン降下前の最後の晩餐をふるまうようながした。


「するとアウスターは、まだ星系内にはいってきていないわけだ」

そういったのは、ブローン・レイミアだった。そのハスキーで重々しい声に、領事は奇妙に心乱れるものを感じた。

「そうです」とヘット・マスティーンは答えた。「しかしその遅れは、せいぜい標準時間で数日がところでしょう。すでに当船の計器は、オールトの雲の内側に核融合反応の擾乱《じょうらん》を探知しています」

「戦いになるのでしょうか……？」ホイト神父がたずねた。

その表情にふさわしい、疲れきった声だった。だれも答えようとしないので、神父は右を向き、じつはあなたにきいたのですよといわんばかりに、領事に問いかけるような視線を送ってよこした。

領事は嘆息した。クローン・クルーたちがついでいったのはワインだった。これがウイスキーだったらよかったのにと思いながら、領事は口を開いた。

「アウスターの意図など、だれにもわからない。彼らはもはや、人間の論理に基づいて行動しているわけではないんだから」

手にしたグラスの縁からワインがこぼれるのもかまわず、マーティン・サイリーナスがげらげら笑った。

「うっひゃひゃひゃ、こいつはいい！　まるでろくでもない人類が、いままで人間の論理に基づいて行動したことがあるみたいじゃないか！」

そういって、がぶりとワインを飲むと、口をぬぐってから、またげたげた笑った。

ブローン・レイミアが眉をひそめた。

「じきに大規模な戦いがはじまるんなら――当局が着陸許可を出さないかもしれないだろ」

「着陸許可は出るでしょう」ヘット・マスティーンがいった。

その頭巾のひだの隙間をぬって陽光がさしこみ、黄色い肌をほのかに浮かびあがらせた。

「たとえ戦いで死なずにすんでも、どうせシュライクの手で殺されてしまうのだから……」

そうつぶやいたのはホイト神父だ。

「この宇宙にはな、死などというものは存在せんのだよ！」

歌うような口調で、マーティン・サイリーナスが答えた。こんな声を聞かされたら、低温睡眠中の人間でさえとび起きるだろうな、と領事は思った。詩人はワインを飲みほすと、からのゴブレットを星々にかかげ、詩を詠んだ。

「死の匂いなし——されどやがて死は来《きた》る、嘆け、嘆け
嘆け大母神《シビリ》よ、嘆け、汝の子らの暴虐により
神は老いさらばえ、中風に手足をふるわせるのみ
嘆け同胞《はらから》よ、嘆け、余に残れる力なきを
葦のごとく芯もなく——力なく——幽《かそけ》きこの声よ——
おお、おお、辛きかな、力の失せたるこの身の
嘆け、嘆けよ、余に往時の力なきを……」

サイリーナスは唐突に詩の詠誦を中断し、ワインをつぎたすと、いまの朗々たる詠誦がうそのように、一転して押しだまった。ほかの六人は顔を見合わせた。ソル・ワイントラウブがかすかにほほえんでいるのに領事は気がついた。だが、そのほほえみも、腕に抱いた赤ん坊が目にとまるまでのことだった。

「もしも——」さっきの思考の糸をたどろうとするかのように、ホイト神父がためらいがちにいった。「もしも連邦の艦隊が撤収したあとでアウスターがハイペリオンを占領するのであれば、占領は無血のうちにすむわけですから、われわれのことは見過ごしてくれるかもしれませんね」

フィドマーン・カッサード大佐が薄く笑った。

「アウスターがハイペリオンを占領しようなどと思うものか。ハイペリオンを手にいれたら、

やつらは金目のものを根こそぎ略奪しつくしたのち、いちばん得意なことをする——街という街を熾《や》きはらい、黒焦げの瓦礫と化さしめ、その瓦礫のひとつひとつを細かく打ち砕き、そいつが真っ赤に灼けるまで熾きつくすんだ。そして、両極の氷を解かし、海を煮えたぎらせ、海底に残った塩を残っているわずかばかりの陸地にばらまき、草の一本すら生えない荒れ地に変じさせてしまう」

「そんな……」ホイト神父がいいかけたが、その先は尻つぼみに消えた。

一同が沈黙に陥るなかで、クローン・クルーたちがスープとサラダの皿をさげ、メインディッシュをならべはじめた。

「さきほど、連邦の戦闘艦が護衛についているとおっしゃったが……」

みながローストビーフとボイルしたトビイカを食べおえたころを見はからって、領事はヘット・マスティーンにたずねた。

船長はうなずき、宇宙空間を指さした。領事は目をこらしたが、回転する星の海にそれらしい姿は見えない。

「これを」

フィドマーン・カッサードがホイト神父の向こうから身を乗りだし、折りたたみ式の軍用双眼鏡をさしだした。

領事は謝意をこめてうなずき、親指で双眼鏡のスイッチをいれ、ヘット・マスティーンが指さしたあたりの空域をさがした。ジャイロ・クリスタルの小さなうなりとともに、双眼鏡の光学機構が安定し、プログラムされたサーチ・パターンにしたがって、その一帯を走査した。だしぬけに、像が固定され、いったんぼやけたのち、ぐんと拡大されて安定した。

ビュアーいっぱいに広がった連邦戦闘艦の姿に、領事は思わず息を呑んだ。予期していた姿とまったくちがう。遮蔽フィールドでぼやけて見えるはずなのに、電子的に輪郭を補整された漆黒の戦闘艦の形状は、遊撃ラムスカウトの種子形でも、燬光艦《トーチシップ》の電球形でもない。まぎれもなく強襲母艦《アタックキャリアー》のそれだ。その禍々《まがまが》しいほどの威圧感は、何世紀にもわたって改良されつづけてきた戦闘艦ならではのものだった。艦のタイプは量子船《スピンシップ》。ラインの流線形がひどく強調されて見えるのは、戦闘巡航中のため四本組のブーム・アームを格納し、長さ六十メートルの司令プローブを槍先形尖頭器《クローヴィス・ポイント》のように鋭く突出させ、ホーキング機関と核融合ブリスターを矢羽のような艦載機発進シャフトのずっと後方に配置しているからだろう。

領事は無言のまま、双眼鏡をカッサードに返した。〈イグドラシル〉一隻の護衛に、わざわざ大型強襲母艦を張りつけるとは……。いったい機動艦隊は、アウスターの侵攻に備え、どれほどの戦力を投入しているのだろう?

「降下はいつだい?」

ブローン・レイミアがたずねた。それまで携帯通信記録端末《コムログ》で聖樹船のデータスフィアにアクセスしていたのだが、もとめる情報がいっこうに得られないので、とうとう業をにやしたらしい。

「周回軌道に乗るまで、あと四時間」ヘット・マスティーンが低い声で答えた。「降下はその数分以内です。地表へは、われらが領事どのが自家用船で送ってくださるとおっしゃっています」

「降下先はキーツかね？」

ソル・ワイントラウブがたずねた。夕食が供されてからというもの、学者が口を開いたのは、これがはじめてだった。

領事はうなずいた。

「ハイペリオンで旅客船受けいれ能力がある宇宙港は、いまもあそこだけだからね」

「宇宙港？」ホイト神父がじれったそうな口調でいった。「てっきり北へ直行するものとばかり思っていたのですが。シュライクの領地へ、じかに」

ヘット・マスティーンは辛抱強い態度でかぶりをふった。

「巡礼の旅は、かならず首都からはじまる決まりです。〈時間の墓標〉に到着するまでには何日かかかるでしょう」

「何日かだって？」ブローン・レイミアが鋭い声を出した。「バカらしい」

「かもしれません」ヘット・マスティーンはうなずいた。「しかし、たとえばかげていようとも、それが決まりなのです」

ほとんど食事を口にしていないにもかかわらず、ホイト神父は消化不良でも起こしたような顔になっていた。

「どうでしょう、今回にかぎって、その規則は変えられないものでしょうか――なにしろ、戦争の脅威やらなにやら、いろいろと差し迫った問題があるわけですし。〈時間の墓標〉のそばに降下して、そこから現地入りすればいいじゃありませんか」

領事はかぶりをふった。

「この四百年ちかく、北の荒野をひとまたぎにしようと試みた宇宙船や航空機は数知れない。だが――わたしの知るかぎり、成功例は皆無だ」

「先生、質問！」小学生のように勢いよく手をあげて、マーティン・サイリーナスがきいた。「その数知れない宇宙船はどうなってしまったのですか？」

ホイト神父が眉根をよせて詩人を見やった。フィドマーン・カッサードは薄く笑っている。答えたのはソル・ワイントラウブだった。

「領事がいおうとしたのは、〈時間の墓標〉に到達不可能ということではないんだよ。水路や陸路ではいろいろとルートがある。それに、宇宙船ないし航空機がどこへともなく消えてしまったわけでもない。〈時間の墓標〉周辺やその付近の廃墟に苦もなく着地して、搭載コンピュータが指示するとおりの場所に問題なくもどってくる。ただ、パイロットと乗客の姿だけが二度と見られないということなんだ」

ワイントラウブはそれだけいうと、眠っている赤ん坊をひざから抱きあげ、首にかけたフロント式のベビーキャリアーに移した。

「古ぼけた伝説にはそうあるってのかい？」ブローン・レイミアがいった。「なら、そういった宇宙船の航行記録はどうなってたんだ？」

「異常なしだ」と領事は答えた。「抵抗のあとはなかった。強制着陸させられた形跡もだ。コースの逸脱も。不自然な時間経過も。異常なエネルギーの放出もしくは涸渇も。物理的に異常な現象の記録も。なにもなかったんだ」

「そして、乗っていた人間の姿もです」と、ヘット・マスティーン。

領事はまじまじと船長を見つめた。いまのヘット・マスティーンのことばがジョークを意図したものであるならば、森霊修道会の者と知りあって数十年来、ひどくぎこちないものであるとはいえ、彼らが見せたはじめてのユーモアということになる。だが、ほとんど頭巾の陰になった、そのとらえどころのない東洋的な顔だちからは、いまのがジョークであったかどうかをうかがい知るすべはない。

「いやはや、あきれはてたメロドラマじゃないか」詩人サイリーナスが笑った。「現実の生、キリストも涙する魂のサルガッソー、彼《か》の地をめざしていざゆかん。だれだ、この陳腐なプロットを書いたのは？」

「いいかげんにしろ」ブローン・レイミアがぴしりといった。「酔っぱらいはおとなしくしてるこったぜ、じいさん」

領事はため息をついた。巡礼同士が顔を合わせて一標準時間とたっていないというのに、早くもこのありさまだ。

クローン・クルーたちが皿をかたづけ、デザートの盆を運んできた。シャーベット、コーヒー、聖樹の果実、ドローム、トルテ、ルネッサンス・マイナー産のチョコレートで作った飲み物。マーティン・サイリーナスは手をひとふりしてデザートを退け、クローンたちにワインのびんを持ってくるようにといった。領事もちょっと考えてから、ウイスキーをたのんだ。

「思うに――」一同がデザートをおえるころ、ソル・ワイントラウブが口を開いた。「われわれが生き延びられるかどうかは、おたがいによく話しあっておくことにかかっているのではないかな」

「どういうことだ?」ブローン・レイミアがたずねた。

ワイントラウブは、胸で眠る赤ん坊を無意識のうちにゆすりながら、

「たとえばだよ、ここにいる者で、なぜ自分がシュライク教団と万民院によってこの巡礼に選ばれたのか、知っている者はいるかね?」

だれも答えない。

「おそらく、いまい」とワイントラウブ。「さらに興味深いことに――このなかに、シュライク教団の門徒もしくは信奉者はいるかな? ぼくはといえば、ユダヤ教徒だ。昨今、ぼくの信仰心も著しく乱れてはいるがね、さりとて生命を持った殺戮機械を崇《あが》めるほどではない」

ワイントラウブはことばを切り、太い眉を吊りあげて一同を見まわした。

「わたくしはこの聖樹の〈真の声〉です」ヘット・マスティーンがいった。「多くの森霊修道士は、シュライクを〈聖根〉の恵みを拝さぬ者に対する懲らしめの化身と見ていますが、わたくしとしては、そのような考えは、〈契約〉にも『ミュアの書』にも典拠を持たぬ、異端の考えと申さざるをえません」

船長の左で、領事が肩をすくめ、明かりにウイスキーのグラスをかざした。

「わたしは無神論者でね——いまだシュライク教団と接触したことはない」

ホイト神父がユーモアのかけらもない笑みを浮かべた。

「わたしはカトリック教会より聖職を授かりました。シュライクの信仰は、教会が守ろうとするあらゆるものと相いれません」

カッサード大佐はかぶりをふった。答えたくないというつもりなのか、自分がシュライク教団の信徒ではないというつもりなのか、よくわからない。

マーティン・サイリーナスが大仰なしぐさをし、口を開いた。

「小生はルーテル派の洗礼を受けた。この教派は、いまはもう消滅して存在せんがね。諸君の両親がまだ生まれてもいないころ、禅グノーシス宗の地歩固めに手を貸したのは、じつはこの小生だ。爾来《じらい》、さまざまな宗教の信徒になってきた。カトリック、天啓教、ネオ・マルクス主義、インターフェイス中毒、躍震教、悪魔教——。ジェイクのナダ教会では司祭を務めたこともあるし、転生保証協会の大口寄付会員であったこともある。そしてな、喜んで明かそう——いまの小生は、ただの不信心者にすぎん」みなを見まわして、詩人はにんまりと笑った。「不信心者にとって――シュライクは崇めるにふさわしい神といえようさ」「あたしは宗教なんかに興味はないね」といったのは、ブローン・レイミアだった。「そんなものに魅かれるほど弱くもない」

「どうやら、ぼくの論点は証明されたようだ」ソル・ワイントラウブがいった。「このなかにはひとりとして、シュライク教団の教義を信ずると認める者はいない。それなのに、かの洞察力にすぐれた教団の長老たちは、ぜひとも〈時間の墓標〉を訪ねたい、荒ぶる神にあいまみえたいと乞い願う何百万もの信徒をさしおいて、われわれを巡礼に選んだ……それも、最後の最後になるかもしれない巡礼の旅において」

領事は首をふり、疑問を口にした。

「たしかにそのとおりだ、M《マン》・ワイントラウブ。しかし、あなたの意図がわからない。なんのためにそんなことをいいだしたのか」

無意識のうちにあごひげをなでながら、学者は答えた。

「つまりだよ、ハイペリオンを訪ねたいというわれわれの動機――それがあまりにも強いために、シュライク教団や連邦の確率情報部といえども、われわれにこそ巡礼の資格があると認めざるをえなかったのではないかということさ。その動機のなかには、公に知れわたっているものもあるかもしれない。たとえば、ぼくの動機がそうだ。しかし、それぞれの動機の全貌を知っている者は、このテーブルについている当人だけのはず。そこでだ――残された数日のあいだに、それぞれの動機をみなで分かちあってはどうかな」

「なんのために？」カッサード大佐がきいた。「おれにはまったくの無駄としか思えんが」

ワイントラウブはほほえんで、

「いやいや、その反対だろう。どう控えめに見積もっても、シュライクやほかの災厄に気をとられないうちに、旅の道連れの人となりをかいま見ておく効用はある。それどころか、個々の運命をシュライクの気まぐれに結びつける共通経験の糸——それを見いだすだけの頭がこの一座にあれば、全員の命を救うにたる手がかりが得られるかもしれないじゃないか」

マーティン・サイリーナスが笑い声をあげ、瞑目して吟じはじめた。

「イルカの背にまたがり、
背ビレにつかまって
無垢なる者らはいまひとたびの死を生きる、
傷がふたたび開くのもかまわず」

「レニスタですね？」ホイト神父がいった。「神学校で勉強したことがある」

「惜しい」サイリーナスは目をあけ、さらにワインをつぎたした。「イェイツだよ。レニスタが母親の金属の乳首を吸う五百年前に生きていた、下種《げす》な男だ。詩の題名は、〈デルフォイの神託に寄せる知らせ〉」

「それはさておき——」これはレイミアだ。「身の上話を打ち明けあったところでなんになる？　シュライクに会って望みを告げても、かなえられるのはひとりの願いだけだ。その他の者は死ぬ。そうだろう？」

「伝説ではそうなっている」とワイントラウブ。

「シュライクは伝説ではない」カッサードがいった。「速贄《はやにえ》の樹もだ」

「なんにしても、身の上話がなんの役にたつんだ？」チョコレート・チーズケーキの最後のひときれをフォークでつき刺して、ブローン・レイミアが老学者にたずねた。

ワイントラウブは眠っている赤ん坊の後頭部をそっとなでながら、

「われわれは奇妙な時代に住んでいる。連邦のなかで、転位システム網《ウェブ》にたよらず、宇宙船を使った星間旅行で惑星間の行き来をした経験のある者は、全市民の一パーセントの十分の一の――そのまた十分の一にすぎない。そのひとにぎりのなかにふくまれるわれわれは、近年の奇妙な時代を体現するものだ。たとえばぼくの年齢は、標準年では六十八歳だが、主観的には六十八年の人生を過ごすあいだに、星間旅行にともなう航時差によって、連邦の歴史ではゆうに一世紀以上もが経過している」

「で？」ブローン・レイミアがうながした。

ワイントラウブは片手を広げ、テーブルにつく全員を指し示した。

「すなわち、ここにいるおのおのが時間の孤島であり、相互に隔絶されたパースペクティヴの海だということだよ。より適切に表現するなら、われわれのひとりひとりが、人類がハイペリオンに着陸して以来だれも解くことのできなかったジグソーパズルのピースをひとつずつ持っているかもしれないということだ」ワイントラウブは鼻をかいた。「じつに大いなる謎だね。じつのところ、余命があと一週間しかないといわれても、ぼくはさまざまな謎に心惹かれずにはいられない。謎が解ければそれに越したことはないが、たとえ解けなかったとしても、謎解きに挑戦するだけで充分だ」

「同感です」ヘット・マスティーンがなんの感情もない声でいった。「わたくしには思いもおよびませんでしたが、シュライクに遭遇するまえに各自の物語を語ることは、賢明であろうと思います」

「しかし、だれもうそをつかないという保証は？」ブローン・レイミアがきいた。

「ないさ、保証など」マーティン・サイリーナスがにんまりと笑った。「だからこそ、美しいのだよ、うん」

「票決で決めてはどうだろう」

と、領事は提案した。七人のなかにアウスターのスパイがいるというマイナ・グラッドストーンの情報を念頭においてのことばだ。各自の身の上を打ち明けるうちに、スパイがうっかりしっぽを出すことも考えられる。だが、そう思ったとたん、失笑をもらした。そんなまぬけなスパイなどいるものか。

「デモクラシーのようなおめでたいものを尊重するなどと、だれが決めた」

カッサード大佐がぶっきらぼうにいった。

「このさい、尊重したほうがいい」と領事。「それぞれの目的を果たすためにも、われわれ七人はそろってシュライクの領土にたどりつかねばならない。とすれば、なんらかの意志決定手段がいる」

「リーダーを指名するという手があるぞ」とカッサード。

「わははは、そりゃむりだ」詩人が愉快そうにいった。

テーブルにつく面々も、一様に首をふる。領事はそれを受けて、

「というわけだ」といった。「では、票決の線でいこう。最初の決定事項は、ハイペリオンに関係する過去のいきさつを各人が打ち明けてはどうかという、M・ワイントラウブの提案についてだ」

「ただし、すべてか無かの選択です」ヘット・マスティーンがいった。「全員が話すか、だれも話さないか。そして、多数決にはかならずしたがう」

「それでいい」と領事は答えた。急にほかの巡礼の話が聴きたくてたまらなくなったが、そのいっぽうで、自分の過去は絶対に話したくない気持ちも強かった。「各自がいきさつを語ることに賛成の者は？」

「賛成だね」ソル・ワイントラウブがいった。

「わたくしもです」とヘット・マスティーン。

「大賛成！」これはマーティン・サイリーナスだ。「ショウトのオルガスム浴一カ月分と引き替えにだって、こんな茶番を見過ごす手はないぞい」

「わたしも賛成に一票だ」自分でも驚いたことに、領事は思わずそう答えていた。「反対の

者は？」

「反対します」ホイト神父だった。ただし、その口調には迷っているふしもある。

「バカげてると思うね」とブローン・レイミア。

領事はカッサードに目を向けた。

「大佐は？」

フィドマーン・カッサードは肩をすくめるばかりだ。

「賛成四票、反対二票、棄権一票」領事は全員に向かっていった。「したがって、提案は採用された。一番手に名乗りをあげる者は？」

テーブルに沈黙が降りた。マーティン・サイリーナスは小さなメモ帳になにかを書きつけていたが、ややあって顔をあげ、一枚を破りとり、それをさらに何枚かの細長いスリップにちぎって、一同に提案した。

「この紙に1から7までの番号を書いた。クジを引いて、引きあてた番号の順に話すというのはどうかな？」

「ちょっと子供っぽくないか？」これはM・レイミアだ。

サイリーナスは例の野卑な笑みを浮かべ、

「小生、子どもっぽい人間でなあ。——では、大使閣下」といって、領事に会釈した。「貴兄が帽子がわりにかぶっているその金色の枕、そいつを貸してもらえんかね」

領事は三角帽子をさしだした。さかさにした帽子に折りたたんだスリップがいれられ、一同にまわされていく。最初にクジを引いたのはソル・ワイントラウブ、最後に引いたのはマーティン・サイリーナスだった。

だれにも覗かれないように注意をはらって、領事は紙片を開いた。7番だった。ふくらませすぎた風船から空気がぬけていくように、緊張がすーっと引いていった。自分の番がくるまえに、どさくさで打ち明け話のことなどわすれられてしまうかもしれない。戦火がおよんでそれどころではなくなるかもしれないし、巡礼のメンバーたちが身の上話に興味をなくしてしまう可能性だってある。王が死ぬこともあるだろう。馬が死ぬこともあるだろう。馬にことばを教えることだってできるかもしれない……。

ウイスキーはもう控えよう、と領事は思った。

「一番手はだれかな？」マーティン・サイリーナスがたずねた。

短い沈黙のあいだ、ごくごくかすかなそよ風にゆられて、木の葉のさやぐ音が聞こえていた。

「……わたしです」

名乗りをあげたのは、ホイト神父だった。領事はそこに、死病の末期にある友人たちの顔に浮かんでいたのとおなじ、必死に押し隠した諦観《ていかん》と苦悩を見てとった。ホイトは〝1〟と大きく殴り書きされた紙片をかかげて見せた。

「それはそれは」サイリーナスがいった。「では、おはじめねがおうか」

「いますぐに？」

「いかんかね?」と詩人は応じた。この男がすくなくとも二本のワインをあけたことをうかがわせる変化といえば、もともと赤い頬がわずかに赤みを増していることと、黒く塗ったような眉毛が少々悪魔的な雰囲気を強めていることとくらいだ。「ハイペリオンに降下するまで、数時間はある。ぶじ着陸して、素朴な地元民のあいだにおちついたら、小生、ひと眠りして、低温睡眠の影響を払拭するつもりだよ」

「一理あるね」ソル・ワイントラウブがいった。「物語をしなくてはならないとしたら、毎夕食後のひとときこそ、ふさわしい時間だと思う」

ホイト神父は吐息をつき、立ちあがると、

「すこし時間をください」といって、ダイニング・プラットフォームから出ていった。

数分が経過したころ、ブローン・レイミアが問いかけた。

「急に気おくれでもしたかな?」

「そうではありません」ホイト神父の声がいった。一同が出入口をふりかえると、木製エスカレーターの最上段の闇の奥から、ちょうど神父の姿が現われたところだった。「これをとりにいっていたんです」

椅子にすわりながら、神父がテーブルの上に投げだしたのは、二冊の小さくてしいみだらけの日記帳だった。

「祈禱書の物語を朗読するのはフェアではないぞ」サイリーナスが文句をつけた。「話すのは自分自身の物語でなくてはな!」

「だまりなさい、なにも知らないくせに！」

　いきなり、ホイトが声を荒《あら》らげた。それから、顔をひとなでし、胸に手をあてた。重病人に見えるのは今夜で二度めだな、と領事は思った。

「……失敬」ホイト神父は詫びた。「しかし、わたしの……わたしの物語を語るためには、まずほかの人間の物語も語らなくてはなりません。この日記を書いた人物ゆえに、かつてわたしはハイペリオンへやってきた。そしていま、こうしてもどってきたのも、理由はおなじです」

　ホイトはそういって、深くため息をついてみせた。

　領事は日記に手をふれた。かろうじて炎のなかからすくわれたかのように、表が煤《すす》で汚れ、焼け焦げている。

「きみの友人は古めかしい趣味の持ち主らしいな。いまどき肉筆で日記をつづるなんて」

「そのとおりです。さあ、みなさんがたの準備がよければ――はじめましょうか」

　一同はうなずいた。ダイニング・プラットフォームの下で、冷たい暗夜に発光生物群の放つまばゆい光をふりまきながら、全長一キロにおよぶ聖樹船はハイペリオン周回軌道へと近づいていく。ソル・ワイントラウブが眠っている赤ん坊をベビーキャリアーから抱きあげ、椅子ちかくの床に敷いた柔らかいマットの上にそっと寝かせた。それから、携帯通信記録端末《コムログ》をとりだし、マットのそばに置くと、ホワイトノイズを流すよう、ディスキーをプログラムした。どう見ても生後一週間の赤ん坊は、うつぶせになってすやすやと眠っている。

領事は大きくうしろに身を乗りだし、頭上を見あげた。そこに輝くブルーとグリーンの惑星——ハイペリオン。見ている間にも、その姿は刻一刻と大きくなっていく。ヘット・マスティーンが頭巾を目深に引きおろし、顔をすっぽりと影につつみこんだ。ソル・ワイントラウブがパイプに火をつける。ほかの者たちはコーヒーのおかわりをもらい、椅子の背あてにもたれかかっている。

そんな聴き手のなかで、マーティン・サイリーナスがひときわ熱心なようすで、まえに身を乗りだし、つぶやいた。

「騎士はいった。『どうせはじめねばならぬなら、
女神の名にかけて、一番槍こそ望むところ！
いざいざ参ろう、歩きながらわが物語をお聴きあれ』
そのことばとともに、われらはふたたび歩きだす。
そして騎士は心から愉快そうに語りはじめた。
まずは聴かれよ、騎士の物語」

司祭の物語：神の名を叫んだ男

「ときとして、善意に基づく熱意と背教のあいだには、紙ひとえのちがいしかないものです」

と、ルナール・ホイト神父は口を切った。

こうして、司祭の物語ははじまった。のちにコムログに口述するとき、領事はその物語を、よどみなく語られた長い物語として思いだした。大むかしから人間の話しことばにつきものの欠陥——不必要な間、声のかすれ、しゃべりそこない、ささやかな冗長性などは、記憶のなかで整理され、すっかりとりさられていた。

物語は、〈聖牌《パケム》〉というカトリックの惑星で生まれ育ち、聖職を授けられたばかりの若い司祭ルナール・ホイトが、惑星外ではじめての仕事を命ぜられるところから幕をあける。彼の役割とは、高名なポール・デュレ神父につきそい、その人知れぬ追放の見張りとして、開拓星ハイペリオンに赴くことだった。

世が世なら、ポール・デュレ神父は司教に——それどころか、教皇にすらなれていただろう。背が高く、細身で禁欲的、高貴な額から大きく後退した白髪を持ち、その目に数々のつらい経験に基づく苦悩をたたえたポール・デュレは、聖テイヤールの熱烈な信奉者であると同時に、考古学者であり、文化人類学者でもあり、傑出したイエズス会系神学者でもあった。いまや世になかば忘れさられたカトリック教会は、連邦社会の主流にくらべればあまりにも古風であり、あまりにも孤立しているがゆえに、かろうじて存在していられたが、イエズス会の論理はいまなお、その舌鋒《ぜっぽう》の鋭さを失ってはいない。それにデュレ神父も、聖ローマ・カトリック教会こそは最後の審判の日まで存続し、人間が不死性を獲得するにあたっての最良の希望であると信じて疑っていなかった。

少年のころのルナール・ホイトは、神学校を訪ねることなどめったになかったし、神学者候補となってからも、ニューヴァチカンを訪ねることはさらに珍しかったが、そんな機会にかいま見るデュレ神父の姿は、神にも等しく思えた。ホイトが神学生のころ、付近の惑星アーマガストで行なわれていたカトリック教会出資の考古学発掘調査では、デュレはなくてはならない人物とされていたものだ。だが、ホイトの徐階後、ニューヴァチカンにもどってきたデュレ神父は、黒い評判に染まっていた。ニューヴァチカンの枢機卿《すうきけい》以外、正確な事実を知る者はないが、司祭のあいだでは破門がささやかれ、宗教裁判所で異端審問会が行なわれるといううわささえ立った。宗教裁判といえば、地球消滅につづく混乱後の四百年間、絶えてなかったことである。

じっさいには、裁判を受けるかわりに、デュレ神父はハイペリオンへの——奇怪なシュライク教団発祥の地としてしか知られていない惑星への——赴任を命じられた。そして、その同伴者に選ばれたのが、ホイト神父だったのである。

歓迎すべき仕事ではなかった。随員、護送員、スパイ——こんな最悪の役割の組みあわせでは、はじめての惑星外赴任を喜ぶ気持ちも当然のように失せてしまう。なにしろ、デュレ神父をハイペリオンの宇宙港まで送りとどけたら、護送に用いた量子船で、そのまま〈ワールドウェブ〉にとんぼ返りしてこいというのだから。しかも、この任務をまっとうするためには、低温睡眠で二十カ月を眠って過ごし、さらに出発直後と到着直前には、覚醒状態での星系内航行に数週間ずつを費やさなくてはならず、それをおえてパケムにもどってくるころには、八年もの航時差が蓄積している。つまり、ヴァチカンでの栄達や栄えある任地をもとめるうえで、かつての学友たちに八年もの差をつけられてしまうのだ。

それでもルナール・ホイトは、服従の精神と規律をたたきこまれているがゆえに、唯々《いい》諾々《だくだく》とその任務を受けた。

彼らを運ぶ宇宙船は、名前を〈ナディア・オレーク〉といい、あばただらけのポンコツ量子船だった。航行中を除いては、いかなる種類の人工重力も発生できず、乗客用の展望窓もなく、おまけに娯楽らしい娯楽も皆無で、データリンクに接続された仮想娯楽を味わうのがせいぜいというていたらく。乗客をハンモックや低温睡眠カウチに縛りつけておこうという意図が、そこにはありありとうかがえた。じっさい、低温睡眠から覚めたあと、たいていの乗客は——大半は惑星外労働者や格安料金につられた旅行者たちだったが、一部には神秘主義者や、シュライクに殺されたいと願う自殺志願者もまじっていた——実体化《スピンアウト》ポイントからハイペリオンにいたる十二日のゼロG航行のあいだ、クルー側の思惑どおり、ハンモックやカウチで眠り、殺風景な食堂でリサイクル処理された料理を食べ、宇宙酔いと戦いつつ、ひたすら退屈しのぎの仮想娯楽にふけって過ごした。

いやでも同行者と顔つきあわせざるをえないその十二日間、ホイトはデュレ神父からなにも学ばなかったし、彼がこの地へ流される原因となったアーマガストでのいきさつもきかなかった。そのかわり、コムログ・インプラントを使って、ハイペリオンに関するデータを手あたりしだいに検索し、惑星降下まであと三日というころには、ハイペリオンに関するちょっとした権威だと自認するようになっていた。

「カトリック教徒がハイペリオンにきたという記録はあるのに、教区が設けられたという記述はありませんね」ある晩のこと、ゼロGハンモックに横たわったまま、ホイトはデュレにそう話しかけた。周囲の乗客のほとんどは、やはりハンモックに横たわり、仮想ポルノにふけっている最中だ。「もしや神父は、布教目的でハイペリオン入りされるのですか？」

「まさか」とデュレ神父は答えた。「邪教の者たちはともかく、ハイペリオンの善男善女がよその世界に自分の宗教観を押しつけようとしたことはいちどもないんだ。こちらとしても、改宗してやろうなどというつもりは毛頭ないよ。かなうことなら、まずは南の大陸にいって——〈鷲《アクイラ》〉だ——ポートロマンスの港町から内陸へ向かえないものかと思ってはいるが、布教とはいっさい関係がない。〈大峡谷〉ぞいに文化人類学の研究拠点を設けたいというのがわたしの願いでね」

「研究拠点？」ホイトは驚き、おうむがえしにいった。それから、いったん目を閉じてインプラントにアクセスし、また目をあけてデュレ神父を見つめた。「〈羽交《はがい》高原〉のその一帯には、だれも住んでいませんよ、神父。炎精林のおかげで、そこはほぼ一年じゅう、人が近づける状態じゃありません」

デュレ神父はほほえみ、うなずいた。彼はインプラントを内蔵していないし、旅がはじまってこのかた、使い古したコムログは荷物のなかにしまいこんだままだ。

「まったく近づけないというわけでもないさ」デュレ神父はおだやかにいった。「それに、まったく人がいないわけでもない。ビクラ族が住んでいる」

「ビクラ族？」ホイト神父はくりかえし、また目を閉じてから、しばらくして答えた。「しかし、彼らはただの伝説でしょう」

「ふむ。マメット・スペドリングをクロス・チェックしてみたまえ」

ホイト神父はふたたび目を閉じた。総索引で確認したところ、マメット・スペドリングなる人物は、惑星ルネッサンス・マイナーのシャックルトン協会に加盟する無名の探険家で、約一・五標準世紀のむかし、短い報告書を協会によせていた。それによれば、彼は新たに建設されたばかりのポートロマンスを出発して内陸部へと向かい、沼沢地を横断し――ここはその後開拓されて、多数のファイバープラスティック・プランテーションとなっている――めったに訪れない鎮静期を選んで炎精林を通りぬけ、〈羽交高原〉を登りつめて〈大峡谷〉に達し、伝説のビクラ族の特徴と符合する人間の小部族に遭遇したという。

そしてスペドリングの短い報告書は、その人間たちが何世紀も前に遭難した播種船《はしゅせん》コロニーの生き残りではないかと仮定し、周囲から完全に隔絶され、逆行した文化に特有の古典的な諸特徴――近親婚、過適応などが見られると断定していた。スペドリングの簡潔な表現を引用すれば――

「ここにきてまだ二日とたっていないが、ビクラ族は極度に愚鈍で無気力で知力に劣ることはまちがいない。ぐずぐず居残って特徴を控えていくのは時間のむだだ」

じっさいには、そのころ早くも炎精林が再活性化のきざしを見せており、発見した種族を観察しているひまもあらばこそ、大あわてで沿岸めざして引き返したというのが真相らしい。それでも、〝鎮静化した〟炎精林をぬけだすのに三カ月を要し、そのさいスペドリングは、四人の地元民ポーターと装備・記録一式を失ったという。

「神よ……」〈ナディア・オレーク〉のハンモックに横たわったまま、ホイト神父はつぶやいた。「しかし、なぜまたビクラ族のもとへ？」

「いかんかね？」デュレ神父はおだやかに返事を返した。「彼らについてはなにもわかっていないんだ」

「ハイペリオンのほとんどのものについては、なにもわかっていないんです」すこし興味をかきたてられながらも、ホイトはいった。「そんなものより、〈馬《エクウス》〉大陸の〈馬勒《ばろく》山脈〉北方にある〈時間の墓標〉やシュライク伝説などはどうです？　あっちは名前が知れわたっていますよ」

「もっともだ。しかしルナール、〈時間の墓標〉やシュライクなる生物については、どれだけの論文が書かれていると思う？　何百かね？　何千かね？」老神父はパイプにタバコをつめ、火をつけた。ゼロG下でやるべき行為とはいいがたいな、とホイトは思った。「だいいち、シュライクなる生物が実在するにせよ、それは人間ではない。わたしはね、むしろ人間にこそ興味があるんだよ」

「それはそうかもしれませんが……」ホイトは心のなかの武器庫をあさり、反論のロジックをさがした。「……ビクラ族は、謎としてはごくささやかなものです。どんなによくても、見つかるのはせいぜいが数十人の現地人だけ。雲と煙でおおいつくされたあの一帯には存在価値などまったくなくて、ハイペリオンの測地衛星だって無視しているくらいですからね。どうしてそんなちっぽけな謎をもとめていくんです？　ハイペリオンにはとりくむべき大いなる謎がたくさんあるというのに？　たとえば、そう、無数の迷宮群！　ごぞんじですか、ハイペリオンが迷宮九惑星のひとつに数えられることを？」

「もちろんだとも」デュレ神父の顔のまわりに、おおまかに半球形をした紫煙のドームが広がった。そこで煙は空気流に吹きちらされ、渦巻くきれぎれの触手に分裂した。「だが、迷宮の研究者や賛美者なら、〈ウェブ〉じゅうにごまんといるじゃないか、ルナール。それに、迷宮のトンネルが——九惑星のすべてにおいて——できてから、どのくらいになるね？　五十万標準年か？　いやいや、たしか七十五万標準年にちかかったと思うな。それほどの謎ともなると、そう簡単に消えてはなくならない。それに対して、ビクラ族文化がハイペリオンの現代開拓社会にとりこまれて――というよりもむしろ、まわりの環境に呑まれて――消滅してしまうまでに、いったいどのくらいの時間があると思う？」

ホイトは肩をすくめた。

「もう消えてなくなっているかもしれませんよ。スペドリングが遭遇してからかなりの時間がたっているのに、以来、それを裏づけるたしかな報告は一件もなされていないんですから。もし部族がまるごと消滅していたなら、ここまでくるのに浪費された客観時間も、現地まで赴く苦労も苦痛も、すべて水の泡です」

「そのとおりだな」

とポール・デュレ神父は答え、平然とパイプをふかしたものだった。

ホイト神父がほんのわずかながら老神父の心底《しんてい》をかいま見たのは、降下船で惑星へ赴く途中、ともに最後のひとときを過ごしたときのことである。

降下船から見るハイペリオンは、何時間ものあいだ、外縁を白とグリーンと瑠璃色《ラピスラズリ》に輝かせていたが、やがて老朽化した降下船が大気上層に突入したとたん、炎が瞬間的に窓をおおい――つぎの瞬間、六十キロの下方に、きれぎれの黒い雲と星明かりに照らされた海洋とが広がった。前方から光の大津波のように押しよせてくるのは、ハイペリオンの日の出がふりまく、目もあやな光明だ。

「すばらしい……」

ポール・デュレはつぶやいた。若い連れに語りかけたのではない、自分自身にそういったのだ。

「すばらしい。このような光景を目にするとき、わたしはいつも感じるよ……といっても、ごくごくかすかにだが……神の子が人の子に身をやつされたさい、犠牲にされたものの大きさを」

　ホイトはなにかことばをかけたかったが、デュレ神父はすっかり畏怖に打たれたようすで、窓外の荘厳な光景に目を吸いつけられていた。十分後、降下船はキーツ宇宙港に着陸し、デュレ神父はたちまち通関と荷物受けとりの嵐に忙殺された。二十分後、ルナール・ホイトは寝覚めの悪い思いにとらわれつつ、ふたたび宇宙へ、〈ナディア・オレーク〉へと向かっていた。


「主観時間で五週間後に、わたしはパケムに帰りつきました」とホイト神父はいった。「友人らにはすでに八年の遅れをとっていたわけですが、どういうわけかわたしの喪失感は、そんな単純な事実などどうでもよく思えるほど深いものになっていました。そして、帰りついてすぐさま、わたしは司教から、四年前にハイペリオンに到着して以来、ポール・デュレからはひとことの連絡もないことを知らされました。ニューヴァチカンは、巨額の費用も惜しまずに超光速通信《FATライン》を使い、リアルタイムで問い合わせをしたのですが、惑星自治委員会もキーツの連邦領事館も、行方不明の司祭をさがしだせずにいました」

　ホイトがことばを切り、水を飲んだのを機に、領事が口をはさんだ。

「あの捜索のことはよく覚えている。もちろん、デュレに会ったことはないが、彼を見つけるために全力をつくしたことは断言しよう。領事補佐のシオなどは、消えた神父の謎を解明しようと、数年がかりでとりくんでいたくらいだ。しかし、ポートロマンスで神父を見かけたというあやふやな報告が数件あったほかは、その足どりは杳《よう》としてつかめなかった。しかもその目撃報告は、神父が到着した直後――つまり数年前に遡るものばかりだった。内陸部に何百と存在するプランテーションには、無線も通信ケーブルもない。そのおもな理由は、彼らがファイバープラスティックだけでなく、密輸用の麻薬作物も栽培しているためだ。おそらくは、しかるべきプランテーションのしかるべき目撃者をさがしだせなかったのだろう。すくなくとも、わたしが領事館をあとにするさいには、デュレ神父に関するファイルは継続調査あつかいになっていた」

ホイト神父はうなずいた。

「わたしがキーツにもどったのは、あなたの後任の方が領事に就任された一カ月後のことでした。わたしがキーツを再訪するといいだしたとき、司教はいたく驚かれましてね。教皇聖下じきじきの拝謁をたまわれるよう、手配してくださったほどです。再訪後、わたしがハイペリオンにとどまっていた期間は、現地時間で七カ月弱でした。そして〈ウェブ〉に引き返したときには――デュレ神父の運命を見とどけていました」

ホイトはそういって、テーブルの上の、しみだらけになった二冊の革装日記帳を軽くたたき、のどをつまらせた。

「その顚末を語るためには――この日記の抜粋を読みあげなくてはなりません」

聖樹船〈イグドラシル〉の巨体が転回し、太陽がその陰にすっかりおおい隠された。それにともなって、ダイニング・プラットフォームもその下の湾曲した枝葉《えだは》の天蓋も、すっぽりと宵闇につつまれたかのような状態に陥った。ここが惑星の地表だったなら、天に何千もの星々がまたたきだしたように見えたことだろう。だが、テーブルにつく一同の頭上では――周囲では――足もとでは――文字どおり、百万もの太陽が燦爛《さんらん》たる輝きを放っていた。ハイペリオンはもはやはっきり円と識別できるほどに大きくなり、聖樹船めざし、死のミサイルのようにぐんぐん近づいてくる。

「読んでくれんか」

と、マーティン・サイリーナスがいった。

ポール・デュレ神父の日記より

第一日

かくて、わが放浪はじまれり。

さて、新しい日記をつけるにあたって、日付をどうしたものか。パケム修道暦によれば、本日はキリスト教暦二七三二年、トマス月十七日。連邦標準暦では、ＰＣ五八九年十月十二日。ハイペリオンでの計算では——投宿している古ホテルの小柄でしわくちゃな従業員にきくと——月日《がっぴ》はリシアス月（一カ月が四十日からなる七つの月の最後の月）二十三日で、年はＡＤＣ（降下船墜落後《アフター・ドロップシップ・クラッシュ》！）四二六年、もしくはビリー悲嘆王の治世一二八年めとか。もっとも、この王の治世がおわって、少なくとも百年はたつのだが。

まあ、そんな浮世の暦はどうでもよろしい。本日をもって、わが放浪第一日と名づけよう。

なんとも疲れる一日だった。

（何カ月も眠って過ごしてきたのに疲れたというのもおかしな話だが、低温睡眠から覚めたあとは、こういう状態になるのがふつうだそうだ。たとえ記憶にはなくとも、体細胞のひとつひとつが数カ月におよぶ旅の疲れを記憶しているらしい。若いころの旅でこんなに疲れた

かどうかは、はや記憶にない）

残念なのは、若き司祭ホイトとよく知りあえなかったことだ。なかなかの好青年で、カトリックの要理をきちんとわきまえた、聡明な瞳の持ち主だったが……。教会が末期的状態にあるのは、彼のごとき若い司祭の責任ではない。教会はもはや忘却への滑落を運命づけられているのだろうか。だとしたら、彼のように純粋無垢な青年に凋落をくいとめられるはずもない。

それをいうなら、いくらわたしが貢献したとて、おなじことではあるのだが。

降下船から見た新世界の姿は、まさに壮観の一語につきた。識別できたのは、三大陸のうちのふたつ——〈馬《エクウス》〉と〈鷲《アクイラ》〉だけだ。三つめの〈熊《ウルスス》〉は、位置の関係で見えずじまいだった。

キーツ宇宙港着陸後、何時間もの苦行をへて税関を通過、地上交通機関にて市内に向かう。惑星の印象は混沌そのもの。北に連なる山脈には翠烟《すいえん》がたなびき、その麓はオレンジ色と黄色の樹々で埋めつくされ、淡い空は下塗りのような青緑色を帯び、太陽はかなり小さいのにパケムの太陽よりもまぶしい。さまざまな事物の色彩は、遠くから見ると鮮烈だが、近づくにつれて色褪せ、ぼやけてしまう。そんなところは、どことなく点描画を思わせる。ハイウエイの彼方の岩壁から街を見おろす、その名も高きビリー悲嘆王の顔の彫刻にしても、実物は拍子ぬけするほど貧弱で、期待していた荘厳な姿とは似ても似つかず、黒っぽい山をおおざっぱに彫っただけの、粗野で粗削りなしろものでしかなかった。とはいえ、人口五十万の粗末な都市を睥睨《へいげい》するその姿は、詩人たちの神経症的な王存命なりせば、さぞかしお気に召したことだろう。

都市のはずれから外に向けては、地元民がジャックタウンと呼ぶスラムと酒場の迷路と化し、中心部とはまったく異なる様相を呈している。キーツ市そのものは、古都と呼ばれるわりに、歴史はせいぜい四世紀弱しかなく、石造りの磨きこんだ建築物ばかりで、これといって変わったものもない。しかしまあ、早々に市内見学に出かけてみよう。

キーツの滞在予定は一カ月だが、早くも延長したい気持ちが頭をもたげている。ああ、モンシニョール・エドゥアールよ、いまいちど相まみえられるものなら……。配流《はいる》された身でありながら、わたしはなおも悔悟《かいご》してはいない。まえにもまして孤独の身となったいま、不思議なことに、かえってこの流浪の旅に満足をおぼえているほどだ。宗教的情熱に基づく数々の行きすぎへの懲罰が、地獄の第七圏への追放であるとすれば、このハイペリオンこそはそれにふさわしかろう。はるか奥地にビクラ族をもとめるというみずからに課した任《つと》めをわすれ（彼らは実在するのか？　今夜はそれは考えまい）、この荒涼たる辺境惑星の鄙《ひな》びた首都で余生を送るとしても、なんの異存もない。

おお、エドゥアールよ、人の子らよ、級友たちよ（諸君ほど聡明でもなく、正統的でもない人間が級友呼ばわりするのはなんだが）、老いたる者たちよ。いまや諸君らはわたしより四年ぶん賢くなっている。わたしはといえば、あいもかわらず悪戯好きで悔い改めることを知らぬ悪童のままだ。せめて祈ろう――諸君がすこやかに永らえ、この身のために祈ってくれることを。

疲れた。もう寝なくては。明日はキーツを見学し、しっかりと食べ、〈鷲《アクイラ》〉大陸へ、南へと向かう旅の手配をしよう。

第五日

キーツにも大聖堂がある。いや、あったというべきか――打ち棄てられて、すくなくとも二標準世紀はたっているのだから。廃墟のただなかで朽ちゆく大聖堂は、袖廊《そでろう》の壁がくずれ、青緑色の空の下にその内部をさらけだし、西の塔は未完成のまま放置され、東の塔は崩れた石壁と赤錆びた鉄筋の骨格だけというありさまだった。

　大聖堂を発見したのは、フーリー河の土手ぞいを歩くうちに道を誤り、市街区がさびれてジャックタウンに呑みこまれてゆく、人のあまり住まない地区へさまよいこんだときのことだった。一帯には大きな倉庫が気ままに建ちならび、朽ちた塔すら見えなかったのに、角を曲がってせまい袋小路にはいったとたん、いきなり大聖堂の残骸が目にとびこんできたのだ。参事会会議場《チャプターハウス》は河のなかへ崩れ落ちていた。正面《ファサード》があばただらけなのは、聖遷《ヘジラ》後の膨張期に流行った死者を悼む黙示録的彫刻の名残らしい。

　格子模様の影のもと、崩れ落ちた石壁のあいだを通りぬけ、身廊《しんろう》へはいりこんだ。ハイペリオンに教区が設けられていたなどという話は、パケムの司教からも聞いたことがないし、ましてや大聖堂があるなどとは予想のほかだった。四世紀前に築かれた播《は》種船《しゅせん》コロニーに、司教をいただくほど大規模な布教団の加わる余地があったとは思えない。いわんや、大聖堂においてをや。なのに大聖堂は、ちゃんと眼前にある。

聖具室の影を歩きまわった。ほこりと粉末状の漆喰《しっくい》が宙にただよって、高みの細窓から射しこむ二条の陽光を縁どっている。そこを越えて、もっと幅の広い陽光の帯に踏みこみ、祭壇に近づいた。祭壇の装飾はことごとくはぎとられ、残っているのは落下してきた石壁の破片と、その衝撃によるひび割れだけだった。瓦礫の山にまじる陶磁器のかけらは、祭壇背後の東壁から落ちた大十字架のなれのはてらしい。わたしはふらふらと祭壇のうしろにまわりこみ、両手をかかげ、ひとりで聖餐式をはじめた。この行為にはパロディの気持ちも感傷的な想いもなく、シンボリズムも隠された意図もない。それは人生のうち四十六年以上ものあいだ、ほぼ毎日欠かさずミサを読みつづけたのち、聖餐式という心安らぐ儀式に二度と参加できない状況に立ちいたった司祭の、純粋に反射的な反応だった。

少々驚いたことに、ミサにはいつのまにか信徒が参加していた。信徒席の四列めに、ひとりの老女がひざまずいていたのである。黒い服とスカーフが完璧に影に融けこんで、青白い卵形の顔しか見えないものだから、からだのない皺だらけの老いた顔だけが、闇のなかにぽっかりと浮かんでいるように見えた。ぎょっとして、聖体拝領の連禱《れんとう》を読みまちがえた。老女はまっすぐこちらを見ていたが、かなりの距離があるにもかかわらず、そのまなざしのなにかからただちに悟ったのは、彼女の目が光を奪われているということだった。わたしはしばし、ことばをわすれて立ちつくし、祭壇を照らす陽光の箭《や》と、その光にきらきらと舞うほこりの向こうに目をこらして、その幽鬼のような姿を自分自身に納得させようとしながら、同時になぜ自分がここでこんなことをしているのか、その説明をまとめようとした。

ようやく声をしぼりだし、呼びかけたときには――声は広いホールにうつろに響いた――老婆の姿はなくなっていた。かわりに聞こえる、石の床をこする足音。ガリッという音とともに、祭壇のずっと右手に射す陽光の箭のなか、一瞬、老婆の姿が燃えるように浮かびあがった。わたしは光の箭に手をかざし、かつて高祭壇の手すりが立っていた場所にちらばる破片に気をつけながら、老婆のあとを追った。もういちど、声をかける。だいじょうぶ、こわがることはありません――。そのじつ、冷たいものが背筋を這いのぼるのをおぼえていたのは、そういった当人だったのだが。急いで歩みよったのに、影になった身廊の角にたどりついたとき、すでに老婆の姿は消えていた。見ると、小さな扉があり、その向こうは朽ちゆくチャプターハウスと土手につづいていた。老婆の姿はどこにもない。わたしは屋内の闇にもどった。そのままなにごともなければ、あれは想像の産物だったにちがいない、何カ月も夢なき低温睡眠で過ごしてきた反動が見せた白日夢だったにちがいない、と喜んで断じていたことだろう。しかしそこには、老婆がたしかにいたことを物語る確たる証拠が残っていた。ひんやりとした闇のなかに、赤い奉納蠟燭が一本だけともり、見えない風の流れを受けて、小さな炎をゆらめかせていたのである。

いまはもう、この都市にうんざりしている。街をおおう異教の教義といつわりの歴史には愛想がつきはてる。ハイペリオンは詩情なき詩人の世界だ。キーツ自体は、安っぽいまがいものの古典主義と、深慮なき新興都市のエネルギーが混淆《こんこう》した街でしかない。市内には禅グノーシス宗の禅院が三棟、ハイ・ムスリムのモスクが四棟あるが、真の信仰の場は、無数に連なる酒場や売春宿、南からのファイバープラスティックをさばく巨大な市場、迷える魂らが浅薄な神秘主義の下に絶望的な自殺願望を隠して集うシュライク教団の大聖堂などにある。惑星全体に、神の啓示なき神秘主義の臭気がたちこめているのだ。

なんと穢《けが》らわしいことか。

明日、南へ発つ。このあきれはてた惑星にも、スキマーその他の航空機があるが、一般庶民にとって、このいまいましい島大陸間の交通手段は、船か——それを選べば、永遠とも思えるほど時間がかかるそうだ——週にいちどだけキーツを出港する大型旅客飛行船にかぎられているらしい。

明日、飛行船でこの街を出よう。

第一〇日

動物だらけだ。

最初にハイペリオンに降下した調査隊は、動物をもとにして地名をつけたにちがいない。大陸の名前からして、〈馬《エクウス》〉に〈熊《ウルスス》〉に〈鷲《アクイラ》〉だ。この三日というもの、飛行船は〈馬《エクウス》〉大陸の東岸ぞいに、〈鬣《たてがみ》〉という名のフィヨルドに似た沿岸地帯を南下してきた。まる一日を費やして〈中つ海〉の海峡部をわたり、〈猫島〉という大きな島に到着したのがけさがたのこと。いま、飛行船は乗客や積荷を、フェリックスという名の、この島の〝大都市〟に降ろしているところだ。プロムナード甲板と繋留タワーから見わたすかぎりでは、ごちゃごちゃと小屋やバラックの建ちならぶ街には、せいぜい五千人ほどの島民しか住んでいないように見える。

以後、飛行船は、〈九尾列島〉という、八百キロにわたって点在する小ぶりの島々に順次立ちよったあと、一気に七百キロの外海と赤道を越える予定になっている。そのつぎの停泊地は、〈鷲《アクイラ》〉大陸北岸の、〈嘴《ビーク》〉と呼ばれる港町だそうな。

やはり、動物だらけだ。

この乗り物を〝旅客飛行船〟と呼ぶことは、創造的意味論の訓練といえる。むしろ超大型の浮揚貨物船というべきこの船は、巨大な船倉を擁し、フェリックスの街をまるごと積載してもなお、何千トンものファイバープラスティックの束を乗せられるほどの余裕があるという。貨物ほど重要ではない積荷——つまりわれわれ乗客は、好きなところに陣どってよいことになっている。わたしは船尾搬入口ちかくに寝台をしつらえ、自分自身と手荷物のほか、探険用装備を収めた大型トランク三つを収める、わりと居心地のよい場所を確保することができた。もっとも、すぐそばには八人からなる家族がおり——半年ごとの買い物旅行をすませてキーツから帰る途中の、地元のプランテーション労働者たちだ——彼らが檻にいれて運ぶブタたちの鳴き声やにおい、あるいは食用ハムスターの鳴き声は気にならないが、混乱したあわれな雄鶏がひっきりなしに時を作る声には、何夜も眠れない夜を迎えそうな気がする。

第一一日

今夜の夕食は、プロムナード甲板上のサロンで、もとはエンディミオン付近の農業大学で教授をしていたという、ヘイラミス・デンゼルなる市民とともにとった。そのときの話でわかったのだが、ハイペリオンに降下した第一次調査隊は、ことさら動物好きではなかったようだ。三大陸の正式名は、〈馬《エクウス》〉、〈熊《ウルスス》〉、〈鷲《アクイラ》〉ではなく、クライトン、アレンゼン、ロペスなのだという。それぞれ、むかしの探査機関の中級官僚の名にちなんでつけられたとのこと。動物マニアよりはましというものだ。

夕食後、ひとりで外部プロムナードに立ち、日没を見つめた。このあたりのウォークウェイは、前部貨物モジュールの陰になっているため、潮のにおいを帯びたそよ風程度の風しか吹いてこない。頭上には、気室を収めたオレンジとグリーンの球皮がせりだし、上へとカーブしている。飛行船の現在地は、島と島との中間だ。深い瑠璃《ラピスラズリ》色の海面がどことなく緑がかって見えるのは、空の色を映しこんでいるからだろう。高空にちらばる巻雲が、ハイペリオンのちっぽけな太陽の残光を受け、赤く熾《おこ》った炭のように、朱金色《しゅきんいろ》に輝いている。聞こえる音といえば、タービンのかすかなうなりばかり。三百メートル下の海面には、鱏《マンタ》のような形をした海中生物の巨大な影が、飛行船と速度を合わせ、おなじ方向に移動している。ついいましがた、本体は大きさも体色もハチドリそっくりの、しかし翼長一メートルほどの蜘蛛の巣のような翅をもった生物が、目の前五メートルほどのところに静止し、こちらをじっと見つめていたが、やがて翅を折りたたみ、海面へ急降下していった。

エドゥアール、今夜はひどく人恋しい。きみがいまも生きていて、庭園で庭いじりをし、毎夜書斎で書きものをしているとわかれば、どんなに気が楽なことか。この旅のおかげで、わが聖テイヤールの学説に対するむかしからの信仰はゆらぎかけている気がする。聖テイヤールは、進化の救世主、個人、宇宙の三者が、前進《アンアヴァン》と上昇《アンオー》を経て神に統合されるというが、そのような一新が訪れそうな気配はどこにもない。

宵闇が降りていく。この身も齢《よわい》を重ねつつある。アーマガストの掘削で証拠を捏造《ねつぞう》した罪については、まだ自責の念をいだくところまではいかないが、思わぬところがないでもない。しかし、エドゥアール、わが畏友《いゆう》よ、人類の宇宙進出に先だつ三千年前、オールドアースから六百光年離れた惑星に遺された遺跡から、もしもキリスト教文化の存在をうかがわせる証拠が見つかったとしたら……。

あのような曖昧な証拠を、われらが余生のうちにキリスト教の再興を示唆するものと解釈することが、はたしてそれほど邪悪な罪なのだろうか。

しかり、たしかに罪だ。だが、データの変造自体はたいしたことではない。より深い罪は、自分がキリスト教を救いうると考えたことにある。エドゥアールよ、キリスト教会が滅びゆくことは、もはやまちがいない。それも、われらが愛するカトリックばかりではない、あらゆる会派が、ことごとく、なんの痕跡も残さずに消えてしまうだろう。キリスト教そのものが、老いさらばえたこのみじめな肉体と同様に滅びさろうとしているのだ。血のような太陽がほこりと廃墟だけを照らすアーマガストに滞在していたとき、きみもわたしもそれを知っていた。はじめて誓約をたてた神学校時代の、あの涼しく緑したたる夏にも、ヴィルフランシュ＝シュール＝ソーヌの静かな運動場を駆けまわった子供時代にも。そしていまも、それを承知している。

残光はすっかり絶えはて、日は昏《くら》くなった。いまは上の甲板にあるサロンの窓の、ほのかな明かりをたよりにこれを書いている。ここの星々が形作る星座の、なんと奇妙なことか。〈中つ海〉の海面をおおうのは、病的な緑色をした螢光だ。南東の水平線には黒いかたまりがある。嵐雲かもしれないし、列島のつぎの寄港地――〈九尾列島〉の三つめの島かもしれない。（もしや、九尾の猫に関する神話などあったろうか？　まったく聞いたことはないのだが）

さっき見た鳥のために――あれが鳥だったのならば――祈りを捧げよう。あれが嵐雲ではなく、島でありますように。

第二八日

ポートロマンス着後、八日経過。そのあいだに、三つの死体を見た。

ひとつめは、この港町を訪れて最初の夕べ、繋留タワーの向こうの干潟に打ちあげられた水死体。膨れあがった青白いからだは、もはや人間の原形をとどめていなかった。その死体に向かって、子供たちが石を投げつけていた。

つぎの死体は、ホテルにちかい貧民街の一角の、丸焼けになったメタン燃料店の残骸から引きずりだされた男の死体だった。死体は識別しようもないほど黒焦げになり、炎熱で縮みあがって、遠いむかしから焼死体に特有の――プロボクサーのように両手両脚をぎゅっと引き締めた格好をしていた。その日は朝から断食していたので、一帯に肉の焼けるにおいがただよったとき思わずつばが出てきたことを、恥ずかしながら懺悔《ざんげ》しよう。

三つめの死体は、自分から三メートルと離れていないところで作られた。ホテルの入口を出て、このみじめな町で歩道がわりに使われている、泥だらけの踏板の迷路に足を踏みいれたときのこと――いきなり何発かの銃声が鳴り響き、数歩前を歩いていた男が足をすべらせたかのようによろめいて、なぜだといわんばかりの表情を浮かべ、くるりとふりかえり、そのまま横ざまに、泥と汚水のなかへ倒れこんだのだ。

実弾式の銃だった。撃たれたのは三発。うち二発は胸に、一発は左目のすぐ下に命中。信じられないことに、急いでそばにかがみこんだときも、男はまだ息をしていた。それについては考えないようにしながら、わたしは携帯鞄から頸垂帯《ストラ》をとりだし、ずっとむかしから持ち歩いている聖水の瓶をさぐりだすと、終油の秘蹟を行ないはじめた。集まってきた野次馬のなかに、異を唱える者はひとりもいなかった。倒れた男は身をもがき、なにかをしゃべろうとするかのように咳ばらいしたのち、息絶えた。死体が運びさられるまえに、早くも野次馬はちりぢりになっていた。

男は中年で、砂色の髪をしており、やや太りぎみだった。身元を証明するものはいっさい持っていなかった。ユニバーサル・カードやコムログさえもだ。ポケットには六枚の銀貨がはいっていた。

どういうわけか、その日一日、わたしは死体にずっとつきそっていた。医師は背の低いシニカルな男で、検屍に立ちあうことをゆるしてくれた。おそらく、話し相手がほしくてしかたがなかったのだろう。

「つきつめていえば、肉のかたまりだね」

医師はそういって、肌色の鞄のように死体の腹を開き、皮膚と筋肉の層をめくりあげ、テントのフラップのように固定した。

「なにがです？」とわたしはたずねた。

「ホトケさんの人生さ」医師はそう答えて、脂ぎった仮面のように死体の顔の皮をべろりとはぎ、またもとにもどした。「あんたの人生も、わたしの人生もだがね」

皮をもどすまえに見えた赤と白のまだら模様をなす筋肉は、頬骨のすぐ上にあいた銃創のまわりだけ、蒼黒く変色していた。

「それ以上のものであるはずです」

医師は解剖作業から顔をあげ、やれやれという笑みを浮かべて、

「ほう、そうかね？　それ以上のものとは、いったいどんなものかね」というと、男の心臓をとりだし、重さを計るように片手でかかげた。「〈ヘウェブ〉の諸惑星じゃ、こいつも自由

市場でそれなりの金になる。貧乏でクローン臓器も買えないが、心臓がないくらいじゃ死なないほど生に執着する手合いがいるからな。しかしここじゃあ、こいつはただの臓物だ」

「それ以上のもののはずです」

わたしはくりかえしたが、あまり確信のこもったことばではなかった。それで思いだしたのは、パケムを出発する直前の、教皇ウルバヌス十五世聖下の葬儀だ。聖遷以前からの習慣にしたがって、聖下の遺体には防腐処理が施され、聖ペテロ大聖堂の控えの間に安置されて、飾り気のない木製の棺に収められるのを待っていた。そして、エドゥアールやモンシニョール・フレイを手伝い、死後硬直した遺体に祭服をかぶせているとき、わたしは気づいたのである——遺体の肌が茶色に変色しかけ、口もとがゆるみだしていることに。

医師は肩をすくめ、おざなりの検屍をおえた。わたしはごく簡単に、形式的な質問を受けた。容疑者は見つかっていないし、犯行の動機も不明なままだった。男の一件書類はキーツへと送られたが、遺体は翌日、干潟と黄色い密林のあいだの貧民墓地に埋葬された。

ポートロマンスは、黄色い堰木《せきぼく》造りの建物の寄せ集めで、その土台をなすのは、カンズ河河口の干潟にせりだした足場や踏み板の迷宮である。トスチャハイ湾にそそぐカンズ河は、河口のあたりでは幅が二キロもあるが、船が通行できるのは二、三の水路だけで、その水路にしても、昼夜を問わずしじゅう浚渫《しゅんせつ》が行なわれている。夜ごと、安宿のベッドに横たわったわたしは、眠れぬままに、あけはなした窓から聞こえてくる音に耳をかたむける。浚渫機械の音はこの不潔な町の心悸《しんき》、遠い寄せ波のささやきは町の湿った呼吸の音だ。しかし今夜にかぎっては、そんな町の息吹を聞いていると、殺された男のべろりと皮の剝けた顔が思いだされてしかたがない――。

いくつかある海運会社は、内陸の大規模プランテーションに向け、町はずれにあるスキマー発着場から人手や物資を毎日送りだしているが、便乗させてもらおうにも、袖の下がたりなかった。身ひとつならなんとかなるが、医薬品と科学機材を収めた三つのトランクもいっしょとなると、だれも応じてくれないのだ。といって、トランクを捨てていく気にもなれない。なるほど、ビクラ族に対する布教活動は、以前にもましてばかばかしく、無意味なものに思えてきている。しかし、目的地の必要性と、みずからに課した漂泊の旅をなんとしても成就させようという一種マゾヒスティックな決意とが、老骨を河上へと駆りたててやまない。

二日後に、カンズ河を遡る河船が出る。すでに切符の手配はすませた。明日はトランクを運びこみにいこう。ポートロマンスをあとにするのに、うしろ髪を引かれる思いをすることだけはなさそうだ。

第四一日

河船〈巨大な回り花火《エムポロティク・ジランドール》〉は、ゆっくりゆっくりと河を遡航していく。二日前にメルトンの船着き場をあとにしてからというもの、人家はまったく見ない。いまやジャングルは両側から河岸に押しせまり、緑の壁を形作っている。河幅が三、四十メートルほどにせばまったところでは、樹々が両側からおおいかぶさり、ほぼ完全な屋根をなす。樹冠はカンズ河の茶色の河面から高さ八十メートルのあたりだ。密生した枝葉をすりぬけてくる陽光は、どこか溶かしバターに似た、豊かな金色を帯びていた。中央の旅客はしけをおおう錆びたブリキ屋根の上にすわり、まだ見ぬテスラ樹——別名雷吼樹《らいこう》でもそびえていないかと目をこらしていると、そばにすわっていた老カディなる人物が、木を削る手をとめ、欠けた歯の隙間からつばを吐きとばし、笑った。

「こんな下流にゃ、雷吼樹なんぞありゃあせん。炎精林というやつはな、この森とは似ても似つかん場所なんじゃ。雷吼樹にお目にかかるんなら、まずは〈羽交高原〉に登らんとのう。ここはまだまだ、多雨林のふところじゃよ、パードレ」

午後になると、毎日きまって雨が降る。雨といってもなまはんかなものではなく、すさまじいばかりの豪雨だ。岸はかすみ、旅客はしけのブリキ屋根を殴りつける音は耳を聾《ろう》するばかり、ただでさえ遅々とした船足はますます衰え、停まってしまったのではないかと思えるほどになる。要するに、午後になると河の流れが垂直になり、滝を遡らねばならない状況に陥るようなものだ。

〈ジランドール〉は老朽はなはだしき平底の曳き船で、疲れはてた母親のスカートにしがみつくボロ服を着たみすぼらしい子供たちのように、まわりに五隻のはしけをゆわえつけて曳きつれていた。二階建てのはしけのうち、三隻は河沿いにある二、三のプランテーションや入植地で交換・販売に供する荷を積む。残り二隻は、上流に旅する地元民向けに貧弱な客室を提供するものだが、見たところ、はしけの居住施設の一部には人が住みついているらしい。

寝床はといえば、床に敷いたしみだらけのマットレスで、壁には蜥蜴《とかげ》のような虫が這いまわっていた。

雨があがると、全員が甲板に集まり、温度のさがってきた河面が夕霧にけぶるのを眺める。あたりはむっと暑く、このところほぼ終日、湿度が飽和しきったままだ。老カディいわく、くるんが遅かったなあ、雨をついて高原に登っても、炎精林にたどりつくころにゃあ、雷吼樹の森は燃えはじめとるぞ——。まあ、いってみるしかない。

夕べの霧が立ち昇る——昏《くら》い河面の下に眠る、すべての死者の魂のように。それに呼応して、ちりぢりになりつつ執拗にいすわっていた午後の雲のおおいが樹上から引いていき、世界に色彩がもどってくる。それとともに、密生した森の色合いが変化しはじめる。クロームイエローから澄明なサフラン色へ、さらにゆっくりとその色が翳《かげ》りを帯びて、黄土色へ、琥珀色へ、薄墨色へ……。やがて老カディが、一階のたわんだ天井にぶらさがるランタンやランプの蠟燭に火をともす。それに負けまいとするかのように、宵闇に沈む密林がぼうっと光りだすのは、腐敗のもたらす燐光のせいだ。そして、黒々とした森の高みには、枝から枝へと、霊光鳥や彩り豊かな虹蜉蝣《にじかげろう》が飛びかいだす。

小さな月は今宵は見えないが、これほど太陽のちかくをまわっている惑星にしては、ハイペリオンは平均以上に多くの流星物質群を通過しているため、夜空が流星雨で煌々《こうこう》と染めあげられることも珍しくない。今夜の空はいつにもましてにぎやかで、船が河幅の広い部分にさしかかったときには、無数のきらびやかな流星の尾が星々を縫いあわせるのが見えた。その輝きは網膜に焼きつき、漆黒の河面に視線を降ろしてからも、しばらくはそれらの引く光条が見えていたほどだった。

東の地平線上には、ひときわ明るい光点が見えた。老カディの説明では、あれは軌道ミラーの反射光で、いくつかの大規模プランテーションを夜も照らすためのものだそうだ。

むし暑くて船室にもどる気になれず、薄いマットを屋根の上に広げ、その上に寝ころがり、夜空にくりひろげられる光のショーを眺めた。そのあいだ地元民の家族たちは、隠語で——べつに覚えようと思ったこともない——奇怪な歌を歌った。聞くとはなくその歌を聞きながら、ビクラ族に思いをはせる。まだまだ遠い先のことなのに、奇妙に不安が頭をもたげてくる。

森のどこかでけものが吠え、怯えた女性の悲鳴があがった。

第六〇日

ペレチェボ・プランテーション着。気分悪し。

第六二日

体調最悪。熱あり、悪寒で震えとまらず。きのう一日、黒い胆汁吐きどおし。大きな雨音が耳につらい。夜、軌道ミラーの光で頭上の雲白く染まる。天が燃えているようだ。高熱出る。

現地の女性が看病してくれる。からだも拭いてもらった。恥と思う気力もなし。この女性の髪は地元民一般より黒い。寡黙。黒くやさしい目。
おお、神よ、故郷からかくも遠い地で病に伏せさせたまうとは。

第

彼女がようすをうかがい雨のなかからはいってくる薄いしゃつわたしをゆうわくするきか、聖職者としっていて、肌があつい焼けるように薄い綿のしゃつのつんとつきでたくろい乳首。しっている彼らがみている声がきこえる夜に湯浴みで毒にひたされて知らないと思うかきこえる声が雨音をとおしてそのとき悲鳴がとまり悲鳴が悲鳴が

皮がべろんとむける。赤むけた肉が頬の穴を感じる。弾をみつけたら吐きださなくては。
汝世界の罪をとりさる神の仔羊よわれを憐れめわれを憐れめ

第六五日

大いなる神よ、感謝します、病から放免されたことに。

第六六日

やっと髭を剃る。シャワーも浴びられるようになった。

セムファの手を借りて、農園主を迎える準備をする。窓から見ていると、仕分け倉庫で働くのはみなごつい荒くれ男ばかり。農園主もそんなタイプだろうと思っていたら、やってきたのはもの静かで、やや舌ったらずな黒人だった。とても親切な人で、おそるおそる看病の支払いのことを切りだすと、そんなことは気にしなくてもいいという返事。そのうえ、高原まで案内人をつけてくれるという！　少々時期遅れだが、十日以内に出発できるなら、雷吼樹が完全活性化するまえに炎精林をぬけ、〈大峡谷〉にたどりつけるだろうとのこと。

農園主が立ちさってから、セムファとすこし話をする。夫君のマイケルは、現地時間で三カ月前、収穫事故で亡くなったそうだ。セムファ自身はポートロマンスからきたという。マイケルとの結婚は彼女にとって福音だったので、夫が死んでからも下流にはもどらず、ここに残って半端仕事をして暮らすことを選んだとか。彼女を責める気はない。

マッサージをしてもらったら、また眠ろう。このごろ頻繁に、母の夢を見る。

あと十日。十日のうちに体調を整えなければ。

第七五日

テュークと出発するに先だち、ファイバープラスティック列田《マトリックス》を訪ねてセムファに別れを告げた。セムファはことばすくなだったが、わたしがいなくなるのを悲しく思っていることは、その目を見れば明らかだった。わたしはセムファに祝福を授け、ひたいにキスをした。テュークはすぐそばに立ち、にやにやしながらからからだをゆすっていた。その後、二頭の小荷《こに》駄馬《だうま》を引いて出発。道路のはずれまで見送りにきてくれたオーランディ農園主が手をふるそばで、黄色い森の奥へいたる細道を歩みだす。

主よ《ドミネ》、われらを導きたまえ《ディリゲ・ノス》。

第八二日

小道にはいって一週間——。

いや、これは道などといえたものではない。黄色い多雨林中の道なき道を進み、しだいに険しさの度を強める〈羽交高原〉の山肌を青息吐息で登りつづけて一週間、けさになってようやく密林がとぎれ、岩場に出た。さすがに見晴らしがよい。ふりかえれば、広大な密林が一望のもとに見わたせる。あのはるか彼方に、港町〈嘴〉と〈中つ海〉があるはずだ。海抜約三千メートルとあって、ここの景観は息を呑むばかり。眼下には重い雨雲が広がり、〈羽交丘陵〉のふもとまで押しよせているが、ところどころに口をあける白と灰色の雲の切れ目を通して、ポートロマンスへ向かってゆるやかに蛇行するカンズ河の姿や、遠い海面、必死に通りぬけてきたクロームイエローの密林の一部などが見える。テュークの話では、はるか東に見えるほのかな紫紅色は、ペレチェボ付近に広がる成育途中のファイバープラスティック列田《マトリックス》だとか。

その後は暗くなるまで、ひたすら奥地へ、上へと登りつづけた。雷吼樹が活性化するまえに炎精林を通りぬけられるか、テュークは心配でしかたがないようだ。わたしはずしりと重い荷を背負った馬を引き引き、遅れまいと懸命に歩きながら、痛みを、苦痛を、漠然とした不安をわすれるため、心中で祈りを唱えつづけた。

第八三日

荷を積み、夜明け前に出発。あたりは煙と灰のにおいに満ちている。

高原もこのあたりにくると、植生の変化には驚くべきものがあった。あれほどありふれていた堰木《せきぼく》も、葉の生い茂る鬱金蔦《うこんづた》も、影も形もない。常緑樹と常青樹の緩衝帯をあっという間に通りぬけ、密生した変異種の這松《はいまつ》や三葉杉《さんようすぎ》をぬって斜面を登りつめると、そこは炎精林の入口だった。行く手に連なるのは巨神樹《プロメテウス》の高木、その幹にからみ地面を這いまわる不死鳥葛《かずら》、円形にまとまって生える琥珀色の篝木《かがりぎ》の木立ち……。ときおり、強靭な繊維を持ち、先が二叉になった白い石綿草の茂みで道をふさがれることもあった。テュークの的確な描写を引用するなら、「……あれだによ、浅っこく埋めた巨人の死体の、まんず腐れちんぽみてえ」なものだ。わが案内人の特異なことばづかいには感心するばかり。

最初の雷吼樹を目にしたのは、午後も遅くなってからのことだった。灰まみれの地面にはしなやかな不死鳥葛や火焔鞭の蔓《つる》が埋まり、うっかり踏めば猛然と飛びかかってくる。足もとに気をつけながら、三十分ほど慎重に歩きつづけたとき——いきなりテュークが立ちどまり、前方を指さした。

五百メートルほど先にそびえたつ雷吼樹は、樹高がすくなくとも百メートルに達し、いちばん高い巨神樹《プロメテウス》の、さらに一倍半の高さがあった。その樹冠付近にふくらむ、特徴的なタマネギ形のドーム——あれは蓄電瘤《ちくでんりゅう》だ。その上で放射状に四方へ伸びだす枝からは、何十本もの蔦が毫光《ごうこう》のように垂れさがり、その一本一本が、緑がかった瑠璃色《ラピスラズリ》の晴天を背に、銀色の金属光沢を放っている。その全体像には、ニューメッカのハイ・ムスリムの優美なモスクを思わせるところがあった。ただしその上に、不敬にも安ピカの花輪で飾った、という形容詞がつくが。

「馬もおれらもあんべえよくしねっと、えれことなるべ」

うめくようにテュークがいった。ここから先は、炎精林用の装備をつけるべきだという意味だ。以後は、浸透《オスモシス》マスクをはめ、ぶ厚いラバーソールのブーツをはき、幾重にも重ねた皮革の絶縁服の下で汗を流しながら、午後から夜にかけ、のろのろと進んだ。馬は二頭ともおちつきがなく、ほんのちょっとした音にも耳をそばだてる。マスクをはめていても、オゾンのにおいがわかった。そのにおいは、ヴィルフランシュ＝シュール＝ソーヌのものういクリスマスの午後、どこかの子供と遊んだ、電車の車内を思い起こさせた。

夜、石綿草の茂みのなるべくそばで野営。テュークに避雷針環の立て方を教わる。そのあいだずっと、テュークは雷よけの呪文をつぶやきつづけ、雷雲を気にしてしじゅう宵の空に目をやっていた。

不安は多いが、今夜はぐっすり眠らなければ。

第八四日

〇四〇〇時——

慈悲深きマリアよ。

三時間というもの、われわれは恐怖のどん底につき落とされていた。世界の終末かくあるべし。

爆発がはじまったのは真夜中すぎだった。最初はただの雷鳴程度だったので、テュークとわたしはたかをくくり、テントのフラップから頭をつきだして、天然の花火見物としゃれこんだ。パケムでマタイ月に吹き荒れるモンスーンには慣れているから、最初の一時間ほどの雷鳴ショーはなんということもなかった。少々不安をおぼえたのは、雷が例外なく彼方の雷吼樹林に落ちることくらいだった。ところが——やがて大樹の群れが輝きを増し、みずから蓄電したエネルギーを放出しはじめた。そしてそれを境に——絶え間ない雷声にもかかわらず、うとうとしかけたときのこと——真のハルマゲドンが勃発したのである。

雷吼樹林が壮絶な放電嵐を開始して十秒——その間に周囲に放たれた雷撃は、すくなくとも百本を数えたにちがいない。テントから三十メートルと離れていないところで巨神樹《プロメテウス》が炸裂し、砕け散った無数の破片が燃えながら五十メートル下の地面に降りそそいだ。避雷針がかっと光り、うなりをたてつつ、何度も何度も青白い死のアークを小さなキャンプの外へ跳ね返す。テュークがなにか叫んだが、荒れ狂う光と轟音のもとでは、人間の声など聞きとれるものではない。つないである馬のそばで、ひとかたまりの不死鳥葛《かずら》が炎上し、ただでさえ怯えていた馬の一頭が、驚いたのと目をくらまされたのとで綱をひきちぎり、輝く避雷針の環につっこんだ。その瞬間、いちばんちかい雷吼樹から五、六本の雷霆《らいてい》が飛来し、不運なけものを打ちすえた。惨劇の一瞬、馬は——誓ってほんとうだ、灼爛《しゃくらん》する肉を通し、その骨格がはっきりと見えた——痙攣《けいれん》しながら空中高くはねあがり、絶命した。

三時間というもの、わたしたちは世界の終末のただなかにあった。避雷針のうち二本が倒れたが、残りの八本はなんとか持ちこたえてくれた。テュークとわたしは暑いテントのなかに閉じこもった。浸透マスクのおかげで呼吸にはこまらないが、外の空気はいぶりだしそうなほど熱い。そんな状態で生き延びられたのは、周囲に下生えがないことに加えて、雷撃の標的となりそうなものから距離をとり、かつ石綿草の茂みにちかいところを選んだ、テュークの設営技術のたしかさゆえにほかならない。それと、われわれと永遠とのあいだに立ちはだかる、強化合金《ウイスカード》製の八本の避雷針のおかげだ。

「なんとかもってくれそうじゃないか！」

避雷針のうなり、ゴロゴロと轟く雷鼓《らいこ》、天地を引き裂く落雷の音、嵐の絶叫のなかで、テュークに叫んだ。

「一時間はもつように造ってあんべ。うまくすっと二時間」テュークは答えた。「けんど、じきに融けっちまうかもしんね。したら、おれらぁ、死ぬっきゃね」

わたしはうなずき、浸透マスクの内側にたまるなまぬるい水をすすった。今夜を生き延びることができたら、今宵この光景を見せてくれた神の寛大さに一生感謝しつづけよう。

第八七日

昨日の正午、ついに炎精林を通りぬけ、北端から外に出たテュークとわたしは、すぐさま小川のほとりにテントを立て、十八時間ぶっつづけで眠った。炎と灰の悪夢のなか、不眠不休で懲罰の二日三夜を歩きとおしたのだから、むりもない。森の境界を示す切りたった低い山が目前に近づいたあのとき、いたるところで目につきだしたのは、ぱっくりとはじけた莢《さや》や球果だった。前二夜の雷嵐で焼尽した各種の炎精植物が、いっせいに芽吹こうとしていたのだ。避雷針はまだ五本が使えたが、もうひと晩もつか試してみたいとは、テュークもわたしも、これっぱかりも思わなかった。残った一頭の小荷駄馬は、背中から重荷をおろしてやったとたんにくずおれ、息絶えた。

朝陽が昇るころ、わたしは小川の水音で目を覚ました。その小川をひとりで北東に一キロほどたどってみると、水音はしだいに深い響きを帯びはじめた。やがて小川の姿は、前方で唐突に断ち切られ……

〈大峡谷〉！　これはしたり、しばし目的地のことを失念していたとは。午前中は、しだいに幅の広くなっていく小川にそって、おぼつかない足どりで霧中を歩み、濡れた岩から岩へとたどることに費やした。そして、最後の岩に飛び乗ったとき——その先にもう岩がないのに気づき、あわててバランスをとった。小川はそこから細い滝となって、はるか三千メートル下の霧と岩と河へ落ちこんでいたのである。

〈大峡谷〉は、いまも語り継がれるオールドアースの〈グランドキャニオン〉や惑星ヘブロンの〈世界の裂け目〉とは異なり、高原の隆起にともなって生成したものではない。活動的な海洋や一見地球型の大陸があるにもかかわらず、ハイペリオンはプレートテクトニクス的に死んでいる。むしろ、火星、ルーサス、アーマガストなどとおなじで、大陸移動がまったくない。そして、やはり火星やルーサスとおなじように、いまも大氷河期のまっただなかにある。その氷河期が三千七百万年もつづくのは、伴星である矮星が長楕円軌道をとり、長いあいだ、はるか遠くへいっているためだ。コムログで比較してみたところ、〈大峡谷〉の生成も、地球化《テラフォーム》される以前の火星のマリナー峡谷と同じ道筋を歩んだらしい。何億年にもわたって周期的に凍結と解氷がくりかえされ、地殻が脆《もろ》くなっているところへ、カンズ河などの地下水脈が流れこむ……そこへ大陥没が起こって、〈鷲《アクイラ》〉大陸の山系中を貫く長大な裂け目が誕生したのだという。

テュークも〈大峡谷〉の縁にやってきて、わたしのそばに立った。わたしは裸になり、灰のにおいのしみついた旅装束と法衣《ほうえ》を小川の水で洗った。それから、自分の青白いからだに冷水をかけ、大声で笑った。テュークも歓声をあげて水浴びをはじめた。その声のこだまが、三分の二キロメートル離れた対岸の北壁から返ってきた。大陥没の性質を考えれば、とくに危険がありそうにも思えなかったので、テュークもわたしも、南壁にせりだすオーバーハング上、崖っぷちぎりぎりの位置で水を浴びた。すぐ目の前に巨大な谷が口をあけてはいるものの、何百万年も重力の挑戦に耐えてきたオーバーハングだから、あと数時間くらいはもってくれるだろう。わたしたちは水浴びをし、くつろぎ、声がしゃがれるまで叫びつづけ、その反響を楽しんだ。いわば学校から解放された子供のようなものだ。ここでテュークが告白した。じつは炎精林を完全に横断したのははじめてだ、この季節にそれをなしとげたのは自分たちが最初ではないのか、雷吼樹が完全に活性化した以上、すくなくとも三カ月はもどれない、それまでこちら側にとどまっていないと――。彼としても、この状態がまんざらでもなさそうだったし、わたしとしても彼と旅をつづけられるのはうれしかった。

午後、装備をリレー式に運んで、オーバーハングから百メートルほど奥へ引っこみ、小川のほとりにテントを設営した。明朝の整理にそなえ、科学機器を詰めた耐熱トランクを積みあげる。

今夜は冷えこむので、日没前に夕食をとったあと、防寒着をはおり、ひとりで南西の岩壁に歩いていった。そう、はじめて〈大峡谷〉と遭遇したあの場所だ。そこに立って見わたす谷底の光景は圧巻の一語につきた。見えない滝がそそぎこむはるか谷底の河から、霧がゆうらりと立ち昇っている。ゆらめきつつ上昇する霧のカーテンは落陽を映しこみ、そこに十もの菫色《すみれいろ》の光球と二十もの虹を増殖させていた。それらを見つめるうちに、生まれ出た色彩のスペクトルは、暮色を深めゆく穹天《きゅうてん》へと昇り、ひとつ、またひとつと消えてゆく。やがて、ひんやりとした空気が高原の亀裂や空洞に腰をすえだすと、あたたかい空気が上空へ逃げはじめ、それによって生ずる垂直の突風で、枝葉が乱れさやぎ、霧は天へ吸いあげられはじめる。そのさい〈大峡谷〉に鳴り響いた音を、いったいなんと形容しよう。大陸そのものがあげる石の巨人の声、巨大な竹笛の音色、宮殿ほどもあるパイプオルガンの音、いちばん高いソプラノからいちばん低いバスまでをカバーする完全無欠の澄んだ歌声……。この音は、風がひびだらけの岩壁をなでるときに——あるいは、はるか下の、もはや動かぬ地殻に口をあけた洞窟や深い亀裂を吹きぬけるときに——たてる音なのだろうか。ランダムなハーモニーが生みだすその音は、どこか人声を思わせた。そのうちに、ものを思うこともわすれ、〈大峡谷〉が太陽に投げかける別れの歌に、わたしはひたすら耳をかたむけた。

テントにもどったのは、日も暮れはてるまぎわのことだった。じきに自動点灯のバイオ冷光ランタンがともり、頭上の空が流星雨の第一陣でにぎわうころ、遠い炎精林でふたたび雷撃雨がはじまり、南と西の地平線で荒れ狂いだした。そのさまは、聖遷前のオールドアースで行なわれたという、古代の戦争での砲撃戦を思わせた。

テントにもどってから、コムログをとりだし、遠距離周波数に合わせてみた。ノイズしか聞こえなかった。ファイバープラスティック・プランテーションで使われているのは原始的な通信衛星だし、たとえその電波がこんな東方に向けて送信されているにしても、よほど緊密なレーザー・ビーム、もしくはＦＡＴライン・ビームでないかぎり、山脈と雷吼樹の活動でさえぎられてしまうのだろう。パケムの僧院では、個人用コムログを携帯する者など皆無だったが、必要とあらばいつでもデータスフィアに連結することができた。ここではそれすら贅沢だ。

わたしは腰をすえて、衰えゆく〈大峡谷〉の風の歌に耳をすまし、すっかり暗くなった空に燃える流星雨を見つめながら、テントの外の寝袋で眠るテュークのいびきに笑みをもらし、思った。

これが追放の旅なら、それもまたよし。

第八八日

テュークが死んだ。

殺されたのだ。

死体を見つけたのは、日の出とともにテントを出たときだった。テュークは星の下で眠るのが好きだといって、テントの外で寝ていた。距離にすれば、わたしから四メートルとは離れていない。

殺人者たちは、テュークが眠っているあいだにのどをかき切っていた。悲鳴はまったく聞こえなかった。かわりにわたしは、夢を見た。熱病のあいだ、セムファに看病される夢――冷たい手で頸や胸をなでさすられ、子供時代から肌身はなさずかけている十字架をまさぐられる夢だ。わたしはテュークの死体のかたわらに立ちつくし、大きな円を描いてハイペリオンの無頓着な大地に滲みこんだ、黒い血のしみを見つめた。ではあれは、夢ではなかったのだ――あの手は昨晩、ほんとうに自分にふれていたのだ――そう気づいたとたん、恐怖にからだがわなないた。

告白する。このときの反応は、司祭としてのそれではなく、怯えた愚かな老人のそれだった。終油の秘蹟を司った身でありながら、そのときは恐慌に陥り、テュークの死体もほったらかしにして、なにか武器になるものはないかと大あわてで装備をあさり、多雨林のなかで枝をはらうのに使った山刀《さんとう》と、ちょっとした狩りに使うつもりで持ってきた低出力メーザー銃を手にとったのだ。たとえ自分の命をまもるためとはいえ、いざ襲撃者に対峙したときそれらの武器をふるったかといえば、相手が人間であったならなんともいえない。それでも、恐慌につき動かされるままに、わたしは山刀とメーザー銃を〈大峡谷〉そばの大岩に運びあげ、殺人者の姿はないかと高性能電子双眼鏡で一帯をさぐった。きのうも樹々のあいだに見た小型の樹上動物と虹蜉蝣《にじかげろう》のほか、動くものはなにも見えない。森林は異様なほど鬱蒼《うつそう》として、黒く広がっている。北東に広がる〈大峡谷〉の岩壁には無数の岩棚やテラスが連なり、蛮族の一団が姿を隠す場所はいくらでもありそうだ。絶えることのない霧にまもられ、岩の裂け目に身をひそめていれば、大軍だって隠れていられるだろう。

臆病風に吹かれて、愚かで無意味な警戒をはじめてから三十分後、ようやくテントにもどり、テュークの遺体を埋葬する準備にとりかかった。高原の地面は固く、岩がちで、墓穴を掘るのに二時間以上もかかってしまった。埋葬をおえ、所定の祈りを捧げる。ところが、いざ締めくくりの段になって、ここまでの案内を務めてくれた粗野で愉快な小男については、なにひとつ私的なことがらを知らないことに気がついた。

「彼の魂を護りたまえ、神よ」

ややあって、やっとのことでそうつぶやき——自分の偽善ぶりにうんざりした。心の底では、それがみずからに向けた慰めのことばとわかっていたからだ。

「どうか彼を安らかな道に導きたまえ。アーメン」

夕刻、キャンプを五百メートル北に移動。テントは広場に張ったが、わたし自身はそこから十メートル離れた岩を背にし、寝袋にもぐりこみ、山刀とメーザー銃を抱きしめて眠った。テュークの埋葬後、消耗品や装備の箱を調べてみた。おおかたのものはぶじだったが、ただひとつ、焼け残った数本の避雷針だけは持ちさられていた。まさか、テュークを殺し、わたしをここに置き去りにするため、だれかがわざわざ炎精林をぬけてあとをつけてきたのか？　いや、そんなごていねいなまねをする理由はまったく思いつかない。プランテーションの人間であれば、われわれがまだ多雨林にいるうちから寝こみを襲えただろうし――殺し屋の観点からはこちらのほうがベターだろう――炎精林のただなかで殺してしまうこともできたはずだ。のちに黒焦げの死体がふたつ見つかったところで、だれも不審には思わない。とすれば、これはビクラ族……わたしがもとめてきた未開部族のしわざということになる。

避雷針なしに炎精林を引き返そうかと思ったが、そんな考えはすぐに捨てた。ここに残っても死ぬとはかぎらないが、引き返せば確実に死ぬ。

雷吼樹が休眠するまで、あと三カ月。一日二十六時間の現地時間で、百二十日。永遠とも思える長さだ。

おお、いと気高きイエスよ、なぜわたしがこのような仕打ちを受けるのです？　昨夜殺されなかったからといって、今夜……あるいは明夜、殺されないとはかぎりません。なぜこのような目にあうのです？

〈大峡谷〉の底から夜の突風が吹きあげるとともに、突如として一帯をおおいだす不吉なうめきに耳をすましながら、宵闇忍びよる岩山にすわりこみ、流星雨が真紅の光条を引く夜空に向かって、わたしは祈った。

自分自身を慰めるために。

第九五日

この一週間、ずっといだいていた恐怖もおおむねやわらいできた。何日もアンチクライマックスがつづくと、恐怖でさえも薄れてしまうものらしい。

山刀で細い木を切って差しかけ小屋を造り、天井と側面に絶縁布を張って、丸太と丸太のあいだにコーキング剤がわりの泥を詰める。うしろの壁は巨大な岩に接している。調査機材をとりだし、整理はしたが、これらを使う機会がくるとは思えない。

急速になくなりつつあるフリーズドライ食品のストックを補うため、食料の調達をはじめた。ずっとむかし、パケムで立てたばかげた計画によれば、もう何週間も前からビクラ族のなかで暮らし、ささやかな交易物資と地元の食料とを交換しているはずなのだが。まあ、しかたない。鬱金蔦の根は胃にもたれず、ゆでるだけで食べられる。そのほか、コムログが食べられると保証する小果実や果物が、五、六種類は見つかった。いまのところ、わたしの腹と相性が悪い果実は一種類だけだ。もっともそのために、いちばんちかい小峡谷のはずれでひと晩じゅううずくまるはめになってしまったが。

一帯をうろつきまわる日々がつづいた。はたから見れば、アーマガストの藩王たちが檻で大事に飼っているペロプスのように見えただろう。南に一キロ、西に四キロの位置にある炎精林は、いまや雷撃雨の最盛期を迎えている。今朝などは、濃煙とゆらめく霧のカーテンとが競いあい、空をすっかりおおいつくしてしまったほどだ。この地が雷吼樹の猛威からまぬがれているのは、一枚壁も同然の石綿草の茂みと、高原頂上に散在する巨岩、装甲板におおわれた脊椎のごとく、北東に連なる豚背丘《とんはいきゅう》などのおかげにほかならない。

高原は北にいくにつれて広くなり、〈大峡谷〉付近の下生えもいっそう密になって、長さ約十五キロにおよぶ草原を形成したのち、〈大峡谷〉とくらべると深さは三分の一、幅は半分ほどの峡谷で断ち切られていた。その北端の崖までいき、ぱっくり口をあける小峡谷の向こうを見やってもどかしい思いに苛まれたのは、ついきのうのことだ。折を見て絶壁ぞいに東へまわり、小峡谷をわたれる場所がないか調べてみよう。もっとも、対岸の絶壁に見られる不死鳥葛の生えぐあいや、北東の地平線をおおう黒煙からすると、その先にあるのは鬱金蔦が密生する峡谷と炎精林、それをとりまく大草原だけのような気がする。手もとの衛星写真地図にぼんやりと映っているのもそんな感じだ。

夜ごとの突風が切々と葬送歌を歌いあげはじめるころ、岩を載せただけのテュークの墓を訪ね、大地にひざまずいて祈ろうとしたが、ひとことのことばも出てこなかった。

ああ、エドゥアール、ひとこともだ。いまのわたしは、きみとふたりでタルム・ベル・ワディ付近の不毛な砂漠から偽の石棺を〝発掘〟したときのように、空虚きわまりない。

禅グノーシス宗の門徒なら、この空虚さをよい徴候だというだろう。新しい認識のレベルへ、新しい洞察《メルド》へ、新しい経験へといたる、無我の境地の前兆だというだろう。馬鹿らしい。

わたしの空虚さは……たんにうつろなだけでしかない。

第九六日

きょう、ビクラ族を見つけた。というより、向こうがわたしを見つけたのだ。彼らがわたしを〝眠り〟から呼び覚ましにくるまえに、書けるかぎりのことを書いておこう。

キャンプからほんの四キロ北の地点で、こまかい地形を地図にまとめていたときのこと。昼のあたたかさで霧が晴れ、それまで霧で隠されていた、〈大峡谷〉のこちら側の絶壁にならぶ奇妙な岩棚が見えるようになった。おやと思って、電子双眼鏡でそのあたりをさぐってみると——オーバーハングを越えて大きくせりだした、階段状に連なる岩棚の上に——人工の居住施設が見つかった。十棟ほどの小屋は、鬱金蔦の葉、石、海綿芝などをよせ集めて造った粗末なあばら屋だったが、まぎれもなく人間の手になるものだった。

双眼鏡をかまえたまま、しばしその場に立ちつくした。絶壁にせりだした岩棚へ降りていき、小屋の住人たちのもとへ乗りこんでいくべきか、それともキャンプに引き返すべきか。

そのとき、背筋にぞくりと冷たいものが走り、何者かの気配を感じとった。

背後にだれかがいる。

双眼鏡をおろし、ゆっくりとふりかえった。そこに——ビクラ族がいた。人数はすくなくとも三十人。半円形にわたしをとりかこんでいる。森への退路は断たれていた。

いったい自分は、ビクラ族がどんな姿をしていると思っていたのだろう。歯の首飾りをかけ、獰猛な表情を浮かべた、裸体の野蛮人か。あるいは、旅人がヘブロンのモシェ山脈でまれに遭遇する、蓬頭総髭《ほうとうそうひげ》の隠者のような者たちか。どんなイメージをいだいていたにせよ、ビクラ族の実態は、そんな類型的イメージに収まりきるものではなかった。

音もなくわたしの背後に忍びよっていた一団は、みな一様に背が低く——わたしの肩より高い者はひとりもいない——首から下をすっぽりと、地面すれすれまでとどく雑な織りの黒っぽいローブでおおっていた。すこしも足を見せぬまま、でこぼこの地面をすべるように動くさまは、まるで幽鬼のようだ。いまも何人か、するすると動いている者がいる。そのいっぽうで、この距離から見る彼らの姿は、ニューヴァチカンの飛び地に群れるちっぽけなイエズス会士の集まりのようにも見える。

いまにも笑いがこみあげてきそうになったが、そんな反応はパニックの兆しだと気づき、ぐっとこらえた。もっともビクラ族は、パニックを起こさせるような攻撃的態度を見せていない。武器どころか、その小さな手はみなからっぽだ。からっぽなのは、表情もおなじだった。

彼らの外見的特徴を的確に描写するのはむずかしい。まず、禿げている。全員だ。頭髪のみならず、顔にはまったく体毛というものがない。それに加えて、ローブがからだの線を隠していることもあり、男女の見わけは困難をきわめる。しかも、わたしに対峙する集団は——いつのまにか五十人を超えていた——みなほぼおなじ齢格好に見えた。標準年で四十歳から五十歳のどこかというところだろう。顔はつるんとしている。肌が黄色味を帯びているのは、何世代にもわたって、鬱金蔦その他の現地産植物にふくまれる微量元素を摂取しつづけてきたことと関係あるのかもしれない。

ビクラ族のまるっこい顔を見ていると、つい智天使《ケルビム》になぞらえたくなるが、よくよく見ると、愛くるしい印象は消え失せ、べつの印象がとってかわる——弱い痴呆性だ。わたしは司祭として、数々の後進惑星で、ダウン症、蒙古症、多世代宇宙船症など、呼び名はさまざまだが、むかしながらの遺伝子的疾患がもたらす影響を目のあたりにしてきた。その知識に基づいて、六十人前後の、黒いローブを着た侏儒《こびと》たちがもたらす全体的な印象をまとめるなら——ひとことも口をきかず、たえず笑みを浮かべた、退行した無毛の子供たち、というところか。

そこではっと気づき、自分にいいきかせた。眠っているあいだにテュークののどをかき切り、ブタでも殺すようにその場に放置していったのは、ほぼ確実に、この〝たえず笑みを浮かべた子供たち〟なのだ。

いちばんちかくにいたビクラ族のひとりが歩み出てくると、数歩離れたところで立ちどまり、おだやかな一本調子のことばを口にした。

「ちょっと待ちたまえ」

わたしはコムログをとりだし、翻訳機能をオンにした。

「ベイエテト・オタ・メンナ・ロト・クレスフェム・ケト？」

目の前のビクラ族がくりかえす。

イヤフォンを耳につっこむと同時に、早くも翻訳がはじまった。手間どらないのもむりはない。一見異国ふうに聞こえるこのことばは、大むかしの播種船《はしゅせん》英語の単純ななまりで、プランテーションで使われている隠語とさほどかけはなれたものではなかったからだ。

「おまえは聖十字架の者／十字架にしたがう者だな」とコムログは訳した。十字架のくだりは、意味を絞りこめなかったらしい。

「そうだ」とわたしは答えた。

まちがいない、テュークが殺された晩、眠るわたしにふれたのはこの者たちだ。ということは、テュークを殺したのもこの者たちということになる。

わたしは待った。狩猟用メーザーは荷物のなかだ。その荷物は、十歩と離れていない小ぶりの鬱金蔦にもたせかけてあるが、わたしと荷物のあいだには五、六人のビクラ族が立ちはだかっている。しかし、それはもうどうでもいい。メーザーのことを考えたとたん、自分が他の人間に銃を使うことはありえないと悟ったからである。たとえその人間がわたしの案内人を殺し、いまにもわたしを殺そうと考えているにしてもだ。わたしは目をつむり、心のなかで痛悔《つうかい》の祈りを唱えた。目をあけたときには、さらにおおぜいのビクラ族がそばに近づいていた。必要なだけの人数がそろって、ついに結論が出されたかのように、全員の動きがぴたりととまった。

「そのとおり」沈黙のなかで、わたしは語りかけた。「わたしは十字架を身につける者だ」

コムログのスピーカーがそれを通訳する。最後に〝クレスフェム〟ということばが聞きとれた。

ビクラ族はいっせいにうなずき――侍祭を務める少年のように慣れたしぐさで――小さな衣ずれの音をたて、ひとり残らず完璧な形で片ひざをついた。

わたしは口を開いたが、いうべきことばを思いつかず、また口を閉じた。

ビクラ族が立ちあがった。おりしも吹いてきた一陣の風が、もろい鬱金蔦の葉むらをざわつかせ、夏の終わりを告げる乾いた音を頭上に響かせた。左側の、いちばん手近にいるビクラ族がさらに近づき、冷たく力強い指でわたしの前腕をつかむと、おだやかにしゃべった。

コムログはそれをこう訳した。

「こい。家にいって眠る時間だ」

陽はまだ中天にある。〝眠る〟というのはコムログの翻訳ミスだろうか、それとも〝死〟を意味する暗喩ないしは慣用句なのか。ともかく、わたしはうなずき、彼らのあとにつづいて、〈大峡谷〉の岩壁にへばりつく村へと歩きだした。

いま、わたしは小屋の一軒にすわり、待っている。衣ずれの音が聞こえるところを見ると、まだ起きている者がいるのだろう。すわって待つ。わたしにできるのはそれだけだ。

第九七日

ビクラ族はみずからを〈六十人と十人〉と呼ぶ。

いま、彼らは二時間の〝午睡〟をとっているところだ。その時間を利用して、この二十六時間、彼らと話をし、観察してきた結果を書きつけ、できるだけたくさんのデータを記録しておく――彼らがわたしののどをかき切ろうと決めるまえに。

もっとも、いまはもう、彼らがわたしを傷つけることはないように思える。

きのうは〝午睡〟のあと、彼らに話しかけてみた。だが、質問しても答えが返ってこないときもあったし、うめくように答えるだけのときもあれば、知能未発達の子供のように、見当ちがいの答えを返すだけのときもあった。彼らのほうも、最初に出会ったときにした質問と、ここへ招いたときのことば以外、いっさい質問やコメントを口にしようとはしない。

わたしは経験を積んだ民族学者ならではのプロフェッショナルな冷静さをもって、微妙に、慎重に、注意深く質問を重ねた。質問の内容は、コムログがきちんと訳せるよう、できるだけ簡明にまとめ、事実のみにかぎった。じっさい、コムログはちゃんと機能した。だが、それで得られた答えを総合してみても、彼らに関する知識は二十数時間前とほとんど変わっていない。

とうとう、心身ともに疲れはてて、プロフェッショナルな繊細さをかなぐり捨てたわたしは、一同が午睡から目覚めたあと、単刀直入にこうたずねた。

「わたしの連れを殺したか？」

そのとき質問していた三人は、粗野な織機で織っている布から顔をあげようともしなかったが、そのうちのひとり――森のなかで最初に近づいてきたことから、わたしがひそかにアルファと呼んでいるビクラ族が、こう答えた。

「そうだ。われわれは石包丁でおまえの連れののどを切り裂き、もがかなくなるまで押さえつけた。彼は真の死を迎えた」

「なぜ……？」

しばしの沈黙ののち、やっとのことでわたしはそうたずねた。トウモロコシの皮がぼろぼろとはがれて落ちていくような声だった。

「なぜ彼が真の死を迎えたかということか？」依然として顔をあげぬまま、アルファが問い返す。「なぜなら、血がすべて流れだし、呼吸がとまったからだ」

「そうじゃない。なぜ彼を殺したのかときいてるんだ」

アルファは答えず、かわりにベティが――女性なのか、そうだとすればアルファの連れあいなのか、いまだ定かではない――織機から顔をあげ、あっさりと答えた。

「死なせるために」

「だから、なぜ？」

どうたずねても同じ返答にたどりつき、彼らの考えはいっこうにわからない。いくら質問を重ねても、得られるのは、テュークは死なせるために殺したのであり、テュークが死んだのは殺されたからだという答えだけなのだ。

「〝死〟と〝真の死〟のちがいはなんだ?」

こうたずねた時点で、わたしはもう、コムログの通訳の正確さと自分の冷静さに自信が持てなくなっていた。

うめくように答えたのは、その場にいた三人めのビクラ族、デルだった。コムログはそれをこう訳した。

「おまえの連れは真の死を迎えた。おまえは迎えなかった」

とうとう、怒りにかぎりなく近いいらだちにつき動かされて、わたしはどなった。

「だから、なぜだ! なぜわたしを殺さなかった?」

三人は淡々と機《はた》を織る手をぴたりととめ、わたしを見あげた。

「おまえは殺せない。死ぬわけにはいかないからだ」アルファが答えた。「おまえは死ぬわけにはいかない。なぜならおまえは聖十字架の者であり、十字架にしたがう者だからだ」

このろくでもない機械がなぜ最初のことばを〝聖十字架〟、つぎのことばを〝十字架〟と訳したのか、わたしにはさっぱりわからない。〝なぜならおまえは聖十字架の者だからだ〟

——

背筋にぞっと冷たいものが走り、つづいて哄笑《こうしょう》の衝動に駆られた。もしや自分は、古い冒険ホロによくあるパターンにはまりこんでしまったのではないか。ジャングルにさまよいこんだ男を、失われた部族が神と崇める。ところが、客人《まろうど》がうっかり髭剃りかなにかで血を流すところを見た部族の者たちは、これは神ではなかったのだと知り、少々安堵もして、こんどは生贄《いけにえ》に捧げる——。

　こんな状況でさえなければ、にやりとしていたかもしれない。しかしわたしの脳裡には、テュークの血の気の失せた顔とぱっくり口をあける傷跡のイメージが鮮烈に焼きついていた。

　彼らの十字架に対する反応からすると、ここで遭遇したのがキリスト教コロニーの生存者の一団であることはまちがいない。それも、カトリックのだ。コムログに記載されているデータによれば、この高原に墜落した降下船に乗っていた七十名の移民は、ネオ・カーウィン・マルクス主義者ばかりで、旧来の宗教を公然と否定するほどではないにせよ、宗教には無関心だったはずなのに。

　追及するにはあまりにも危険な問題なので、その点にはふれずにおこうかとも思ったが、どうしても知りたくてたまらず、わたしは愚かにもこうたずねた。

「きみたちはイエスを信じるか？」

　否定のことばを聞くまでもなく、三人のきょとんとした顔がすべてを物語っていた。

「キリストだ」わたしはもういちど試みた。「イエス・キリスト。キリスト教はどうだ？　カトリック教会は？」

　きょとんとした表情は変わらない。

「カトリックだぞ？　イエスは？　マリアは？　聖ペテロは？　聖パウロは？　聖テイヤールは？」

コムログがいくらノイズのような音をたてても、ビクラ族にはなんの意味もなさないようだった。

「きみたちは十字架にしたがう者だろう？」なにか接点をつかもうと、わたしも必死だった。

三人がわたしを凝視し、アルファがいった。

「われわれは聖十字架の者だ」

わたしはうなずいたが、依然、なにもわからなかった。

夕刻、日没前に、短い眠りをとった。目覚めたのは、〈大峡谷〉の黄昏《たそがれ》の風がパイプオルガンの調べを奏ではじめてからである。崖の上よりもこの岩棚の村で聞くほうが、音ははるかに大きかった。おまけに、上昇気流が金切り声をあげて岩壁の隙間を吹きぬけ、枝葉をゆさぶり、粗野な煙出し穴を通過するにつれて、この小屋までもがコーラスに加わりだす。

それにしても、なにかがおかしかった――いったいなんだろう。起きぬけだったので、しばらく首をひねってから、ようやくその理由に気がついた。村人がひとりもいなくなっていたのだ。どの小屋にも、人っこひとりいない。わたしは冷たい岩の上にすわり、見知らぬ人間が村に闖入《ちんにゅう》したため、集団で脱出でもしたのかと考えた。いつしか風の調べはとだえ、低くたれこめた雲の間に間に、夜ごとの流星雨ショーが輝いている。そのとき……背後で物音がした。ふりかえると、〈六十人と十人〉の全員がそこにいた。

ひとことも口をきかぬまま、彼らは目の前を通りすぎ、それぞれの小屋にはいっていった。どの小屋にも灯はともらない。みな小屋のなかにすわり、暗闇でも見つめているのか。

自分の小屋へもどる気になれず、わたしはそのまま戸外にとどまった。しばらくして、草むす岩棚のはずれに歩いていき、崖っぷちに立って、峡谷の底を見おろした。何本もの蔦や根が絶壁を這いおりているが、数メートルほど下からは闇に断ち切られ、虚空の上にぶらんとたれさがっているようにしか見えない。まさか、二キロも下の河にとどくほど長く蔦が伸びているはずはなし……。

しかしビクラ族は、たしかに下からもどってきたのだ。

筋が通らない。かぶりをふりふり、自分の小屋にもどった。

そしていま、こうしてすわりこみ、コムログのディスキーの光をたよりに日記を書きながら、あすの朝陽を確実に拝むための予防手段はないかと考えている。

なにも思いつかない。

第一〇三日

知れば知るほど、わけがわからなくなる。

装備はすべて、彼らがあけてくれたこの小屋のなかに運びこんでおいた。

写真も撮った。ビデオも撮ったし、オーディオ・チップにも録音した。村とその住人も全景ホロイメージに収めた。ビクラ族は気にするふうもない。彼らのホロイメージを投影して見せても、まったく関心を示さず、イメージをつきぬけて行き来するばかりだ。目の前で録音を再生して聞かせても、ただほほえみを浮かべるだけで、だまって小屋にもどってしまう。

小屋でなにをしているかといえば、なにもせず、なにもいわず、ただ何時間もじっとすわっているばかり。安っぽい飾り物をさしだして、なにかと交換しないかと持ちかけてみたが、感想を口にするでもなく、ちょっとかじってみて食べられないとわかると、そのまま放りだしていってしまう。おかげで草地には、プラスティックのビーズ、カラフルな布きれ、安物のペンなどが散乱する結果となった。

設備のととのった施療院も開設してみたが、なんの役にもたたなかった。〈六十人と十人〉は、診察させてもくれず、血液サンプルの採取も諾とせず、痛くはないのだといくら説明しても、診察機器での走査に応じようとはしない——要するに、いっさい協力しないのだ。文句をいうわけでもない。説明するわけでもない。ただ背を向け、無為な日常にもどっていく。

一週間たったいまも、いまだに男女の区別はつけられない。彼らの顔を見ていると、眺めているうちにたえず形の変化する視覚パズルを思いだす。ときどきベティの顔がまぎれもなく女性のそれに見えることがあるが、十秒後には性別の感覚が消え失せてしまい、ふたたび彼（彼女？）のことはベータとしか考えられなくなる。声についても同様だ。おだやかで調整を施された、性別のない声。後進惑星でときどき見かける家庭用コンピュータの、できの悪い合成音声のようだ。

このごろは、ひと目でいい、なんとかビクラ族の裸体を見られないかと願うことが多くなった。標準年で六十七歳のイエズス会士としては、なかなか認めがたいことだ。もっとも、ベテランの覗き屋でも、そう簡単に彼らの裸体は見られまい。裸体に対するタブーは、ここでは絶対のもののようだからである。起きているあいだも、二時間の午睡のあいだも、彼らはつねに長いローブを身につけている。大小便のときは村の外に出ていくが、排泄時もローブは着たままらしい。入浴の習慣はないと見える。というと、なんだかにおいそうだが、悪臭はまったくない。においといえば、鬱金蔦の甘いにおいをかすかにただよわせているだけだ。

「たまには服をぬがなくてはならないだろうに」

ある日のこと、わたしはアルファに、ずばりそうたずねた。それとなく情報を引きだす試みは、とうにあきらめてしまっている。

「そんなことはない」

アルファはそう答えて、そのままどこかへいってしまった。いつものように服を着たまますわりこみ、漫然とすごすために。

ところで、ビクラ族には個人名がない。はじめは信じられなかったが、いまではそう確信している。

「われわれはみなおなじだ。いままでもそうだったし、これからもそうだ」といったのは、いちばん背の低い、わたしがイッピーと呼ぶ、たぶん女性のビクラ族だった。「われわれは〈六十人と十人〉だ」

コムログの記録を検索して、わが推測は裏づけられた。人類の歴史はじまって一万六千年以上になるが、その間、個人名のまったくなかった社会は記録されていない。ルーサスの巣礎社会《ハイヴ》でさえ、個人個人には階層名と、それにつづく簡単なコード番号が割りあてられている。

だが、ビクラ族に名前を告げても、彼らはじっと見返すばかり。「ポール・デュレ神父、ポール・デュレ神父」とコムログが何度となく翻訳しても、ただのいちどもそれをくりかえそうとはしない。

日没前の集団消滅と、二時間の午睡を除けば、彼らが集団で統一行動をとることはごくまれだ。寝る場所さえ決まってはいないらしい。たとえば、ある午睡をベティと過ごしたアルファは、つぎの午睡ではガム、そのつぎはゼルダかピートというふうに、気ままに相手をとりかえる。これといったシステムやスケジュールもなさそうだ。三日おきに、七十人全員が食料調達のため森へはいり、小果実や鬱金蔦の根、皮、果実、その他、食べられるものならなんでもとってくる。そのようすから、てっきり菜食主義者とばかり思いこんでいたのだが、デルがもぐもぐしているものを見て、そうともかぎらないことを知った。それは霊長類の赤ん坊の、高い枝から落ちたとおぼしき死体だったのだ。それを食べるとなると、〈六十人と十人〉は肉食を忌避しているわけではないらしい。たんに鈍くて、動物を狩ったり殺したりできないだけなのだろう。

三百メートルほど離れたところには小川があり、滝となって〈大峡谷〉に流れこんでいる。のどがかわくと、ビクラ族はその小川まで歩いていく。そこまで歩いていくのはかなり不便なはずなのに、皮袋や瓶など、水をいれる容器はいっさいない。わたし自身は、十ガロン入りのプラスティック容器に水をたくわえているが、村人たちは無関心だ。彼らに対する敬意は衰えるいっぽうで、この村が何世代もむかしから手近な水源なしでやってきたとしても、もはやすこしも意外ではない。

「ここの家々を造ったのは？」

わざわざこんなたずねかたをしたのは、村を意味する単語が彼らの語彙《ごい》にはないからだ。

「〈六十人と十人〉だ」

と答えたのはウィルだった。外見はウィルもほかの者とまったくおなじだが、指を一本折っており、それがちゃんと治っていないので、はっきりと見わけがつく。どのビクラ族にも、最低ひとつはそのような特徴があり、なんとか識別できなくはない。もっとも、どうかすると、カラスを見わけるほうがまだ簡単かと思えることもある。

「造られたのは、いつ？」

自分で質問しながら、すでにあきらめがついている。「いつ」をふくむ質問には、絶対に答えが返ってこないのだ。

あんのじょう、返事はなかった。

毎夕、日没前になると、彼らは〈大峡谷〉へ降りていく。蔦をつたっていくようだ。三日めの夕方、集団移動のようすを見物しようとしたが、六人のビクラ族に崖っぷちから追い返され、丁重ながら断固とした態度で追いたてられて、自分の小屋に押しもどされた。ビクラ族が多少とも攻撃的な行動をとるのを目にしたのは、これがはじめてだった。六人が立ちさったあとも、わたしは小屋のなかにすわり、少々不安な思いで夕べを過ごした。

翌夕、彼らが出かけるとき、わたしはおとなしく小屋にもどり、外を覗こうともしなかったが、みながもどってきたあと、崖っぷち付近にひそかにセットしておいたイメージャーと三脚をとりにいった。タイマーはちゃんと働いており、収録された立体画像には、鬱金蔦や堰木の森にひしめく小型樹上動物のように、蔦をつたって敏捷に絶壁を這い降りていくビクラ族の姿が映っていた。やがて彼らの姿は、オーバーハングの下に消えた。

「毎晩毎晩、崖の下に降りてなにをしているんだ？」

翌日、わたしはアルにそうたずねた。

アルは見るからに清らかな、ブッダのようなほほえみを浮かべ——この笑みにはもう、がまんがならない——わたしを見つめて、

「おまえは聖十字架の者だ」と答えた。

まるで、それがすべてを説明しているといわんばかりの口調だった。

「崖を降りて礼拝でもしているのか？」

返事はない。

わたしはちょっと考えてから、

「わたしもクロスの者だ」といった。こういえば、コムログは〝聖十字架の者〟と訳してくれる。もうそろそろ通訳プログラムなしでも話ができそうだが、こういう重要なやりとりで

は、まだ冒険を冒すわけにはいかない。「これはつまり、きみたちが絶壁を降りるとき、わたしも同行すべきだということではないかね？」

わたしは一瞬、アルファが考えこんでいるのだろうと思った。眉間にしわが寄ったからだ。〈六十人と十人〉の顔に〝眉根をよせる〟のにちかい表情が浮かぶのは、このときはじめて見た。しばらくして、彼はいった。

「それはできない。おまえは聖十字架の者だが、〈六十人と十人〉ではない」

眉間のしわの理由がそれでわかった。わたしと彼らの差異をひねりだすのに、アルファは脳のニューロンとシナプスを総動員しなくてはならなかったのだ。

「わたしが絶壁を降りたら、きみたちはどうする？」

この問いは、答えを期待してのものではなかった。仮定上の質問は、時間にかかわる質問とおなじく、ほぼ例外なく返事が得られないからである。

ところが、こんどにかぎって返事があった。ふたたび天使の笑みを浮かべ、無邪気な顔つきにもどって、アルファはおだやかにこういったのだ。

「もし崖を降りようとしたら、みんなでおまえを草の上に押さえつけ、石包丁をとり、おまえののどを切り裂き、傷口から血が流れなくなって、心臓が搏《う》たなくなるまで待つ」

二の句がつげなかった。まあいい。こうして話しているいまも、この者たちにはわたしの鼓動の音が聞こえているのか。すくなくともこれからは、自分が神と思われているのではないかと心配しなくてもすむ。

その後しばし、沈黙がつづいた。そのうちに、アルファがもうひとことだけつけ加えた。そのことばの意味を、以来わたしはずっと考えている。そのことばとは、こうだった。

「そして、もういちどおなじことをしたら——もういちどおまえを殺さなくてはならない」

しばらくのあいだ、わたしたちは顔を見つめあった。わたしばかりではない。向こうもわたしのことを、度しがたい阿呆と思っているのは明らかだった。

第一〇四日

新事実が判明するたびに、混迷は深まっていく。

子供の姿がないことは、初日から気になっていた。記録を読み返すと、コムログに口述筆記させた日々の観察メモのなかでは、何度もそのことに言及している。ところが、自分で日記と呼ぶ、この個人的な所感のなかでは、いっさいそれが触れられていない。おそらく、その示唆する意味があまりにも恐ろしいからだろう。

この謎を解明しようと、何度むなしい努力を試みても、〈六十人と十人〉は判で押したような反応しか示さない。質問された相手はあどけない笑みを浮かべ、答えにならない答えを口にする。それも、〈ウェブ〉でも最低の阿呆のたわごとさえ賢者の金言に思えるほど、まったくとんちんかんな答えをだ。しかも、答えがあればまだいいほうで、まったく答えないことも多い。

ある日のこと、わたしはデルと名づけたビクラ族の眼前に立ち、相手がいやでもこちらの存在を認識するまでしばらく待ってから、こう切りだした。

「なぜここには子供がいないんだね？」

「〈六十人と十人〉だからだ」デルはおだやかに答えた。

「赤ん坊はどこにいる？」

返事なし。質問をはぐらかそうとする意図などはない。ただだまって見つめ返すばかりだ。

わたしはため息をついた。

「きみたちのなかでいちばん若いのはだれだ？」

デルは考えているような顔になった。わたしの問いにとりくんでいるらしい。正直いって、デルに答えられるとは思っていなかった。もしやビクラ族からは時間感覚が完全に失われ、そのような質問はまったく意味をなさないのではあるまいか。だが、一分ほどの沈黙ののち、デルは陽光のもとでしゃがみこみ、粗野な織機で機織りをしているアルファを指さして、こういった。

「あそこに、最後にもどった者がいる」

「もどった？　どこから？」

デルはなんの感情もない目で、じれったそうな態度をとるでもなく、わたしを見つめた。

「おまえは聖十字架の者だ。十字架の道は知っているはずだ」

わたしはうなずいた。さんざん積み重ねてきた経験から、よくわかっている。それ以上やりとりをつづけても、いくつもあるロジック・ループの陥穽《かんせい》に落ちこみ、会話が成立しなくなるだけだ。それでもわたしは、かぼそい情報の糸にすがりつく思いで、質問を重ねた。

「それなら、アルは――」と、わたしはアルファを指さして、「最後に生まれたということか？　最後にもどったとはそういう意味なんだね？　では、これからも、だれかが……もどることはあるのか？」

自分でも、どう表現したらよいのかよくわからなかった。対話する相手に、子供を意味する語彙も時間の概念もない場合、どうやって誕生のことをきけばいいのだろう。ところが、デルはわたしの問いを理解したのか、こくんとうなずいてみせた。

力づけられる思いで、わたしはたずねた。

「それなら、つぎの〈六十人と十人〉が生まれるのはいつだ？　いつもどってくる？」

「死ぬまでは、だれももどらない」

だしぬけに、理解できた気がした。

「すると、新しい子供は……だれかが死ぬまで、だれももどらないというのか。〈六十人と十人〉の定数を維持するため、きみたちはだれかが死ぬたびにひとり補充するということか」

デルは沈黙をもって答えた。おなじ沈黙でも、わたしが肯定と解釈するようになっているタイプの沈黙だ。

パターンは明白に思われた。ビクラ族は〈六十人と十人〉という人数を絶対視しているのだ。彼らは村の人口を七十人に維持している。七十人といえば、四百年前、この高原に墜落した降下船の乗客リストにあったのとおなじ人数だ。そこに偶然の一致が介在する余地はない。だれかが死んだら、そこではじめて、欠員を埋める子供が生まれることをゆるす。単純にして明快。

……ではあるが、そんなことは不可能だ。自然と生物学は、そう都合よく働いてはくれない。人数の少なさにかかわる問題のほかにも、不条理な問題がたくさんある。つややかな肌をしたビクラ族の年齢が不詳とはいえ、最年長者と最年少者のあいだに十歳以上の年齢差がないことはまちがいない。子供じみた行ないをしていても、彼らの平均年齢は、標準年にして三十代末から四十代なかばというところだろう。では……老人はどこにいる？　親は？　年老いた伯父たちは？　未婚の伯母たちは？　このままでいけば、村の者たちはみな、ほぼおなじ時期に老境にはいる。子供をもうけられる年齢をすぎたあと、欠員を補充する必要が出てきたらどうする？

ビクラ族は怠惰な、すわりがちの生活を送っている。事故に遭遇する率は――たとえ〈大峡谷〉の縁にすんでいるとしても――低いにちがいない。野獣もいない。季節の変化にもとぼしく、食料の供給はほぼ一年じゅう安定している。とはいえ、この不可解な部族の歴史は四百年もある。その間、村に病気が蔓延することもあっただろうし、絶壁を降りていくさい、いつになくたくさんの蔦がはがれ落ち、〈大峡谷〉の底に墜落した村人もいただろう。それに、気の遠くなりそうなほど遠いむかしから保険会社を恐れさせてきた、原因不明の突然死症候群もある。

そうなったら、どうする？　欠員補充のため、子供をもうけたあと、またいまのように性とは無縁の暮らしにもどるのか？　ビクラ族はこれまでに記録されてきたどの人類社会ともちがって、たとえば数年に一度の——あるいは、十年に一度？　一生に一度の？——発情期があるのか？　それはちょっと考えにくい。

いま、わたしは自分の小屋にすわり、いくつかの可能性を見なおしている。ひとつめは、ビクラ族がきわめて長命で、その生涯の大半を通じて生殖能力を有しており、村人に欠員ができても簡単に補充できるという可能性だ。しかしそれでは、彼らの齢格好が似かよっていることの説明がつかない。それに、そのような長命性を可能にするメカニズムも存在しない。連邦で最高の延命薬をもってしても、壮健でいられる時期を百標準歳強まで引き延ばすのがせいぜいだ。各種老化防止手段を施せば、人は中年初期の活力を、六十代おわりの年齢まで——わたしの齢だ——保つことができるが、クローン臓器の移植、バイオエンジニアリング、その他、大富豪のみにゆるされる特権的処置を受けないかぎり、〈ワールドウェブ〉の人間には、七十になって子供をもうけたり、百十歳の誕生パーティーで踊ったりすることなどできはしない。鬱金蔦の根に、あるいは〈羽交高原〉の澄んだ空気に、老化を抑制するうえで劇的な効果があるのなら、ハイペリオンじゅうの人間がとうのむかしにここに住みつき、鬱金蔦の根を食べて暮らしていただろう。さらに、転位システムも何世紀も前に導入され、ユニバーサル・カードを持つ連邦市民はみなここで休暇を過ごし、ここに隠退しようと夢見るようになっていただろう。

やはり、ちがう。もっと筋の通った結論は、ビクラ族の寿命がごくあたりまえの長さであり、子供もあたりまえに生まれているが、補充が必要とされない場合は新生児を殺してしまうとすることだ。いや、子殺しなどはせず、禁欲生活やバース・コントロールで人口増加を制限し、じきに新しい血が必要となるぎりぎりの年齢に達すると、いっせいに子供を生むのかもしれない。いちどきにわっと子供が生まれるとすれば、村人たちの年齢が似かよっていることの説明もつく。

だが、その子たちの教育はだれがするのか？　親その他の年配者はどうなってしまうのだろう？　貧弱な文化の萌芽を子孫にゆずりわたしたのち、みずから死を受けいれるのか？　彼らのいう〝真の死〟とは、一世代がまるごと死を迎えることなのか？　それとも〈六十人と十人〉は、吊り鐘形の年齢曲線の両端に位置する個人を殺してしまうのか？

ぐずぐず考えていても、はかばかしい解答は浮かんでこない。自分の問題解明能力のなさに、だんだん腹がたってくる。ともかく、筋道だてて考えろ、ポール。集中するんだ、イエズス会士。

問題：性別をどうやって見わけるか？

答え：甘言を弄《ろう》し——あるいは腕ずくで——何人かに身体検査を受けさせる。そして、性の役割に関する謎と裸体のタブーを解明する。人口抑制のため、何年ものきびしい禁欲生活が確立されているのだとすれば、先の新理論と符合する。

問題：なぜ彼らは、六十人と十人、つまり遭難した降下船に乗っていたのとおなじ人数をそんなに熱心に維持しようとするのか。
答え：それがわかるまでは、質問をつづけるしかない。
問題：子供たちはどこにいる？
答え：それがわかるまでは、質問をつづけるしかない。おそらく、夕刻の崖下への訪問が、以上のすべてに関係しているのだろう。下には子供部屋があるのかもしれない。あるいは、小さな骨の山が。
問題：〝聖十字架の者〟とはなにか。〝十字架の道〟にかかわることとはなにか。当初の入植者の信仰が、歪んだ形で残っているとは考えられないか。
答え：謎の源までいくしかない。日々の崖下への訪問は、宗教的性質を持つ行為なのか。
問題：崖下にはなにがあるのか。
答え：降りてみるしかない。
あす、いつものパターンにしたがうなら、〈六十人と十人〉を構成する六十人と十人は、全員が森にはいり、何時間かのあいだ、食料の採取に従事する。今回は同行しないことにしよう。
そして、ひとり崖っぷちを乗り越え、下に降りるのだ。

第一〇五日
〇九三〇時――神よ、感謝します、本日、あのようなものを見せてくださったことを。

そして、ふたたび感謝します、いまこのとき、わたしをこの惑星に遣わし、神の存在を目のあたりにさせてくださったことを。

一一二五時――ああ、エドゥアール……エドゥアールよ！　もどらなければ。きみたちみんなに見せるために！　すべての人々に見せるために！

必要な荷物はすべてまとめた。イメージャー・ディスクとフィルムも石綿草の葉で編んだポーチに収めた。食料も水もある。バッテリーが弱まってはいるが、メーザー銃も持った。テントも。寝袋もだ。

これで避雷針さえ盗まれていなければ！

避雷針はまだビクラ族が持っているかもしれないが、なんともいえない。小屋はぜんぶ調べたし、近隣の森もさがしてみたが、見つからなかった。じっさい、彼らには用なしだろう。しかし、そんなことはどうでもいい！

できることなら、きょうのうちに出発しよう。きょうがむりでも、なるべく早く。エドゥアール！　すべてはこのフィルムとディスクに収めたぞ。

一四〇〇時――

きょうは炎精林を通りぬけられそうにない。活性化領域のはずれにさしかかりもしないうちから、濃密な黒煙で行く手をはばまれてしまう。

やむなく、村にもどり、記録したホロを見返した。まちがいない。奇蹟は本物だ。

一五三〇時――

〈六十人と十人〉はいまにももどってくる。彼らに知られたらどうなるだろう……わたしの姿を見ただけで、あそこにいったのだと見破られたらどうなるだろう。

隠れるか。

いや、隠れることなどない。神がこんな辺境の地へわたしを遣わされ、あそこへと導かれたのは、かのあわれな子らの手でこの身を滅ぼさせるためではなかったはずだ。

一六一五時——

〈六十人と十人〉がもどってきて、わたしには目もくれず、それぞれの小屋にはいった。

こうして自分の小屋の戸口にすわっているあいだも、ほほえみを抑えきれない。ひとりでに笑みがこぼれてくる。祈りのことばもだ。さっきわたしは、〈大峡谷〉の縁に歩みより、ミサを読み、聖体拝領誦を読んだ。村人たちはこちらを見ようともしない。

いつになったら出発できる？　オーランディ農園主とテュークは、炎精林が完全に活性化すると、三カ月は——つまり百二十日のあいだ——その状態がつづき、それから二カ月ほどは比較的平穏な状態がつづくといっていた。テュークとともに森へ到着したのは、第八七日……。

だが、あと百日も待ってはいられない。一刻も早く、世界に……いや、宇宙じゅうに、この大ニュースを伝えなければ。

ああ、勇敢なスキマーが、悪天候をつき、炎精林の雷撃雨を通りぬけて、わたしをここから連れだしてくれないものか。プランテーションに情報を提供しているデータフィックス衛星のどれかにアクセスできないか。

そう、どんなことだって起こりうる。奇蹟はさらに起こるはずだ。

二三五〇時――

〈六十人と十人〉が〈大峡谷〉の崖下へ降りていった。黄昏の風が歌う聖歌が、まわりじゅうで高まりはじめる。

ああ、いま彼らと行動をともにできたなら！　いっしょに崖下へいけたなら！

だが、ここは次善の策でがまんしよう。絶壁のそばでひざまずき、祈りをささげるのだ。いまや疑念の余地はない。惑星と天が奏でるこのパイプオルガンの調べは、たしかに実在し現存する神への讃歌なのだから。

第一〇六日

目覚めると、今朝は最高の天気だった。空は深いターコイズ色を帯び、くっきりと見える太陽は、その青空にはめこんだ血の色の宝石のようだ。わたしは小屋の外に立ち、晴れゆく霧を眺めた。樹上動物たちの朝のコンサートも終わりを迎え、空気があたたかくなっていく。ほどなく小屋にもどり、テープとディスクを見なおした。

興奮していたためか、日記を読み返すと、崖の下にあったもののことをまったく書いていなかった。そうだ、いまからでも書いておこう。ディスク、フィルム、コムログと、いろいろな媒体に記録をとってはいるが、のちにこの私的な日記しか発見されない可能性もあるのだから。

きのうの朝、だいたい〇七三〇時ごろ、わたしは絶壁を這いおりた。ビクラ族はみな、森へ食料採取に出たあとだ。蔦をつたっての降下は、はたからはごく簡単そうに見えたが――蔦がたがいにからみあい、たいていの場所でははしごを形成していたからだ――いざ崖っぷちから身を乗りはじめて降りだしてみると、心臓が痛いほどに高鳴るのをおぼえた。下の岩場と河までは、じつに三千メートルもある。いちどにすくなくとも二本の蔦をしっかりと握りしめながら、足の下に口をあける深淵は見ないようにして、わたしはすこしずつ絶壁を這いおりていった。

百五十メートルを降りるのに、一時間ちかくも費やした。ビクラ族なら十分程度で降りてしまう高さだ。やがてオーバーハングのカーブにたどりついた。蔦の一部はオーバーハングから下へだらりとたれているが、たいていは岩の突出の下へとまわりこみ、三十メートルほど奥まった岩壁につづいている。そこここで、蔦が何本もたばねられ、粗野な橋を形作っていた。ビクラ族なら、ほとんど、あるいはまったく手を使わずに、この橋を歩いてわたれるにちがいない。支えとするため、ほかの蔦も握りしめ、子供時代以来はじめて口にするたぐいの祈りをつぶやきながら、そんな〝橋〟を這うように進んだ。ぐらぐらとゆれ、きしみをあげる蔦の橋の下には、無限とも思える空間が広がっている。視線は前方だけにぴたりとすえた――そうすれば、下の空間のことをわすれられるかのように。

オーバーハングの下には、広い岩棚が出っぱっていた。蔦から二メートル半下にあるその岩棚に飛びおりたのは、岩棚の縁から内側へ三メートルほど進み、絶対に谷底へ落ちる心配がなくなってからのことだ。

岩棚の幅は約五メートル。岩壁ぞいに北東へすこしいくと、ふたたび巨大な岩塊がオーバーハングを形成していた。反対側の南西方向には小道がつづいていたので、それをたどり、二、三十歩進んだところで——愕然として立ちどまった。道だ。固い岩が磨耗して道ができている！　そのつややかな表面は大きくえぐれ、周囲の岩から数センチもへこんでいた。さらにその先では、道は岩棚の湾曲した縁にそって下へと傾斜し、一段下の、もっと幅の広い岩棚につづいていた。そしてその斜面には石の階段がうがたれ、その階段のまんなかの部分が、これまた磨耗して大きくへこんでいた。

その単純な事実の意味するところに気づき、衝撃のあまり、しばしその場にしゃがみこんだ。四世紀のあいだ、〈六十人と十人〉が毎日ここを通ってきたとしても、これほど極端に岩が磨耗するものではない。ということは、ビクラの移民がここへ墜落する以前の大むかしから、この道を利用してきた何者か——もしくはなにかが——いたということだ。その何者か、もしくはなにかがこの道を使っていた期間は、何千年にもおよぶのだろう。

立ちあがって歩きだした。幅五百メートルの〈大峡谷〉をゆっくりと吹きぬける風の音のほか、音らしい音はほとんど聞こえない。せいぜい、はるか下のおだやかな河音が聞こえるくらいだ。

道は絶壁にそって左にカーブし、その先はゆるやかに傾斜する岩の広場となっていた。わたしはその広場に足を踏みいれ、目の前に現出した光景に茫然と見いった。意識せぬままに、たぶん、十字を切っていたと思う。

長さ百メートルほどの岩棚は、〈大峡谷〉の南壁から突出した部分にそって南北方向に連なっているが、〈大峡谷〉全体は東西に裂けているため、真西を向くと、高原のはずれまでが一望できる。峡谷対岸の北壁は、しだいに傾斜しながら長さ三十キロにわたってつづいたのち、高原のはずれに達していた。その位置関係を見て、すぐに気がついた。オーバーハングの下のこの岩棚の一帯は、毎夕、沈みゆく夕陽で赤々と照らされるはずだ。この位置から見たとき——春分の日と秋分の日には——ハイペリオンの太陽が〈大峡谷〉の左右の絶壁のあいだに没し、その真っ赤な外縁がピンクに染まる岩壁にふれるように見えることだろう。

左に向きなおり、南壁に視線を転ずる。磨耗した道は幅の広い岩棚を横断して、垂直の岩壁に設けられた扉につづいていた。それも、ただの扉ではない、手のこんだ石枠と楣石《まぐさいし》をそなえ、複雑な彫刻を施された、両開きの立派な扉だ。扉の両脇にはステンドグラスの窓がならんでいた。高さはすくなくとも二十メートル。上のオーバーハングにとどきそうなほどだ。これを造りあげた何者かは、まずオーバーハングの下の窪みを押し広げ、絶壁の花崗岩から切りたったなめらかな壁を削りだし、その垂直の壁にまっすぐ横穴を掘ったらしい。扉のまわりの装飾的彫刻の、深い削りあとに手を触れてみた。なめらかな手ざわりだった。なにもかもがすべすべしている。真上に突出したオーバーハングの庇《ひさし》に隠され、保護されてはいても、長い年月のうちに風食による磨耗が進み、角がきれいにとれてしまったのだ。この……

聖堂……が〈大峡谷〉の南壁に掘られてから、いったい何千年が経過しているのだろう。

ステンドグラスの材質はガラスでもプラスティックでもなく、厚くて透明ななにかでできていた。さわってみると、周囲の岩とおなじくらい固い手ごたえだ。窓は色パネルを組みあわせたものではなく、さまざまな色彩が渦巻き、グラデーションをなし、融けあい、混じりあって、ちょうど水面に浮かぶ油のような効果を生みだしている。

わたしはバックパックから懐中電燈をとりだし、いっぽうの扉を軽く押した。背の高い扉が、なめらかに内側へと開いていく。ちょっとためらってから、なかにはいった。

そこは控えの間だった。ほかに表現のしようがない。森閑と静かな空間を奥へ進み、十メートルほど歩いて立ちどまった。そこにもうひとつ、あのステンドグラスとおなじ材質でできた壁が立ちはだかっていた。外に面するステンドグラスのほうは、いまも背後から明るい光をふりまき、控えの間全体に百もの繊細微妙な色彩を投げかけている。夕暮れどきのここがどんな状態か、考えるまでもなく目に浮かんだ。日没時ともなれば、じかに射しこむ陽光が信じられないほど豊かな色彩の箭《や》でこの部屋を刺し貫き、目の前にあるこのステンドグラスの壁をも透過して、この奥にあるものを照らしだすだろう。

ステンドグラスの壁には、細く黒い金属で縁どられた一枚の扉があり、それをあけて奥へはいった。

パケムには、古《いにしえ》のヴァチカンにあった聖ペテロ大聖堂が——古い平面写真や立体写真とまったくおなじ姿で——そっくりそのまま移設されている。全長約二百五十メートル、幅百五十メートルの大聖堂は、教皇聖下がミサを読まれるときなどに開放され、五万人もの信徒の収容能力を誇る。昨今では、残念ながら、四十三年に一度、諸世界の司教が一堂に会しての公会議が開催されるときですら、せいぜい五千人程度の信徒しか集まらないが……とにかく、聖ペテロ大聖堂は広い。ベルニーニの手になる聖ペテロの司教座の付近、中央の後陣あたりでは、大円蓋の高さは祭壇の床から百三十メートル以上にも達する。とてつもなく広大な空間だ。

しかし……眼前に広がる空間は、それよりもさらに——さらに広大だった。

懐中電燈が投げかけるほのかな光のもとでも、ここがひとつの巨大な部屋であることはわかった。一枚岩をくりぬいた、ばかでかいホールだ。なめらかな壁はゆるやかにカーブして、はるか上の天井へとつながっている。あの天井のほんの数メートル上は、ビクラ族が小屋を設けている岩場にちがいない。岩の円蓋内には、装飾も調度もなく、ここがどういう場所であるかを示すものもいっさいない。唯一の例外は、この巨大な、音の反響する大空洞のまんなかに鎮座する、四角い物体のみだ。

それは祭壇だった。岩を切りだすとき、そこだけ残して造られた、一辺が五メートルの石の祭壇だ。そしてその祭壇上には——十字架が屹立していた。

十字架の高さは四メートル、幅は三メートル。オールドアースの精緻な様式にのっとって、ていねいに彫りあげられている。太陽を——夕陽の爆発を待ち受けるかのように、正面をステンドグラス壁に向けた十字架に近づくにつれて、その表面にちりばめられた宝石が懐中電燈の光に浮かびあがった。ダイヤモンド、サファイア、ブラッド・クリスタル、ラピスラズリの玉、クイーンズ・ティア、オニキス、その他色とりどりの、宝石の数々。ひとたび陽光を浴びれば、これらは燦然《さんぜん》たる輝きを放つにちがいない。

ひざまずき、祈った。それから懐中電燈のスイッチを切り、薄闇に目が慣れるのを待って、ほのかな光のもとで十字架を見つめた。これぞまぎれもなく、ビクラ族のいう聖十字架にちがいない。そしてこれが造られたのは、どうすくなく見積もっても数千年前——おそらくは、何万年も前——すなわち、人類がオールドアースの外へ進出するずっと以前のことと見ていい。キリストがガリラヤで教えをたれたまうより昔であったことはほぼ確実だ。

これが祈りをささげられずにいられようか。

いま、わたしはこうして、陽光のもと、小屋の外にすわっている。ついさっきホロディスクを見なおしたところだ。昨日、いまではもう〝大聖堂〟としか考えられない大空洞を発見したあと、絶壁を這いのぼってもどってきたわけだが……ホロディスクを見なおすことで、そのときぼんやりとしか気づかなかったことが確認できた。大聖堂の外の岩棚には、〈大峡谷〉のさらに下へと降りる階段が彫られていたのである。大聖堂へいたる道ほど磨りへってはいないが、おなじくらいに好奇心をそそられるものではあった。さらに下にどのような驚異が待ち受けているかは、神のみぞ知る。

なんとしてでも、このことを全世界に知らしめねば！

それにしても、運命の皮肉を感じずにはいられない。よもやこの、わ、た、し、がこれを発見することになろうとは。アーマガストの一件とその結果としての追放がなければ、この発見は何世紀も先のことになっていたかもしれない。そうなれば、この啓示によって新たな活力を吹きこまれるまえに、カトリック教会は消滅してしまっていただろう。

だが、わたしは見つけた。

とにもかくにも、もどらねば。それがかなわぬまでも、この発見をみなに報《しら》せねば。

第一〇七日

とりこになってしまった。

けさ、いつもどおり、小川が谷底に流れこむ崖ぎわで水浴びをしていたときのことである。うしろで物音がしたので顔をあげると、そばにわたしがデルと呼ぶビクラ族が立っており、目をむいてこちらを見ていた。声をかけたが、返事もせず、それどころか、背を向けて一目散に駆けていく。どういうことだろう。ビクラ族はめったに急いだりしないのに。そこでやっと、そのわけに思いあたった。ズボンははいていたものの、腰から上にはなにも身につけていなかったのだ。上半身をデルに見せてしまったことで、わたしは彼らの裸体のタブーを侵してしまったに相違ない。

やれやれと笑みを浮かべ、かぶりをふり、服を着てから、村にもどった。もしもそこで待ち受けていることを承知していたなら、けっしておもしろがってなどいられなかっただろうが。

〈六十人と十人〉は、全員が一カ所に集まり、じっと立って、村に近づくわたしを見つめていた。わたしは彼らの十歩ほど手前で立ちどまり、「やあ」と声をかけた。

と——アルファがわたしを指さした。すぐさま五、六人のビクラ族が駆けよってきて、わたしの両手両足をつかまえ、地面にあおむけに押さえつけた。ベータが進み出てきて——あいかわらず、男か女かわからない顔だ——ローブから鋭い石包丁をとりだした。必死にあがいたが、どうしてもビクラ族をはねのけられない。身動きもできぬまま、わたしはベータに服を切り裂かれ、ずたずたになった切れはしをはぎとられて、ついには一糸まとわぬ裸体にされた。

もがくのをやめた。ビクラ族がいっせいに近づいてきたからだ。みな、わたしの青白い肉体を見つめながら、口々になにかをつぶやいている。自分の心臓がはげしく鳴るのがわかった。

「きみたちのタブーを破ったことは申しわけないと思う」わたしはいいかけた。「しかし、なにも……」

「静かに」アルファが押しかぶせるようにいい、手のひらに傷のある、長身のビクラ族に話しかけた。わたしがゼータと呼んでいる者だ。「彼は聖十字架の者ではない」

ゼータがうなずく。

「説明させてくれ」

もういちどいいかけるわたしの口を、アルファが手の甲で殴りつけた。唇が切れ、耳鳴りがした。といっても、その行為自体は、まったく敵意のこもったものではなかった。わたしがコムログのスイッチを切るのとおなじ、ごくさりげない行為だった。

「彼をどうすればいいか?」アルファが問いかけた。

「十字架にしたがわない者は真の死を迎えなくてはならない」

ベータが答え、それに合わせて一同がにじりよってきた。

「聖十字架の者ではない者は真の死を迎えなくてはならない」

ふたたび、ベータがいった。その声は、何度もくりかえされる式文や宗教的唱和などとも共通する、締めくくりのフレーズ特有の陶酔的な響きを帯びていた。

「わたしは十字架にしたがう者だ!」

よってたかって引ったたせられながら、わたしは叫んだ。そして、何本もの腕の圧力に抗しつつ、首にかけた十字架を握りしめ、やっとの思いでその十字架を頭上にかかげた。

アルファがさっと手をあげた。一同はぴたりと動きをとめた。突然の静寂のなかで、〈大峡谷〉の谷底、はるか三キロ下を流れる河の音が聞こえた。

「彼は十字架を持っている」アルファがいった。

人波をかきわけ、デルがまえに出てきた。

「しかし彼は、聖十字架の者ではない! わたしは見た。それはわれわれが思っていたようなものではない。彼は聖十字架の者ではない!」

デルの声には殺意がこもっている。

わたしは自分の不注意と愚かさを呪った。教会の将来はわたしの生存にかかっているというのに、ビクラ族が愚鈍で無害な子供同然と思いこみ、教会の命脈も自分の命も尽きさせてしまうとは……。

「十字架にしたがわない者は真の死を迎えなくてはならない」

ベータがくりかえした。それは最終宣告だった。

七十の手が石包丁をふりかぶるのを見て、わたしは叫んだ。これを口にすれば助かる可能性もある。死刑執行のダメ押しになるだけかもしれないが、しかし――

「わたしは絶壁を降りてきみたちの祭壇を拝んだ！　わたしも十字架にしたがう者だ！」

アルファ以下、ビクラ族はためらいを見せた。新たに降って湧いた問題ととりくんでいることはひと目でわかる。彼らにとっては、やさしい問題ではないはずだ。

「わたしは十字架にしたがう。聖十字架の者にもなりたいと思う」わたしはできるだけ冷静な声を出した。「わたしはきみたちの祭壇にいってきたんだ」

「十字架にしたがわない者は真の死を迎えなくてはならない」

ガンマが声を張りあげた。

「しかし、彼は十字架にしたがう」アルファがいった。「彼はあの部屋で祈った――」

「そんなことはゆるされない」これはゼータだ。「あそこで祈るのは〈六十人と十人〉だけだ。彼は〈六十人と十人〉ではない」

「このことが起こるまえから、彼が〈六十人と十人〉でないことはわかっていた」アルファはわずかに眉根をよせている。過去という概念と格闘しているのだ。

「彼は聖十字架の者ではない」とデルタ2。

「聖十字架の者でない者は真の死を迎えなくてはならない」ベータがくりかえす。

「彼は十字架にしたがう」アルファがいった。「それなら、聖十字架の者になれないか？」

抗議の叫びがあがった。ざわめきと動揺にまぎれて身をふりほどこうとしたが、ビクラ族たちの手はしっかりとわたしを押さえこんでいる。

「彼は〈六十人と十人〉ではなく、聖十字架の者ではない」ベータがいった。が、敵意よりも困惑の調子が強くなっていた。「それならば、真の死を迎えさせるべきだ。われわれは石を使って彼ののどを切り裂き、彼の心臓がとまるまで血を流させるべきだ。聖十字架の者ではないのだから」

「彼は十字架にしたがう」アルファがくりかえした。「それなら、聖十字架の者になれないか？」

こんどは沈黙が降りた。

「彼は十字架にしたがい、十字架の部屋で祈った」アルファがいった。「彼は真の死を迎えるべきではない」

「すべての者は真の死を迎えて死ぬ――」識別できないビクラ族がいった。十字架をずっと頭上にかかげているため、わたしの両腕はうずきはじめている。その識別不能のビクラ族は、さらにこうつづけた。「――〈六十人と十人〉以外は」

「それは〈六十人と十人〉が十字架にしたがい、あの部屋で祈り、聖十字架の者となったからだ」アルファが答えた。「それなら彼も、聖十字架の者ではないか？」

わたしは冷たい金属の小さな十字架を握りしめ、その場にじっと立って彼らの審判を待った。死ぬのは怖かったが――怖い気がしたが――それについてはわりと超然とした気持ちでいられた。なによりも無念なのは、神を信じぬ宇宙に大聖堂の存在を知らしめられないことのほうだ。

「こい。みなでこのことを相談しよう」

ベータのひとことで、一同は無言でぞろぞろと村へ引き返しはじめた。わたしも引きずられていったことはいうまでもない。

そして、自分の小屋へ閉じこめられたというわけである。狩猟用メーザーを使おうにも、そんな余裕のあらばこそ、数人に押さえられているあいだに持ち物の大半は持ちさられてしまった。服も全部持っていかれ、からだを隠すために残されたのは、彼らの織った粗野なローブ一着だけというありさまだ。

こうしてすわっていると、時間がたつにつれて、ますます腹だたしさがつのり、ますます不安がいや増してくる。彼らは、コムログ、イメージャー、チップ……その他、なにもかも持ちさった。ビクラ族と遭遇するまえ、自分で造った小屋には、医療機器を収めたトランクをまるごと残してきたが、あれには〈大峡谷〉の奇蹟を記したデータはまったくはいっていない。もしコムログ等が壊されてしまったら——そしてわたしも殺されてしまったら——大聖堂の記録はいっさいなくなってしまう。

ああ、武器さえあれば、見張りを殺し

神よ、神よ、わたしはなんということを考えるのか!

——エドゥアール、どうすればいい?

それに、たとえ生き延び、引き返せたとしても——キーツへたどりつけたとしても——〈ウェブ〉へもどる算段がついたとしても——だれがわたしのことばを信じよう? 量子リープにともなう航時差は、往復で九年——パケムには九年ぶりに姿を見せることになる。追放される原因となったのとおなじ嘘を携えて、見知らぬ老人がもどっていったところで——

おお、父なる神よ、ビクラ族がデータを破壊してしまうのなら、どうぞわたしをも滅ぼしてください。

第一一〇日

三日後、彼らはわたしの運命を決めた。

昼をすぎてすぐ、ゼータとともに、わたしがシータ2と呼ぶビクラ族がやってきた。陽光の下に連れだされたわたしは、外の光景を見て目をしばたたいた。〈六十人と十人〉が、断崖のそばに大きな半円を作ってならんでいたからだ。これは崖からつき落とされるな、と本気で思った。焚火に気がついたのはそのときだ。

わたしはてっきり、ビクラ族はあまりに原始的なので、火を起こす技術をわすれてしまったのだと思いこんでいた。火でからだをあたためる習慣はなく、小屋のなかはいつも暗い。料理をしているところは見たこともないし、樹上動物の肉をむさぼり食うときも生肉のままだ。しかし、あそこでごうごうと燃え盛る焚火を起こせる者は、ビクラ族のほかにだれもいない。いったいなにを燃やしているのだろうと、目をこらして見ると……

わたしの持ち物だった。コムログ、フィールドノート、カセットテープ、ビデオチップ、データディスク、イメージャー……情報を記録したすべての媒体。身をよじって絶叫した。火中に飛びこもうともがき、荒《すさ》んでいた少年時代以来使ったことのない罵言《ばげん》を吐きちらした。だが、ビクラ族は耳を貸そうともしない。

やがてアルファが近づいてきて、静かにいった。

「おまえは聖十字架の者となる」

彼のことばなど、もはやどうでもよかった。もどされた小屋のなかで、わたしは一時間ほど泣いた。戸口にはもう、見張りがいない。ついいましがた、戸口に立ちつくし——このまま駆けだして炎精林に飛びこもうかとも思った。いや、わざわざ遠い炎精林までいかずともいい。おなじくらい致命的な方法もある。〈大峡谷〉に身を投げるのだ。

だが……なにもしなかった。

じきに太陽が没する。すでに風も泣きはじめている。もうすぐだ。もうすぐ——。

第一一二日

たったの二日だったのか？　永遠にも思えたのだが。

けさ、あれをはずそうとしてみた。だが、はずれない。どうやってもはずれない。

目の前には、医療スキャナーのイメージ・ウエハーがある。それを見ても信じられない。

しかし、これは事実だ。わたしは〝聖十字架の者〟になってしまったのである。

ビクラ族は日没直前にやってきた。全員が顔をそろえている。わたしは抵抗もせず、導かれるままに、〈大峡谷〉の絶壁を降りた。蔦を這いおりるビクラ族は、わたしの想像よりもずっと敏捷だった。わたしひとりが足を引っぱる格好となったが、彼らは辛抱強くわたしにつきあい、いちばんたしかな足がかりを指示し、いちばん早道のルートを教えてくれた。

ハイペリオンの太陽が低くたれこめた雲の下に現われ、西の絶壁の縁にさしかかるころ、大聖堂はもう目の前数メートルのところに迫っていた。黄昏の風の歌は思っていたよりもずっと大きかった。たとえるなら、教会の巨大なパイプオルガンのなかにはいりこんだようなものだ。極低音のうなりは、深く深く響く。超音波の領域を軽々と侵すかんだかい悲鳴に共鳴して、わたしの骨と歯はびりびりふるえた。

アルファが外の扉をあける。一同、控えの間を経て、奥の大聖堂へ。〈六十人と十人〉は、祭壇とその上に屹立する十字架を中心に、大きな円を描いてならんだ。唱和はない。詠誦もない。儀式もない。みな無言でその場に立ちつくすばかりだ。岩肌の縦溝を吹きぬける風の絶叫は、岩塊中に彫られた大空洞に反響し、こだまし、共鳴して、どうにも耐えがたいほどに高まっていく。わたしはついに両手で耳をふさいだ。そのとき、絶叫の高まりとともに、ななめ横から射しこむ夕陽の光がさあっと大聖堂に満ち満ちた。その豊かな色彩が、刻一刻と深まってゆく。琥珀色、黄金色、藍色、そしてまた琥珀色——あまりにも濃密な色彩に、空気そのものが光で色づけられ、肌が絵具で染められたかのようだ。茫然と見とれるうちに、十字架がその光をとらえ、一千もの宝石のひとつひとつに光をとりこみだした。じきに太陽が沈みきり、ステンドグラス壁の色彩がうすれ、薄暮の灰色に衰えたのちもなお、宝石群は極彩色の輝きを放ちつづけた。ともかくも、そう見えた。まるで大十字架が陽光を吸収し、内部に蓄えたその光をわたしたちに向かって——わたしたちの裡《うち》に向かって——投げかけるかのように。やがて、さしもの十字架の輝きも消え、風の悲鳴も収まり、唐突に訪れた暗闇のなかで、アルファが静かにいった。

「彼を、外へ」

大聖堂の外の広い岩棚に出ると、そこにベータが何本かの松明《たいまつ》を手にして立っていた。ベータが選ばれた数人に松明を手わたすのを見て、わたしは思った。ビクラ族は火の使用を儀式のときだけにかぎっているのだろうか。松明が配られると、みなはベータを先頭に、岩壁に彫られたせまい階段をくだりはじめた。

はじめのうちは、足がすくみ、なめらかな岩壁にへばりつくようにして、根でもいい岩のでっぱりでもいい、なにかつかむものはないかと手さぐりしながら、這うように降りた。すぐ右にぱっくりと口をあける底知れぬ奈落は容赦なく足もとにせまり、なんだかばかばかしく感じられるほどだ。太古からの石の階段は、蔦につかまって降りてきた上の絶壁よりもはるかに大きな恐怖をもたらした。なにしろ、幾星霜《いくせいそう》を経てすべりやすくなったせまい石段に足をおろすたびに、谷底を見おろさざるをえないのだから。最初は足をすべらせて落ちるかもしれないと思ったが、そのうちに、これは落ちる、確実に落ちると思うようになった。

降りるのをやめて、もどりたい……せめて安全な大聖堂のもとへ。だが、〈六十人と十人〉のほぼ全員がわたしのうしろにつづき、せまい石段上にずらりと連なっている。わたしのために道をゆずってくれるとは思えない。それに、わたしを下へと向かわせる、恐怖よりもはるかに強い感情があった。階段を降りきったところにはなにがあるのかという、疼痛《とうつう》のような好奇心だ。いったん立ちどまり、三百メートル上の〈大峡谷〉の縁を見あげた。いつのまにか雲は消え、星々が姿を現わし、夜ごとの流星雨が夜空に明るい光条を描いている。わたしは顔を下にもどし、小声でロザリオの祈りを唱えると、松明とビクラ族のあとにつづき、吸いこまれそうな闇の底へ降りていった。

思いもよらないことに、階段はなんと谷底までつづいていた。谷底の河まで降りていくのだと気がついたのは、真夜中をすこしまわってからのことだ。たどりつくのは明日の昼ごろになるかと思ったが、そうではなかった。

暁闇のなか、〈大峡谷〉の底に着いた。南北の絶壁は信じられないほどの高さにそそりたち、その上端にあいた裂け目からはまだ星々が見えている。疲労のきわみに達して、ひと足ひと足、よろめくように階段を降りてきたわたしは、やっとのことでもう階段がないことに気づき、上をふりあおいで、ヴィルフランシュ＝シュール＝ソーヌで過ごした子供時代、井戸の底に降りたときとおなじように、昼間でも星が見えるのだろうかと馬鹿なことを考えた。

「ここだ」

ベータがいった。十数時間ぶりに耳にしたことばは、ごうごうという河音にまぎれ、かろうじて聞きとれる程度だった。〈六十人と十人〉はじっとその場に立ちつくしている。わたしはへなへなとくずおれ、横向きに倒れこんだ。いま降りてきた階段を上まで登れる見こみはまったくない。一日ではむりだ。一週間でもむりだ。何日かかろうと、もう上にはたどりつけないだろう。目を閉じ、眠ろうとした。だが、神経の興奮が燃料となり、弱々しいながらも、身内の好奇心は燃えつづけていた。結局目をあけ、谷底を見わたした。思っていたよりも河幅は広かった。すくなくとも七十メートルはあるだろう。河音はただ大きいだけではない。巨大なけものの咆哮を思わせるところがある。

わたしは身を起こし、すわったまま、対岸の絶壁に広がる黒いしみのようなものを見つめた。影よりもなお黒いその影は、岩壁をまだらにおおう岩の突出やクレバスとちがって、縁がぎざぎざではなく、人工的な形をしている。完璧に四角なのだ。一辺はすくなくとも三十メートルはあるだろうか。どうやら、絶壁にあいた扉、もしくは窖《あなぐら》らしい。わたしは必死の思いで立ちあがり、たったいま降りてきた絶壁の下流方向に目をやった。やはりそうだ。こちら側にも入口がある。そこへ向かって歩いていくベータたちの姿が、星明かりのもとでかろうじて見える。

では、これは——ハイペリオンの迷宮の入口なのだ。

「ごぞんじですか、ハイペリオンが迷宮九惑星のひとつであることを?」

——降下船のなかで、だれかがそんなことをいっていた。そう、ホイトという名の、あの若い司祭だ。わたしは知っていると答えたものの、それ以上の関心は示さなかった。わたしの頭を占めていたのは、ビクラ族——というよりも、みずからに課した漂泊の旅に関する苦悩のほうであり——迷宮やその建造者などどうでもよいことだったからだ。

迷宮が存在する惑星は、全部で九つしかない。〈ウェブ〉を構成する百七十六の惑星、および二百なにがしの開拓星・保護領星もひっくるめて、たった九つの惑星にしか存在しないのだ。それどころか——いくらざっと調べただけとはいえ——聖遷以降に探険された八千以上もの惑星をふくめても、九つという数字に変わりはない。

世の中には、それらの迷宮の研究に一生を捧げる惑星考古学者たちがいる。だが、わたし自身は興味を持ったことがない。あまりおもしろみのない、なんとなく非現実的な対象だとつねづね思っていたからだ。なのにいま、滔々《とうとう》の水音を轟かせて大地を鳴動させ、水しぶきでいまにも松明を消してしまいそうなカンズ河のほとりを、〈六十人と十人〉とともに、その迷宮のひとつに向かって歩いているとは——。

各惑星の迷宮は、七十五万標準年もむかしに掘られたものである。いや、掘られた……というより、創られたというべきか。細部にいたるまで、それらはそっくりおなじで、何者が創ったのかはいまだに解明されていない。

迷宮のある惑星は、例外なく地球型――最低でもソルメフ等級《スケール》で七・九のタイプで、きまってG型恒星のまわりを公転している。ただし、プレートテクトニクス的に死んでいるのも共通点のひとつで、その点ではむしろ、オールドアースより火星のほうが条件にぴったりだ。迷宮自体は地中深くに設けられ――浅くても地下十キロの深みにあり、三十キロ地下というものもめずらしくない――地殻を縦横に貫いている。パケムの星系からそう遠くないところにある惑星スヴォボダでは、迷宮のうち、八十万キロの部分がロボットによって探険されたという。各惑星のトンネルは、断面を見ると一辺三十メートルの正方形をしており、いまだ連邦に知られざる技術によって掘削されたものだ。以前、ある考古学専門誌で、ケンプ＝ヘルツァーとヴァインシュタインが、あの完璧になめらかな壁と削り滓《かす》のなさは〝核融合掘削機〟によるものとする仮説を発表していたが、では建設者とその機械はどこからやってきたのか、なんのために何世紀も費やして一見意味のない土木作業を行なったのか、そういうことまでは説明していなかった。個々の惑星迷宮は――ハイペリオンのそれもふくめて――かなりの程度、調査と研究が進んでいる。だが、いまだになにひとつ見つかってはいない。掘削機械の痕跡も、掘削技師の錆びたヘルメットも、砕けたプラスティックのかけらも、分解しかけた麻薬スティックの包みも、なにひとつだ。それどころか、入口と出口も見わけられないのが現状といえる。これほどの大事業の動機となりそうな、重金属や貴金属の鉱脈も見つかっていない。迷宮建設者に関する伝説や遺跡も残っていない。それやこれやの謎で、ずっと以前から不思議だとは思っていたのだが、さりとて、さほどの興味をそそられたことはなかった……そう、いまのいままでは。

われわれはトンネルの入口にはいった。完全な正方形ではない。浸食と重力の作用とで、入口から絶壁の奥へ百メートルほどのあたりまでは、せっかくの完璧なトンネルがでこぼこの洞窟に変じていたのだ。その、ちょうどトンネルの床がなめらかになりだしたあたりでベータが立ちどまり、松明を消した。ほかのビクラ族たちもおなじことをした。

たちまちあたりは、あやめもわかぬ頻闇《しきやみ》につつまれた。入口からまっすぐならばともかく、トンネルはカーブしており、これでは星明かりもはいってきようがない。あたりはもう真の闇のはずだ。だから、松明が消えたあと、まさか目が闇に慣れるとは思わなかった。ところが……事実は逆だった。

というのは、三十秒ほどして、薔薇色の光が見えはじめたからである。はじめはほのかな輝きだったのが、だんだん明るくなっていき、ついにはいま現在の外の峡谷よりも、三つの月が照らすパケムの夜よりも明るくなった。光を放っているのは、百もの——いや、千もの光源だった。ようやくその光源の形状が見わけられるようになったとき、ビクラ族たちがうやうやしくひざまずいた。

光の源は——壁に埋めこまれた無数の十字架だった。ほんの数ミリ程度のものから一メートルちかいものまで、サイズはさまざまだ。そのひとつひとつが、豊かなピンク色の輝きをはなっている。さっきまでは松明の光で見えなかったが、いまや輝く十字架の群れは、トンネル内に玲瓏《れいろう》たる光を投げかけていた。わたしは手近の壁に埋めこまれた十字架のひとつに近づいた。大きさは三十センチほどで、おだやかに明滅するその光は生物発光を思わせる。じっさい、それは岩を削りだしたものでも、壁に張りつけたものでもない。まぎれもなく生物体で、まぎれもなく生きていた。やわらかな珊瑚のようなものと思えばよいだろう。さわってみると、ほのかに温かかった。

　そのとき、ごくかすかな……ため息のような音が聞こえた。いや、音ではない。むしろ冷たい空気の乱流というべきか。ふりかえると、かろうじて動きが見えた——なにかがトンネル内にはいってきたのだ。

　ビクラ族はひざをついたまま、こうべをたれ、目を伏せている。ただひとり立ちつくすわたしの視線は——ひざまずくビクラ族のあいだを歩いてくるものに釘づけになっていた。

　それはおおむね人間の姿をしていた。だが、人間ではありえない。なぜなら、身の丈が三メートルもあったからである。じっと立っていても、その銀色の体表は、空中に浮かぶ水銀のように、たえず動き、流れているように見える。トンネル壁の十字架が放つ赤みを帯びた光、その光を受けてきらめく棘《とげ》だらけの体表、額から何本もつき出た湾曲する鋼《はがね》の刃《やいば》。そして、四つの手首、異様な形状の肘と膝の関節、背甲や胸甲を思わせる背中と胸……。それは流れるような足どりで、ひざまずくビクラ族のあいだを歩きまわりながら、四本の長い腕を伸ばし、四つの手をさしのべ、金属音を響かせて、銀色に光るメスのような指を広げて見せた。馬鹿みたいな話だが、わたしはその姿に、パケムの教皇聖下が敬虔な信徒に祝福を授けようとする場面を連想した。

疑いの余地などなかった。自分が目のあたりにしているこれこそは——伝説のシュライクにちがいない。

そのときわたしは、動くか音をたてるかしたのだろう。なぜなら、大きな赫《あか》い双眸《そうぼう》が、さっとこちらにふり向けられたからである。多数の切子面を持つ赤いプリズム——その奥で踊る妖光は、わたしを呪縛した。妖光はたんなる光の反射ではない。棘だらけの頭部の内部で燃える猛々しい血の色の輝きが、眼《まなこ》たるべく神に与えられたのであろう魔石を通し、脈動しているかのようだ。

と——それが動いた……いや、動いたのではない、ふっと姿を消したかと思うと、つぎの瞬間、眼前一メートルのところに立っていたのだ。それも、こちらに身をかがめ、異様な関節のある腕を広げ、恐るべき棘と銀色の光沢を帯びたからだとで、わたしをすっぽりつつみこむようにして。はげしくあえぎながら、しかし息をすることもかなわず、わたしは目の前に映る自分の鏡像を見つめた。青白い顔をゆがめた自分の姿は、怪物の金属的な体表と赫く燃える目に映りこみ、踊っている。

　告白するが、そのときいだいた感情は、恐怖よりもむしろ高揚感にちかい。なにか不可解なことが起ころうとしている——。キリスト教の論理で鍛造され、科学という冷水で焼きもどしされていながら、そのときわたしは悟った——理解した。古来、神に対するのとはまったく別種の畏れにつき動かされ、悪魔祓《ばら》いの興奮、憑かれたようにひたすら踊りまくるダルウィーシュの法悦、タローの人形踊りの儀式がもたらす愉悦、降霊会へのエロティックなまでの耽溺《たんでき》、急にわけのわからぬことばを口走りだす宗教的法悦、禅グノーシス宗の瞑想状態などに深く傾倒する者たちがいる。その気持ちが、いま、やっとわかった。そしてその瞬間、はっきりと認識した。悪魔の肯定やサタンの召喚が、その神秘的なアンチテーゼ——すなわちアブラハムの神が持つリアリティを、いかに強力に裏づけるものであるかを。

そういったことを、頭で考えるのではなく、肌で感じながら、わたしはシュライクに抱きしめられ、〝鉄の処女〟に押しこめられるがごとく、穴だらけになるのを待った。

なのに、消えた。シュライクは消えてしまった。

雷鳴のような音が轟いたわけではない。急に硫黄のにおいがただよったわけでもない。物体の消えた空間に空気の流れこむ科学的な音さえもしなかった。いまのいままで、わたしをかこいこみ、美しくも鋭い棘で確実な死を与えようとしていたシュライクは、つぎの瞬間、かき消すように消えてしまったのである。

茫然とその場に立ちつくし、目をしばたたいていると、ボッシュの絵画でも見ているようなおどろおどろしい光のなか、アルファが立ちあがり、こちらへやってきた。そして、それまでシュライクが立っていたところに立ち、両腕を広げて見せた。形ばかりまねてはいても、たったいま目撃した絶対的死の存在とは、まるで存在感がちがう。ビクラ族特有の表情にとぼしい顔には、あの魔物の持つ禍々《まがまが》しさや威厳がこれっぱかりもない。アルファは両手を広げたまま、ぶざまなしぐさをした。迷宮、洞窟壁、そこに埋めこまれた無数の輝く十字架を示そうとするかのように。

「これが聖十字架だ」

とアルファがいった。〈六十人と十人〉がそろって立ちあがり、そばにやってくると、またひざまずいた。やわらかな光のもとで、いかにもおだやかそうな彼らの顔を見て、わたしもまたひざまずいた。

「これよりのち、おまえは十字架にしたがう」

アルファの声は連禱《れんとう》のごとき抑揚を帯びていた。残りのビクラ族も、詠誦にちかい口調でそのフレーズをくりかえした。

「これよりのち、おまえは聖十字架の者となる」ふたたび、アルファがいった。

そしてアルファは、みながくりかえしているあいだに、洞窟の壁に手を伸ばし、小さな聖十字架を引きぬいた。せいぜい十二センチほどの大きさのそれは、ごくごくかすかなベリッという音をたて、壁からはがれた。みるみるうちに、その輝きが消えていく。アルファがローブから小さなひもをとりだし、聖十字架の先端の小さな突起にゆわえつけ、それをわたしの頭上にかかげた。

「これよりのち、とこしえに、おまえは聖十字架の者となる」

「これよりのち、とこしえに——」ビクラ族が唱和する。

「アーメン」とつぶやいたのは、わたしだった。

ベータが身ぶりで、ローブのまえをはだけろと指示した。アルファが小さな十字架をおろし、わたしの首にかけた。胸にひんやりと、冷たい感触が宿った。十字架の裏側はまったいらで、完璧になめらかだった。

ビクラ族が立ちあがり、ぞろぞろと洞窟の入口へ歩きだした。ふたたび、すっかり無関心の状態にもどってしまったようだ。わたしは彼らが立ちさるのを眺めながら、おそるおそる十字架に手をふれ、持ちあげて状態を調べた。冷たく、生気を失っている。数秒前まで生きていたとしても、もはやそれをうかがわせる徴候はない。手ざわりだけはあいかわらずで、ガラス質でも岩石質でもなく、珊瑚のようだ。岩に張りついていたくせに、なめらかな裏面には粘着物質らしきものがまったくない。輝きの源は、おそらく光化学作用だろう。天然の燐光体か、生物発光か。進化の偶然により、生物が発光能力を身につける例は、さほど珍しいものではない。十字架の存在は、この迷宮とどんな関係があるのだろうか。この高原が隆起し、河と峡谷とが迷宮トンネルの一本を分断するまでには、いったいどのくらいの年月を要したのだろう。考えは連綿とつづいた。上の大聖堂のこと、その創造者のこと。ビクラ族のこと、シュライクのこと、わたし自身のこと。やがてわたしは考えるのをやめ、瞑目し、祈った。

ローブをまとい、胸にひんやりと冷たい十字架の感触を感じながら洞窟の外に出てみると、〈六十人と十人〉は早くも三キロ上の岩棚をめざし、岩の階段を上ろうとしていた。頭上を見あげれば、そそりたつ絶壁のあいだに、淡い朝の空が細く顔を覗かせている。わたしはその空を見あげ、

「むりだ！」と叫んだ。その声は、ごうごうという河音に呑みこまれてしまいそうだった。

「すこし休まなくては。休憩だ！」

砂地にがくりとひざをついた。それにかまわず、五、六人のビクラ族が近づいてきて、そっとわたしを立たせ、階段のほうへと引っぱっていきだした。

必死に上《のぼ》った。どれほどがんばったかは、神のみぞ知る。そしてとうとう、二、三時間ほど上ったころ、足が動かなくなり、その場にくずおれ、岩の階段をすべり落ちはじめた。とめようにも、からだがいうことをきかない。なすすべもなく、六百メートル下の岩場と河めがけて落ちていく。諦観とともに、ぶ厚いローブの下の十字架を握りしめたとき、数人の手がわたしの滑落をくいとめた。そして、わたしをかつぎあげ、上へと運びはじめた。そのあとのことはもう覚えていない。

やっと気がついたのは、けさになってからのことである。小屋の入口からは、さんさんと朝陽が射しこんでいた。着ていたのはローブのみだが、強靭なひもでかけた十字架はまだ胸もとにあり、その感触にほっと安堵をおぼえた。太陽が森の上に昇っていくところから判断して、どうやら、まる一日意識を失っていたようだ。翌日の昼も夜もぶっとおしで眠りつづけたとなると、際限もない階段上りの疲労ばかりでは説明がつかないから（それにしても、あんな小さな人間たちが、よくもまあ二キロ半もの高さにまでわたしをかつぎあげられたものだ）、それ以外になにか原因があるにちがいない。

小屋のなかを見まわした。コムログその他の記録装置は焼却されたあとだ。残っているのは、医療スキャナーと、人類学研究用のソフトウェアが数本だけだが、他の装備が破壊されてしまったいま、これらの使い道はない。わたしはかぶりをふり、からだを洗いに小川へいった。

ビクラ族は眠っているようだった。わたしが彼らの儀式に参加し、〝聖十字架の者〟となったため、もう興味をなくしてしまったのだろう。水浴びのために服をぬぎながら、こちらも彼らのことは気にするまいと決めた。体力が回復ししだい、この村を出ていこう。必要とあらば、炎精林を迂回する道を見つけるまでだ。場合によっては、あの岩の階段を降りきり、カンズ河をくだっていってもよい。奇蹟の存在を外界に伝えることは、以前にも増して重要事に思えるようになってきている。

わたしは重いローブをぬぎ捨て、ふるえながら朝陽のもとに青白い肉体をさらし、胸の小さな十字架をはずそうとした。

——はずれない！

肉体の一部と化したかのように、それはぴったりと胸に張りついていた。引っぱったり爪をたてたりしたあげく、ひもを思いきり引っぱってみたが、ぶちっという音をたてて切れたのは、ひものほうだった。もういちど、十字架の塊をかきむしる。やはり、はがれない。肉体が十字架の縁をつつみこんでしまったかのようだ。痛むのは爪で引っかいた傷だけで、十字架にもそれをとりまく組織にも、痛みもなければ、なんの感覚もない。張りつけられたのだ——そう思ったとたん、魂がぎゅっと縮みあがるような恐怖をおぼえた。最初の恐慌の波がおさまると、わたしはしばしその場にすわりこんでから、急いでローブをはおり、村に走ってもどった。

ナイフはなくなっていた。メーザーも、ハサミも、剃刀《かみそり》も――胸に生えたものをはがせそうなものは、なにひとつだ。爪でかきむしったため、胸には赤いみみず腫れがいく節もできている。そこでふと、医療スキャナーのことを思いだした。胸に読みとり装置をあて、ディスキーのディスプレイを見る。呆然として首をふりつつ、こんどはからだじゅうを走査した。しばらくして、走査結果のハードコピーを出力させ、長いあいだ、気死《きし》したようにその場にへたりこんでいた。

　いま、そのイメージ・ウエハーを手に、わたしはここにすわっている。音波走査でもKクロス走査でも、十字架の姿は鮮明に映っていた。そして……からだ全体に、細い触手のように根を張る繊維状のものも。

　胸骨の上に濃密な核がある。そこから放射状に神経節が伸びだし、網の目のように繊維が広がっている。無数の線虫が巣くっているような図だ。能力の低い携帯用スキャナーでわかるかぎり、それらの線虫の群れは、小脳扁桃、および脳の各半球の脳幹神経節にまで達していた。体温、代謝、リンパ球の状態などは正常だ。異物が侵入した形跡はない。スキャナーによれば、それらの繊条組織は、大規模な、しかし単純な転移の結果だった。そして、やはりスキャナーによれば、その十字形の影そのものは、ごくなじみぶかい素材……すなわち、わたしのDNAでできていた。

　わたしは聖十字架の者となったのだ。

第一一六日

　檻のなかをうろつく日々がつづく。檻の境界は、南と東の炎精林、樹々に埋めつくされた北東の小峡谷、北と西の〈大峡谷〉だ。〈六十人と十人〉は、〈大峡谷〉の絶壁を降りさせてはくれるものの、大聖堂より下にはいかせてくれない。そして胸の十字架は、〈大峡谷〉より十キロ以遠にはいかせてくれない。

　はじめは信じられなかった。運と神祐《しんゆう》を信じ、炎精林をつっきってみようとした最初の試みでのこと——森の縁に踏みこんで二キロといかないうちに、胸と両腕と頭にはげしい痛みをおぼえた。本格的な心臓発作かと思ったくらいだ。ところが、〈大峡谷〉へもどりかけたとたん、痛みはうそのように消えうせた。その後も何度かためしてみたが、パターンはまったく変わらない。炎精林の奥へ——〈大峡谷〉から遠くへ——進もうとするたびに、決まって激痛がはじまり、引き返すまでどんどんひどくなっていく。

　ほかにもいろいろなことがわかってきた。きのう、北のほうをうろついていると、難破した播種船《はしゅせん》搭載艇の残骸が見つかった。場所は炎精林のはずれ、小峡谷の付近。そこの岩場に、すっかり錆びはて、蔦におおわれた、金属の残骸が残っていたのである。合金の肋材がむきだしになった大むかしの宇宙船内にかがみこんでみると、当時のようすがありありと目に浮かんだ。七十人の生存者の喜びはいかばかりであったろう。そして彼らは、短い旅ののち〈大峡谷〉へたどりつき、やがてあの大聖堂を見つけ、そして……そして、なんだ？　それ以上当て推量をしたところで意味がないが、疑念は残る。あす、ビクラ族のひとりにべつの検査をもちかけてみよう。わたしが〝聖十字架の者〟になったいまなら、うんというかもしれない。

医療スキャナーには、毎日かならずかかるようにしている。例の線虫体は——太くなっているような気もするし、そうでないようでもある。掛け値なしの寄生体であることはたしかだが、わたしの肉体はいまだに寄生された徴候を示していない。滝のそばの水辺に顔を映しても、そこにあるのは、いつもの憂いを刻む——近年、見るのもいやになってしまった——老いた顔だ。けさは水鏡を覗きこみ、大きく口をあけてみた。なんとなく、灰色の繊状体でも見えるのではないか、口蓋とのどの奥から線虫体がにょろにょろと生えているのが見えるのではないかという気がしたが、そんなものはまったくなかった。

第一一七日

ビクラ族には性がない。単性でも両性具有でも未発達でもなく——性そのものがないのだ。玩具の人形のように、外部にも内部にも、性器というものがまったくない。ペニスや精巣、もしくはそれに相当する女性器官は、退化したあとがないし、摘出されたあともない。そういうものが存在した形跡すらもだ。排尿は原始的な尿道を通じて行なわれ、その尿道がつながる小室は肛門と接する。なんと造りの粗い排泄腔であることか。

検査をさせてくれたのはベータだった。わたしの目が信じようとしない事実を、医療スキャナーははっきりと裏づけた。デルとシータも検査に協力してくれた。その結果から、ほかの〈六十人と十人〉全員も無性であることはまず確実だ。彼らに……去勢されたあとはまったくない。おそらく、生まれたときからいまのような姿だったのだろう。だが、彼らの親はどうだったのか？　それに、性器を持たない人形のような人間に、どうやって子供を作れるというのか？　それは胸の十字架となんらかの形で関係しているにちがいない。

彼らの走査をおえたあと、わたしは服をぬぎ、自分自身を調べた。胸の十字架はピンクの傷跡のように盛りあがっていたが、性器はちゃんとそこにある。

だが、いつまで？

第一三三日

アルファが死んだ。

三日前の朝、わたしの目の前で崖から落ちたのだ。村から三キロほど東で鬱金蔦の塊茎を採取するため、〈大峡谷〉の断崖付近にある岩場を登ろうとしていたときのことだった。それまでの二日間は雨続きで、岩がすべりやすくなっていたのがいけなかった。わたしは必死になって岩場を這い登っていたが、ふと顔をあげたとたん、アルファがずるっと足をすべらせ、一枚岩を滑落していき、断崖の向こうに消えた。悲鳴はあがらなかった。聞こえたのは、アルファのローブが岩にこすれる音と、それから数秒後の、肉体が八十メートル下の岩棚にぶつかる、メロンのひしゃげるような胸の悪くなる音のみ——。

なんとかルートを見つけ、彼のところまでたどりつくのに、一時間もかかったろうか。あぶなっかしい降下をはじめるまえから、もう手遅れであることはわかっていたが、遺体の回収は目撃者の務めだ。

アルファのからだは、ふたつの大きな岩のあいだに食いこんでいた。即死だったにちがいない。両腕両脚の骨はぐしゃぐしゃに折れ、頭蓋の右半分もぐずぐずにひしゃげていた。濡れた岩にへばりついた血と脳漿《のうしょう》は、醜悪なピクニックのゴミを思わせる。小さな遺体のそばに立ちつくし、わたしは泣いた。なぜ泣いたのかはわからない。ともかく、泣いた。泣きながら、終油の秘蹟を行ない、どうかこのあわれで性のない侏儒《こびと》の魂を受けいれてくれますようにと神に祈った。そののち、遺体に蔦をゆわえつけ、八十メートル上の崖っぷちまで——疲労のあまり、何度も休みながら——登りつめてから、遺体を上まで引っぱりあげた。

アルファの遺体をビクラ族の村に運びこんでも、反応らしい反応は見られなかった。そのうちに、ベータほか数人が通りかかり、なんの感慨もなさそうなようすで遺体を見おろした。どうして死んだのかと問う者はない。二、三分して、ベータたちは思い思いの方向へ散っていった。

そのあと、何週間も前にテュークを埋めた高台へアルファを運んでいき、平たい石で浅い穴を掘っていると、ガンマがひょっこり現われ、つかのま目をまるくしてわたしを見つめた。いつもは無表情な顔に、一瞬感情がよぎった気がした。

「なにをしている？」とガンマはたずねた。

「埋めようとしているんだよ」

もうくたくたで、それ以上答える気力がなかった。わたしは太い鬱金蔦の根にもたれかかり、休息をとった。

「だめだ」命令口調だった。「彼は聖十字架の者だ」

それだけいうと、ガンマはきびすを返し、足早に村へもどっていった。ガンマの姿が見えなくなると、わたしは遺体にかけておいた粗末な布をはぎとった。

アルファはまぎれもなく死んでいた。聖十字架の者だろうがなんだろうが、もはや彼にも宇宙にも関係はない。落下の衝撃で、アルファの衣服の大半と威厳ははぎとられてしまっている。頭の右半分はひしゃげ、中身を食べたあとのゆで卵の殻のようにからっぽだ。片方の眼球は白く濁っていく角膜を通してぼんやりとハイペリオンの空を見つめており、もういっぽうの眼球は重くたれたまぶたの下でうつろに宙を眺めている。あばらは徹底的に砕けはて、骨の破片が皮膚からつきでていた。腕は両方とも折れ、左脚はねじまがっていまにもちぎれそうだ。おざなりの検屍をしようと、さっき医療スキャナーで見てみたところでは、体内の損傷もはなはだしく、心臓までもがぐしゃぐしゃの状態だった。

手を伸ばし、冷たくなったからだにふれてみた。死後硬直がはじまっていた。つぎに、指先で胸の十字形の盛りあがりをなぞり――あわてて手を引っこめた。十字架は温かかった。

「はなれろ」

顔をあげると、ベータ以下、ビクラ族の全員がそこに立っていた。その剣呑な雰囲気からして、ただちに死体から離れなければ、即座に殺されていたにちがいない。離れながら、わたしの心の怯え呆けた部分は、いまは〈六十人と十人〉なのではなく、〈六十人と九人〉なのだな、などとまぬけなことを考えていた。そのときはそれで可笑《おか》しく思えたものだ。

ビクラ族は遺体をかつぎあげ、村へと引き返しはじめた。途中、ベータが空を見あげ、わたしを見やり、いった。

「そろそろだ。こい」

わたしたちは〈大峡谷〉へ降りていった。遺体はたんねんに蔦の籠のなかにゆわえつけられ、いっしょに運ばれていく。

大聖堂にたどりついたのは、夕影が射しこむまぎわのことだった。ビクラ族はアルファの遺体を広い祭壇にのせ、わずかに残っていた衣服をはぎとった。

自分がなにを予想していたのかはよくわからない――たぶん、カンニバリズムの儀式かなにかだろう。いまさらなにが起こっても驚きはしない。ところが……。最初の色彩豊かな光の箭《や》が大聖堂に射しこむと同時に、ビクラ族のひとりが両手をかかげ――なんと詠誦をはじめたのである。

「これよりのち、おまえは十字架にしたがう」

〈六十人と十人〉がみなひざまずき、おなじことばをくりかえした。わたしは立ったまま、なりゆきを見まもった。口はきかない。

「これよりのち、おまえは聖十字架の者となる」

ひとりが詠誦する。すると、大聖堂におなじフレーズの唱和がこだまする。色合いも質感も凝血《ぎょうけつ》にそっくりの赤光が、奥の壁に巨大な十字架の影を落としている。

「これよりのち、とこしえに、おまえは聖十字架の者となる」

その唱和とともに、外で風が吹きあげはじめ、峡谷にこだまするパイプオルガンの音が、いたぶられる子供のようなすすり泣きをはじめた。

ビクラ族が唱和をおえても、わたしは「アーメン」とはつぶやかず、その場に立ちつくすばかりだった。すると、どうだ——ゲームにあきたわがままな子供のように、みなはすっくと立ちあがり、もうなんの興味もなさそうなようすで十字架に背を向け、さっさと引きあげていくではないか。

「もう残っている理由はない」

みなが出ていってしまうと、ベータがそういった。

「わたしは残りたい」

口ではそう答えつつ、わたしは内心、帰れと命じられることを期待していたのだと思う。しかしベータは、肩をすくめもせず、わたしをその場に残して立ちさった。屋内はどんどん暗くなってゆく。わたしはいったん外に出て、落日が沈むのを眺めてから、また大聖堂にもどった。

何年も前、まだ学生時代のこと、トビハツカネズミが腐敗していく過程の高速度撮影ホロを見たことがある。一週間ぶんの遅々とした自然の再循環過程を、恐怖の三十秒間に圧縮したものだ。異様な光景ではあった。小さなからだが、だしぬけに、ほとんど滑稽なほどに、ぽんと勢いよく膨れあがり、皮膚がぱんぱんに張ったかと思うと、口、目、ただれた肌にみるみる蛆《うじ》がわき、その蛆の群れが右から左へ、頭からしっぽへと這いまわるにつれて、またたく間に肉が消え、骨が螺旋状に——としか表現のしようがないのだが——露出していき、圧縮された時間のなかで腐肉を食らいつくされ、最後に骨と軟骨と毛皮のみが残る……。

わたしはいま、人間のからだにもそれとおなじことが起こるのを目のあたりにしていた。最後の光が急速に消えゆくなか、わたしはじっと立ちつくし、それを見つめた。広大な大聖堂内にはなんの音もしない。聞こえるのは、自分の鼓動の音のみだ。アルファの遺体がぴくりと動いたかと思うと、はげしく痙攣し、祭壇から浮かびあがりそうになった。爆発的に腐敗が進んでいるためだ。何秒間か、祭壇の十字架がひときわ大きくなり、色も深まって、生肉のように赤く輝いて見えた。ついで、溶けゆく塑像の金属の芯のように、腐敗しゆく肉体を支える繊状体と線虫網が見えた気がした。肉体がどろりと溶けてゆく。

その晩は大聖堂にとどまった。祭壇の周辺は、アルファの胸で輝く十字架で照らし出されている。死体が動くたびに、その光の投げかける奇怪な影が壁に踊る。

その後、アルファが大聖堂を出ていくまでの三日間、わたしはずっと大聖堂にとどまりつづけた。目に見える変化のほとんどは、第一夜のおわりまでに完了した。わたしがアルファと名づけたビクラ族の死体は、完全に分解されたのち、目の前で再生していったのだ。形をなした肉体は、もとどおりのアルファそのままではなく、といってまったくアルファではないわけでもなかったが、無傷の状態に復活していた。人形の顔のように、その顔はなめらかで一本のしわもなく、わずかにほほえみのような表情が刻みこまれている。三日めの夜明け、死体の胸が上下しだし、最初の呼吸音が聞こえた。革の袋に水をそそぎこむような音だった。正午まぎわ、わたしは大聖堂をあとにし、蔦をつたって崖の上へ登った――アルファのあとにつづいて。

彼はまったく口をきかず、話しかけても返事をしようとはしなかった。そして、うつろな視線をどこかにすえたまま、遠くの呼び声に耳をすますかのように、ときおり登攀の手を休めた。

村にもどっても、われわれに注意を向ける者はいなかった。アルファはそのまま小屋にはいっていき、いまもそこにすわっている。わたしがすわっているのは自分の小屋だ。一分前、ローブをはだけ、この胸の十字架に指を這わせた。それはおとなしく胸の肉におさまっている。そして、そのときを待っている。

第一四〇日

傷は癒えつつある。流れ出た血も補われたようだ。石包丁では、これはとりようがない。しかもこれは、痛みをきらう。痛みをおぼえたり血が大量に流れたりするまえに、わたしは意識を失わされる。目を覚まし、切除を試みるたびに、またも気を失わされるしまつ。これは痛みがきらいなのだ。

第一五八日

アルファがかたことを話すようになった。死ぬまえよりも頭が悪く、動きがにぶくなり、わたしには（ビクラ族にも）ほとんど関心を示さないが、ものを食べ、歩きまわりはする。わたしの存在はある程度認識しているようだ。医療スキャナーによれば、心臓ほかの内臓は若い男性の——たぶん、十六歳の少年のそれにちかい。

炎精林が鎮静化し、通りぬけられる状態になるには、あと一ハイペリオン月と十日——つまり五十日ほど待たねばならない。だが、森を出ようとすれば激痛に見舞われる。あの激痛に耐えられるかどうかは、ためしてみるしかない。

第一七三日

またひとり、死んだ。

一週間前から、わたしが呼ぶところのウィルが——あの指の折れたビクラ族だ——行方不明になっていた。そして昨日のこと、ビクラ族の全員がビーコンに誘導されるように北東へ向かい、〈大峡谷〉付近の数キロの地点で骸《むくろ》を見つけたのである。

どうやら、鬱金蔦の葉をとろうと樹を登っているうちに、枝が折れて落ちたらしい。首の骨が折れていたから即死だったはずだが、問題は落ちた場所だった。死体は——それを死体と呼べるならだが——ふたつの巨大な土の塚のあいだに横たわっていた。その塚は、テュークが火蟷螂《かまきり》と呼んでいた、赤い大型昆虫の巣だった。習性からすれば、この虫はむしろ、カツオブシムシと呼んだほうが適切だろう。というのは、この二、三日で、腐肉はきれいに食らいつくされ、白骨が露出していたからである。白骨のほかに残っていたものといえば、ところどころにこびりつく肉片や腱くらいのもの。それと、十字架だ。十字架はまだ肋骨にへばりついていた——ちょうど、大むかしに身罷《みまか》った教皇の石棺に収まる、絢爛《けんらん》たる十字架のように。

司祭にあるまじき考えだが、悲しみのなかにも、わたしはささやかな勝利感を味わわずにはいられなかった。この十字架といえども、骨格だけとなった遺体から肉体を再生させることはできない。道理を無視したこの呪われた寄生体といえども、質量保存則の絶対性は尊重せざるをえないのだ。わたしがウィルと呼ぶビクラ族は真の死を迎えた。これ以後、〈六十人と十人〉は〈六十人と九人〉になる。

第一七四日

馬鹿だ、わたしは。

きょう、ウィルのことと、真の死のことをたずねてみた。ウィルの死に対するビクラ族の反応のなさが気になったからである。彼らはウィルの十字架だけを回収し、白骨はその場に残してきた。骨を大聖堂へ運びこもうとする者はだれもいなかった。心配になったのは、夜になってからだ。もしやわたしが、〈六十人と十人〉の欠員を埋めることになるのではあるまいか……。

「とても悲しいことだね」とわたしはいった。「きみたちの一員が真の死を迎えてしまうなんて。〈六十人と九人〉になるというのは、どんな気持ちかな」

　するとベータは――無毛で無性で小柄な生きものは――じっとわたしを見つめ、こういった。

「彼が真の死を迎えるはずはない。彼は聖十字架の者だ」

　しばらくして、医療スキャンをつづけるうちに、真相がわかった。わたしがシータと名づけたビクラ族は、外見も行動もまったく以前のままだったが、肉体にふたつの十字架を張りつけていたのである。このビクラ族が、ペトリ皿の上で増殖する忌むべき大腸菌細胞のように、やがて膨れあがり、肥満することはまちがいない。そして、彼／彼女／それが死ぬとき、ふたりの個体は墓から甦り、〈六十人と十人〉はふたたび定数を満たすのだ。

　――このままでは、気が狂ってしまう。

第一九五日

　忌まわしい寄生体を研究しだして数週間、いまだにどう機能するのかは、手がかりすらもつかめていない。さらに悪いことに、そんなことはもうどうでもよくなってきた。わたしが気になるのは、もっと重要な問題のほうだ。

　なぜ神は、かくのごとき忌むべき存在をおゆるしになったのか？

なぜビクラ族はこのような形で罰されつづけてきたのか？

なぜ自分はこんなつらい定めに選ばれたのか？

夜ごと祈りをあげながら、これらの問いを投げかけても、答えはけっして返ってこない。

〈大峡谷〉の底から吹きあげる風の、血の歌が聞こえてくるのみだ。

第二一四日

この日記も残り十ページ、もはやフィールドノートと技術的推測以外の記述で紙幅を浪費する余裕はない。この記録をつけたら、いよいよだ。朝を待って、鎮静化した炎精林にはいる。

わたしが発見したのが、このうえなく停滞した人間社会であることはまちがいない。ビクラ族は不死性という人間の夢を実現し、それを得る代償に、人間性と不死なる魂を手放したのである。

エドゥアールよ、わたしは長い時間をかけて自分の信仰心との――信仰心の足りなさとの――葛藤をくりひろげてきたが、いま、この忘れさられた世界の恐怖の一角で、この忌まわしい寄生体にとりつかれ、汚《けが》されてみてはじめて、きみとわたしが子供だったころには抱いていたが、その後いつのまにか見失ってしまった厚い信仰心を、どうにかこうにか再発見することができた。いまならば、信仰の――純粋で一途で魂の奥底からこみあげる信仰の必要性を理解できる。荒々しくも広大無辺の大宇宙、知覚しがたい法則に支配され、そこに住むちっぽけな人間ごとき歯牙にもかけぬ星の海原……そこにただよう、ささやかな生命を持つ者として。

きょうという日まで、くる日もくる日も、わたしは〈大峡谷〉地域を離れようと試み、その都度すさまじい激痛に見舞われてきた。やがて激痛は、貧弱な太陽やグリーンと瑠璃色《ラピスラズリ》の空とおなじように、わたしの世界の一部と化した。そのうちに、激痛そのものがわたしの仲間となり、守護天使となり、人間性との最後の絆となった。胸の十字架は痛みをきらう。それはわたしも同様だが、今回は目的を果たすために、その痛みを利用してやろうと思う。それも、わが肉体に埋めこまれた心なき異物とは異なり、意識的にだ。胸の十字架は本能的に、なにも考えぬまま、いかなる手段を使ってでも死を避けようとする。わたしとて死にたくはないが、永遠に心なき暮らしを送るくらいなら、苦痛と死のほうが望ましい。たしかに、生きることは神聖だ――生きることがごく安っぽいものになりはててからの二千八百年間、教会がつねにそう考え、そう教え導いてきたことからもわかるように、それは教会の原理のひとつであり、わたしとていまもそれに執着してはいる――しかし、それよりもっと神聖なのは、魂だ。

いまならわかる。わたしがアーマガストのデータにしようとした行為は、教会を再生させるどころか、この地に住むあわれな歩く屍《しかばね》のように、いつわりの生を営むものへ変質させる行為であったことが。教会が滅びるつもりなら、それもまたよし。ただしその死は、キリスト再臨の知識に満ち、栄光に輝くものでなければならぬ。進んで滅びるのではないにせよ、暗黒のなかに歩みいるのであれば、毅然と――雄々しく、たしかな信仰心をもって――進まねばならぬ。死の収容所のなかで、核の炎のなかで、癌病棟で、ユダヤ人大虐殺のさなかで、孤独な静寂につつまれ、何世代も何世代ものあいだ、死に直面しながらも信仰心を失わず、希望こそいだかぬにせよ、これらのすべてにはなんらかの理由があるのだ、これほどの苦しみを味わい、これほどの犠牲をはらうだけの意味があるのだと祈りながら、暗黒を見すえつつそのあぎとへと歩んでいった、何百万もの先人のように。論理も事実も納得のいく理屈もなかった先人らが暗黒のただなかへはいっていくさいには、それこそごくごくかぼそい希望の糸と、いまにもゆらぎそうな信仰心しかなかったにちがいない。しかし、その先人たちが暗黒をまえにしてわずかな希望をつなぐことができたのなら、わたしにもまたおなじことができるはずだ……そして、教会にも。

もはや、いかなる外科手術、いかなる医療処置をもってしても、からだを侵すこの異物をとり除けるとは思っていないが、たとえこの身が滅びようとも、だれかがこれを分離し、研究し、破壊することができるなら、わたしはそれで満足だ。

炎精林は鎮静化している。しばらくはこの状態がつづくだろう。今夜はもう寝《やす》もう。出発するのは夜明け前だ。

第二一五日

出られない。

炎精林にはいって十四キロ。ときおり迷い火や電光の爆発はあるが、これなら通れなくはない。三週間も歩けば通りぬけられるだろう。

なのに、十字架がいかせてくれない。

進もうとすると、終わりなき心臓発作にも似た苦痛が襲ってくる。それでもわたしは、灰に両手両ひじをつき、這いつくばって進みつづけた。そのうちに、気を失った。気がつくと、〈大峡谷〉のほうへ這い進んでいた。必死に向きを変え、一キロほど歩き、さらに五十メートルほど這い進む。そのうちにまた気を失い、気がつくとまた〈大峡谷〉のほうへ引き返していた。まる一日、肉体がもつかぎり、そんな狂気の戦いがくりかえされた。

そして日没前、ビクラ族が森にはいってきて、〈大峡谷〉から五キロの地点にいたわたしを見つけ、かつぎあげて村へ連れもどった。

慈悲深きイエスよ、なぜこんなことを放置しておかれるのです？

だれかがわたしをさがしにくる可能性は皆無だ。

第二二三日

再度の挑戦。またもや激痛。またもや失敗。

第二五七日

本日をもって、標準年で六十八歳。〈大峡谷〉に面する岩棚で礼拝堂を彫る作業をつづける。昨日、谷底の河に降りようとするも、ベータほか四人にはばまれ、はたせず。

第二八〇日

ハイペリオン着後、現地時間で満一年。煉獄にて一年を過ごしたことになる。それともここは、地獄か？

第三一一日

村がある岩棚の下には、小さな岩棚がせりだしている。そこに制作中の礼拝堂で岩の切りだし作業に精をだしているとき、あるものを見つけた。避雷針だ。二百二十三日前の晩、テュークを殺したあと、ビクラ族が崖の上から投げ捨てたものにちがいない。

この避雷針さえあれば、いつでも炎精林を通りぬけられる。ただし、十字架がゆるしてくれさえすればだ。もちろん、そんなはずはない。ああ、鎮痛剤のはいった医療キットが処分されていなければ！　だが、ここにすわって避雷針を握りしめているうちに、よいことを思いついた。

医療スキャナーによる粗野な実験はいまもつづけている。二週間前、シータが片脚の三カ所を骨折したときも、十字架の反応を調べてみた。寄生体は痛みをとめるため、あらゆる手をつくしており、たいていの時間、シータの意識を失わせ、その肉体に信じられないほど大量のエンドルフィンを分泌させていた。それでも、よほど骨折の激痛がすさまじかったらしく、とうとうビクラ族はシータののどをかき切り、死体を大聖堂へかつぎこむ挙に出た。十字架にとっては、長期間そのような苦痛に耐えさせる努力をするよりも、いったん死んだ者を復活させるほうが簡単なのだろう。しかし、シータが殺される直前、医療スキャナーは、十字架の線虫群が中枢神経系の一部からかなり後退していることを確認した。

十字架の触手が完全に引っこむほどの、それでいて致命傷にはいたらない傷を、はたしてこの身に与えられるものだろうか。与えられるとしても、人間がそんな傷に耐えられるだろうか。しかし、たしかなことがひとつある。こんどはビクラ族がそれをゆるさないだろうということだ。

きょうは一日、完成なかばの礼拝堂がある岩棚にすわり、さまざまな可能性を考えつづけて過ごした。

第四三八日

礼拝堂は完成した。わたしのライフワークといってよい。

今夜、ビクラ族が日々の礼拝のまねごとをしに〈大峡谷〉へ降りていったとき、わたしはひとり落成したばかりの礼拝堂の祭壇に立ち、ミサを読んだ。聖餅《せいへい》は鬱金蔦の根の粉を練って焼いたもので、あの味もそっけもない、黄色い葉とおなじ味がすることは承知していたが、ことわたしにとっては、いまから六十標準年ほど前にはじめて参加したヴィルフランシュ゠シュール゠ソーヌでの聖体拝領のさい、はじめて口にした聖体《パン》と、まったくおなじ味がした。

夜が明けたら、予定どおりの行動をとろう。すべての用意はととのった。日記と医療スキャナーの記録ウエハーは、石綿草の繊維で編んだ袋にいれていく。ここで用意できるのはそれがせいいっぱいだ。

〝聖体拝領の葡萄酒〟はただの水だが、沈みゆく落陽のもとで、その水は血のように赤く、ほんものの葡萄酒のような味がした。

決め手は炎精林の充分奥深くにまではいりこめるかどうかだ。鎮静期にはいってからも、雷吼樹林の内外で低レベルの活動が発生することに望みをたくすしかない。

さようなら、エドゥアール。きみがまだ生きているとは思わないが、たとえ生きているとしても、二度とあいまみえる機会はないだろう。きみとわたしとは、何年もの距離だけではなく、聖十字架というさらに大きな溝でへだてられているのだから。きみに再会できるとしたら、現世のうちにではなく、来世になってからだな。またぞろこんなことをいいだして、へんなやつだと思うかね？　じっさいのところ、エドゥアール、何十年にもおよぶ不安と、行く手に待ち受けるものに対する大いなる恐怖にもかかわらず、わたしの心と魂は、いま、平安に満ちている。

おお、わが神よ、
御身《おんみ》を怒らせたもうたことを心より詫び、
わが罪の数々を悔やまん。

味わいし天国の喪失感と
地獄の苦痛もさることながら、
なによりも御身を、
わが神よ、
わが良き神よ、
愛のすべてを捧ぐべき御身を怒らせたこと、
それ自体を恥じん。
御身の優しさをもて、われここに断行す、
懺悔し、悔悛し、
わが人生に祝福を授かるために
アーメン。

二四〇〇時：
開け放った礼拝堂の窓から夕陽が射しこみ、祭壇を、粗野に彫った聖餐杯を、わたしを、赤い光でつつみこんだ。〈大峡谷〉の底から吹きあげる風の詠誦を聞くのは——幸運と神の慈悲があれば——これが最後になるだろう。

＊

「それが最後の書きつけです」

と、ルナール・ホイトがいった。

司祭が朗読をおえると、まるで共通の夢から覚めたかのように、テーブルにつく六人の巡礼は顔をあげ、彼に向きなおった。領事は頭上を見あげた。ハイペリオンはぐっと近づいていて、天の三分の一を満たし、その冷たい輝きで星々の光をかき消している。

「わたしがハイペリオンへもどったのは、デュレ神父と別れてから、主観時間で十週間後のことでした」ホイト神父はつづけた。その声はすっかりしわがれていた。「ハイペリオンでは八年以上が経過していました……デュレ神父が日記に最後のことばを書きつけてからは、七年後のことです」

司祭は見るからに痛々しいありさまだった。顔はすっかり蒼ざめ、脂汗におおわれている。懸命に声に力をこめようとしながら、司祭はつづけた。

「一カ月のうちに、わたしはポートロマンスからペレチェボ・プランテーションへたどりついていました。ファイバープラスティック農園の人たちは、領事館や惑星自治委員会とは無関係でも、きけば真実を教えてくれるだろうと踏んでいたのですが、そのとおりでした。ペレチェボの農園主でオーランディという人物は、デュレ神父のことをよく覚えていました。オーランディの新妻でセムファという、デュレ神父の日記に言及されていた女性もです。神父遭難後、農園主は何度か高原に捜索隊をさしむけたものの、炎精林の活性期が連続するという前例のない事態に遭遇して、そのたびに引き返さざるをえなかったのだそうです。やがて何年かたち、もはやデュレ神父もテュークという名の男も生きてはいまいと判断して、捜索をあきらめたといっていました。

にもかかわらず、オーランディは〈大峡谷〉へ捜索隊を送りこむため、二機のスキマーとふたりのベテラン・ブッシュ・パイロットを貸してくれました。捜索用の人員もです。わたしたちは運よくビクラ族の国にたどりつけることを祈りつつ、できるかぎり高度を低くとって、〈大峡谷〉の内側を飛んでいきました。そのようにして炎精林の大部分を迂回しても、雷吼樹の猛威にあって、スキマーの一機と四人の命を失ってしまったのですが……」

ホイト神父はことばを切った。上体がわずかにふらついている。からだを安定させるため、テーブルの端をつかむと、咳ばらいをして、ホイトはつづけた。

「ほかに話すべきことはほとんどありません。わたしたちはビクラ族の村を見つけました。デュレ神父の日記にあるとおり、ビクラ族は七十人おり、いずれも愚かで、まともに話もできない者たちばかりでした。それでもわたしは、なんとか彼らから話をききだし、デュレ神父が炎精林を通りぬけようとするさい、命を落としたことを知りました。ただ、石綿草の袋だけはぶじで、そのなかから、彼のこの日記と医療データが見つかったのです」

ホイトはしばし一同を見わたしてから、視線を落とした。

「わたしたちはビクラ族を説得して、デュレ神父が死んだ場所へ連れていってもらいました。彼らは……彼らは、死体を埋葬してはいませんでした。遺体の残骸はひどく焼け焦げ、風化していましたが、ある程度の形状は保っていて、そこからなんとか見てとることができたのです……雷吼樹のすさまじい雷撃が、神父の肉体ばかりでなく……聖十字架をも破壊してしまったことを。

こうしてデュレ神父は真の死を迎えました。わたしたちは彼の遺体をペレチェボ・プランテーションに持ち帰り、きちんと葬儀をすませ、埋葬しました」

ホイトは深々と吐息をついた。

「わたしは強硬に反対したのですが……M《マン》・オーランディは、ビクラ族の村と〈大峡谷〉の岩壁の一部を、プランテーションから持っていった成型核爆弾で破壊してしまいました。あれではビクラ族はひとりとして生き残れたはずがありません。わたしたちにわかるかぎりでは、迷宮の入口もいわゆる〝大聖堂〟も、地崩れで破壊されてしまったように見受けられました。

探険で数カ所の負傷を負ったわたしは、傷が癒えるまでの数カ月間、プランテーションでやっかいになり、そのあと北の大陸にもどって、パケムへもどる便の手配をしました。この日記の存在とその内容を知っているのは、M・オーランディ、モンシニョール・エドゥアール、そしてモンシニョール・エドゥアールが報告すべきだと判断した上司だけです。わたしの知るかぎり、教会はポール・デュレ神父の日記に関して、なにひとつ声明を出していません」

それまでずっと立っていたホイト神父が、とうとう腰をおろした。あごからぽたぽたと汗がしたたり落ち、その顔はハイペリオンの反射光を浴びて青白い光につつまれている。

「それで……おしまいかな？」マーティン・サイリーナスがきいた。

「そうです」疲労しきったようすで、ホイト神父が答えた。

「みなさん」ヘット・マスティーンが呼びかけた。「もう刻限ぎりぎりです。荷物をまとめられたほうがよろしいでしょう。遅くとも三十分以内に、われらが友、領事殿の宇宙船で落ちあってくださいますよう。宇宙船は第十一球莢《スフィア》にあります。わたくしは聖樹船搭載艇の一隻に乗って、あとからまいります」


ほとんどの者は十五分以内に集まった。森霊修道士たちが、球莢内部の作業用足場と宇宙船最上層のバルコニーをつなぎ、移乗用通路をかけわたしてくれていたので、領事はみなを導いて、自分の宇宙船のラウンジに案内した。そのあいだに、クローン・クルーたちは荷ほどきをすませ、引きあげていった。

「なかなか立派な骨董品だな」カッサード大佐がスタインウェイの上面をひとなでした。

「ハープシコードか？」

「ピアノだよ。聖遷以前のものだ。みんな、そろったか？」

「ホイトがまだだ」投影ピットの席にすわりながら、ブローン・レイミアが答えた。

ほどなく、ヘット・マスティーンがはいってくると、

「連邦の戦闘艦がキーツ宇宙港への降下許可を出しました」といって、一同を見まわした。

「M・ホイトがまだのようですね。クルーを一名、手伝いにいかせましょう」

「いや、いい」と領事は答え、声の調子を改めて補足した。「わたしがいってこよう。彼の船室までの道順を教えてくれるか？」

聖樹船の船長は、しばし領事を見つめていたが、やがてローブのひだに手をいれ、「降下中、お気をつけて《ボン・ヴォヤージュ》」といって、一枚のウエハーをさしだした。「わたくしはのちほど、惑星上で合流します。キーツのシュライク大聖堂を出発する時刻——真夜中の直前に」

領事は一礼し、丁重にいった。

「聖樹船の保護枝での旅、楽しく過ごさせていただいた、ヘット・マスティーン」つづいて、みなに向きなおり、船内に手をひとふりして、「では諸君、ラウンジや階下のライブラリーでくつろいでくれたまえ。なにかほしいものがあったら宇宙船にいうといい。質問にも答えてくれるはずだ。ホイト神父を連れてきたら、すぐに出発する」

司祭の居住莢は、聖樹船を半分ほど登ったあたりの、二次枝のずっと先にあった。思ったとおり、ヘット・マスティーンにわたされたコムログ用方向指示ウエハーは、強制解錠機能を持ったものだった。数分間、呼び鈴を鳴らし、扉をたたいてみたが、なんの反応もない。とうとう領事は強制解錠に踏みきり、莢内に足を踏みいれた。

草の絨毯のまんなかで、ホイト神父は両ひざをつき、身悶えしていた。寝具、家具、衣服、標準救急キットの中身などが、床のいたるところに散乱している。チュニックとカラーはむしりとられ、汗のにじんだシャツもあちこちひきちぎられて、だらりとたれさがっているありさまだ。莢の壁面から透過してくるハイペリオンの反射光のおかげで、その異様な光景は水中でのできごとのように――あるいは、大聖堂でのできごとのように見えた。

ルナール・ホイトの顔は苦痛にゆがみ、両手は胸をかきむしっていた。むきだしになった両の前腕の筋肉は、青白い皮膚の下で生きもののようにうごめいている。

「注射器が……壊れて……」あえぎあえぎ、ホイトはいった。「助け……」

領事はうなずき、扉に閉まるよう指示してから、司祭のそばにひざをついて、その手にしっかりと握りしめられた壊れた注射器をとりあげ、薬液のアンプルをイジェクトさせた。ウルトラモルヒネだった。領事はもういちどうなずき、自分の宇宙船から持ってきた救急キットを開いて新しい注射器をとりだすと、五秒とかからずにウルトラモルヒネをセットした。

「早く……」

ホイトが懇願した。からだじゅうが痙攣している。苦痛の波がそのからだを舐めていくのが目に見えるようだ。

「わかった」と領事は答えた。それから、緊張の面持ちで大きく息を吸いこんで、「そのまえに、ほんとうの話を聴かせてくれ」

ホイトは注射器を見つめ、弱々しげに手を伸ばしてきた。

自身も汗を流しながら、領事はわずかに手のとどかないところへ注射器をひっこめる。

「わかっている、すぐ射ってやる。ただし、話がおわってからだ。どうしても知っておかなくてはならないんだ」

「おお、神よ、キリストよ」ホイトはすすり泣いた。「おねがいだ！」

「射つとも」領事も息が荒くなっている。「射ってやる――きみが真実を話しさえすれば」

ホイト神父は胸を抱きしめるようにくずおれ、小刻みに息をしながら、あえぎあえぎ、のしった。

「この……ひとでなし……！」それから、何度か深呼吸をし、からだのふるえがとまるまで息をとめ、上体を起こそうとした。領事を見すえる神父の血走った目には、しかし安堵のようなものがうかがえた。「話したら……射って……くれるか？」

「約束する」

「わかった……」ホイトは必死の形相でしわがれ声を絞りだした。「真実を……話す。ペレチェボ・プランテーションのことは……ほんとうだ。わたしたちは現地に飛んだ……十月の……リシアス月のはじめ……デュレの消えた……八年後に。うおおっ！　痛いっ！　耐えられないっ！　アルコールもエンドルフィンももう効かない。ただ……純粋のウルトラモルヒネだけが……」

「ここだ」領事はささやきかけた。「ちゃんと用意してある。話がおわったらすぐに射ってやる」

司祭はうつむいた。頬から、鼻先から、草絨毯の上にぽたぽたと汗がしたたり落ちていく。いまにも注射器を奪いとろうとするかのように、一瞬、筋肉をこわばらせたが、すぐさまつぎの苦痛の波にかぼそいからだを蹂躙《じゅうりん》され、ホイトはがくりとつっぷした。

「スキマーは……雷吼樹に破壊されたんじゃない。セムファと、ふたりの男、わたし……の四人は、〈大峡谷〉のそばに……着陸を余儀なくされた……オーランディが上流を捜索中のことだ。彼のスキマーは……雷撃雨がおさまるまで、上流で待機せざるをえなかった。その晩だ、ビクラ族がやってきたのは……。そして殺した……セムファを、パイロットを、もうひとりの……名前をわすれてしまった男を。なのにわたしだけは……生かしておかれた」

自分が十字架を引きちぎっていたことに気づき、ホイトはそれに手を伸ばした。短く、ひきつった笑い声をあげたが、その笑いはすぐに、すすり泣きにとってかわられた。

「ビクラ族は……話した。十字架の道について。聖十字架について。そして……〈炎の子〉について。

翌朝、わたしは連れていかれた……その〈炎の子〉のところへ……彼のもとへ」

ホイトは必死に起きあがろうとしながら、両頬をかきむしった。その目はかっと大きく見開かれている。想像を絶する苦痛にもかかわらず、ウルトラモルヒネのこともわすれてしまったかのようだ。

「炎精林にはいって約三キロの地点に……ひときわ巨大な雷吼樹がある……すくなくとも、高さ八十メートルから百メートルはある大木だ。そのときは静かだったが、空気は大量の……大量の帯電した塵に満ち満ちていた。いたるところに灰があった。

ビクラ族はけっして……そのそばに近づこうとはしなかった。距離をおいてひざまずき、忌まわしい禿頭《とくとう》をたれるばかりだった。しかしわたしは……そばに寄った……寄らざるをえなかった。なぜなら、大いなる神よ……おお、キリストよ、それは彼だったのだ。デュレだったのだ。デュレのなれのはてだったのだ。

デュレはそこにはしごで登ったにちがいない……ということは、樹の幹……高さ三、四メートルのあたりのことだ……そこに、足場のようなものがこしらえてあった。立つための足場が。そして、避雷針を折って……短い杭のようにし……先を尖らせて……。杭を打ちこむには、石を使ったにちがいない。それで足を打ちつけてあった……石綿草の足場と幹に。

左腕は……橈骨《とうこつ》と尺骨《しゃっこつ》のあいだに……血管をはずして……杭を打ちこんであった……ちょうど、忌むべきローマ人がキリストにしたように。骨格さえぶじなら、絶対にはずれはしない。もういっぽうの手は……右手は……手のひらを打ちつけてあった。両端を尖らせて、まず杭を打ちこんでから……そこに手のひらをたたきつけ、刺し貫いた。そして、どういうふうにしてか、杭を曲げて……鉤にしたんだ。

はしごは落ちていた……だいぶまえにだ……だが、石綿草でできていたので……燃えてはいなかった。それを使って……彼のもとへ登った。何年も前に、あらゆるものが燃え落ちていた……服、皮膚、筋肉組織の外層……ただし、石綿草の袋だけは首にかかっていた。

合金の杭はそのときもまだ電気を通していて……わたしには見えた……感じとれた……残された肉体の残骸中を電気が駆けめぐっているのを。

そしてそれは、ポール・デュレのように見えた。だいじなのはそこだ。モンシニョールにもそう報告した。皮膚はなくなっていた。外層が焼け落ちて、肉がむきだしになっていた。神経とそれ以外のものも見えた……灰色と黄色の根のようだった。ああ、あのにおい！　だが、それでもそれは、ポール・デュレのように見えたんだ！

　そのとき、豁然《かつぜん》とわたしは悟った。すべてを理解した。どういうわけか……日記を読む前なのに……理解した。彼がそこで……おお、神よ……七年ものあいだ、磔刑《たっけい》に処されていたことを。生きながら。死にながら。あの十字架に、ずっと命脈をつなぎとめられて。電流が彼の肉体を責めさいなむ……一秒と途切れることなく……七年ものあいだ。そして、炎。飢え。苦痛。その果ての、死――。なのに、どのようにしてか、あの忌まわしい十字架が……幹からか、空気からか、必要な材料をかき集めて……肉体の残骸を再生し……むりやり生き永らえさせ、苦痛を感じさせる……何度も何度も何度も何度も……。

　だが、彼は勝った。苦痛は彼の味方だ。おお、イエスよ、安らぎを得るまでに彼があの樹に磔《はりつけ》にされていたのは、あなたのように数時間のことではありません、七年間なのです！　だが……彼は勝った。袋をはずしたとき、胸の十字架もまた、いっしょに落ちた。ただ……ぽろりと……長い血まみれの根を引きずって。するとそれが……死体だとばかり思っていたそれが……顔をあげたのだ！　まぶたはない。両目は焼けて白く濁っている。唇もない。なのにそれは、わたしを見て、にいっと笑った……笑ったのだ！　そして、死んだ……真の死を迎えた……わたしの腕のなかで……一万回めの、しかしこんどこそ、ほんとうの死を。莞爾《かんじ》とした笑みをわたしに向けて、彼は死んでいった……」

ホイトはことばを切り、無言で自分自身の苦痛と折り合いをつけたあと、食いしばった歯のあいだから、絞りだすように先をつづけた。

「ビクラ族は連れもどした……わたしを……〈大峡谷〉へ。翌日、オーランディがやってきて……わたしを助けだした。彼は……セムファが……わたしにはとめられなかった……オーランディはレーザーで村を焼きはらい、阿呆の羊のようにつっ立つ彼らを薙ぎ倒していった。わたしは……わたしは、とめようとはしなかった。そのかわり、笑った。大いなる神よ、どうかわたしをゆるしたまえ。最後にオーランディは、密林を焼きはらい……ファイバープラスティック列田《マトリックス》の下地を作るのに使っている成型核爆弾を……村に仕掛けた」

ホイトはまっすぐに領事を見つめ、右手で苦悶のしぐさをした。

「はじめは鎮痛剤が効いた。だが、年々……日々……痛みはひどくなっていく。低温睡眠のさなかでさえも……痛くてたまらない。どのみち、帰ってこなくてはならなかったのだ。いったいどうやって彼は……七年ものあいだ……！　おおお、神よ！」

叫びながら、ホイト神父は草の絨毯をかきむしった。

領事はすばやく近づき、ウルトラモルヒネのアンプルを二の腕に一本まるごと注射すると、くずおれる司祭を抱きとめ、気を失った彼のからだをそうっと床に横たえた。それから、汗にかすむ目で、ホイトの汗びっしょりのシャツを引き裂き、布地を脇に放りだした。たしかめるまでもなく、それはそこにあった。ホイトの青白い胸の皮膚に埋もれた、巨大な十字形の、虫のようなもの。領事は大きく嘆息すると、司祭をそっとひっくりかえし、うつぶせにした。思ったとおり、第二の十字架があった。薄い肩胛骨のあいだに、やや小ぶりの十字架が食いこんでいる。熱を持った表面を指でひとなですると、それは小さく、びくんと動いた。

領事はゆっくりと、しかし効率的に動き——司祭の手荷物をまとめ、室内をかたづけ、意識のない司祭に、そっと——死んだ身内の遺体に対するように——服を着せた。

コムログの呼びだし音が鳴り、カッサード大佐の声がいった。

「そろそろ出発せねばならん」

「いまいく」

領事は答え、荷物運びのクローン・クルーを呼ぶようコムログにコードを打ちこんだが、ホイト神父だけは自分でかかえあげた。羽のように軽かった。

莢の扉が外に広がって開く。領事は外に足を踏みだし、枝の濃い影のもとから、天をおおう惑星の、ブルー・グリーンの輝きのもとへ歩み出た。みなに話す作り話をまとめながら、いったん足をとめ、眠る司祭の顔をじっと見つめる。それから、ハイペリオンを見あげ、また歩きだした。たとえ聖樹船の重力場が地球標準重力をフルに再現していたとしても、両手にかかえたからだはまったく重さを感じさせなかっただろう。

かつては領事にも子供がいた。眠りこんだ息子をベッドへ運ぶ気持ちをふたたび味わいながら、領事は歩みつづけた。

第二章

ハイペリオンの首都キーツはあたたかく、朝からの雨に濡れていたが、その雨がやんだあとも、重々しくたれこめた厚い雨雲はゆっくりと上空を流れていた。街にただよう潮のにおいは、頭上の雲を運ぶ風が二十キロ西の海から運んでくるものだ。そして、夕刻——灰色の光が薄れ、鈍色《にびいろ》の薄暮がたれこめるころ、突如として襲ってきたソニックブームが街をゆるがし、ビリー悲嘆王の顔を刻んだ山壁に反響して鳴り響いた。雨雲がみるみる青白色の輝きを帯びていく。三十秒後、その雲のとばりを割って漆黒の宇宙船が出現し、核融合推進炎の尾を吐きつつ、慎重に降下してきた。鉛色の雲を背景に、航行灯が赤と緑に明滅している。

高度千メートルまで降りてきたところで、宇宙船の着陸ビーコンがかっとまばゆい光を放った。それを待っていたかのように、街の北にある宇宙港から三本の誘導コヒーレント光が伸びていき、ルビーの三脚のように船体に吸いついた。宇宙船は高度三百メートルまで降下していったん停止し、濡れたテーブルトップをすべるマグのようになめらかに横すべりすると、地上に待機する発着ピットにすーっと収まった。

高圧水流が噴出し、ピットと宇宙船の船底を洗いはじめる。たちまちもうもうたる蒸気が湧き起こり、宇宙港のエプロンに降りかかる霧雨のカーテンとまじりあった。高圧水流がとまると、あたりはしんと静まり返り、聞こえるのはかすかな雨音と、宇宙船が冷却していくときの、ミシッ、ピシッという音だけとなった。

その宇宙船の船体の、ピット壁の上二十メートルほどのあたりから、バルコニーがせりだしてきた。現われたのは五人の人物だ。

「世話になったな」カッサード大佐が領事にいった。

領事はうなずき、手すりから身を乗りだして、新鮮な空気を深々と吸いこんだ。降りかかる霧雨が、肩や眉に小さな水滴を結ぶ。

ソル・ワイントラウブが寝かせておいた赤ん坊を抱きあげた。気圧、気温、においなどの変化、急な動き、船外の音——あるいはそのすべてが複合した結果だろうか、赤ん坊は火がついたように泣きだした。ワイントラウブがよしよしとゆすり、あやしにかかったが、いっこうに泣きやむ気配はない。

「われらが到着にふさわしい声だわい」マーティン・サイリーナスがいった。詩人は長い紫のケープをはおり、右肩にたれさがる赤いベレー帽をかぶっている。ラウンジから手にしてきたグラスのワインをひとくちあおって、詩人はつづけた。「おお、こはいかに！　変わったなぁ、ここも」

領事も同感だった。離れていた期間は現地時間でわずか八年だというのに、この変わりようはどうだろう。以前、このキーツに住んでいたころは、宇宙港から街までゆうに九キロはあった。なのにいまは、敷地ぎりぎりのところまで無数の掘立小屋やテントが押しよせ、そのあいだを泥道がうねうねとぬっている。やってくる宇宙船にしても、こんなちっぽけな宇宙港のことだから一週間に一隻がせいぜいだったのに、いまや停泊している船は、二十隻ではきかない。小さかった管制塔/税関棟も大きなプレハブの建物にとってかわられ、急遽拡張されたらしい西の発着場には、十基以上の発着ピットや着陸グリッドが新設されている。宇宙港の外縁に雑然とならぶ何十ものモジュールは——どれも迷彩ポリマーをかぶせられている——地上管制ステーションからバラックにいたるまで、さまざまな用途に使えるものだが、エプロンの向こうはしにならぶモジュール群からは、空に向かってエキゾチックなアンテナの森がにょきにょきと生えていた。

「進歩、というべきかな」領事はつぶやいた。

「戦争さ」カッサード大佐がいった。

「あそこに人波が……」ブローン・レイミアが宇宙港南側のメイン・ターミナル・ゲートを指さした。くすんだ茶色の波が、音なき波濤《はとう》のように、金網フェンスとその内側の菫色《すみれいろ》をした遮蔽フィールドに打ちよせている。

「驚いた」と領事。「ほんとうだ」

一同はしばし、カッサード大佐がとりだした双眼鏡をかわるがわる使い、フェンスに押しよせ、遮蔽フィールドに押し返される何千もの人波を見つめた。

「なにをしてるんだ?」レイミアがきいた。「なにが望みだ?」

五百メートル離れていても、群衆の理性なき気迫はひしひしと伝わってきた。フェンスの内側をパトロールしているのは、黒っぽい制服を着たFORCE海兵隊員だ。フェンス、遮蔽フィールド、海兵隊警備陣のあいだには、それぞれ土のむきだしになった区画が帯状に連なっているが、あれは十中八九、地雷原かデスビーム・ゾーン——またはその両方だろう。

「なにが望みだ?」レイミアがくりかえした。

「逃げだしたいのさ」カッサードが答えた。

大佐にいわれるまでもなく、領事もそれに気づいていた。宇宙港周辺にひしめく小屋の群れと、ゲートに押しかける群衆とくれば、意味するところはただひとつ——ハイペリオンの住民たちが惑星外へ脱出するために殺到しているということだ。宇宙船が飛来するたびに、毎度こんな潮騒《しおさい》なき寄せ波が押しよせてくるのだろう。

「その反対に、この地に未来永劫残る者もいる」マーティン・サイリーナスが、南の河の向こうにそびえる低い山を指さした。「涙にくれるビリー悲嘆王こと、老ウィリアム・レックス。神よ、彼の罪深き魂を安らかに眠らせたまえ」

霧雨と迫りくる宵闇を通して、なるほど、その山の岩壁に彫られた悲嘆王《サッド・キング》ビリーの顔がかろうじて見えた。

「わしは彼を知っておったぞ、ホレイショーよ」と、酔った詩人はつづけた。「なにかというとおどけずにはいられなかった男。だが、そのひとつとして可笑しなものはなかった。掛け値なしのイモ道化だわい、なあ、ホレイショー」

娘に霧雨がかからぬように、またその泣き声が会話のじゃまにならぬようにと、さっきから宇宙船内にひっこんでいたソル・ワイントラウブが、ある方向を指さした。

「だれかがくる」

見ると、迷彩ポリマーでおおわれた地上車一台につづいて、ハイペリオンの弱い地磁気でも浮けるようにホバーファンで浮揚力を増した軍用電磁浮揚車《EMV》が一台、濡れたエプロンをこちらへ向かってくる。

マーティン・サイリーナスは、そのあいだもずっとビリー悲嘆王の陰気な容貌を見つめていたが、やがてほとんど聞きとれないほど小さな声で詩を吟じた。

「谷間の翳《かげ》多き憂いに打ち沈み
暁の澄明《ちょうめい》な吐息もいまははるか彼方、
猛々しき陽光も、宵の一番星もわすれはて、
半白の老神サターンはすわる、化石したかの如く、
褥《しとね》をつつむ静寂《しじま》のように、静かに、微動だにせず。
頭上にかぶさる森また森は、
あたかも重畳《ちょうじょう》する雲また雲の……」

両手で顔をこすりながら、ホイト神父がバルコニーへ現われた。寝起きの子供のように、大きく見開いたその目は、まだ焦点が合っていない。

「着いたのですか」神父はたずねた。

「いかにも！」双眼鏡を大佐に返しながら、マーティン・サイリーナスが叫んだ。「いざ降りなん、憲兵にあいまみえるべく」


若い海兵隊中尉は、ヘット・マスティーンが救出艦隊の司令官から取得した入星許可ウエハーを見ても格別これといった反応は示さず、一同が霧雨に濡れるのもかまわずに、のんびりと時間をかけてみなのビザ・チップを走査しながら、ちっぽけな権力を手にしたばかりの小物然として、ときおりふたことみこと、えらそうな口をきいていたが、やがてフィドマーン・カッサードのチップにいきあたると、ぎょっとした表情で顔をあげた。

「カ、カッサード大佐……！」

「退役した身だ」カッサードが答えた。

「たいへん失礼をいたしました」あわててビザをみなに返しながら、中尉はどもりどもり、弁解した。「大佐もごいっしょとはぞんじませんでしたので。ですが……大尉にはただ迎えにいけばよいと……いや、どうも、その……伯父はブレシアで大佐とともに戦ったそうでありまして。なんというか、申しわけありません……自分や部下でお役にたてることでしたら、なんなりと……」

「そうあせらなくともよい、中尉」カッサードがいった。「市内にいく交通機関はあるか？」

「はあ……それが……」若い海兵隊中尉はあごをなでようとしかけたが、ヘルメットをしていることを思いだし、その手を下におろした。「あることはあるのですが……。問題は、群衆が一触即発の状態にありまして、しかもこのろくでもない惑星では、クソEMVがろくに……あ、いや、失礼を。現在、地上交通機関は貨物だけに制限されておりまして、スキマーが基地を飛びたてるのは二二〇〇時以降になります。しかし、それまでのあいだ、喜んでみなさんを……」

「ちょっと待った」領事がいった。

中尉が話しているあいだに、見るからにくたびれた公用スキマーが飛んできて——いっぽうのフレアスカートには、連邦の紋章である金のジオデシックが描かれている——一行から十メートルほど離れたところに着陸したかと思うと、その操縦席から、長身でやせぎすの男が降りてきたのだ。

「シオ！」と領事は叫んだ。

ふたりはたがいに歩みより、握手をしかけたものの、途中でそれぞれ思いなおし、ひしと抱きあった。

「ひさしぶりだな。元気そうじゃないか、シオ」

そのとおりだった。元領事補佐だったシオ・レインが現領事になってもう六年になるが、少年のような笑顔はいまなお変わらず、領事館に勤める未婚の――そしてすくなからぬ既婚の――女性を魅了してやまなかった豊かな赤毛も、依然として健在だ。古典的な角縁眼鏡を――若き外交官の愛用品のひとつを――たえず押しあげているところをみると、その弱点のひとつであったシャイな側面もあいかわらずらしい。

「うれしいです、もどってきてくださって」とシオはいった。

領事はみなをふりかえり、友人を紹介しようとしたが、そこではたと口ごもった。

「おっと……いまはきみが領事だったな。すまない、シオ、うっかりしていたよ」

シオ・レインはほほえみを浮かべ、眼鏡を押しあげた。

「いいんですよ。じつをいうと、わたしはもう領事じゃありません。数カ月前から総督になりました。惑星自治委員会がとうとう正式の保護領化を――つまり植民地化を――申しいれて、申請が通ったんです。ようこそ、いちばん新しい連邦加盟惑星へ」

領事はしばし元領事補佐を見つめてから、ぎゅっと抱きしめた。

「おめでとう。これからは、閣下をつけて呼ばなくてはいけないな」

シオはにっこり笑い、ちらと空を見あげた。

「もうじき大雨がきます。お連れの方ともども、スキマーに乗られてはどうですか、街までお送りしますよ」そこで新総督は、若い海兵隊員にほほえみかけて、「中尉」

「は……なんでありましょう！」中尉ははじけるように気をつけをした。

「部下に指示して、こちらの方々の荷物をスキマーに運ばせてくれるか。いつまでも雨のなかに立っているのもなんだから」

スキマーは高度六十メートルを維持し、大地を這うハイウェイにそって南へと進んだ。副操縦席にすわる領事を除いて、一行はみな後部のフローフォームのリクライニング・シートでくつろいでいる。マーティン・サイリーナスとホイト神父は眠っているようだ。ワイントラウブの赤ん坊も、合成母乳の柔らかい哺乳びんをあてがわれ、いまはもう泣きやんでいた。

「またずいぶん、さまがわりしたものだな」

雨に打たれるキャノピーに頬をあずけ、視線は下方の混沌に向けて、領事はシオに話しかけた。

何千というあばら屋や差しかけ小屋の数々が、郊外へ三キロの地点まで、丘の斜面といわず谷間といわず、びっしりとおおいつくしている。濡れた防水布の下では火を焚いており、泥色の小屋のあいだを泥色の人々が歩きまわるのが見える。宇宙港と街をつなぐ旧ハイウェイの道路ぎわには高いフェンスが立てられ、ハイウェイそのものも拡幅・補強されていた。二車線の道路をのろのろと行きかうトラックやホバーカーは大半が軍用車輛で、緑色に塗装されるか、迷彩ポリマーを——いまは不活性だが——かぶせられるかしたものばかり。前方に目を転じれば、キーツの街明かりもにぎやかさを増し、河の流域や丘にまで広がっている。

「三百万人です」元上司の心を読んだかのように、シオがいった。「すくなくとも、三百万。

しかも、日々増えています」

領事は下方を見つめたまま、いった。

「わたしがここを去ったときには、惑星全体でも四百五十万人しかいなかったぞ」

「いまもそうですよ。そのひとりひとりがキーツにたどりつき、宇宙船に乗りこみ、この惑星から出ていこうと躍起になっているんです。なかには転位ステーションが建設されるのを待っている者もいますが、大半は間にあうとは思っていません。みな恐れているんです」

「アウスターをか？」

「アウスターもですが。ほとんどの者が恐れているのは、シュライクですよ」

領事は冷たいキャノピーから顔を離し、シオにふりかえった。

「するとあの難民は、〈馬勒《ばろく》山脈〉の南から？」

シオは乾いた笑い声をあげた。

「惑星じゅうからですよ。いまやあれは惑星じゅうに遍在するかのようで――もしかすると、多数の個体がいるのかもしれません。たいていの者は、あれが何十、何百と存在すると思いこんでいます。シュライクによる被害は三つの大陸すべてにおいて報告されていて、被害が出ていないのは、キーツ、〈鬣《たてがみ》〉地方の一部と、エンディミオンほか二、三の大都市くらいのものです」

「被害数は？」と領事はたずねたが、あまり答えを聞きたくはなかった。

「死者・行方不明合わせて、すくなくとも二万。怪我人もおおぜいいますが、これはシュライクのしわざであるはずがない。そうでしょう？」ふたたび、乾いた笑い声をあげた。「相手がシュライクなら、怪我だけですむはずがありませんからね。要するに、人間同士がパニックを起こして撃ちあう、階段をころげ落ちる、窓から飛びおりる、人ごみのなかで踏んづけあう――そういうたぐいの事故によるものばかりなんですよ。あの愚民どもときたら、手のほどこしようのないクズばかりだ」

　領事はシオ・レインと十一年間もいっしょに仕事をしたが、元補佐の口からこんな辛辣なことばを聞くのははじめてだった。領事はたずねた。

「FORCEは役にたたないのか？　シュライクが大都市に出没しないのは、軍がいるからじゃないのか？」

　シオはかぶりをふって、

「FORCEはなにひとつしちゃいません。群衆を抑えるだけでね。ここの宇宙港の安全とポートR《ロマンス》の海上発着場の確保については、たしかに海兵隊もめざましい働きを示していますが、ことシュライクとなると、むしろ遭遇を避けているようなありさまで。軍の主目的はアウスターと戦うため、ということもありますが」

「SDFは？」

　と領事はたずねたが、これは答えを聞くまでもないことだった。ろくに訓練もしていない自衛軍《セルフ・ディフェンス・フォース》がものの役にたつはずはない。

　あんのじょう、シオは鼻を鳴らした。

「負傷者のうち、すくなくとも八千人はＳＤＦの隊員です。ブラクストン将軍が〝シュライクの根城を急襲する〟名目でリバー街道を北上し、〝三度めの正直〟とばかりに戦いを挑みましたが、以来、とんと音沙汰を聞きません」

「冗談だろう」と領事はいった。しかし、シオの顔つきからして、冗談でないことは明らかだった。「とすると、シオ、よくもまあ宇宙港まで出迎えにくる時間をひねりだせたものだな」

「ほんとうは、そんな場合じゃないんですがね」シオ総督はそういって、うしろをふりかえった。眠っている巡礼もいれば、疲れはてたようすで窓外を眺めている巡礼もいる。「ただ、どうしてもお話ししておきたくて。あなたを思いとどまらせるために」

領事はかぶりをふりかけたが、シオはその腕をつかみ、ぐっと力をこめた。

「ちゃんと聞いてください、だいじなことなんです。どんなにつらい思いでここへもどってこられたかは、ようく承知していますよ、なにしろ……あんなことがあったあとですから。しかし、いいですか、なにもかも投げだしたところで得るものはない。ばかげてます。こんないかれた巡礼はやめてください。どうかキーツにとどまってください」

「すまないが、それは……」

「いいから、聞いて！」いいかける領事を、シオはぴしゃりと制した。「理由その一。あなたはわたしの知っているなかで最高の外交官であり、危機管理者だ。当地にはその技術が必要です」

「しかし……」

「ともかく、聞きなさい。理由その二。現状では、〈時間の墓標〉の二百キロ以内に近づくことはできません。あなたが領事だったころとはわけがちがうんです。あのころは、自殺志願者が現地まで赴き、一週間ほどそこにとどまったあと、気が変わればもどってくることもできた。しかしいまは、シュライクが活発に動きまわってるんですよ。もはや疫病もおなじです」

「それはわかるが……」

「理由その三。わたしがあなたを必要としてるんです。タウ・ケティ・センターに応援を要請して、きてくれるのがあなただとわかったときには、もう……。この三年間、まさに首を長くして待っていたんですからね」

わけがわからず、領事は首をふった。

シオは機首を市の中心部に向け、いったん空中停止すると、計器盤から目を離し、まっすぐに領事を見つめた。

「率直にいいましょう。総督職を引き継いでくれませんか。上院も干渉することはないはずだ。問題はグラッドストーンですが——彼女が知るころには、どうせもう手遅れですから」

領事は吐胸《とむね》を突かれたような思いに陥った。目をそらし、せまい道とみすぼらしい建物が織りなす眼下の迷路を見おろす。あれはキーツのジャックタウンだ。なんとかことばが出てくるようになると、領事はいった。

「むりだ、シオ」

「いいですか、もし……」

「だめだ。できない。その話を受けたところで、どうせたいしたことはできまいが、それ以前に、絶対に不可能なわけがあるんだ。この巡礼には、どうしても参加しなくてはならない」

シオは眼鏡を押しあげ、まっすぐ前方を見つめた。

「なあ、シオ。きみはいままでいっしょに働いたなかでも、とびきり適性が高く、とびきり有能な外交のプロだ。かたやわたしには、八年間ものブランクがある。たぶん……」

シオは小さくうなずき、さえぎった。

「シュライク大聖堂にいきたいんでしょう」

「ああ」

スキマーは旋回し、大聖堂のそばに着地した。領事がもの思いにふけり、前方にうつろな目を向けているあいだに、スキマーの側面ハッチが開き、上に折りたたまれた。外のようすを見るなり、ソル・ワイントラウブがいった。

「……これはひどい」

機内から歩み出た一行が目にしたものは、無残にも焼尽し、すっかり崩れおちた、シュライク大聖堂のなれのはてだった。現地時間で二十五年ほど前、〈時間の墓標〉があまりにも危険な場所として閉鎖されて以来、このシュライク大聖堂はハイペリオンでもひときわ人気の高い観光名所となっていたのだが……。まる三ブロックにおよぶ敷地を占有し、高さ百五十メートルもの中央尖塔を誇るシュライク教団の総本山は、荘厳な大建築であるばかりか、ゴシック建築のジョークでもあり――流れるようなラインを持つ控え壁は特殊合金《ウィスカード》の骨組に石材を接合したものだ――パースペクティヴや角度のトリックを駆使したエッシャーの騙し絵のようでもあり、廻廊の入口、隠し部屋、暗い庭園、禁断の区画などにいたっては、ボッシュの悪夢そのものといった趣きがあったが、それよりもなによりも、ここはハイペリオンの歴史を体現する場所なのである。

だが、その栄光は、いまや見る影もない。かつての偉容を忍ばせるよすがといえば、そこここに堆《うずたか》く山をなす黒焦げの石材ばかりだ。その石材からとびだす融けた合金の梁は、巨獣の死骸のあばら骨のようにも見える。瓦礫のほとんどは、築後三世紀になんなんとする歴史的建造物の地下迷宮――無数の窖《あなぐら》、地下室、地下通路などのなかに崩れ落ちていた。領事はとある穴の縁に歩みより、この底知れぬ地下の窖は――伝説にあるとおり――じっさいに惑星の迷宮のどこかにつながっていたのだろうかと考えた。

「まるで地獄鞭《ヘルウィップ》にひと薙ぎされたみたいだな」マーティン・サイリーナスがいった。ヘルウィップというのは、高エネルギー・レーザー兵器の古風な呼び方だ。詩人は急に酔いがさめたようすで、穴のそばにたたずむ領事のそばにやってきた。「思いだすよ、このあたりにシュライク大聖堂とキーツの一部しかなかったころを。〈墓標〉付近での惨劇ののち、ビリーがジャックタウンをこの地へ移そうと決意したのも、この大聖堂あったればこそだ。だが、それももはやこのありさま——ああ、あわれなるかな」

「ちがうな」カッサードがいった。

ほかの者たちがふりむいた。

大佐はそれまで調べていた瓦礫から立ちあがり、説明した。

「ヘルウィップじゃない。成型プラズマ弾だ。それも、数発」

「これでもここへ残って、無意味な巡礼をつづけようというんですか？」シオがいった。

「それよりも、わたしといっしょに、総督府へもどろうじゃありませんか」

話しかけている相手は領事だが、全員に語りかけていることは明らかだった。

領事は窖《あなぐら》から顔をもどし、かつての部下を見つめた。そこに立っているのは、以前のシオとはちがう、難民の殺到に苦しむ惑星総督の顔をした人物だった。

「それはむりだよ——総督閣下」領事は答えた。「すくなくとも、わたしはむりだ。みながどういうかは知らないが」

四人の男とひとりの女は、一様にかぶりをふった。サイリーナスとカッサードはスキマーから荷物を降ろしはじめている。夜天から、ふたたび霧雨が降りかかってきた。ちょうどそのとき、領事は付近の屋根の上に、ＦＯＲＣＥのものだろう、二機の攻撃スキマーが浮かんでいるのに気がついた。暗闇とカメレオン・ポリマー迷彩機体のおかげで、ちょっとやそっとではそこにいることがわからない。その輪郭が見えるようになったのは、雨のおかげだった。

（当然だな）と領事は思った。（惑星総督が護衛なしで動きまわるはずはない）

「司祭たちは逃げたのかい？　大聖堂が破壊されたとき、生存者はいたのか？」

「いました」五百万の魂の事実上の独裁者であるシオは、いったん眼鏡をはずし、シャツのはしで雨滴をぬぐった。「シュライク教団の司祭や侍祭たちは、みな地下隧道《すいどう》を通って脱出しました。暴徒は数カ月にもわたって大聖堂をとりかこんでいましてね。暴徒のリーダーで、〈大叢海《だいそうかい》〉のどこかからきたキャモンという男は、たっぷり時間をかけて警告を与えてから、DL20を爆発させたんです」

「警察はなにをしていた？　SDFは？　FORCEは？」

領事の問いに、シオ・レインは苦笑を浮かべた。その瞬間のシオは、領事が知っていた若者より何十歳も老けて見えた。

「あなたたちはこの三年間、移動中だったんでしたね。その三年のあいだに、宇宙は変わりました。シュライク教徒は〈ウェブ〉各地で迫害され、襲撃されています。この惨状を見れば状況は想像がつくでしょう。十四カ月前に宣言した戒厳令に基づき、キーツ警察はSDFに吸収されました。しかしそのSDFも、暴徒が大聖堂を焼き打ちするのを指をくわえて見ているしかありませんでした。わたしもです。なにしろこの街には、五十万もの難民がいるんですから」

ソル・ワイントラウブがシオに歩みよった。

「難民はわれわれのことを知っているのかな？　この最後の巡礼のことを？」

「知っていたら――みなさんはいまごろ、ひとりも生きてはいないでしょう。シュライクを鎮める者ならば暴徒も歓迎すると思われるかもしれませんが、暴徒が注目するのは、あなたがたがシュライク教団に選ばれた者たちであるという点のみです。じっさいわたしは、諮問委員会の勧告を退けなければなりませんでした。じつは、あなたがたの船が大気圏内にはいるまえに破壊してしまったほうがいい、という助言も出ていたんです」

「なぜそんなことを？」領事はたずねた。「つまり、なぜ勧告を退けたのかということだ」

シオはため息をつき、眼鏡を押しあげた。

「ハイペリオンがまだ、連邦を必要としているからですよ。グラッドストーンはいまも万民院の信任を得ていますからね、上院の信任はむりとしても。それに……わたしにもあなたが必要なんです」

　領事はシュライク大聖堂の瓦礫の山を見つめた。

「この巡礼は、もはやあなたがたが到着しないうちにおわっていたということです」シオ・レイン総督はつづけた。「どうです、総督府にきてくれませんか……せめて顧問としてでも」

「悪いが――」と、領事。「できない」

　シオはもうそれ以上なにもいわず、無言のままきびすを返し、スキマーに乗りこんだ。スキマーはすぐさま浮かびあがり、飛びさった。雨にかすむにじみとなって、軍の護衛機二機がそのあとを追いかけていく。

雨足が強くなってきた。深まりゆく闇のなかで、一行は身を寄せあった。ワイントラウブがレイチェルの雨よけにと、ビニールをさしかけた。ビニールを打つ雨の音に驚き、赤ん坊は泣きだした。

「さて、どうする？」

周囲の闇と細い道を見まわしながら、領事は問いかけた。一行の荷物はびしょぬれの山となって積み重なっている。世界は灰のにおいがした。

マーティン・サイリーナスがにんまりと笑った。

「一軒、いいバーを知っとるぞ」

いってみると、そのバーは領事も知っている店だった。十一年のハイペリオン在任中、彼もまた〈シセロの店〉にいりびたっていたのだ。

この店の名は、キーツ市内やハイペリオン全体の名称とちがって、聖遷以前の文学的名称にちなんだものではない。うわさでは、オールドアースのある都市に由来するという。一説によれば、それはUSAのシカゴともいうし、AISのカルカッタともいうが——ほんとうのところを知っている者は、この店の主人であり、創業者の曾孫である、スタン・ルイスキーだけだ。そのスタンは、けっして秘密を明かそうとはしない。開業してからすでに一世紀半——その間、このバーはたえず拡張され、もとはフーリー河ぞいのエレベーターもない廃屋寸前の古ビルの屋根裏にあったものが、いまではフーリー河ぞいのエレベーターもない廃屋寸前の古ビル四棟、九階ぶんを占めるにいたっている。〈シセロの店〉百五十年の歴史のなかでつねに変わらぬものといえば、低い天井、たちこめる紫煙、そして絶えることのない喧噪くらいのものだ。そんなにぎやかさのなかにいると、人はかえってプライバシーをたもつことができる。

ところが、今夜のこの店にプライバシーはなかった。荷物をかかえてマーシュ通りに面する入口をくぐった領事一行は、店内のようすを見て立ちすくんだ。

「こりゃまあ、どうだ……」マーティン・サイリーナスがつぶやいた。

〈シセロの店〉の内部は、野蛮人の一団が闖入《ちんにゅう》してきたかのごとき惨状を呈していたのである。椅子はことごとくふさがって、どのテーブルにも客がついている。ほとんどは男だ。床を見れば、荷物、武器、寝袋、古びた通信機、糧食箱、その他もろもろのガラクタで足の踏み場もない。これは難民の集まりだろうか……それとも難民の軍隊なのか。店内のよどんだ空気には、肉を焼くにおい、ワイン、麻薬、エール、免税品のタバコなどのにおいが立ちこめている。その点は以前とおなじだが、いまはそれに加えて、垢、尿、絶望のにおいも濃厚にただよっていた。

そのとき、薄闇のなかから、スタン・ルイスキーの巨体がぬっと現われた。店主の前腕は、以前のとおりたくましく、筋肉ではちきれんばかりだったが、もじゃもじゃの黒髪は後退して数センチほど禿げあがり、目尻の皺にしても、領事が覚えているよりずっと増えていた。大きく見開いた黒い目を領事にすえて、ルイスキーはつぶやいた。

「幽霊か」

「ちがう」

「死んでなかったのか？」

「生きていた」

「こいつは驚いた！」スタン・ルイスキーは興奮ぎみにそういうと、領事の両の二の腕をつかみ、五歳の子供でも抱きあげるようにして軽々と持ちあげた。「驚いたぜ！　死んでなかったとはなあ。なにしにきた？」

「きみの営業許可を調べにな」と領事は答えた。「ともかく、おろしてくれ」

ルイスキーはそうっと領事をおろし、ぽんぽんとその肩をたたくと、にいっと笑った。それから、視線を横にずらし、マーティン・サイリーナスを目にとめた。笑みがすっと消え、けげんな顔に変わった。

「はて、どこかで見たような顔だな。なのに、会ったことはない……」

「おまえさんの曾祖父《ひいじい》さんの知りあいさ」サイリーナスが答えた。「それで思いだしたが、聖遷前のエールは残っとらんかな？　ぬるくて再処理したヘラジカの小便みたいな味のする、英国産のあれだよ。あれにはいつも、飲みたりない思いをさせられてきたんだが……」

「一滴も残ってない」ルイスキーはそう答えてから、さっと詩人に指をつきつけた。「こいつぁたまげた！　あんたの写真、ジリじいさんのトランクで見たことがあるぞ。できたばっかりのジャックタウンにたむろしてた飲んべの古写真《ホロ》。こんなことってあるのか？」

いた。

ルイスキーはおそるおそるといったようすで、ごつい人差し指をつきだし、ふたりをつ
「やあれやれ、幽霊がふたりかよ」

「正しくは、疲れはてた六人の人間だな」領事が答えたとたん、赤ん坊が泣きだした。「いや、七人だった。休める場所はあるかい？」

ルイスキーは左右の手のひらを上に広げ、からだを半分ほどひねるようにして店内にひとふりした。

「店じゅう、こんなありさまだ。立錐《りっすい》の余地もない。食い物もな。ワインもだ」目をすがめて、マーティン・サイリーナスを見つめた。「エールもだよ。いまじゃここは、ベッドがないだけの、でかいホテルになっちまった。ＳＤＦの馬鹿どもめ、金もはらわずに泊まりこみやがって、奥地のえぐい安酒をかっくらっちゃあ、世界の終わりがくるのを待ってやがる。ま、それももうじきだろうけどな」

領事らが立っているのは、かつては中二階の入口だったところだ。一行はとりあえず、すでに床じゅうにちらばっている荷物のあいだに自分たちの荷物を載せ、肩で人ごみを押しわけつつ、奥へと進んだ。押しのけられた男たちは値踏みするような視線を向けてくる。とくにじろじろ見られるのは、ブローン・レイミアだ。男たちのぶしつけな凝視に、彼女は冷静な、冷たい視線で応えた。

スタン・ルイスキーはしばし領事を見つめてから、切りだした。

「上のバルコニーに手ごろな席があるんだが。SDFのデス・コマンドのやつらが五人、一週間もそこに巣くってやがってな、仲間うちで大口たたきあってるだけじゃあきたらず、だれかれとなくつかまえちゃあ、アウスターの侵略部隊をどうやって素手で撃退するか吹聴してやがる。その席をご所望なら、小僧っ子どもをたたきだそうか」

「たのむ」

背を向けかけたルイスキーの腕を、ぐっとレイミアがつかんだ。

「よかったら、手を貸すぜ」

スタン・ルイスキーは肩をすくめ、にやりと笑った。

「それにゃおよばんが、おもしろそうだ。きな」

ふたりは人ごみのなかへ消えていった。


三階のバルコニーには、テーブル一卓と六脚の椅子が——形も大きさもまちまちだが——はいるだけのスペースがあった。メインフロア、階段、踊り場、どこもかしこも常軌を逸した混雑状態なのに、もはやこの場所に割りこませろといってくる者はいない。ルイスキーとレイミアが、文句をいうデス・コマンドたちをやすやすとかつぎあげ、九メートル下の河に投げこんでしまったからである。騒動がおさまると、ルイスキーはどうやって人ごみのなかを運んできたのか、金属製のピッチャーいっぱいのビール、籠に山盛りにしたパン、それとコールドビーフを置いていった。

一行は黙々と食事をとった。低温睡眠《フリーズ》のあとは空腹感も疲労感も強く、気分も晴れればれとはしないものだが、そのせいばかりでないのは明らかだった。バルコニーは暗いが、店の奥から射す明かりに加え、ゆきかうはしけのランタンが投げかける明かりもあって、食べものが見えないほどではない。フーリー河に面する建物の大半は闇に沈んでいたが、街のほかの部分にともった灯火を反射して、低くたれこめた雲の下面はほんのりと明るかった。一キロ半上流には、シュライク大聖堂の残骸が見えている。

「さて……」と、ホイト神父がいった。大量に射ったウルトラモルヒネの作用もおちつき、苦痛と鎮痛との微妙なバランスに到達しかけているようすだ。「これからどうします？」

だれも答えないので、領事は目をつむった。先頭を切ってなにかをするのは、彼のやりかたではない。こうして〈シセロの店〉のバルコニーにすわっていると、かつてここで送った生活のリズムが昨日《きのう》のことのように甦ってくる。夜更けまで酒を呑みながら、雲の晴れた日には深夜の流星雨を眺め、やがて千鳥足で市場ちかくの待つ者とてないアパートに帰り、四時間後、領事館に出かけるため、シャワーを浴び、ひげを剃り、とりあえず人心地をとりもどす。それでも、充血した目と、いまにも頭が割れそうなほどの頭痛はそのままだ。しかし、実務のことなら、シオに――もの静かで能率的なシオに――まかせておけばいい。午前中くらいなら切り盛りしてくれる。うまくすれば、一日中でもだ。夜になったら、〈シセロの店〉で呑み明かせばいい。どうせ名ばかりの領事だ、おれなどいなくても、世の中はちゃんと動いていく……。

「──みなさん、巡礼に出発する準備はおすみですか？」

領事ははっとして目をあけた。見ると、頭巾をかぶったひとつの人影が、バルコニーの入口に立っていた。一瞬、ヘット・マスティーンかと思ったが、目の前の人物はずっと背が低く、しゃべりかたも森霊修道士に特有の子音を強調したものではない。

影につつまれた人影はいった。

「準備がおすみでしたら、さっそく出発していただかなくてはなりません」

「何者だ？」ブローン・レイミアが問いかけた。

「さ、お早く」影は問いに答えない。

フィドマーン・カッサードが立ちあがり、天井に頭をぶつけないよう腰をかがめたまま、右手を伸ばして影をつかむと、左手でばっとローブの頭巾をはぎとった。

「……アンドロイド！」

あらわになった姿を見つめて、ルナール・ホイトが驚きの声をあげた。男の肌は青く、瞳もまた鮮やかなブルーだったのだ。

しかし領事は、さほど驚きはしなかった。連邦では一世紀以上も前にアンドロイドの所有が違法とされ、まもなく製造も中止されたが、僻遠の開拓星──つまりハイペリオンのような惑星の一部では、いまでも肉体労働に使われている。とくにシュライク大聖堂では、アンドロイドが大々的に用いられていた。アンドロイドは原罪を犯してはおらず、したがって霊魂的に人間よりも上等であり、それゆえシュライクの恐怖とそれにともなう応報からもまぬがれる、というのがシュライク教団の教義のひとつなのである。

「ただちにご出立を」アンドロイドは頭巾をもとにもどし、ささやくような声でうながした。

「あんた、大聖堂からきたのかい？」レイミアがたずねた。

「質問はのちほど！」いきなり、アンドロイドが大声を出した。それから、ホールをちらりと見やり、また一行に顔をもどすと、ひとつうなずいて、「急がなくては。ついてきてください」

巡礼たちはみな、立ちあがりはしたものの、すぐに動こうとはしなかった。そのとき領事は、カッサードがさりげなく、着ている長い革ジャケットのジッパーをはずすのに気がついた。そのジャケットの内側のベルトには――ほんの一瞬だが――死の杖《デスウォンド》が見えた。これが平時なら、そばにデスウォンドがあると思っただけで身の毛がよだつところだ。なにしろ、ほんのすこし操作をあやまっただけでも、このバルコニーにいる全員が、神経細胞という神経細胞をずたずたにされてしまいかねないのだから。しかし、こんな状況だと、その姿にはかえってたのもしさすらおぼえる。

「しかし、荷物が……」ワイントラウブがいいかけた。

「荷物なら手配ずみです」ふたたび、ささやき声でアンドロイドがうながす。「さ、お早く」

一行はアンドロイドのあとにつづいて階段をおり、宵闇のなかに出た。みなの動きはため息のように疲れきり、精気のないものだった。

領事は泥のように眠った。日の出の三十分後、舷窓のシャッターの隙間から四角い光が射しこみ、枕をなではじめたが、領事はそれでも目を覚まさず、寝返りを打って朝陽に背を向けた。一時間後、夜どおしはしけを曳いて疲れきった河鱏《マンタ》たちが解放され、替え河鱏《マンタ》につなぎかえられるさい、大きくガチンという音が響いた。それでも領事は眠りつづけた。その後一時間のうちに、個室の外をいきかう船員たちの足音や叫び声はしだいに大きく、切れ目なくなっていったが、依然として領事は目を覚まさなかった。そんな彼をようやく眠りから呼びさましたのは、カーラ閘門《こうもん》の下を通るさいに鳴り響く、警笛の音だった。

低温睡眠酔いともいうべきドラッグ的な脱力感を引きずりながら、領事はのろのろと起きあがり、たらいとポンプという貧弱な設備を使って、どうにかこうにかからだを洗うと、ゆったりしたコットンのズボンをはき、着ふるしたキャンバス地のシャツをはおり、フォームソールのウォーキング・シューズを履いて、中部甲板に出た。

甲板の一角には、甲板の張板に収納できる、いかにも長年風雨にさらされてきた風情のテーブルがあり、そのそばの長いサイドボードに、ブッフェ・スタイルで朝食が用意されていた。食事場所の上には真紅と金色の日除けがかけてあって、それが風をはらみ、ふんわりとたわみなびいている。雲ひとつない、明るくさわやかな朝だった。ハイペリオンの太陽は小さいが、それを補ってあまりある陽ざしの強さだ。

ワイントラウブ、レイミア、カッサード、サイリーナスの四人は、しばらくまえからテーブルについていたらしい。領事が席について数分後、ルナール・ホイトとヘット・マスティーンも姿を現わした。

ローストした魚とフルーツ、それにオレンジジュースをトレイにとって、領事は手すりのそばにいった。このあたりでは河幅も広がって、岸から岸までさしわたし一キロはあり、河面は空の色を映しこんで、グリーンと瑠璃色《ラピスラズリ》に輝いている。東の河岸には、見わたすかぎりに潜望鏡豆の水田が連なっており、遠くのほうは靄にかすんでよく見えない。水田はこまかく分断され、その水面に太陽が反射して、一千もの朝陽が昇ろうとしているかのようだ。あぜ道の交わるところには、何軒かの貧弱な小屋が建っている。そのかしいだ壁に使われているのは、漂白した堰木《せきぼく》か、ゴールデン・ハーフオークだろう。西岸に目を転じれば、河ぞいの低地を背の低いギッセンとウーマングローブがおおい、たがいに根をからませながら連綿とつづいている。その向こうには多数の沼地や小規模な潟が連なり——その周囲を縁どるのは、なんだか正体の知れない、炎のように赤い植物だ——一キロほど先の絶壁までつづいていた。花崗岩の絶壁は、真っ青な植物の茂みでおおいつくされ、ほんのわずかな隙間も見えない。

よく知っている世界のはずなのに、領事は一瞬、迷子になったような錯覚をおぼえたが、そこでようやく、カーラ閘門を通過したときに鳴った警笛の意味を思いだした。あそこを通過したということは、フーリー河でもめったに船が通らない部分——〈霊の戦士《ドウホボル》〉の低林より北の流れにはいったということだ。領事はいつも、西の絶壁の向こうに流れるロイヤル・トランスポート運河を利用するか、運河ぞいにスキマーで空路をとっていたため、フーリー河のこの部分を目にするのははじめてなのである。ふだん使わない水路を通ってまでわざわざ迂回していくとなると、〈大叢海〉にいたる本来のルートには、よほどの危険、もしくは困難が待ちかまえているにちがいない。現在地は、キーツの北西、約百八十キロというところか。

「陽の光の下で見ると、またちがって見えるものですね」ホイト神父が声をかけてきた。

なんのことかわからず、領事はいったん河岸に目をもどしてから、ようやく気がついた。神父がいっているのは、たぶんこのはしけのことだ。

昨夜のことを考えると、狐につままれたような思いを禁じえない。雨中、アンドロイドのメッセンジャーに導かれてこのボロはしけに乗りこみ、密集した小屋と水路の迷路を通りぬけ、焼けた大聖堂跡でヘット・マスティーンを拾ったのち、船尾方向に遠ざかっていくキーツの明かりを見まもった、あの移動につぐ移動のひととき……。

真夜中をはさんだあの数時間のことは、いまにして思えば、疲労が見せたおぼろな夢のようでもある。ほかの巡礼たちも、おなじように疲れはて、混乱していたことだろう。はしけの乗員がみなアンドロイドだと知ったときの驚きも領事はぼんやりと覚えていたが、なによりも強く記憶に刻みついているのは、ようやく個室のドアを閉め、ベッドにもぐりこんだときの、深い安堵だった。

「けさ、A《アンドロイド》・ベティックと話をしたんだがね」ワイントラウブがいった。ベティックというのは、一行をこの船に連れてきた、あのアンドロイドのことだ。「それによると、この老船、たいへんな歴史の持ち主らしい」

マーティン・サイリーナスがサイドボードに歩みよって、トマトジュースのおかわりをつぎ、手にしたびんの中身をそのグラスにたらたらとたらしてから、こういった。

「ちょっと見まわしただけでも、年代物であることは容易にわかろうさ。くたびれた手すりは手垢にまみれ、階段は踏まれて擦りへり、天井はランプの煤で黒ずみ、ベッドは何世代も使いこまれてへたりはてている。建造されて数世紀はたっていると見てよかろうな。古いだけあって、彫刻といいロココ調の細工といい、じつにみごとなものだ。いろいろな香気のまじるなか、象嵌《ぞうがん》に使われている木材が、いまなお白檀《びゃくだん》の香りをただよわせていることに気づいたかね？　この船がオールドアースで造られたものだとしても、小生は驚くまいよ」

「事実、そうなんだ」とワイントラウブがいった。赤ん坊のレイチェルは老学者の腕で眠っており、泡まじりのよだれをたらしている。「われわれが乗っているのは、誉《ほま》れ高き〈ベナレス〉――オールドアースの同名の都市で建造され、その都市にちなんで命名された船にほかならない」

「はて、聞き覚えがないが。オールドアースにそんな都市があったのか？」領事はたずねた。

ブローン・レイミアが、食べかけの朝食から顔をあげた。

「ベナレスってのは、ヒンドゥー自由州にあった都市でね。ヴァーラーナスィー、またはガンディプルとも呼ばれてた。第三次中日戦争後は、第二期アジア共栄圏に加盟。その後、インド＝ソビエト・ムスリム共和国間の限定核戦争で破壊されたとさ」

「そのとおりだよ」ワイントラウブがあとを引き継いだ。「そして〈ベナレス〉が建造されたのは、〈大いなる過ち〉のかなりまえだった。おそらくは、二十二世紀のなかばというところかな。A《アンドロイド》・ベティックの話では、この船はもともと、浮きはしけとして造られたもので……」

「すると、電《E》磁《M》ジェネレーターはまだ船内にあるのか？」カッサード大佐が口をはさんだ。

「あると思う」とワイントラウブ。「最下甲板の、メインサロンのとなりにね。サロンの床と船底は透明なルナー・クリスタルでできている。高度二千メートルを飛行するのであれば、さぞかし絶景が見られたことだろう。いまとなっては、なんの役にもたたないが」

「ベナレスか……」マーティン・サイリーナスが考え深げな声を出し、幾星霜を経て黒ずんだ手すりをいとおしげになでさすった。「あそこではいちど、盗難にあったことがある」

　ブローン・レイミアがコーヒーカップをテーブルに置いた。

「じいさん、まさか、オールドアースをその目で見たほど年寄りだっていうつもりじゃないだろうな？　あたしたちゃ、バカじゃないんだぜ」

「おほう、わが愛し子よ」マーティン・サイリーナスは輝かんばかりの笑みを浮かべた。

「小生はなにかをいおうとしているのではない。いずれかの時点で、われわれがなにかを盗んだ場所、または盗まれた場所のリストを交換しあえば、これはおもしろかろうと——また啓発的であろうと思ったにすぎん。上院議員の娘という不当な利点を享受してきた以上、きみのリストはひときわ華やかで……ひときわ長いのではないかな、うん？」

レイミアは反論しかけたが、顔をしかめただけで、なにもいわなかった。

「この船はどういういきさつでハイペリオンへ運ばれてきたのでしょう？」ホイト神父が問いかけた。「ＥＭ浮揚装置の働かない惑星へ、なぜ浮きはしけなどを持ってきたのでしょう」

「働かないわけじゃない」カッサード大佐が答えた。「ハイペリオンにも多少の磁場はある。安定した飛行をするうえで信頼性に欠けるだけだ」

ホイト神父は片眉を吊りあげた。そこにどんなちがいがあるのか、よくわからないらしい。

「おおっ」手すりにもたれかかったまま、サイリーナスが叫んだ。「見ろや、いつのまにか、巡礼のご一行様、せいぞろいだ！」

「だから、なんだ？」ブローン・レイミアがいった。

サイリーナスに対するときのつねで、その口もとには不快そうな表情が浮かんでいる。

「役者はそろった——となれば、物語の時間だ」

ヘット・マスティーンが異議を唱えた。

「それぞれの物語を語るのは、夕食後ということで意見の一致を見ていたと思いますが」

マーティン・サイリーナスは肩をすくめた。

「朝食であれ夕食であれ、なんのちがいがある？　みながこうして一堂に会しているんだ。〈時間の墓標〉にたどりつくまで、六日も七日もかかるわけではないんだろう？」

領事はざっと日程を計算した。遡れるところまで水路をたどるのに、あと二日弱。〈大叢海〉を越えるのにもう二日。ただし風しだいでは、もうすこし早く越えられる。それから山脈越えだが、これはまる一日とかからない。

「そうだな。六日はかかるまい」

「そら見たことか。それなら、さっさと物語をしてしまおうではないか。だいいち、シュライクのドアをノックするまえに、向こうのほうから訪ねてこんという保証はないんだぞ。もし各自の物語がなんらかの形で生存の可能性を高める役にたつのなら、みなが勇んで訪れんとしている〝巡回フードプロセッサー〟に話し手が挽き肉にされてしまわないうちに、全員の話を聞いてしまったほうがよろしい」

「最低だな、あんた」ブローン・レイミアがいった。

「おお、ダーリン」サイリーナスはにまとほほえんだ。「それは昨夜、二度めのオルガスムのあとにきみがささやいたことばではないか」

レイミアはついとそっぽを向いた。ホイト神父が咳ばらいをした。

「こんどはだれの番です？　つまり、物語を語るのは、という意味ですが」

沈黙がつづいた。

「おれだ」

ややあって、フィドマーン・カッサードがいった。長身の大佐は、白いチュニックのポケットに手をつっこみ、表に大きく〝2〟とだけ書き殴られた一枚の紙片をとりだした。

「急に話せといわれて、話せるものかね？」ソル・ワイントラウブがたずねる。

カッサードは、かすかに笑みらしきものを浮かべた。

「〝そもそも、話をすることには反対だった。しかし、いずれ話さねばならぬなら、早いうちにすませてしまったほうがいい〟」

「おほっ！」マーティン・サイリーナスが大きな声を出した。「このご仁、聖遷以前の劇作をごぞんじだ！」

「シェイクスピアですか？」ホイト神父がきいた。

「ちがうちがう。それよりずっと格は落ちるさ。ニール・へたくそ・サイモン。ハメル・ろくでなし・ポステンだ」

「大佐――」ソル・ワイントラウブがあらたまった声を出した。「天気もいい。これからの一時間ほどは、さしあたってみな、することもないだろう。いったいなにゆえにハイペリオンを訪れ、シュライクを訪なう最後の巡礼に参加されることになったのかを話してもらえれば、幸いこれに優るものはない」

カッサードはうなずいた。日除けのはためきはとまっており、空気は刻一刻とあたたかくなっていく。甲板をきしませながら、浮きはしけ〈ベナレス〉は、上流に向かってゆるゆると遡っていった――山脈を、荒野を、そしてシュライクをめざして。

兵士の物語：戦場の恋人

フィドマーン・カッサードが、のちに生涯をかけて捜しつづける女に出会ったのは、アジャンクールの戦いでのことだった。

時にAD一四一五年、十月も末の、霧雨にけぶる寒い朝。そのとき若きカッサードは、ヘンリー五世率いるイングランド軍に、長弓兵として参陣していた。八月十四日にフランス領へ侵入した同軍は、十月八日以降、圧倒的に優勢なフランス軍に押しまくられ、退却につぐ退却を余儀なくされていた。ヘンリー五世は帷幕《いばく》の諸将を説きふせ、安全なカレーめざして仏軍中央の強行突破を試みるも、これに失敗。かくて、いよいよ本日十月二十五日、幅一キロにわたる泥地をはさみ、仏軍重甲兵約二万八千に対峙《たいじ》する七千のイングランド兵は――その大半は長弓兵が占める――霧雨のそぼ降るなか、灰色の夜明けを迎えたのだった。

寒かった。疲労困憊《こんぱい》して気分も悪く、恐怖はますますつのるばかりだ。カッサードをふくむ長弓兵たちは、この一週間の逃避行のあいだ、道中でかき集めた果実くらいしか口にしておらず、しかも今朝の戦列につらなる将兵はほとんどが下痢に苦しんでいるしまつ。気温はわずか十度前後しかない。長い夜のあいだじゅう、カッサードはなんとか眠ろうと努めたが、こんなにぬかるんだ地面では、とても眠れるものではなかった。

それにしても、この経験の信じがたいリアルさは、驚嘆の一語につきる。オリュンポス《O》・コマンド《C》スクール《S》歴史《H》戦術《T》ネットワーク《N》が提供する仮想戦場は、一般のものよりもはるかに高度だ。フルスペックの立体映像と鉄板写真ほどの差はある。これほど体験が真に迫っていると——これほど体感がリアルだと——この世界で怪我をするのはなるべく避けたい。なにしろ、OCS：HTNのシミュレーションで致命傷を負った訓練生が、急いで没入ブースから引きだされたときには、すでにショックでこときれていた、という話もあるくらいなのだから。

カッサード以下、ヘンリー軍の右翼を固める長弓隊は、夜が明けてのち、数倍の軍勢を誇るフランス軍をずっとにらんでいたが、昼も間近のころ、ついに味方の旌旗《せいき》がいっせいにふられ——現代でいえば、軍曹の怒鳴り声に相当する——王の号令一下、敵陣めがけて進軍を開始した。右の森から左の森まで、戦場の幅は約七百メートル。その幅いっぱいに広がり、乱れた横列を組んで前進するイングランド軍は、カッサードの小部隊もふくむ長弓兵が大多数を占める。重甲兵の集団はずっと小規模で、長弓隊のあいだにまばらにしか点在していない。イングランド軍に正規の騎士団はなく、自軍陣営をふりかえれば、中央へ向かって三百メートルほどの位置に陣どる王の本隊と、最右翼付近をゆくカッサードらの長弓隊にちかいヨーク公隊、この両者のもとにわずかな騎馬が集うのみだ。本陣のようすには、FORCE地上軍の機動参謀本部を思わせるものがあった。唯一異なる点は、林立する通信アンテナが見あたらず、かわりに無数の旗幟《バナー》や三角旗《ペナント》が矛先からたれさがっていることくらいか。あれでは砲火の格好の標的だな、とカッサードは思い、そこですぐにかぶりをふった。この世界には、まだそういう軍事的概念は存在していないのだ。

いっぽう、フランス軍陣営に目を転じれば、騎馬の数はかなり多い。フランス軍の左右両翼を固め、さらに正面主力で長い横列を形成する騎兵の数は、ざっと六、七百にもなろうか。あの馬というやつは、どうも好きになれない。もちろん、ホロや写真で見たことはあるが、現物を目のあたりにするのは、この訓練がはじめてだ。その大きさ、におい、嘶《いなな》きや蹄が土をかく音などには、どこかしらいらいらさせられるものがある。とりわけ、馬面《ばめん》、首鎧、胸当てなど、全身を鋼板の馬鎧《うまよろい》で防護し、長さ四メートルの長槍をふるう重騎兵を乗せるよう訓練されているかと思うと、不快感もひととおりではない。

イングランド軍は進軍を停止した。カッサードの目測するところ、自軍の前線からフランス軍陣地までの距離は約二百五十メートル。この一週間の経験から、これが長弓の射程内であることはわかっているが、長弓の弦を引けば肩を脱臼しそうなありさまになることも、身をもって知っている。

フランス兵らが口々に叫んでいるのは、どうやら侮辱のことばらしい。カッサードはそれを無視し、無言の仲間たちとともに長い矢の束を地面につき刺すと、数歩進んで柔らかい地面を選び、運んできた杭をつきたてた。この長くて重い杭をかついで行軍しだしてから、すでに一週間になる。杭の長さは一メートル半で、切った若木の両端をとがらせただけのしろものだ。ソンム川を渡河した直後、深い森の適当な場所で若木を切って杭にせよとの命令が全弓兵にくだったとき、いったいどうするつもりだろうかとカッサードはいぶかった。だがいま、やっとその使い道がわかった。

長弓兵の三人にひとりは大槌を携行しており、それを交代ごうたいにふるいながら、みな慎重に角度をつけ、各自の杭を打ちこんでいる。カッサードは短剣をとりだし、槌でつぶれた尖端を削りなおすと――ななめに打ちこんであるとはいえ、その高さは自分の胸ほどもある――敵陣に鋭い切先を向けた逆茂木《さかもぎ》の手前にもどり、フランス軍の突撃を待ち受けた。

が、フランス軍はいっこうに突撃してこない。

みなとともに、カッサードは待った。長弓にはすでに弦をかけ、四十八本の矢はふたつにわけて足もとに突きたててある。足もしっかりと踏みしめている。

なのに、フランス軍は突撃してこない。

雨はやんでいたが、吹きつのる寒風のため、短い行軍と杭打ち作業でわずかに暖まっていたからだも、たちまちのうちに冷えきってしまった。聞こえる音といえば、人馬の鎧や武器がたてるガチャガチャという音、ときおり起こるつぶやきや神経質な笑い声くらいのものだ。敵陣からは、重々しい馬蹄の轟きが聞こえてくることもあるが、それは騎兵が隊列を組み替えるためで、やはり敵軍はいっこうに突撃してくるようすを見せない。

「いまいましいったらねえぜ、なあ」カッサードから数フィート離れたところに立つ老農民兵《ヨーマン》がぼやいた。「ちっとも動きやがらねえから、朝も早《は》よからぼけーっとつっ立ってなきゃなんねえ。とっとと突撃してこいってんだ、でなきゃ壺から出てっちまえ」

カッサードはうなずいた。いま自分が中世英語を聞きとって理解したのか、それともふつうの標準英語をそのまま聞きとったのか、じつはよくわからない。文句をたれた長弓兵がコマンドスクールの訓練生なのか、教官なのか、はたまたシミュレーションの作るただのイメージなのか、それすらもわからない。いまのスラングの使われ方が正しかったのかどうかもあやふやだ。しかし、そんなことはどうでもよかった。カッサードの心臓は早鐘のように打ち、手のひらは汗でじっとりと濡れている。その汗を胴着《ジャーキン》でぬぐった。

そのとき——老ヨーマンのぼやきが合図となったかのように、ヘンリー五世が指示をくだした。たちまち指令旗が上下にふられ、騎士たちが号令を叫びたてる。何列にも重なるイングランド軍の弓兵たちはつぎつぎに矢をつがえ、第二の号令で思いきり弦を引き絞り、最後の号令でいっせいに矢をはなった。

鋭い鋼鉄の矢尻がついた、一本あたり長さ九十センチ強、全部つなぎあわせれば六千メートル以上にもなる矢の大群は、四波に分かれて斉射され、頭上三十メートルの高さでいったん雲のように浮かんだのち、フランス軍めがけてざあっと降りそそいだ。

騎馬の悲鳴とともに、一千人もの気のふれた子供たちが一千もの鍋をたたきはやすような音が響きわたった。仏軍の重甲兵らが矢に向けて頭をつきだし、鋼鉄の兜や胸甲、肩甲などで、滝のように降りそそぐ矢の雨を弾き返したのだ。軍事的な意味合いでは、大きな損害を与えたというにほど遠い。だが、ところどころで目から三十センチも矢尻をつきださせた敵歩兵にすれば、そんなことは慰めにもならないだろう。おなじことは、被害にあった騎馬にもいえた。馬上で懸命に木の矢柄《やがら》を引きぬこうとする騎兵たちをよそに、首や胴に矢の突き刺さった何十頭もの騎馬は、狂ったように跳ねまわり、のたうちまわり、ぶつかりあっている。

それでもフランス軍は突撃してこようとしない。

引きつづき、何度も何度も号令が叫ばれた。カッサードは矢をつがえ、弦を引き、ひょうと射た。もういちど。さらにもういちど。十秒ごとに、空は矢の黒雲で真っ暗になる。ひっきりなしの連射で、腕も背中も痛くてたまらない。だが、高揚や怒りは不思議に感じなかった。自分は機械的に務めを果たしているだけなのだ。前腕が焼けるように痛い。ふたたび、矢が斉射され、黒雲のように飛んでいく。そして、もう一斉射。地面に刺した二十四本の矢のうち、十五本めを射かけたとき、味方の前線から叫び声があがった。カッサードは弦を引き絞ったまま、手をとめ、前方を見た。

フランス軍が怒濤のように押しよせてきていた。

騎兵の突撃は、カッサードの想像を絶する経験だった。馬鎧におおわれた千二百騎の騎馬軍団がまっすぐ押しよせてくるさまは、情けないことに、心底からの戦慄をもたらした。突撃は四十秒ほどしかつづかなかったが、それだけでも口のなかをからからに干あがらせ、呼吸を困難にし、睾丸を腹腔内にひっこませるのに充分だった。もし適当な隠れ場所でもあったなら、気死《きし》寸前のカッサードは、そこに這いずりこむことを真剣に考えていただろう。

じっさいには、逃げる余裕もあらばこそ。

カッサードの属する弓兵隊は、号令一下、迫りくる騎馬軍団に五斉射を射かけ、各個になんとかもう一矢射かけたのち、五歩あとずさった。

馬というのは頭のいい動物で、みずから串刺しになるのをきらい、騎兵にはげしく尻をたたかれつつも、突撃の脚をとめた。だが、第二波・第三波ともなると、先鋒のように急にはとまれない。勢いあまって、後方からもろに先鋒隊につっこんだ。混乱の一瞬、転倒した騎馬が嘶《いなな》き、馬上から投げだされた騎士が悲鳴をあげるなか、カッサードはおめき叫びながら飛びだしていき、倒れたフランス騎士と見れば駆けよって、可能なときには地に伏す騎士に大槌をふるい、友軍が密集していて槌をふるえないときは鎧の隙間から長めの短剣を突き刺した。ほどなく、カッサードと例のぼやいていた老弓兵に、兜をなくした若い弓兵が新たに加わって、効率のいい殺戮トリオができあがり、落馬した騎士を三方から押しつつんで、まずカッサードが命乞いする騎士を大槌で殴りつけ、倒れたところを三人がかりで飛びかかり、短剣をふるうというパターンが形成された。

気骨のあるところを見せ、剣をかまえたフランス騎士は、ただのひとりだけだった。その騎士は面頬《めんぼお》をはねあげ、なにごとかを叫んだ。名誉を重んじ、いざ一対一の勝負を、と申したてていることはまちがいない。だが、老人と若者はオオカミのように騎士の背後にまわりこんだ。カッサードは弓をとり、矢をつがえると、十歩離れたところから騎士の左目を射ぬいた。

戦いは、オールドアース初の石と骨の決闘以来、あらゆる戦いに共通する、コミックオペラ的様相を色濃くしはじめた。仏軍騎兵がかろうじて転進し、陣地へと逃げかえるのといれかわるように、一万の仏軍重甲歩兵がイングランド軍中央につっこんでくる。たちまち起こる乱戦に、イングランド軍の攻撃リズムは乱され、いったんはフランス軍に戦いの主導権を奪回されたが、そのときにはもう、ヘンリー王の手兵が矛をつきだし、敵の進撃を押しとどめる態勢ができあがっていた。フランス軍重甲兵は進むに進めず、団子状にかたまるばかり。そこへカッサードほか数千の長弓兵が、近距離から無数の矢を浴びせかけた。

それで戦いがおわったわけではない。決定的な瞬間を迎えても、戦いがおわるとはかぎらない。そのような瞬間がつねにそうであるように、ひそやかに訪れた転機は、一千の歩兵同士がくりひろげる白兵戦の、戦塵と混乱に呑みこまれてしまったらしい。戦いがおわるのは約三時間後だが、それまでのあいだ、わずかにパターンを変えただけで、不用意な突撃、要領の悪い反撃という同じテーマが何度もくりかえされることになる。あまり名誉あることではないが、一時はヘンリー五世も撤退を考え、捕虜をその場に捨てさって追手に加わられてはめんどうだとばかりに、皆殺しを命じかけたほどだ。だが、のちの研究者や歴史家が意見の一致を見ているように、フランス軍歩兵の最初の突撃中に起きた混乱のどこかで、戦いの帰趨は決していた。フランス軍の死者、じつに数千。この戦いによって、ヨーロッパ大陸のこの部分は、もうしばらくイングランドの支配下に置かれることになる。ここに、重甲兵、重騎兵、騎士道の時代は終わりを告げ——長弓をあやつる数千のみすぼらしい農民兵によって、それらは歴史の棺桶にたたきこまれたのである。なにより、このとき戦死したやんごとなきフランス騎士にとってきわめつけの侮辱は——死人をそれ以上侮辱できるかどうかはともかくとして——イングランド軍の長弓兵がたんなる平民、それも最下層の、文字どおりノミたかりの貧民であることに加え、徴募兵であったという点につきよう。徴募兵——その後世の呼び方はさまざまだ。かつての米軍で徴募された歩兵たちは、時代によって、ドウボーイ、ＧＩ、グラントなどと呼ばれた。のちのＡＩＰもそうだ。それに、スペッツェ。Ｋテク。遷兵《ジャンプラット》。

以上はすべて、カッサードがこのＯＣＳ：ＨＴＮを仮想体験中に学びとるべき学習内容だった。だが、カッサードはなにひとつとして学ばなかった。というよりも、学ぶどころではなかった——以後の彼の人生を変えてしまう出会いに、すっかり気をとられていたからである。

とあるフランス軍重騎兵が、軍馬の頭ごしにころげ落ち、地面で一回転すると、急いで起きあがり、森めがけて駆けだしたが、やがてぬかるみで足をとられ、進みが遅くなった。カッサードはその重騎兵を追って駆けだした。森まで半分がた距離を縮めたところで、トリオを組んでいた例の若者も老人もついてきていないことに気づいたが、べつにかまいはしない。アドレナリンが盛んに分泌して、血に飢えた気分になっていたせいもある。

相手は猛然と駆けていた馬から投げだされたばかり、しかも二十五キロもの重い甲冑をつけている。あっさり仕留めてしまえるはずだった。だが、この重騎兵はただ者ではなかった。ちらとうしろをふりかえり、大槌かまえたカッサードが全身に殺意をみなぎらせ、猛スピードで駆けてくるのを見てとるや、足を早め、カッサードに十五メートルの差をつけて、森のなかに逃げこんだのだ。

加速のついていたカッサードは、森のなかへかなりはいりこんでからようやくストップし、地面についた大槌にもたれかかって、あえぎあえぎ、自分の置かれた状況を考えた。背後の戦場に響く馬蹄の轟き、悲鳴、剣戟《けんげき》の音などは、遠く離れたのと樹々にさえぎられたのとでくぐもって聞こえる。葉が枯れ落ちてまるはだかになった樹々は、前夜から明け方にかけての霧雨に濡れ、いまも枝々からしずくが絶えない。森の地面は落ち葉が厚く重なって、ところどころに低木やイバラの茂みがかたまっている。最初のうちは、逃げた重騎兵も折れた枝や足跡などを残していたが、林縁から二十メートルほどもはいると、けもの道が入り組み、低木の枝葉が道におおいかぶさって、あとをたどるのが困難になった。

自分の荒い息と早鐘のような心臓の音ばかりが大きく聞こえる。そのほかに聞こえるものはないかと耳をすましながら、カッサードはゆっくりと森の奥へ分け入っていき——途中ではっと気がついた。戦術的にいって、これは賢明な行動ではない。森に逃げこんだ重騎兵は、甲冑に身をかため、長剣を携えている。もういまにも、あの重騎兵はパニックを払拭し、一時的な恐怖にかられたことを悔やみ、長年鍛練してきた剣技を思いだすかもしれない。こちらとて訓練を積んではいる。だが……。カッサードは自分の布のシャツと革のベストを見おろした。両手に握っているのは大槌だし、幅広のベルトには短剣しか差していない。カッサードがあつかい慣れているのは、数メートルから数千キロの範囲で相手を殺傷する高エネルギー兵器だ。いままで使いかたを学んできた武器は、プラズマ手榴弾、地獄鞭《ヘルウィップ》、フレシェット・ライフル、超音波銃、無反動ゼロG兵器、デスウォンド、運動エネルギー・ガン、ビーム籠手と多岐にわたる。いまではそれに、イングランドの長弓に関する実用的な知識も加わっている。だが、そのどれひとつとして——長弓もふくめて——いまこのとき、手もとにはない。

「くそっ」カッサード少尉はつぶやいた。

まさにその瞬間——突進する熊のように、ざっと茂みを割って重騎兵が飛びだしてきた。両足を踏んばり、両手をふりかぶって、カッサードをまっぷたつにせんものと、ななめ上から大きく弧を描いて剣をふりおろしてくる。カッサードはとっさに飛びずさりつつ、大槌で剣を受けとめようとした。どちらもうまくいかなかった。重騎兵の剣のひと薙ぎに大槌をはじきとばされ、その鈍い切先で革とシャツを切り裂かれたのだ。さらには皮膚までも。

カッサードはうおっと叫び、ふたたびあとずさりつつ、短剣の柄に手をかけた。そのとたん、右足が倒木の枝にひっかかり、もんどりうってころがった。ののしりながら、からみあう枝の奥へころげこむ。重騎兵は重い剣をばかでかい山刀のようにふるい、枝を切りはらって肉迫してきた。倒木の枝がすっかりはらわれるころには、カッサードもなんとか短剣を引きぬいていたが、刃渡り三十センチの短剣では甲冑に歯が立つはずもない。相手が身動きならないのならべつだが、この騎士はそれと正反対の状態にある。このままでは長剣の描く弧の内側に飛びこみようがない。助かる唯一の望みは逃げることだが、すぐうしろには倒木の太い幹が横たわり、たとえそれを乗り越えられたとしても、さらにその向こうの枝が完全に退路を断っている。だいいち、倒木を乗り越えようと背中を向けようものなら、背中から斬られてしまうだろう。倒木によじ登れば登ったで、下から斬られる恐れもある。どちらもごめんだ。というより、どんな角度からでも斬られたくはない。

カッサードは腰を落とし、短剣をかまえた。タルシスのスラムでストリート・ファイトに明け暮れたころ以来、このスタンスをとるのはひさしぶりだ。もしこれで〝命を落とす〟ことになったら、シミュレーションはどういう処理をするのだろう。

そのとき――重騎兵の背後に、忽然と人影が出現した。つぎの瞬間、さっきもぎとられたカッサードの大槌が、騎士の肩甲を思いきり殴りつける音が轟いた。スレッジハンマーをEMVの車体にたたきつけたような音だ。

騎士はよろめき、新たな敵に立ち向かおうとふりかえったが、そのとたん、第二撃が胸甲を襲った。とはいえ、救い主は小柄で、非力のためか、殴られた騎士は倒れる気配もない。それどころか、大きく剣をふりかぶった。そうはさせじと、背後からカッサードは飛びかかり、ひざのすぐ下にタックルした。

ベキベキッ！　枝をへし折って、騎士があおむけに転倒する。すかさず、小柄な救い主がその上に飛びかかり、片脚で騎士の剣を握った手首を押さえつけ、兜や面頰に何度も何度も大槌をふりおろした。カッサードもからみあう脚と枝からぬけだし、倒れたままの騎士のひざにまたがって、鼠蹊部、脇腹、腋の下など、鎧の隙間を短剣で切り裂いた。やがて救い主が脇にとびのき、騎士の手首を両足で踏みつけると、カッサードは騎士の頭のほうににじより、兜と胸甲の切れ目をえぐってから、最後に面頰の覗き穴のあいだに短剣をつきたてた。

悲鳴をあげる騎士の兜めがけ、大槌の最後のひとふりがふりおろされた。槌はあやうくカッサードの手をかすめて短剣の柄をとらえ、長さ三十センチのテントのペグのように、短剣を面頰の奥深くに打ちこんだ。断末魔の痙攣で、重騎兵は弓ぞりになり、カッサードの体重もろとも二十五キロの甲冑を地面から浮かびあがらせたのち、ぐったりとなった。

カッサードはごろりと横にころがった。救い主もそばにくずおれた。どちらも汗にまみれ、返り血で血みどろだ。だれが助けてくれたのかと、カッサードは相手に目を向けた。女だった。カッサードの服と大差ない服を着ている。しばしふたりはその場に横たわり、はげしく息をはずませつづけた。

「だい……じょうぶか?」

ややあって、カッサードはかろうじて声を絞りだした。そこでふと、女の外見に気づき、ぎょっとした。茶色の髪はいまの〈ワールドウェブ〉の流行とおなじで、直毛を短く切ってあるが、いちばん長い部分は額のまんなかの数センチ左からなでつけられ、右耳のすぐ上にかかっていたのである。はるかわすれられた時代の、少年の髪型だ。だが、目の前にいるのは少年ではない。それはいままで見たなかで、おそらくもっとも美しい女性だった。顔の骨格も完璧で、あごと頬骨はとがりすぎず丸すぎず、大きな目は活力と知性で輝き、やさしい口もとはやわらかな下唇をそなえている。カッサードほどの上背はないが、どう見ても十五世紀の女性の身長ではない。そして、ゆるいチュニックとバギーパンツの上からでも、腰と胸のやわらかな膨らみがはっきりとわかる。年齢はカッサードより二、三歳は上のようだ。たぶん二十代後半というところだろう。だが、そのおだやかでどこかおもしろがっているような、どこまでも深い瞳で顔を見つめられていると、そんなデータはかろうじて心の片隅にひっかかっているだけで、どうでもよくなった。

「だいじょうぶか？」

カッサードはくりかえした。われながら、うわずった声だった。

返事はなかった。というより、ことばのかわりに、行動での返事があった。女は長い指先をカッサードの胸に這わせ、ごついベストの前をとめる革ひもをはずしだしたのだ。その手がついにシャツをさぐりあてた。シャツは返り血で濡れそぼり、腹のあたりで裂けていた。その裂け目に手をいれて、女は残りの部分も引き裂いていく。そして、ぴったりとからだを押しつけつつ、指と唇をカッサードの胸に這わせた。早くも腰をくねらせはじめている。その右手がカッサードのズボンの前を閉じるひもをさぐりあて、すっとはずした。

カッサードは女が服をぬがせやすいようにしてやってから、流れるような三つの動作で女の服をすべてはぎとった。女はシャツと質素なズボンの下にはなにも身につけていなかった。カッサードは女の腿のあいだに片手をすべりこませ、そのままうしろにつきだして、うごめく尻をわしづかみにし、ぐいと引きよせ、濡れた秘所に指をすべりこませた。女はその指を受けいれ、かわりに唇でカッサードの口をふさいだ。服をぬがせあう行為のあいだにも、このはげしい愛撫のあいだにも、ふたりの肌は一瞬たりとも離れることがない。熱くたぎる自分自身が女の腹にこすれるのをカッサードは感じた。

やがて女はカッサードの上にのしかかり、股を開いて腰にまたがった。その視線はしっかりとカッサードの目にすえられている。これほど興奮したのははじめてだった。女の右手が自分の尻のうしろへまわりこみ、カッサードの熱いものを見つけ、女性自身へと誘導した。思わず、声が洩れた。ふたたび目をあけると、女は頭をのけぞらせ、目を閉じ、ゆっくりと腰を動かしている。カッサードは両手を女の腰にあてがい、脇腹を上へとすべらせていき、最後に完璧な乳房をつかんだ。手のひらの下で乳首がたちまち固くなっていく。

官能的な交歓はつづいた。標準年で二十三歳のカッサードは、すでにいちど恋愛経験があり、セックスの方面でも経験豊かだ。だからセックスがどういうものか、どうするべきものか、もうすっかり知りつくした気になっていた。その数々の経験のうちで、部隊移動時の船倉でひまつぶしの猥談をするさい、ふたことみことで表現してしまえないもの、戦友たちに笑い声で迎えられないものは、どれひとつとしてなかった。そして、二十三歳の古参兵ならではの冷静でゆるぎないシニシズムもあってか、そんなふうに人に語れない経験、あっさりわすれてしまえないような経験を自分がすることはありえまい、と確信していた。だが――それはまちがっていた。これからの数分間に味わう愉悦は、ほかの相手とは決して完全には分かちあえまい。そもそも、試みる気にもなれない。

唐突に射しこんできた晩秋の陽光のもと、枯れ葉の絨毯と脱ぎ捨てた衣服の上で、血と汗の膜を情熱的にふれあうからだの潤滑油にして、ふたりは愛しあった。カッサードが小刻みに腰をつきあげだす。食いいるように見おろしていた翠《みどり》の瞳がわずかに見開かれ、ついで閉じられる。ほぼ同時に、カッサードも目を閉じた。

突如として訪れた、惑星の運行とおなじほど古く、おなじほど絶対的な感覚の満ち潮につき動かされて、ふたりともはげしく身を動かしはじめる。動悸が速くなっていく。みずからの濡れた欲望に向けて、肉体もますます動きを速め、ついには感きわまって昂まりの絶頂に達し、世界は存在感を失って五感から消えうせ――そののち、肌と鼓動と薄れゆく官能のわななきでなおも一心同体となったまま、意識がふたたび身内にすべりこんできて、とうとうたがいの肉体を分かつにおよび、一時的にわすれられていた五感に世界がなだれこんできた。

ふたりは寄りそったまま横たわった。左腕にあたる死んだ騎士の鎧が冷たいのとは対照的に、左の太腿にあたる女の脚はあたたかい。陽光がふたりを祝福してくれているかのようだ。それまで雨雲に隠されていた色彩が世界の表面に浮かびあがってくる。カッサードは首をめぐらし、自分の肩に頭をもたせかけている女を見つめた。女の頬は赤く染まり、秋の陽ざしとその短い髪とが、銅線のようにカッサードの腕の肉をおおっている。ふいに、女の片脚が太腿にからみつき、カッサードは新たな情熱がうごめきだすのをおぼえた。顔にあたる陽光があたたかい。カッサードは目を閉じ……。

はっと目をあけたときには、女の姿はなかった。ほんの数秒のことのはずなのに——一分とたっていないことはたしかなのに——陽光は消え、色彩は森から失われ、冷え冷えとした黄昏の風が、葉の枯れ落ちた森の枝々をふるわせていた。

血糊でごわごわの、引き裂かれた服を着た。フランス騎士は地面に横たわり、死者らしく凝然《ぎょうぜん》とからだを硬直させている。ぴくりとも動かぬその姿は、すでに森の一部と化してしまったかのようだ。あの女がいた形跡はどこにもない。

フィドマーン・カッサードは、森のなかをとぼとぼと引き返していった。夕闇が深まるにつれて、しとしとと冷たい霧雨が降りだした。

戦場にはまだ、生者死者いりみだれ、人の姿があった。死者のほうは、カッサードが子供のころ遊んだ玩具の兵隊のように、あちこちに山積みにされている。負傷者たちは戦友に助けられ、ゆっくりと陣地へ引きあげていくところだ。そこここで死体のあいだをうろつきまわり、盗みを働く戦場泥棒どももいる。戦場の反対側の林縁に集まり、口角泡を飛ばして議論している意気盛んな集団は、両軍の使者だろう。カッサードは知っている。双方の記録を一致させるため、この戦いに名前をつけなくてはならないことを。そしてそれが、今回の戦略や戦闘と無関係であるにもかかわらず、ここからいちばんちかい城であるアジャンクールにちなんで命名されることも。

これはもはや、シミュレーションではない。〈ワールドウェブ〉における生は夢であり、この灰色の日こそが現実なのだ――そんな思いにとらわれだしたころ、だしぬけに、人馬の輪郭もふくむ全情景がぴたりと停止し、闇に沈みゆく森が消えかけたホロのように透きとおりだした。気がつくとカッサードは、オリュンポス・コマンドスクールのシミュレーション・ブースから助け起こされようとしていた。ほかの訓練生や教官たちも、たがいに語らい、談笑しながら起きあがろうとしている。世界が永遠に変わってしまったことには、だれひとり、思いもよらぬようすだった。

それから何週間も、カッサードは自由時間のたびにコマンドスクールの構内を歩きまわり、あるいは夕暮れどきの塁壁に立って、火星一の高峰オリュンポス山《モンズ》の巨大な影が、まず〈高原〉の森をおおい、ついで開発の進んだ高地を、さらに地平線の手前にあるすべてのものを、そしてついには世界そのものをおおいつくすさまを眺めて過ごした。そして、いっときもわすれることなく、あのときのできごとを思い返し、彼女のことを想った。

シミュレーションの異常に気づいたものは、ほかにだれもいなかった。戦場を離れた者はカッサードだけだったのである。ある教官は、あのシミュレーションの特定セグメントにおいて、戦場の外にはなにも存在していなかったと説明した。カッサードが行方不明になったと思った者もいなかった。まるであの森のできごとが――そしてあの女が――まったく存在しなかったかのように。

しかしカッサードは、そうではないことを知っている。だから、戦史と数学の講義に身をいれた。射撃訓練や体力作りにも自主的に時間をかけるようになった。カルデラ地区を一周する懲罰を受けることもめったになくなった。要するに若きカッサードは、それまでにも増して優秀な訓練生になったのである。だが、そのあいだずっと、彼は待ちつづけた。

そしてついに、女はふたたびやってきた。

それはまたしても、OCS：HTNシミュレーションでの、最後の数時間におけるできごとだった。カッサードはすでに、この仮想訓練というものが、たんなるシミュレーション以上のものであることを調べだしていた。OCS：HTNは、〈ワールドウェブ〉万民院の一部をなす。万民院とは、連邦の政治を司り、データに貪欲な何百億という市民に情報を提供するリアルタイム政治ネットワークのことで、高度に進化した結果、ある種の自律性と意識を獲得している。ネットワークを構成するのは、六千を数えるオメガ級AI群だ。それらが創りだすフレームワーク中に百五十の惑星データスフィアが情報を提供することで、OCS：HTNは成立しているという。

「HTNはシミュレートをするんじゃない」と、かんだかい声で説明してくれたのは、カッサードが見つけたなかでもっともAIにくわしく、かつ袖の下のきく、ラディンスキー訓練生だった。「みずから夢を見るんだ。〈ウェブ〉における歴史的事実を、できるかぎり忠実に──それも、部分の総和を超える形で夢見る。というのも、HTNは事実だけでなく、全体論的洞察にもプラグインするからで――HTNは夢を見ながら、参加者にもいっしょに夢を見させるわけさ」

理解はできなかったが、カッサードはそれを信じた。そして、女はふたたびやってきた。

第一次米越戦争では、夜間哨戒の闇と恐怖のさなか、待ち伏せによる惨劇の直後に愛しあった。カッサードが身につけているのは、手ざわりの粗い迷彩戦闘服と――ジャングル疫にかかるのを防ぐため、下着はつけていない――アジャンクールの戦い以来さほど進歩してはいない鋼鉄のヘルメット。女が身につけているのは、黒いパジャマにサンダルという、南アジアの農民には一般的な服装だ。そして、ベトコンの服装でもある。だが、会うが早いか、ふたりは一糸まとわぬ姿となり、夜のただなかで立ったまま――女が木にもたれかかり、カッサードの腰に両脚をからみつけた格好で――愛しあった。ふたりの背後では、緑色の閃光をはなって世界が爆発し、指向性破片地雷《クレイモア》の炸裂音が轟いていた。

その後、ゲティスバーグの戦いの二日めにも、ボロディノの戦いにも、女は姿を見せた。いずれも、累々たる死体の山の上に、肉体から離れゆく魂が凝《こ》り固まったかのごとく、もうもうたる硝煙がたなびいているさなかでの出会いだった。

火星のヘラス盆地では、激烈をきわめるホバー戦車戦をよそに、近づきつつある砂嵐《シムーン》が金切り声をあげてチタン合金の車体を打ちすえる音を聞きながら、撃破された装甲兵員輸送車のなかで愛しあった。

「名前を教えてくれ」

カッサードは標準英語でささやきかけた。女はかぶりをふるばかりだった。

「きみは本物なのか？——シミュレーション外の存在なのか？」

こんどは、その時代に一般的だったジャパニーズ・イングリッシュで問いかけてみた。女はうなずき、カッサードに顔を近づけて、キスをした。

戦火につつまれるブラジリアの瓦礫の陰では、中国軍EMVのふりまくデスビームがブルーのサーチライトのように崩れたセラミック壁を照射するなか、ふたり寄りそって横たわった。また、ロシアの大草原に建つ忘れられた塔都市をめぐって攻囲戦がくりひろげられたのち、名もない戦いが行なわれたときにも、ふたりは戦禍にあった部屋で愛しあった。ことがおわったあと、カッサードは女を部屋に引きもどし、こうささやきかけた。

「いっしょにいたい」

女はカッサードの唇に指を押しあて、かぶりをふっただけだった。

ニューシカゴ撤退ののち、最後の合衆国大統領による抵抗活動の一環として、とある建物の百階のバルコニーに狙撃場所を設営したカッサードは、そばに横たわる女に向かい、乳房のあいだのあたたかい肌に手を置いて、こういった。

「いっしょにいられないのか……外界で？」

女はカッサードの頰に手のひらを押しあて、ただほほえみだけを返した。

コマンドスクール最後の年は、現実の戦闘訓練が主体となるため、OCS：HTNシミュレーションは五回しか受けさせてもらえなかった。だが、大隊規模での小惑星セレス降下訓練中、ストラップで戦術コマンドチェアにからだを固定し、目を閉じ、皮質の創りだす戦術／地形マトリックス上の原色地勢図をにらんでいるときなど、ときおりだれかの……もしかすると彼女の？……存在が感じられたような気がした。もっとも、確信は持てなかったが。

　その後、彼女の来訪はふっつりと途絶えた。コマンドスクールの最後の数カ月、ついに彼女はいちども訪ねてこなかった。ホレース・グレノン＝ハイト将軍の反乱軍が大敗した暗黒《コール》星雲《サック》の大戦を再現する、最後のシミュレーションのときにもだ。そして、卒業パレードとパーティーのあいだにも、最後のオリュンポス閲兵式のさい、赤く照明された浮遊デッキの上で敬礼する連邦ＣＥＯの前を行進したときにも、彼女は姿を見せなかった。

　若い士官は、卒業後、まずマサダの宣誓式に出席するため、オールドアースの月へ転位する。マサダとは、かつてローマの支配に反旗を翻して滅ぼされたユダヤ軍最後の要塞のことで、その轍を踏まぬことを誓うわけである。そののち、タウ・ケティ・センターに転位し、正式のＦＯＲＣＥ入隊宣誓を行なうことによって、晴れて一人前の軍人となるのだが、そのあいだも、彼女の姿はまったく見られなかった。

　こうして少尉から中尉に昇進したカッサードは、何度でも転位システムを使ってどこにでもいけるユニバーサル・カードをＦＯＲＣＥから支給され、三標準週間の〈ウェブ〉内旅行を楽しんだのち、惑星ルーサスにある連邦保護領統治省の訓練校に配属され、〈ウェブ〉圏外での現役勤務につく準備をはじめた。あの女にはもう二度と会えないのだろう、とカッサードは確信した。

しかしそれは、まちがっていた。

フィドマーン・カッサードは、貧困と突然の死があたりまえの文化で育った。いまもみずからをパレスティナ人と呼ぶ少数民族の一員としてカッサードの家族が暮らしていたのは、火星はタルシスのスラム街だった。そこはまさに、人類が貧困という忌むべき遺産を受け継いでいることとの見本のような場所だった。〈ワールドウェブ〉内外の全パレスティナ人は、一世紀におよぶ闘争ののち、ついに勝利を手にしたときの文化的記憶を共有している。だが、勝利の一カ月後に起きた二〇三八年の核聖戦で、せっかく勝ちとった権利は無に帰した。それによってはじまった第二の国外離散《ディアスポラ》は五世紀におよび、その行きつく果ては、あわれ火星その他の砂漠の惑星——。オールドアースの死とともに、彼らの夢も滅びさったのである。

カッサードもまた、南タルシス人口移転キャンプに住むほかの少年たちとおなじように、少年ギャングの一員となるか、キャンプの略奪者をもって任じる者たち全員の餌食になるかの、どちらかの選択を迫られた。結局、ギャングの仲間になることを選んだ彼は、標準年で十六歳になるまでに、抗争で少年をひとり殺すことになる。

火星が〈ワールドウェブ〉にその存在を知られているとしたら、それはマリナー峡谷での狩り、ヘラス盆地にそびえる霊峰〈シュラウンダーズ・ゼン〉、オリュンポス・コマンドスクールなどを通じてだろう。マリナー峡谷になど旅するまでもなく、狩り、狩られるということがどういうものなのかをカッサードは知っていたし、禅グノーシス宗にも関心はなかった。また、ティーンエイジャーのこととて、〈ウェブ〉各地からFORCE軍人となるため訓練を受けにくる兵隊たちに対しては、その制服もふくめて軽蔑心しかいだいておらず、遊び仲間らとともに、ニュー武士道《ブシドー》はホモの規律だと嘲笑していたものだった。だが、若きカッサードの魂に太古から受け継がれてきた名誉を重んずる心は、サムライ階級の考え方に対し——その生きざまや、職務の根幹に義務と自尊心と信義を置く考え方に対し——ひそかな共感をいだいてもいた。

十八歳のとき、カッサードはタルシス州高等巡回判事にふたつの選択肢をつきつけられた。極冠の労働キャンプで一火星年を過ごすか、さもなくば、当時第三種開拓星各星で再起の兆しがあったグレノン゠ハイト反乱軍鎮圧のため、FORCE後方支援義勇軍として編制中のジョン・カーター旅団に志願するかだ。やむなく志願兵を選んでみると、軍隊生活の規律と清潔さは、これがなかなか性にあった。しかし、ジョン・カーター旅団の役割は〈ウェブ〉内での守備隊任務だったので、グレノン゠ハイトの孫のクローンがルネッサンス星系で死亡すると、まもなく解散の運びとなった。それならばと、十九歳の誕生日を迎えた二日後、FORCE陸軍に志願したところ、あえなく門前払い。以後の九日間というものは、えんえんと焼け酒を飲みつづけ、ようやくルーサスの巣礎《ハイヴ》下層トンネル街で意識をとりもどしたときには、軍用コムログ・インプラントを盗まれていたのみならず——おなじ手術を受けたやつのしわざらしい——ユニバーサル・カードと転位システムの利用権もとり消され、生まれてはじめてのひどい頭痛に苛まれているというありさまだった。

ともかくも、そのままルーサスで一標準年ほど働き、六千マークをためた。一・三地球標準Gのもとで肉体労働に精出したおかげで、火星育ち特有の虚弱さを克服することもできた。金がたまると、その大半を投じて、ホーキング駆動装置を強引にとりつけたポンコツ太陽帆《ソーラーセイル》旅客船に乗りこみ、惑星マウイ＝コヴェナントへ移動。同星に到着した時点でのカッサードは、見かけこそ〈ウェブ〉の水準ではひょろ長く見えたが、その筋肉はどんな水準に照らしても頑強そのものといえた。

熾烈かつ悪評高い回游島戦争が現地で勃発したのは、彼がマウイ＝コヴェナントに着いて三日めのことである。戦争騒ぎに忙殺されていたせいもあって、ファーストサイト港のFORCE統合軍司令官は、司令官室の控えの間にすわりこんだまま帰ろうとしない若きカッサードに根負けし、水中翼船操舵手助手として第二十三補給連隊に配属した。以後、標準時間で十一カ月間のうちに、第十二機動歩兵連隊所属のフィドマーン・カッサード伍長が獲得した勲章は、殊勲賞二、赤道多島海作戦での勇猛ぶりに対する上院褒賞一、名誉負傷章二にのぼる。FORCEコマンドスクールへ入学を推挙され、つぎの輸送船団で〈ウェブ〉中心部へと送られたのも、その戦功を認められてのことだった。

カッサードはしきりにあの女の夢を見た。名前も知らず、声を聞いたことさえないが、たとえ真っ暗闇のなかであれ、その感触とにおいだけで、千人の女のなかからでも識別できる自信があった。やがてカッサードは、女のことを〝ミステリー〟と名づけた。

若い士官たちが娼婦買いや女友だちに会いに地元の街へくりだしても、カッサードはひとり基地に残るか、任地の風変わりな街を散策するかして過ごした。ミステリーという妄想のことは、だれにも打ちあけずにおいた。精神分析報告書にどのような書き方をされるか、ようくわかっていたからだ。ときおり、いくつかある月の下でキャンプを張ったり、兵員輸送船の無重力船倉で胎児のように浮かんでいるときなど、幻影を相手にした自分の情事がいかに異常なものであるかを痛感することがある。だが、そこで思いだすのは、ある晩、砲撃に大地打ちふるえるヴェルダン付近で、彼女にキスをし、唇でその鼓動を感じていたときに見つけた、左胸の下の小さな痣のことだった。あるいは、カッサードの太腿に頬をすりよせながら自分の髪をはらいのけたときの、あのいらだたしげなしぐさ――。だからカッサードは、若い士官たちが街に、あるいは基地ちかくの娼館にくりだすとき、さらに一冊歴史書を読み、基地周辺をジョギングし、コムログで戦術シミュレーションにはげんだ。

そんな刻苦勉励ぶりゆえに、カッサードが上官の注目を集めるまで、長くはかからなかった。

ランバート小惑星帯駐屯時代には、自由鉱山業者の奇襲を受けたこともある。その戦いで、生き残った歩兵部隊と海兵隊守備隊を率い、小惑星ペレグリンの古い坑道の底に穴を掘り、連邦領事館職員および市民を逃がしたのは、カッサード中尉その人だった。

しかし、フィドマーン・カッサード大尉の雷名が〈ウェブ〉じゅうに鳴り響くのは、短命におわった〈新預言者〉によるクム＝リヤド統治時代のことである。

開拓星クム＝リヤドの〈新預言者〉が、三千万人の新制シーア派を統率し、クムとリヤドの二大陸に住むスンニ派の商人層、および連邦からきた九万人の異教徒支配に乗りだしたのは、同星の半径二リープ年以内にいた唯一の連邦艦艇《ヘゲモニー・シップ》・FORCE宇宙軍〈デニーヴ〉の艦長一行が、たまたま表敬訪問のため地表に降下していたときのことだった。艦長と同行の上級士官五人が捕虜にとられるという事態に対し、ただちに超光速通信《FATライン》でタウ・ケティ・センターからの緊急指令がとどいた。軌道に待機するHS〈デニーヴ〉の先任士官は、ただちにクム＝リヤドの状況を打開し、人質全員を救出のうえ、〈新預言者〉を抹殺せよ……ただし、惑星の大気圏内ではいっさい核兵器を使ってはならない――。〈デニーヴ〉は老朽化した軌道防衛前哨艦である。使用を禁じられるまでもなく、大気圏内で使えるような核兵器は積載していない。そんな苦境に陥った同艦の先任士官こそは、だれあろうFORCE統合軍の、フィドマーン・カッサード大尉だった。

革命第三日め、カッサードは〈デニーヴ〉に搭載してあったただ一隻の強襲艇に乗りこみ、マシャッドにあるグランド・モスクの中庭に着陸した。同行するのは、強襲隊員三十四名だ。だが、カッサードらは攻撃を控え、好戦的な群衆がしだいに膨れあがり、ついには三十万人になるまでようすを見まもった。強襲艇を十重二十重にとりまくだけで、群衆がそれ以上なにもしようとしないのは、遮蔽フィールドが破れないのに加え、〈新預言者〉の攻撃命令が出ないからだった。〈新預言者〉本人は、グランド・モスクにはいなかった。リヤドの北半球で開かれる予定の祝宴に参加するため、現地に飛んだあとだったのである。

着陸して二時間後、カッサード大尉はひとり強襲艇を降り、短い声明を放送した。自分はムスリムとして育った。自分のコーランの解釈によれば、シーア派の揺籃期以来、神《アッラー》は断じて罪なき者の虐殺を寛恕《かんじょ》されることはなく、看過されることもない。〈新預言者〉のようなはったりだけの異端者が何度聖戦を起こそうともだ――。最後にカッサードは、三千万の狂信者のリーダーたちに三時間の猶予を与え、そのあいだに人質を引きわたし、砂漠の大陸クムに帰るようにとの要求をつきつけた。

革命がはじまって三日のうちに、〈新預言者〉の軍勢は二大陸の都市の大半を占領し、二万七千人以上の連邦市民を人質にとっていた。古くからの教義論争に終止符を打つため、銃殺隊は昼夜ぶっとおしで職務を励行し、〈新預言者〉占領後の二日間に処刑されたスンニ派は、じつに二十五万にものぼったと推定される。カッサードの最後通牒に対して、〈新預言者〉は夕刻テレビの生放送で演説をぶち、異端者全員を即刻処刑せよとふれを出したうえ、カッサードの強襲艇の攻撃をも命じた。

グランド・モスクが傷つくのをはばかって、革命軍の近衛部隊は高性能爆薬を使わず、自動火器、粗野なエネルギー・キャノン、プラズマ砲、人海戦術などを用いて攻撃をしかけてきた。遮蔽フィールドは持ちこたえた。そして――。

〈新預言者〉のテレビ放送がはじまったのは、カッサードの最後通牒が切れる十五分前のことだった。〈新預言者〉は、アッラーが異端者を苛烈に罰するというカッサードの声明を認めつつも、罰せられるのは連邦の異教徒どもであると断じ、テレビカメラの前ではじめて自制を失った姿を見せた。金切り声をあげ、つばをまきちらして、彼は命じ、弁じたてた。着陸した強襲艇に対し、人海戦術攻撃を再開せよ！　いま現在、アリの原子力発電所では十発以上の原子爆弾が製造されつつある。これさえ完成すれば、アッラーの軍隊は宇宙に出ていくこともできる。最初の原子爆弾は、まさにきょうの午後、異端者カッサードの悪魔的強襲艇の上に落とされるであろう——。つづいて〈新預言者〉は、連邦の人質がどのように処刑されるかを克明に説明しだしたが……そのときにはもう、カッサードの切った刻限を過ぎていた。

クム＝リヤドは、みずからの選択に加え、たまたま〈ウェブ〉中心部から遠く隔たっているという事情によって、技術的には後進惑星に数えられる。とはいえ、さすがにちゃんとしたデータスフィアを持たないほど後進的ではないし、〝連邦の科学という大いなる悪魔〟を否定し、蜂起を指導した革命側ムッラーたちといえども、個人用コムログで惑星データネットへのアクセスを拒否するほどではない。

ＨＳ〈デニーヴ〉は充分な数のスパイ衛星を展開させていたため、クム＝リヤド中央時間で一七二九時までには、データスフィアに侵入して解析をすませ、一万六千八百三十人にのぼる革命側ムッラーのアクセス・コードをつかんでいた。一七二九：三〇時、それらのスパイ衛星群は、カッサードの強襲艇が低軌道にばらまいた二十一基の軌道防衛衛星に対し、リアルタイムで目標捕捉データを送りこみはじめた。もとはといえば、〈デニーヴ〉の任務は、ひどく老朽化した軌道防衛兵器を回収し、安全に破壊するため、〈ウェブ〉に持ち帰ることにあった。カッサードはそれらを、本来とは逆の形で使うことにしたのである。

ぴたり一七三〇時ちょうど、小型軌道防衛衛星のうち十九基が、みずからの核融合コアを爆発させた。衛星が飛散する直前の数ナノ秒のうちに、その爆発で発生したX線は集束され、指向性を与えられて、一万六千八百三十本の、目には見えないが高度にコヒーレントなビームとなって放たれた。設計の古い軌道防衛衛星は、大気圏内の標的を攻撃するよう造られてはいないため、それらのビームの有効破壊半径は一ミリ以下でしかない。だが、さいわい、こんどの目的には、それだけあれば充分だった。もちろん、軌道上とムッラーたちのあいだにあるものを、すべてのコヒーレント・ビームが貫通できたわけではない。目標にとどいたのは、一万五千七百八十四本だけだった。

その効果は即座に、劇的に表われた。すべての標的において、脳と脳漿が瞬時に沸騰し、蒸発し、その圧力で頭蓋骨がこなごなに砕け散ったのだ。テレビを通じて惑星全土に演説中の〈新預言者〉は、一七三〇時ちょうど、まさに〝異端者〟ということばを口にしたところだった。

それからの約二分間、惑星じゅうのテレビや壁スクリーンは、マイクに向かってつっぷす、頭のない〈新預言者〉の姿を映しだしていた。すかさず、フィドマーン・カッサードはあらゆる周波数に割りこみ、つぎの刻限は一時間後とする、その間、人質に対してすこしでも危害を加える者があれば、さらに劇的なアッラーの不快の念が表明されるであろうと宣言した。

人質に対する報復は、いっさい行なわれなかった。

その晩、クム゠リヤドをめぐる軌道上で、訓練生時代以来はじめて、カッサードはミステリーの訪問を受けた。そのときカッサードは眠っており、彼女の訪問は夢よりも生々しくはあったが、OCS：HTNシミュレーションの仮想現実にはリアルさの点でおよばなかった。ミステリーとカッサードは、穴のあいた屋根の下で、うすい毛布にくるまり、ふたりならんで横たわっていた。あたたかく、刺激的なミステリーの肌は、夜の闇につつまれて、白い輪郭程度にしか顔がわからない。空はうっすらと白みかけ、星々の輝きがうすれはじめている。と、彼女がなにかを口にしようとした。その柔らかい唇が、カッサードの耳に聞きとれるよりもわずかに小さな声でことばを形作っている。その顔をよく見ようと身を引いたとたん──接触は断たれた。完全にだ。ハンモックのなかで目を覚ましたとき、カッサードの頬は涙で濡れていた。宇宙船のシステムがたてるうなりは、なかば目覚めかけたけものの息づかいのように、ひどく異様に聞こえた。

船内標準時間で九週間後、カッサードは惑星〈自由州《フリーホーム》〉のFORCE軍事法廷に出頭していた。クム゠リヤドで決断をくだしたときから、カッサードにはわかっていたのだ。彼を譴責処分に処すべきか昇進させるべきか、上層部が選択をせまられるであろうことが。

〈ウェブ〉内、および開拓星域で起こるあらゆる不測の事態に即応できる、というのがFORCEの自慢だが、こと南ブレシアの戦いとニュー武士道との関わりについては、完全な対応態勢ができていたとはいいがたい。

カッサード大佐にとって、その生き方の核をなすニュー武士道の軍律は、軍人階級が生き残るうえで必然的に発達したものといえる。なぜなら——。

二十世紀末葉から二十一世紀初頭にかけ、オールドアースで続発した凄惨な戦争において、各国の軍幹部がとった戦略は、軍服に身をつつんだ死刑執行人が地下五十メートルの完全自給シェルターにぬくぬくとこもり、敵国の全文民人口を攻撃対象とするというものだった。戦争の嵐が一段落すると、生き残った文民からはすさまじい怨嗟《えんさ》の声があがり、それから一世紀以上ものあいだ、〝軍〟ということばを口にしただけでリンチの対象となる時代がつづいた。

可能な場合には身を呈して文民を守る必要から、ニュー武士道はその形成にともなって、大むかしからの概念、たとえば名誉や個人の勇気などを吸収した。また、ナポレオン時代以前の小規模な〝非全面〟戦争に回帰し、目標を限定し、戦力過剰を禁じる叡知をも身につけた。よほどの理由がないかぎり、核兵器の使用や戦略爆撃も厳禁され、さらにはオールドアース中世の戦いにならって、双方時刻を定めたうえ、公共財産も私有財産も最小限の被害ですむ場所で、小規模の職業軍人のみによる会戦が義務づけられることにもなった。

聖遷後の膨張期において最初の四世紀ほどは、この軍律もうまく機能した。そのうち三世紀が過ぎるまでは、基本的な科学技術が原則として凍結されていたため、連邦は転位システムの使用を独占し、ほどよい規模のＦＯＲＣＥ戦力を、必要な期間だけ、しかるべき場所に送りこむことができた。たとえ長い航行時間と何リープ年もの距離に隔てられていても、これでは開拓星や独立星が連邦に対抗するだけの戦力を蓄えられようはずがない。そのため、ゲリラ戦という稀な戦闘で名高いマウイ＝コヴェナントの革命騒ぎ、あるいはクム＝リヤドの宗教暴走は、いずれも迅速かつ徹底的に鎮圧され、そのさい投入された戦力が過剰の場合には、〝ニュー武士道の厳格な軍律にもどれ、軍律を遵守せよ〟と指摘されるだけですんだ。だが――。そんなＦＯＲＣＥの周到な計算と準備にもかかわらず、この宇宙には、どうしても必要充分な戦力を見きわめられない相手が存在する。アウスターである。

　宇宙の蛮族ともいうべきアウスターの先祖が、空気漏れのするオニール型宇宙都市、小惑星宇宙船、実験的彗星農場群等々からなる粗野な船団を組み、ソル星系を出ていったのは、いまから四世紀前のことである。以来彼らは、連邦にとって唯一の外患となった。アウスターがホーキング航法を手にいれてからも、連邦は公の政策として、蛮族の群狼船団が恒星間の暗黒にとどまるのであれば、たまに星系内に侵入してきても、巨大ガス惑星から少量の水素を補充したり、無人の月から凍った水を持っていくかぎりにおいては、これを無視する態度をとりつづけた。

　したがって、ベンツ・ワールドやＧＨＣ２９９０など、僻遠の惑星近傍で起こった小競り合いは例外的事態と見なされ、さして連邦の関心を引くこともなかった。リーⅢ《スリー》をめぐる激戦でさえ、保護領統治省の管轄として処理されたほどである。しかも、ＦＯＲＣＥ機動艦隊がリー・スリーに到着したのは、現地時間で襲撃から六年め、すなわちアウスターが立ちさってから五年後のことだったので、その残虐行為は都合よくわすれさられ、連邦が強硬な姿勢さえ見せれば、蛮族の襲撃が二度と行なわれることはあるまいとの見方が大勢を占めた。

だが……。

リー・スリーの戦闘につづく数十年のうちに、FORCEとアウスターとの宇宙戦力は、百もの辺境星域で小競り合いを重ねることになった。それらの戦いにおいて特徴的だったのは、空気も重さもない宇宙空間では海兵隊同士の奇妙な白兵戦がくりひろげられたのに対し、地上における歩兵同士の激突はいちどもなかったということだ。そのことから、〈ワールドウェブ〉内ではこのような話が広まった。いわく、アウスターは三世紀にわたる無重量状態に適応してしまったから、地球型の惑星の脅威とはならない……アウスターは進化して人間以上のものに――いや、人間以下のものに――なってしまった……アウスターは転位技術を持っていないし、これからも持てるはずはないから、FORCEに対する脅威とはなりえない――。

そこへ勃発したのが、ブレシアの戦いである。

ブレシアは、よくある気位の高い独立星のひとつで、〈ウェブ〉からは遠からず近からず、片道八カ月の距離でほどよく隔てられ、ダイヤモンド、バールの根、質の不ぞろいなコーヒーなどの輸出で、経済的には潤っていた。また、連邦には加盟していないにもかかわらず、ちゃっかり連邦の保護下にははいっており、その大いなる経済目標達成のため、連邦共通市場にも依存していた。このような惑星にはよく見られることだが、ブレシアもまた、自前の防衛軍を持っていることで鼻高々だった。その陣容は、熾光艦《きこうかん》十二隻、FORCEから半世紀前に払い下げられて改装修理した強襲母艦一隻、小型で高速のパトロール艇四十隻以上、志願兵からなる陸軍常備軍九万、堂々たる規模の海軍、そして純然たる示威のためだけに保有されている核兵器少々——。

アウスターが接近してきたとき、連邦の観測ステーションもホーキング駆動の航跡を探知したが、ブレシア星系からせいぜい半光年ほどの距離を通過するだけの、いつもの移民船団の一群だろうと勘ちがいしたのが失敗だった。アウスターの大群は一度だけしかコース修整をせず、それが探知されるころには早くもオールトの雲の内側にまで侵入しており、旧約聖書に出てくる数々の疫病のごとく、猛然と惑星ブレシアに襲いかかった。連邦から救援がくるまでには、どんなに早くても七カ月。とすれば、自力で戦うしかない。

だが、戦いがはじまって二十時間のうちに、ブレシアの宇宙戦力は一隻残らず撃破され、壊滅してしまった。ついでアウスターの群狼船団は、ブレシアとその月のあいだの空域に三千隻の攻撃艦を展開し、全惑星防衛兵器をかたっぱしからつぶしにかかった。

惑星ブレシアは、聖遷後第一期、現実第一主義の中央ヨーロッパ人が開拓したところで、そのふたつの大陸には、北ブレシアと南ブレシアという、いたって事務的な名前が与えられていた。北ブレシアは砂漠と高地のツンドラが大半を占め、六つある大都市には、おおむねバールの根作りの農民と油井技術者たちが住む。いっぽう南ブレシアは、気候も温暖で緑土が多く、大規模コーヒー・プランテーションが林立し、惑星人口四千万の三分の二ちかくはこちらに住んでいる。

太古の戦争がどのようなものであったかを見せつけるかのように、アウスターは北ブレシアを徹底的に蹂躙しつくした。数百発の核爆弾と戦術プラズマ爆弾を無作為に投下したうえで、デスビームをたっぷりとふりまき、最後の仕あげに遺伝子操作したウイルスをばらまいたのである。千四百万の住民のうち、脱出できたのはほんのひと握りだけだった。南ブレシアのほうは原則として爆撃されずにすんだが、特定の軍事目標、空港、ソルノの大型港湾などは餌食となった。

FORCE教範にいわく、惑星を軌道から征服することはできるが、地上部隊をもって工業化の進んだ惑星を軍事侵略することはできない。地上への兵站《へいたん》線確保の問題に加えて、制圧すべき範囲があまりにも広く、とてつもない数の兵員が必要となるため、じっさいに侵攻を試みる者などありえないであろう……。

だが、アウスターはFORCEの教範など読んだことがないと見えて、攻囲二十三日めにいたり、じつに二千隻以上もの降下艇や強襲艇を南ブレシアに送りこんできた。侵攻開始後四時間のうちに、残っていたブレシア空軍は全滅。アウスターの部隊集結地には二発の核ミサイルが発射されたが、一発めはエネルギー・フィールドにはじかれ、もう一発は囮《おとり》らしきたった一隻の偵察艇を破壊するにとどまった。

その後わかったことだが、アウスターは三世紀のあいだに肉体的変貌をとげ、たしかに無重力環境を好むようになってはいたものの、その機動歩兵はサーボ外骨格を装着することで、地上でも迅速に行動することができたのである。ものの数日のうちに、黒ずくめの外骨格を着用し、異様に手足の長く見えるアウスター侵攻部隊は、獲物に群がる巨大蜘蛛の大群のように、南ブレシアの各都市になだれこんできた。

最後の組織だった抵抗は、侵攻がはじまって十九日めに終わりを告げた。同日、首都バックミンスターも陥落。アウスターの侵攻部隊が首都に侵入して一時間後に、ブレシアから連邦へのFATラインによる最後のメッセージは、送信中、ぶつっと途絶えたのだった。

フィドマーン・カッサード大佐を乗せたFORCE第一艦隊がブレシアに到着したのは、襲撃後二十九週めのことである。全軍に先駆けてブレシア星系に高速突入したのは、転位システム搭載の遷導艦《ジャンプシップ》一隻と、それを護衛する三十隻のオメガ級煅光艦隊。その実体化《スピンダウン》後三時間以内には、遷導艦によって転位圏が形成され、その後十時間のうちには、四百隻のFORCE戦列艦が星系内への侵入をおえていた。反攻作戦がはじまったのは、その二十一時間後だ。

ブレシアの戦いの最初の数分間は、数学の問題だった。カッサードにしてみれば、それからの何週間もの日々は、数学とは無縁の、恐ろしくも美しい戦闘の記憶と分かちがたいものになるのだが、ともかくも最初の数分間は、数学の問題だった。そして、師団単位を超える規模の作戦ではじめて遷導艦が使われたこともあり、懸念されていたとおり、やはり混乱が生じた。

五光分の距離から転位してきたカッサードは、もろに砂利と黄色い泥のただなかにつっこんだ。強襲艇の転位ゲートが険しい斜面に面していたうえ——つぎつぎに転位してくる兵員の受け口となるため、強襲艇部隊はひと足先に降下突入し、地表付近に待機していたのだ——その表面が、泥と先鋒隊の血糊とですべりやすくなっていたからである。

泥濘《でいねい》にころがったまま、カッサードは丘の斜面に展開する無惨な光景を見おろした。十七隻の遷導強襲艇のうち、すでに十隻は、丘のふもとやコーヒー・プランテーションのあちこちに墜落し、炎上していた。残った強襲艇の遮蔽フィールドも、ミサイルと荷電粒子ビームの猛攻にさらされ、いまにも縮んで消えてしまいそうなありさまだ。兵員降着地域には、あとからあとからオレンジ色の炎のドームが膨れあがっていく。カッサードの戦術ディスプレイも混沌として、まったく用をなさない。バイザーには異常な射撃統制データが乱れ飛び、FORCE兵の死体が累々と転がる一帯は赤い燐光が陽炎《かげろう》のように踊り、アウスターの妨害電波によって映像にはゴーストが何重にもかぶさっている。主指令回路を通して、だれかの叫び声が聞こえた。

「畜生！　畜生ちくしょう畜生！」

インプラントを覗いても、司令グループからのデータがあるべき部分は空白のままだ。

下士官に助け起こされ、指揮杖から土をはらい落としたカッサードは、転位してくる後続隊のために急いで場所をあけた。これこそは戦争の幕開けだった。

南ブレシアに降着した最初の数分間で、カッサードはニュー武士道の命脈がつきたことを知った。超強力な装備に身をかため、高度な訓練を受けた八万のＦＯＲＣＥ地上軍は、集結地から進軍を開始し、人口希薄な地帯に戦場を誘導しようとしたが、そのたびにアウスター軍は一帯を焦土と化し、ブービートラップと死んだ民間人の山だけを残して撤退していったのである。ＦＯＲＣＥも転位システムを用いてアウスターの裏をかき、なんとか敵を応戦せざるをえない状況に追いこもうと試みた。しかし、それに対する敵の回答は、雨あられと降ってくる核兵器とプラズマ兵器だった。そして、ＦＯＲＣＥ地上軍が遮蔽フィールドの下に釘づけにされている隙に、アウスター歩兵部隊は撤退し、都市と降下艇発着拠点の周囲に防御陣地を構築した。

宇宙空間でも即戦即決とはいかず、南ブレシアの戦力バランスをくつがえすことはできなかった。たびたび陽動作戦が行なわれ、ときには激戦が展開されたものの、アウスターはブレシアの半径三天文単位の空間において、完全に制宙権を保持しつづけた。それどころか、ＦＯＲＣＥ艦隊は後退を余儀なくされ、ブレシアに対する転位システムの有効距離を維持しつつ、主遷導艦の防衛だけで手いっぱいのありさまとなった。

こうして、二日で片づくと見られていた地上戦は三十日に延び、六十日に延びた。戦いの様相も、二十世紀か二十一世紀のそれにまで後退し、瓦礫の山と化して粉塵ただよう都市を舞台に、民間人の死体越しの、長く苛酷な市街戦が延々とくりひろげられた。やがて、当初のＦＯＲＣＥ部隊八万ははなはだしく損耗し、新たに十万の増援が送りこまれてきたが、それにもまた多大な損失が出たことから、さらに二十万の増援が要請された。万民院の何百億もの声、そしてAI顧問委員会が撤退をもとめだしたにもかかわらず、なおも戦闘を継続させ、兵士をばたばたと死なせていったのは、CEOマイナ・グラッドストーンおよび約十名の上院議員の、鉄の意志にほかならない。

降着直後より、カッサードはすでに、それまでの戦術が通用しないことを悟っていた。ストリート・ファイティング時代の本能が最前面に出てきたのは、ストーンヒープの戦いで所属師団が壊滅状態に陥る以前のことだ。その戦いでは、ほかの指揮官たちがニュー武士道の禁忌にとらわれて思考停止に陥り、ものの役にたたなくなっているのをよそに、カッサードは――この時点で、彼は自分の連隊のみならず、師団全体の臨時指揮官ともなっていたが、それは司令グループ・デルタが核攻撃を受けて全滅していたからである――犠牲もいとわず、疾風迅雷の攻撃を命じた。反撃の露払いとするため、水爆の使用を要請したのも彼だった。そして、FORCEによるブレシア〝救援〟作戦も九十七日めを迎え、ついにアウスターが撤退を開始するころには、カッサードは〝南ブレシアの死神〟なる、尊敬と恐怖の入りまじった異名を奉られていた。カッサード麾下《きか》の兵でさえ彼のことを恐れているとのうわさもたったほどである。

その間、カッサードはミステリーの夢を見た。夢よりもリアルな――しかし夢よりも儚《はかな》い夢を。

ストーンヒープの戦いの最後の晩、暗いトンネルの迷路のなかで掃討部隊を率い、超音波銃やT5ガスを用いて、アウスター・コマンドの残兵を潜伏場所から狩りたてていたときのこと——カッサード大佐は炎と悲鳴のなかで眠りに落ち、気がつくと、彼女の長い指で頬をなでられながら、やわらかい乳房を押しつけられていた。

ニューヴィエンナ攻略のときにも彼女はやってきた。その朝、宇宙からのビーム攻撃を要請し、それで生じた貫通孔を通って——孔の直径は二十メートルほどで、内壁はガラスのようにつるつるだった——同市内へ乗りこんだカッサードらが見たものは、救援にきたＦＯＲＣＥ部隊を歓迎するかのように、歩道の上にきちんとならべられ、非難がましい視線を向けている、無数の生首の列だった。指揮ＥＭＶにもどったカッサードは、ハッチを閉め、ゴムと熱いプラスティックと電荷を帯びたイオンのにおいただようなかで身をまるめた。すると、Ｃ3チャンネルのやりとりとインプラントの暗号化ノイズを圧して、彼女のささやきが聞こえてきたのである。

アウスター撤退前夜、カッサードは作戦会議が開かれたＨＳ〈ブラジル〉をあとにし、ハインバレー北の山岳地帯に設けられた師団本部に転位すると、戦闘指揮車に乗って山頂に赴いた。最後の爆撃の状況を見まもるためだ。もっともちかい戦術核兵器の目標は、山頂から四十キロほどの地点にあった。ひとしきり核攻撃が行なわれたあと、こんどはプラズマ爆弾が大量に投下され、完璧な格子模様を描いてオレンジと真紅の花がいっせいに開花した。ざっと数えて二百本以上の、夜空に踊るグリーンの光柱は、広大な高原をずたずたに斬り裂くヘルウィップの槍だ。その光景を見まもりつつ、ＥＭＶのフレアスカートにすわり、目に焼きついた光輝の残像をふりはらおうとしていると、まだ眠りもしないうちから、ミステリーはやってきた――ブルーのドレスを身につけ、丘の斜面で立ち枯れたバールの茎のあいだを軽やかに歩きながら。その顔も腕も、透き通ってしまいそうなほどに青白い。そして彼女がカッサードの名前を呼んだとき――そのことばがもうすこしで聞きとれそうになったとき――爆撃の第二波がはじまり、眼下の平原はことごとく蹂躙され、すべては轟音と爆炎に呑みこまれたのだった。

皮肉に支配されたこの宇宙ではよくあることだが、九十七日間におよぶ激戦を……かつて連邦が経験した最悪の戦いを……無傷で乗りきったにもかかわらず、フィドマーン・カッサードは負傷した。それも、アウスターの群狼船団が殿軍を回収し、星系から撤退していったほんの二日後にだ。その日カッサードは、解放されたバックミンスター市の建物のなかでかろうじてぶじに残った三棟のうちのひとつ、市民センターのホールにおいて、〈ワールドウエブ〉から押しかけた報道陣の愚劣な質問に対し、ぶっきらぼうに受け答えをしていたのだが、ちょうどそのとき、マイクロスイッチ程度のプラズマ・ブービートラップが十五階上で爆発し、その爆風で報道陣とカッサードの副官二名はベンチレーターの格子から外の道路に放りだされ、カッサード本人は崩れてきた建物の下敷きになってしまったのである。

カッサードはただちに師団本部に急送され、ブレシアの第二の月を周回中の遷導艦に転送されたのち、そこで蘇生処置を受け、完全な生命維持体制のもとに置かれた。そのあいだに、軍首脳と連邦の政治家たちは、カッサードをどうすべきかを相談しあった。

転位ネットワークに加え、ブレシアに関するリアルタイム報道によって、フィドマーン・カッサード大佐はさまざまな意味で〝時の人〟となっていた。南ブレシア戦役でカッサードが断行した空前絶後の蛮行に、何百億もの市民は戦慄した。したがって、カッサードが軍法会議にかけられるか戦争犯罪を問われるかすれば、市民はおそらく安心するだろう。だが、CEOであるグラッドストーンを筆頭に、FORCEの司令官たちは、カッサードを救済者と考えていた。

そこで、妥協案として、カッサードは量子船型の病院船に収容され、ゆっくりと〈ウェブ〉へ送り返されることになった。どのみち、肉体再生処置のほとんどは低温睡眠中になされるのだから、瀕死の重傷者や蘇生可能な死者を旧式の病院船に乗せていくのは筋が通っている。カッサードその他の負傷兵たちが〈ワールドウェブ〉に到着するころには、いつでも任務に復帰できるまでに回復しているはずだし、もっとだいじなことは、すくなくとも標準時間で十八カ月の航時差が稼げるのだから、到着時にはもう、カッサードへの逆風はやんでいるだろうということだった。

目を覚ますと、女のシルエットが目の前にかがみこんでいた。一瞬、カッサードはそれが彼女かと思ったが、すぐにFORCEの衛生兵だと気がついた。

「おれは、死んだのか……？」

かすれ声で、カッサードはたずねた。

「そうです。ここはHS〈メリック〉の船内。あなたには蘇生処置および何度かの再生処置が施されました。低温睡眠の後作用《あときよう》で思いだせないでしょうけどね。リハビリはいつでもはじめられますよ。すこし歩いてみます?」

カッサードは片腕をあげ、目をおおった。低温睡眠から覚めたばかりで朦朧としているというのに、苦痛に満ちた治療期間のことがはっきり思いだされたのだ。いつ果てるともなくつづく、RNAウイルス浴と手術のくりかえし。とりわけ強烈なのは、手術の記憶だ。

「帰還ルートは?」まだ目をおおったまま、カッサードはたずねた。「どの経路で〈ウェブ〉へもどるのか、わすれてしまった」

衛生兵はにっこりとほほえんだ。まるで、毎度低温睡眠から目覚めるたびに、おなじ質問をされるとでもいわんばかりの笑い方をする。もしかすると、そのとおりなのかもしれない。

「ハイペリオンとガーデン経由です。現在本船は、ちょうど惑星周回軌道上に……」

ことばの途中で、声は途切れた。だしぬけに、世界の終末もかくやと思われる大音響が轟きわたったのだ。つづいて、巨大なラッパを吹き鳴らすような音、金属の裂ける音、怒号と悲鳴。六分の一のGを利用して、カッサードはころげ落ちるようにベッドから降り、マットレスでからだをくるみこんだ。ほぼ同時に、デッキ内をすさまじい突風が吹き荒れ、水差し、トレイ、寝具、本、人間、機械類、その他さまざまな物体が飛びかかってきた。男も女も悲鳴をあげており、その声がどんどんかんだかく、どんどん裏声になっていく。病室から急速に空気が漏出しているらしい。カッサードはマットレスごと壁にたたきつけられた。握りしめたこぶしのあいだからようすを覗いてみると――。

一メートルほど離れたところで、フットボール大の〝蜘蛛〟が猛々しく脚をふり動かし、突如として隔壁に生じた細い亀裂から侵入してこようとしていた。その関節のない脚は、まわりに渦巻く紙片や破片を打ちすえているかのようだ。その〝蜘蛛〟がくるりとこちらを向いたとき、ようやくカッサードにもその正体がわかった。それは衛生兵の首だったのだ。さっきの爆発で首を切断されたにちがいない。その長髪がカッサードの顔にからみついてくる。そのとき、亀裂がさらに広がってこぶしほどの幅になり、生首は宇宙空間へ吸いだされていった。

カッサードがかろうじて隔壁から身を引きはがすのと同時に、遠心力発生用ブームアームの回転がとまり、〝上〟が存在しなくなった。いまや船内に存在する力は、病室内のあらゆるものを隔壁の亀裂や穴へ吹きとばす烈風と、胸をむかつかせるはげしい揺れだけだ。カッサードはそのすべてにさからって、見つかるかぎりの手がかりをたよりにブームアーム・シャフトの扉へ這いずっていき、最後の五メートルほどは床を蹴って宙を飛んだ。金属のトレイが目の上にぶつかった。目が真っ赤に充血した死体がぶつかってきて、あやうく押しもどされそうにもなった。非常用気密扉は、スペーススーツを着たまま死んだ海兵隊員のからだがはさまり、閉まりそこねていた。カッサードはその隙間からブームアーム・シャフトにすべり出ると、死体を引きぬいた。気密扉は完全に閉まったが、もはやシャフトに残っている空気量も病室内と大差ない。どこかで警報が鳴っていたが、どんどん音が小さくなり、やがて聞こえなくなった。

大声を出した。肺と鼓膜が破裂してしまわないよう、体内の空気を外に逃がすためだ。ブームアームには、ほかにも空気洩れの箇所があるらしい。カッサードと海兵隊員の死体は、たがいにもつれあい、奇怪なワルツを踊りながら、船の本体部分に向かって、シャフト内を百三十メートルほど流されていった。

そのあいだにカッサードは、海兵隊員のスーツを脱がせた。非常開放機構を殴りつけてスーツを開かせるまでに二十秒、死体を射出させ、かわって自分がスーツに収まるまで一分。カッサードの身長は死んだ海兵隊員より十センチは高く、いくらスーツが多少の余裕を持った造りをしているとはいえ、首、手首、ひざを強烈に締めつけられた。ヘルメットもクッションつきの万力のように額を締めつけてくる。バイザーの内側には、血と湿った白いしみがこびりついていた。その原因——すなわち海兵隊員を即死させるにいたった破片は、貫通するさいに二カ所の穴をあけており、その穴はスーツが可能なかぎり自己修復していたものの、胸の状況表示パネルは赤ランプだらけで、スーツに現状を報告せよと指示しても応答はなかった。もっとも、異音をともないつつも、空気再処理装置は機能しているようだ。

こんどは無線機をためした。なんの音も聞こえない。ノイズさえもだ。コムログのリード線を見つけ、壁のターミナルに接続してみた。やはりなにも聞こえない。そのとたん、ふたたび船ががくんと縦揺れしたかと思うと、たてつづけの衝撃に金属が悲鳴をあげる音が響き、カッサードはブームアーム・シャフトの壁にたたきつけられた。昇降ケージの一基が、くるくる回転しながら吹きとばされてくる。断ち切られたケーブルの束がのたうつさまは、興奮したイソギンチャクの触手のようだ。ケージのなかには多数の死体が詰まっており、シャフトの内壁をつたう螺旋階段の各部にも——こちらは損傷を受けていないらしい——さらに多数の死体がひっかかっていた。カッサードは壁を蹴り、一気に宙を飛んでシャフトと本体の接合部分に到達した。気密扉はすべて閉じられており、ブームアーム・シャフトの絞り開き扉も閉鎖されていたが、主隔壁には商用EMVが出入りできる程度の穴がいくつかあいていた。

船がまたもやぐらつき、さらにはげしく震動しだすとともに、複雑なコリオリの力が、カッサードをふくむシャフト内のあらゆるものに加わった。カッサードは金属壁の裂け目にしがみつき、やっとの思いでHS〈メリック〉の三重構造の船殻内にはいりこんだ。

内部を見たとたん、あやうく笑いだしそうになった。何者に襲撃されたのか知らないが、またずいぶん徹底的にやられたものだ。プラズマ弾で執拗に船殻を打ちすえられ、刺し貫かれつづけるうちに、旧式病院船の気密壁はものの役にたたなくなり、自己気密化ユニットが破裂し、損傷管理機械《リモート》が過負荷に音をあげ、内部隔壁もずたずたになったところへ、散弾《キャニスター》弾頭《ショット》付の——この妙な名前はFORCE宇宙軍側の呼称だ——ミサイルを打ちこまれたものだから、船内はまさに、ネズミひしめく巣に対人用手榴弾を投げこんだような惨状を呈していたのである。

船殻にあいた一千もの穴からは、無数の光線がさしこんでくる。ところどころでそれが色を帯びているのは、コロイド状の霧となってただよう塵や血や潤滑油のせいだ。カッサードがいま、船体の揺れと震動で翻弄されながらもしがみついている位置からは、二十体以上もの死体が見えた。いずれも裸体で、ずたずたになったまま、一見優雅とも見える、無重量状態下での水中バレエを踊っている。ほとんどの死体は小さな恒星系を形作り、軌道上に血と肉片の随員をまとわりつかせていた。そのうちの何体かが、圧力で膨れあがった目で漫画のキャラクターのようにカッサードを凝視し、揺れる腕と手のランダムでものうい動作で、おまえもこいと差し招いていた。

カッサードは壁を蹴りながら、破片の雲をぬってただよっていき、司令コアにいたる主降下シャフトにたどりついた。武器はまったく見かけなかったが——かろうじてスペーススーツを着用できたのは、この服の持ち主の海兵隊員だけだったらしい——船尾の司令コアか海兵隊詰所にいけば武器庫があるはずだ。

引き裂かれた最後の気密壁の手前でとまり、カッサードはその向こうを覗きこんだ。こんどは笑う気にもなれなかった。そこから先には、主降下シャフトも船尾区画もなかったからだ。というよりも、船そのものがなかった。この区画全体が——ブームアームの一本と病室モジュール、それにずたずたになった船体の一部とが——病院船の本体からもぎとられたたのである。そう、怪物グレンデルがベーオウルフに腕をもぎとられたときのように、やすやすと。主降下シャフトへいたる最後の扉は封鎖されておらず、そのまま宇宙空間へつづいていた。何キロも先には、やはり惨状を呈するHS〈メリック〉の破片が一ダースほど、強烈な太陽光のもとで回転していた。すぐそばには、グリーンと瑠璃色《ラピスラズリ》の惑星が膨れあがっており、カッサードは広場恐怖症をおぼえ、扉のフレームにいっそうしっかりとしがみついた。そのとき——惑星の外縁をひとつの光点がかすめ、ルビー色のパルスを放つのが見えた。レーザー兵器だ。真空の谷間を隔てて五百メートルほどの距離に、ずたずたになった〈メリック〉の一区画が浮かんでいたが、それがいきなり爆発し、蒸発した金属と凍った揮発物質の雲と化した。回転する黒い小片の群れ——あれは死体か。

カッサードは裂けた扉からやや奥に後退し、自分の置かれた状況を考えた。海兵隊員のスーツはあと一時間ともたない。すでに卵の腐ったようなにおいがしだしているが、これは空気再処理システムに異常が起きたためだ。といって、破片をぬってここへやってくるまで、気密状態を維持された部屋やコンテナは見かけなかった。だいいち、そんな小部屋やエアロックが見つかったところでなんになる？　下のあの惑星がハイペリオンかガーデンかはわからないが、どちらの惑星にもFORCE部隊が駐屯していないことは知っている。アウスターの戦闘艦相手に、地元の防衛軍が攻撃を試みるはずもない。とすれば、パトロール艇かなにかがこの残骸を調査しにくるまで、何日もかかるだろう。調査員が派遣されてきたときには、カッサードを乗せて回転するこの残骸の軌道はどんどん縮まって、ついには大気圏に突入し、燃える何千トンものねじくれた金属塊となって地表に激突していた……そんな可能性も充分にある。惑星当局とて落下は歓迎すまいが、彼らの視点からすれば、アウスターに敵対するくらいなら、天からささやかな残骸が降ってくるほうがまだましにちがいない。カッサードは陰鬱な笑みを浮かべた。この惑星に軌道防衛システムや地上発射式プラズマ弾があったとしても、惑星当局にしてみれば、アウスターの戦闘艦を攻撃するよりこの残骸を破壊するほうが、ずっと道理にかなった行ないといえる。

どちらにせよ、カッサードにとっては大差ない。迅速に手を打たなければ、遠からず死ぬ。残骸が大気圏に突入するなり惑星当局が行動に出るなりするのは、そのずっとあとのことだ。

スーツの光増幅プレートは、貫通した破片でひび割れていたが、ともあれ、ヴュープレートをバイザーの上に引きおろした。状況表示パネルは軒なみ赤く点滅していたものの、スーツにはまだある程度のエネルギーが残っており、蜘蛛の巣状のひび割れに重なって、淡い緑色に輝く拡大映像が映しだされた。いた。アウスターの煅光艦だ。距離は約百キロ。その防御フィールドで、周囲の星々がぼやけている。そのとき、こちらをめがけ、敵艦からいくつかの物体が射出された。てっきりとどめのミサイルと思いこみ、余命あと数秒と覚悟を決めて、カッサードはあきらめの笑みを浮かべた。しかし、それにしては速度が遅い。倍率を段階的にあげてみたところ、途中で電源ランプが赤く点滅し、映像は消えてしまったが、その寸前、近づいてくる物体の形状がはっきりとわかった。先細りの卵形――スラスターやコックピットや観測ドームをつきださせ、関節のない六本のマニピュレーター・アームを後方に引いた物体――あれはFORCE宇宙軍の連中が〝烏賊《スクイド》〟と呼ぶアウスターの切込艇だ。

カッサードは残骸のさらに奥へ後退した。もう二、三分もすれば、一隻もしくはそれ以上のスクイドがこの残骸に到着する。一隻あたり、何人のアウスターが乗っているだろう?

十人か？　二十人か？　経験からいって、十人以下でないことはたしかだ。しかも、重武装はもとより、赤外線センサーや動体センサーまでも装備しているにちがいない。連邦の宇宙海兵隊に相当するアウスターの精鋭コマンドは、自由落下戦闘の訓練を受けているばかりか、ゼロＧ環境で生まれ育っている。その長い手足、把握力のある足指、手術で付加した移植尾などは、無重量環境で有利に働く。もっとも、こっちはこのありさまだから、敵はその有利さを享受するまでもない。

ねじくれた金属の迷宮内を、カッサードは慎重に後退していった。アドレナリンがあふれだし、恐怖の波がこみあげてきて、ともすれば暗闇に向かって叫びだしそうになった。それを懸命に抑えこむ。やつらの目的はなんだ？　捕虜か？　その場合、生存に関わる当面の問題は解決される。投降しさえすれば生き延びられるのだから。ただし、以前ＦＯＲＣＥ情報部の記録ホロで見た、ブレシアで捕獲されたアウスター船の状況からすると……。その船の船倉には、二百名以上もの連邦市民が捕虜として押しこまれていた。アウスターがその市民たちに苛酷な訊問をしたことは明らかだ。おそらく、それだけの人数を収容して、なおかつ食事を与える余地はないと判断したのだろうが——あるいは、それが基本的な訊問方針なのかもしれないが——発見された市民およびＦＯＲＣＥ部隊の捕虜たちは、生皮をはがされたうえ、生物実験室のカエルのようにスチールのトレイに釘づけにされ、臓器は栄養液につけこまれ、手足を手ぎわよく切断され、目玉をえぐりとられ、頭蓋骨にあけた直径三センチの穴から粗野な皮質コムタップと分路プラグを刺しこまれて、訊問者が自由自在に答えを引きだせる状態にされていたのである。

カッサードは気を鎮めつつ、破片とからみあった船の配線中をただよっていった。投降しようという気はさすがに起きなかった。そのとき、回転する残骸に震動が走り、すぐに収まった。すくなくとも一隻のスクイドが、船殻か隔壁に接舷したらしい。考えろ、とカッサードは自分に命じた。隠れ場所もだいじだが、もっとだいじなのは武器だ。残骸のなかを這い進むあいだ、生き延びるのに役だちそうなものを見かけなかったか？

カッサードはそこでストップし、むきだしになった光ファイバー・ケーブルにつかまってここまでの行程をふりかえった。まずは、目覚めたあの病室――あそこにあった設備、ベッド、低温睡眠タンク、集中治療機器などは、ほとんどが回転モジュールの船殻にあいた裂け目から飛びだしていっただろう。そのあとは、ブームアーム・シャフト、昇降ケージ、死体のひっかかった螺旋階段――。どこにも武器はなかった。死体の大半は散弾弾頭の爆発や急減圧で裸体同然の状態だった。エレベーター・ケーブルは武器になるか？　だめだ。長すぎるし、工具がなくては切断できない。工具は？　それも見た覚えがない。メディカル・オフィスは主降下シャフトの向こうの通路といっしょにもぎとられていたし、医療用イメージ・ルーム、ＭＲＩタンク、ＣＰＤベイなどは、暴かれた石棺のような惨状を呈していた。すくなくともひとつは無傷の手術室があったが、散乱した器具と宙に浮かぶケーブルの迷路ではなんの役にもたたない。サンルームは？　窓が外へ破裂したさい、中身を根こそぎ吸いだされたと見えて、なにもなかった。患者用ラウンジは？　看護人用ラウンジは？　それに、洗浄室、通路、なんのためのものかわからない部屋。どこもかしこも死体だらけだった。

カッサードはもうしばらくその場にぶらさがり、回転する光と影の迷路のなかで方向を定めてから、壁を蹴った。

アウスターが奥までやってくるのに、十分の余裕はあると踏んでいた。だが、八分とはかからなかった。ただでさえ徹底的かつ効率的なのに、連中、ゼロG下では想像以上に敏捷らしい。勝算は、敵の班構成が二名以下か否かにかかっている。宇宙海兵隊の編制では二名が基本だ。FORCE地上軍の遷兵として一戸一戸をもぎとりあう市街戦の経験からいっても、ひとりが部屋に飛びこみ、もうひとりが援護射撃を行なうのが、いちばん効率がいい。だが、もしアウスターの班構成がもっと大人数だったなら——四人分隊単位で動いているとしたら——おれは死んだも同然だ。

アウスターが第三手術室にはいってきたとき、空気再処理装置は停止寸前の状態で、カッサードは悪臭に満ちた空気をすこしずつ吸いながら、部屋のまんなかに浮かんでいた。アウスターのコマンドはすばやかった。ひらりと室内に飛びこんでくるなり、カッサードに二挺の銃をつきつけ——こちらはずたぼろの海兵隊スーツを着ているから、一見死体のように見えるはずだ——さっと横にまわりこんだのだ。

スーツやバイザーの惨状を見れば、すぐには撃ってくるまい。たぶん、一、二秒の余裕はある。アウスターのチェストライトに全身をなでまわされるあいだ、血の飛び散るフェイスプレートの下からそっと敵のようすをさぐった。コマンドが手にしている武器は二挺――片手のソニック・スタンナーと、左足の長い足指に握る、それよりは小型だがずっと強力なタイトビーム銃だ。アウスターがスタンナーの銃口をこちらに向けた。それが発射される寸前、カッサードは――相手の移植尾に殺戮棘が装着されていることに気づくだけの余裕を持って――右手のスイッチを押した。

八分間をかけて準備したのが、この仕掛けだった。その八分間のほとんどは、非常用ジェネレーターを手術室の回路に接続する作業に費やされた。破損しているものを除外すれば、ちゃんと動作する手術用レーザーは六台。そのうち小型の四台は、戸口の左側一帯をカバーするよう配置し、残り二台の骨切断用大出力レーザーは右側を狙うようにセットしてある。侵入してきたアウスターが移動したのは右側――つまり、大型レーザーの狙いをつけてあるほうだ。

アウスターのスーツが破裂した。あらかじめプログラムしておいたとおり、レーザー・ビームは円を描きつつ、アウスターのからだを切り裂いていった。同時にカッサードは、用をなさなくなった密封材と沸騰した血の霧を貫き、渦を描くブルーのビームをかいくぐって一気に宙を飛ぶと、敵の手からスタンナーをもぎとった。その瞬間、ふたりめのアウスターが飛びこんできた――それも、オールドアースのチンパンジーにも負けないほどのすばやさで。すかさず、そいつのヘルメットにスタンナーを押しつけ、撃った。たちまち相手はぐったりとなった。ランダムな神経衝撃で、移植尾が何度かぴくぴくと痙攣した。これほど至近距離からスタンナーを撃てば、生け捕りにはできない。撃たれた脳はオートミールのようにどろどろになってしまう。もっともカッサードには、捕虜をとる余裕などなかったが。

反動をつけて宙を飛び、いったん梁につかまって、開いたドアの外をスタンナーでひと薙ぎした。だれもはいってこない。二十秒待ってようすを見ると、外にはだれもいなかった。

最初のアウスターには目もくれず、外傷を与えていないほう——ふたりめの男のスーツをぬがせにかかる。スペーススーツの下はまるはだかで、しかもそいつは男ではなく、女だった。女コマンドはブロンドの髪を短く刈りあげ、胸は小ぶりで、恥毛の生えぎわのすぐ上に刺青をしていた。肌はひどく青白く、鼻と耳と目からは血の小球をただよわせている。アウスターが海兵隊になら女も使うということを、カッサードははじめて知った。ブレシアで見たアウスター兵の死体は、みな男ばかりだったのだ。

ヘルメットと空気再処理パックはまだ身につけたまま、急いで自分のスーツを脱ぎ捨て、死体を脇へ蹴飛ばし、アウスターの慣れないスーツにからだを押しこもうとした。真空にさらされて、皮膚の血管が膨れあがる。冷たさに身を切り裂かれつつ、不思議な形状をした留め具や締め具と格闘した。ただでさえ長身のところへもってきて、女もののスーツなので、ひどく寸足らずだ。手袋は引き延ばせばなんとかなっても、足の〝手袋〟と尾袋の接合部はどうしようもない。やむなく、それらはだらんとたれさがらせたまま、それまでかぶっていたヘルメットをとり、必死の思いでアウスターの透明バブルをスーツに接合した。

襟元のディスキーには、黄色と菫色《すみれいろ》のランプがともっている。うずく鼓膜を通して、空気がなだれこんでくる音が聞こえた。その濃厚な悪臭を嗅いだとたん、カッサードは吐き気をもよおした。アウスターにとってはえもいわれぬ馨《かぐわ》しいにおいかもしれないが、頭がくらくらする。バブル内のヘッドセット・パッチからは、大むかしの英語のテープを高速逆まわし再生したようなことばがささやきかけていた。この点もまた賭けの一部だ。ブレシアで戦ったアウスター地上軍の各部隊は半独立チームとして機能し、個々の部隊を結びつけるものは、FORCE地上軍の戦術インプラント網とちがって、無線通信と素朴なテレメトリーだった。宇宙でもおなじシステムが使われているのなら、指揮官はすでに部下のコマンド二名との連絡が断たれたことに加え、その医療コンピュータが返す数値までも把握しているはずだが、その正確な位置まではわからないと見ていい。

ともかく、あれこれと仮定をたてている場合ではない。行動に出なくては。また手術室にはいってくる者がいたら手術用レーザーを照射するようプログラムし、部屋をあとにした。そのまま、あちこちにぶつかりながら、ふらふらと通路を進みはじめる。アウスターのスーツはひどく動きにくく、たとえればズボンの裾を踏んで歩いているような感じで、思いどおりに進めなかった。エネルギー銃は二挺とも持ってきたが、どこかに収納したくても、ベルト、鍵輪、フック、ベルクロ・パッド、磁石クランプ、ポケットなどはいっさいないので、両手に一挺ずつ握りしめていくしかない。そのためどうしても、酔っぱらったホロドラマの海賊のように、壁から壁にぶつかって移動していくはめになる。やむをえず、一挺を手放し――放した銃はふわふわとうしろにただよっていった――あいた手を壁について、動きをコントロールするようにした。手袋はひどくきつく、子供用のミトンにおとなの手をむりやりつっこんだような状態だ。尾袋がまたじゃまで、ふらふら動いてヘルメットのバブルにぶつかるし、文字どおり、尻の穴が痛くてたまらない。

途中二度ほど、遠くに光を見かけ、壁の裂け目に身をひそめた。ほどなく、接近してくるスクイドを見つけた開口部付近にたどりつき、角を曲がったが、そのとたん——三人のアウスターと出くわした。

こちらはアウスターのスーツを着ている。向こうがおかしいと気づくまで、最低二秒の余裕はあると踏み、カッサードはひとりめのヘルメットに至近距離からタイトビームを撃ちこんだ。ふたりめの男は——あるいは女は——とっさにスタンナーで応射してきたが、わずかに狙いがそれ、左肩の上をかすめるにおわった。そのコマンドの胸にビームを三連射し、即死させる。三人めのコマンドは即座に飛びすさり、猿のようにすばやく壁をつたって、裂けた隔壁の向こうにさっと姿を消した。狙いをつけるひまもない早業だった。ヘッドセットからは罵声、命令、質問の声が聞こえてくる。カッサードは無言で三人めのあとを追った。

もし名誉ということばを思いださなければ、三人めはそのまま逃げきれていただろう。だが、踏みとどまって応戦しようとしたのが命取りだった。カッサードは不思議なデジャヴュをおぼえながら、五メートルの距離から男の左目にエネルギー・ビームをぶちこんだ。

死体がもんどりうち、くるくる回転しながら太陽光のもとへ飛びだしていく。カッサードは例の開口部に近づき、二十メートルと離れていないところに舫《もや》われたスクイドを見つめた。

純然たる幸運に恵まれたのは何日ぶりだろう。

隔壁を蹴り、スクイドへ向かう。スクイドが撃ってきたら、あるいは残骸に乗りこんだアウスターが撃ってきたら、手も足も出ないことは承知の上だ。あからさまな標的になったときのつねで、陰嚢がぎゅっと縮みあがるのをおぼえた。だが、撃ってくる者はいなかった。あわただしい指示と問い合わせのやりとりがヘッドセットから伝わってくる。なにをいっているのかわからないし、それぞれの発信源がどこかもわからない。総じて、ここは口をつぐんでおくのが無難というものだ。

きついスーツで思うようにからだが動かず、もうすこしでスクイドに到達しそこねるところだった。一瞬、皮肉な思いが浮かんだ。こんなアンチクライマックスも、さんざん人を殺してきたおれにはふさわしい宇宙の裁きかもしれないな。勇敢なる戦士、軌道修正システムもなく、推進剤もなく、反動質量もいっさいない状態で、惑星をめぐる軌道に乗るの図。この銃にしても、エネルギー銃だから反動はない。子供の手からはなれた風船のように、おれはこのまま、無益かつ無為に一生をおえるのか……。

いや。それはごめんだ。カッサードは関節がスーツの上に浮きあがるほどぴんと四肢を伸ばし、かろうじてスクイドのアンテナをつかむと、艇体へからだを引き寄せた。

エアロックはどこだ？　宇宙艇にしては比較的なめらかな艇殻だが、さまざまな模様やデカール、パネルなどでいっぱいだ。意味は少しもわからないが、アウスター流の〝踏むな〟、〝射出口につき危険〟に相当する警告標識かもしれない。それとわかる出入口はなかった。

艇内にはアウスターたちがいるはずだ。すくなくともパイロットひとりはいるにちがいない。そして、もどってきたコマンドがなぜエアロックにはいろうとせず、瀕死のカニのように艇殻を這いずりまわっているのか、不審に思っていることだろう。あるいは、すべてを承知で銃をかまえ、不審者がはいってくるのを待ちかまえているのか。いずれにせよ、艇内の者には扉をあけるつもりがないらしい。

ええい、ままよ。カッサードは観測ドームのひとつを撃ちぬいた。

アウスターは艇内をこぎれいに整理しているらしく、噴出してきたのは空気だけで、どこかにまぎれこんでいたクリップやコインのたぐいはひとつも飛びだしてこなかった。カッサードは噴出がおさまるまで待ち、割れ目から艇内に潜りこんだ。

ここは兵員室だろうか。壁にクッションを張った室内は、ＦＯＲＣＥの降下艇や装甲兵員輸送車の兵員室にそっくりだ。頭のなかにメモを書きつける。スクイド一隻あたりに搭載できるのは、真空戦闘装備一式着用のアウスター・コマンド二十名ほどだろう。だが、いまは全員出はらっているようだ。開きっぱなしのハッチはコックピットにつづいている。

艇内にいたのは、やはりパイロットひとりだけだった。いましもストラップをはずしおえようとしているのを見て、カッサードは即座にパイロットを射殺し、その死体を兵員室に放りこむと、あいた操縦席におさまり――これが操縦席であってくれればいいんだが――ストラップを締めた。

あたたかい太陽光が頭上のコックピット・ドームから降りそそいでくる。艇外モニターとコンソール・ホロは、艇首と艇尾方向の映像、および病院船の残骸に展開する捜索隊の肩カメラからの映像を映しだしていた。第三手術室に浮かぶ裸体の死体や、手術用レーザーと撃ち合う数人の姿も見えた。

フィドマーン・カッサードが子供時代に見たホロドラマでは、ヒーローはスキマーや宇宙艇、異国的デザインのEMV、その他必要なときに都合よく出てくる奇妙な乗り物の操縦方法をかならず知っていたものだ。カッサードも軍用輸送車輛はもとより、単純な戦車、装甲兵員輸送車くらいの操縦訓練なら受けているし、必死になれば強襲艇や降下艇の操縦もできる。まずありえないことだが、たとえ戦線を離れたFORCEの宇宙艇にひとりとり残されたとしても、司令コアを適当にいじってメイン・コンピュータとコンタクトをとったり、無線かFATラインで救難信号を発信するくらいのことはできるだろう。だが、相手がアウスターのスクイドでは、なにをどうしてよいのか見当もつかない。

いや、これは正確な表現ではない。スクイドの触手マニピュレーターの遠隔操作スロットはひと目でわかったし、二、三時間じっくりと調べ、考える余裕さえあれば、ほかにもいくつか操作法の見当はついたろう。だが、その時間が彼にはない。前部スクリーンには、スペースースーツを着た三人のアウスターが、銃を乱射しながらこのスクイドへ飛んでくる光景が映っている。唐突に、アウスター指揮官の青白く異様な顔がホロ・コンソールに出現した。バブルのヘッドセットからはどなり声も聞こえる。

文字どおり、玉の汗が目の前に浮かび、ヘルメットの内側にあたって筋を引いた。カッサードは可能なかぎり目から汗をふりはらい、コントロール・コンソールをにらむと、それらしきボタンをいくつか押した。スクイドの操縦が音声制御で行なうものなら……あるいは、外部から制御をとりあげられたり、艇のコンピュータに怪しまれたりすれば……自分には手も足も出ない。パイロットを射殺する直前の一、二秒のあいだに、そういったこともひととおり頭をよぎったが、嚇して操船させる方法を考える時間がどこにあったろう。そうとも、こうするしかなかったんだと思いながら、カッサードはさらにいくつかボタンをたたいた。

だしぬけに、スラスターが噴射を開始した。

スクイドは動きかけたものの、舫《もや》い綱がぴんと張り、その反動で引きもどされた。ストラップで固定してあるとはいえ、カッサードのからだはシート上で前後に揺れた。

「くそっ」

思わずつぶやきを洩らす。FORCE衛生兵に病院船の帰還ルートをたずねて以来、はじめて口にしたことばがこれだった。コントロール・パネルのまえのほうに手を伸ばし、遠隔操作スロットに指をつっこんでみた。六本のマニピュレーターのうち、四本があさっての方向に伸びていき、べつの一本はちぎれとんだ。が、残りの一本は、首尾よくスクイドとHS〈メリック〉の残骸を結ぶ綱を断ち切った。

たちまちスクイドは、勢いよく回転しつつ、残骸から離れだした。艇外モニターを見る。接近してきたアウスターのうち、ふたりはたどりつきそこねたが、三人めはかろうじて、カッサードがつかまったあのアンテナにしがみついていた。スラスターの制御装置がどこにあるかはおおむね見当がついたので、そのあたりをやみくもにたたくと、頭上にランプがともり、それと引き替えのように、全部のホロ・プロジェクターがふっと消えた。縦揺れ、横揺れ、偏揺れ、さまざまな揺れが複合した状態で、スクイドがはげしく動揺しはじめる。アンテナにつかまっていたアウスターが、くるくる回転しながら頭上のドームをよぎっていった。その姿がちらりと艇首スクリーンに映り、ついで小さな点となって艇尾スクリーンに現われた。アウスターの男は——または女は——なおもエネルギー銃を乱射していたが、その姿はしだいに小さくなっていき、ついには見えなくなった。

荒々しく揺れうごくスクイドのなかで、カッサードはなんとか意識を保とうと懸命になった。音声と視覚による警告がてんでに叫びたてている。スラスター制御装置をたたきつづけるうちに、どうやらうまくいった感触があり、手をひっこめた。からだをひっぱる力が、五つの方向からではなく、ふたつくらいの方向にへったのだ。

たまたまカメラがとらえたところでは、敵熾光艦との距離はどんどん開きつつある。うまいぞ。アウスター艦はいつでもこのスクイドを料理してしまえるはずだが、こちらが近づいていくかなんらかの脅威を与えるかすれば、それはいっそう確実になる。スクイドが火器を積んでいるかどうかは不明だし、積んでいたところで対人兵器がせいぜいだろうが、どのみち、制御のきかなくなった搭載艇の接近をゆるす熾光艦の艦長がいるとは思えない。おそらくアウスター側は、すでにこのスクイドが敵に奪われたことを知っているだろう。あの熾光艦がいますぐこの小型艇を蒸発させてしまったとしても不思議ではない。無念ではあるが、意外ではない。しかしその反面、きわめて人間的な感情を——アウスターがどの程度人間的であるのかは不安だが——あてにする気持ちもどこかにあった。やつらが好奇心と復讐の念をいだいてくれればしめたものだ。

好奇心のほうは、非常事態にあっては簡単に抑制されてしまう。しかし、アウスターのように準軍事的で半封建的な文化においては、こういうとき、復讐心が幅をきかせるものと見ていい。それ以外の点では考え方がすべておなじと仮定するならば、こちらからは攻撃のすべがなく、逃げきれる可能性も皆無にちかい以上、アウスターがフィドマーン・カッサード大佐を解剖の第一候補に定める可能性は高いはずだ。そうであってほしい。

艇首スクリーンをにらんだカッサードは、眉をひそめ、すこしだけストラップをゆるめて立ちあがり、頭上のドームから外を覗いた。スクイドはあいかわらず宙返りをくりかえしているものの、さっきほどひどくはない。惑星は前より近づいているようだが——その半球は彼の〝頭上〟をおおいつくしていた——大気圏まであとどのくらいあるのだろう。ディスプレイのデータは判読不能でわからない。せいぜい見当がつくのは、軌道周回速度と大気圏突入時の衝撃のはげしさくらいだ。最後に〈メリック〉の残骸からしげしげと見たときの見当では、地表はそう遠くない。おそらく五、六百キロというところだろう。どうやら〈メリック〉は停泊軌道に乗り、降下艇発進の準備をしていたらしい。

顔をぬぐおうとして、手袋の指先のあまった部分が——サイズが小さくて、指が先端まではいらないのだ——こつんとバイザーにあたり、思わず渋面を作った。もうへとへとだ。くそっ、こっちはほんの数時間前まで低温睡眠にあったうえに、船内時間でそれより数週間前までは、肉体的に死んでいたんだぞ。

下のあの惑星は、ハイペリオンか、ガーデンか。どちらも訪ねたことはないが、ガーデンのほうが入植が進んでいて、連邦に加盟する寸前のところまでいっていたはずだ。ガーデンであってくれればいいが……。

アウスターの熠光艦から、三隻の強襲艇が発進した。艇尾カメラがそのようすをはっきりととらえ、パンして姿を追いつづけたが、やがて三隻は視界の外に消えた。カッサードはスラスターの制御装置をいじり、スクイドがますます勢いよく宙返りしながら地表へ近づくように調整した。ほかにできることは、なにもなかった。

スクイドが大気圏に突入したのは、三隻のアウスター強襲艇に追いつかれる寸前のことだった。三隻とも対艦兵器を装備しており、こちらがその射程内にいることはたしかながら、指揮系統上のだれかが好奇心をいだいたらしい。でなければ、怒り狂っているのか。

スクイドは空力的形状をなしていない。宇宙空間のみでの移動を目的として造られた乗物がたいていそうであるように、スクイドも惑星大気の表層をうろつくことはできるが、あまり深く重力井戸にはまりこむと悲惨なことになってしまう。そしていま、大気圏突入と同時に赤ランプがいっせいにともり、まだぶじな無線回線からイオンが大量に発生する音が聞こえるにつれ、これは賢明な策だったろうかと急に不安になってきた。

大気の抵抗を受け、スクイドが安定するとともに、重力がじわじわとからだにかかりだした。カッサードはコンソールや操縦席のアームを調べた。その装置があることに一縷《いちる》の望みを託したからこそ、こうして大気圏に突入したのだ。ノイズだらけの画面に、強襲艇の一隻が青いプラズマの柱を吹いて減速する光景が映った。つぎの瞬間、強襲艇は瞬時に上昇して消えたように見えた。スカイダイビングをしていて、連れが一瞬早くパラシュートを開くか吊索《ちょうさく》を引くかすれば、きっとこんなふうに見えただろう。

だが、いまはそんなことを考えている場合ではない。一見したところ、脱出制御機構や射出装置はないようだ。ＦＯＲＣＥ宇宙軍の降下艇には、かならず大気圏内での脱出装置がついている。宇宙飛行の対象領域がオールドアース大気圏表層のすぐ上に限定されていたころからの、ほぼ八世紀にもおよぶ伝統だ。宇宙空間専用の連絡艇には、大気圏内用の脱出装置などないかもしれないが、大むかしの規定に基づき、年季のはいった恐怖というものは、そう簡単に消えさるものではない。

すくなくとも、理屈の上ではそのはずだった。だが、いくら調べても脱出機構は見つからなかった。スクイドはすでに錐もみ状態で振動し、猛烈な勢いで灼熱の塊と化しつつある。カッサードは勢いよくストラップをはずし、スクイド後部に向かった。しかし、なにをさがせばいいのか、それすらもはっきりとしない。浮遊フィールド・パックか？　パラシュートか？　翼か？

兵員室にあったのは、あのパイロットの死体と、ランチボックスよりやや大きい程度の収納庫がいくつかだけだった。そのなかを必死にあさったが、いちばん大きなものでもただの救急キットで、奇跡の装置などどこにもなかった。

スクイドがいちだんとはげしく振動し、分解しだす音が聞こえた。もはやカッサードとしては、吊り輪のひとつにつかまり、苛酷な事実を受けいれるしかない——アウスターは極度に可能性の低い事態を想定したりはせず、スクイドに大気圏内脱出機構を組みこむような資金とスペースの無駄使いをしないのだ。考えてみれば、そんなものがあるはずがない。アウスターは一生の大半を恒星系間の暗黒で過ごす。したがって、彼らにとっての大気圏とは、長さ八キロの筒型宇宙都市に封じこめられた与圧圏のことなのである。

バブル・ヘルメットについた外部聴覚センサーが、ぞっとする金切り声をとらえた。猛り狂う空気が船殻を打ちすえ、割れた船尾ドームから吹きこんできている音だ。カッサードは肩をすくめた。まあいい。あまりにもたくさんの賭けを行ない、それに負けただけのこと——。

スクイドが打ちふるえ、がくんがくんと揺れる。いまのすさまじい音は、艇尾マニピュレーターの触手がちぎれ飛んだ音だろう。パイロットの死体が、真空掃除機に吸いこまれるアリのように、割れたドームから外へ吸いだされていった。カッサードは吊り輪にしがみつき、開いたままのハッチからコックピットの操縦席を見やった。——待てよ。もしや脱出機構は、おそろしく古典的な造りかもしれないぞ。最初期の宇宙船で使われていたのとそっくりの構造をしていたら？　スクイドの外殻の一部はすでに燃えはじめており、溶けた金属が熔岩のしずくのようにヒュンヒュンと観測ドームの外を吹きとんでいく。カッサードは目を閉じ、オリュンポス・コマンドスクールで受けた、大むかしの宇宙船構造に関する講義を思いだそうとした。スクイドがついに断末魔の宙返りをはじめた。大気との摩擦音は耳を聾するばかりだ。

「アッラーの名にかけて!」

カッサードはあえぐように声を絞りだした。この名を叫ぶのは、子供時代以来だ。開いたハッチにからだをひっかけ、デッキのでっぱりに手をひっかけて、コックピットへ這いずっていく。まるで垂直の壁を登っているようだ。いや、事実、彼は壁を登っていた。スクイドはひっくりかえり、船尾を下にして死の降下のまっ最中なのである。三Gの負荷のもとで、カッサードは登りつづけた。ちょっとでも手をすべらせて落下しようものなら、確実にからだじゅうの骨が砕けてしまう。背後でかんだかい摩擦音が絶叫に高まり、ついには龍の咆哮と化した。融けだした壁のあちこちで爆発が起こり、兵員室は炎につつまれている。

操縦席に這いあがるのは、仲間のクライマーふたりを背中にぶらさげたまま、オーバーハングを乗り越えるようなものだった。指に合わない手袋のため、なかなかヘッドレストをつかめず、からだが垂直にたれさがったままの状態がしばらくつづいた。真下で燃え盛るのは地獄の大釜だ。そのとき、スクイドが揺れた。その反動を利用して、カッサードは脚をふりあげ、やっとのことで操縦席におさまった。外部モニターは全滅だった。頭上の観測ドームは熱で灼金《やきがね》のように赤く変色している。意識を失いそうになりながら、カッサードは前かがみになり、操縦席の下、ひざのあいだの暗闇を手さぐりした。なにもない。待て……把手がある。いや、これは……慈悲深きキリストよ、アッラーよ……これはDリングだ！　歴史書で見たことがある。

スクイドが分解しはじめた。頭上でついにドームがはじけ、融けたアクリルのしずくがコックピットに飛散して、スーツとバイザーに降りそそいできた。プラスティックの融けるにおい。スクイドはコマのようにくるくる回転しながら分解していく。視野がピンクに染まり、しだいにぼやけ、なにも見えなくなった。それでも、痺れた手でストラップをぎゅっと締めつけた……もっときつく……ストラップで胸を切られそうに思えるほどきつく。それともこれは、融けたアクリルがスーツを焼ききり、肌に食いこんでいるのか。片手をふたたびDリングにかけた。指先がこの状態では、リングに手をかけられない……いや、だいじょうぶだ。引け。

手遅れだった。スクイドは断末魔の悲鳴をあげ、火の玉につつまれて爆発した。コントロール・コンソールも粉々に砕け散り、一万もの小さな破片となってコックピットを切り裂いた。

がくん！　カッサードはシートに押しつけられた。上へ。外へ。炎のまっただなかへ。

くるくると回転しながら。

だが——。ぼんやりと気がついた。回転しながらも、シートが遮蔽フィールドを発生させていることに。炎は眼前数センチのところで押しとどめられている。

高温感知ボルトが作動して、燃えるスクイドのスリップストリームからシートを放りだしたのだ。操縦席はみずからも蒼い炎の筋を引き、天をよぎっていく。やがてマイクロプロセッサーがシートを回転させ、摩擦熱からカッサードを守るよう、遮蔽フィールドの展開位置を調整した。胸に巨人がのしかかっているようなこの感覚は、二千キロの高みから八Gで減速しつつ降下しているためだ。

カッサードはGと戦って、一瞬だけ目をあけ、自分が長大な尾を引く青白い火球内にいることを確認したのち、すぐさま目を閉じた。パラシュート、浮遊パック、その他減速装置らしきものは見あたらないが、だからといって、どうということもない。どうせ両手はぴくりとも動かないのだから。

巨人が身じろぎし、ますます重くのしかかってくる。

ヘルメット・バブルの一部が融けだした。それとも、割れて吹きとんだのか。轟音が信じられないほど大きくなっている。しかし、もうどうでもいい。

カッサードはいっそう強くまぶたを閉じた。もういいかげんに、ひと眠りしてもいいころだ……。

目をあけると、女の黒いシルエットが上にかがみこんでいた。カッサードは一瞬、それが彼女だと思った。よくよく見ると、たしかに彼女だった。ミステリーは冷たい指先でカッサードの頬をなでた。

「おれは……死んだのか……?」

カッサードはかすれ声で問いかけ、手をあげて彼女の手首をつかんだ。

「ちがうわ」

おだやかで、ハスキーな声。カッサードには特定できないなまりのようなものもかすかに聞きとれる。彼女の声を聞くのは、これがはじめてだった。

「……本物か?」

「ええ」

カッサードは嘆息し、あたりを見まわした。自分が横たわっているのは、暗い洞窟のような部屋のまんなかの、寝台か台のようなところで、薄いローブ一枚の下は、一糸まとわぬ裸身だった。頭上を見あげれば、破れた天井のあいだに星が覗いている。カッサードはもういっぽうの手をあげ、彼女の肩にふれた。ミステリーの髪は黒い後光となってたれさがっていた。彼女が着ているのは、ゆったりとした薄いガウンで——星明かりのもとでさえ——その肢体がはっきりと透けて見える。そして、彼女の香り……ほのかな石鹼のにおい、肌のにおい、ともにさまざまな時を過ごすうちにすっかりなじみぶかくなった、彼女自身のにおい。

「ききたいことがたくさんあるでしょう」

と、彼女はささやいた。すでにカッサードは、ガウンのホックをはずしにかかっている。かすかな衣ずれの音をたて、ガウンが床に落ちた。ガウンの下は、彼女も全裸だった。天井の裂け目から、天の河の帯がくっきりと見えている。

「いいや」とカッサードは答え、彼女を引きよせた。

夜も更けるにつれて、しだいに風が強まり、カッサードは軽い上掛けを引きあげた。上掛けは薄い素材なのに、ふたりの体温を完璧にくるみこんでくれている。そのぬくもりのなかで、ふたりは横たわりつづけた。どこかで砂だか雪だかが、むきだしの壁を打つような音がした。星々は冴えざえと輝き、おそろしく明るい。

ほのかに曙光がきざすころ、ふたりは絹の上掛けを頭までひきかぶったまま、顔をふれあわせんばかりの状態で目を覚ました。彼女はカッサードの脇腹をさぐり、古傷や真新しい傷をなでさすった。

「名前は？」カッサードはささやきかけた。

「いいの」彼女はささやきかえし、手を下へとすべらせていった。

カッサードは彼女の香り豊かな首の曲線に顔を近づけた。柔らかい乳房が胸板にふれる。夜は白々と明けかけている。どこかで砂だか雪だかが、むきだしの壁を打つような音がした。

ふたりは愛しあい、眠り、また愛しあった。それから、真昼の光のもとで起きあがり、服を着た。カッサード用にと彼女が出してきたのは、下着一式と、グレイのチュニック、それにズボンだった。いずれもぴったりとからだにフィットした。厚手の靴下と柔らかいブーツも用意してあった。彼女が身につけているのも、ネイビーブルーの、色ちがいの服だった。

た。

「名前は？」

崩れたドームのある建物をあとにし、荒涼とした街路を歩きながら、カッサードはたずねた。

「モニータ」と、夢の女は答えた。「でなければ、ムネーモシュネー。気にいったほうの名前で呼ぶといいわ」

「モニータ、かな」

カッサードはつぶやいた。ムネーモシュネーというのは、記憶の女神のことだ。廃屋の隙間をぬって、瑠璃《ラピスラズリ》色の空に小さな太陽が昇ろうとしている。

「ここは……ハイペリオンか？」

「そう」

「どうやって着陸した？　浮遊フィールドか？　パラシュートか？」

「金箔の翼で舞いおりてきたの」

「どこも痛まないが。怪我はしていなかったのか？」

「手当てしたわ」

「どこだ、ここは？」

「〈詩人の都〉。百年以上も前に打ち捨てられた廃墟よ。あの丘の向こうが〈時間の墓標〉」

「おれを追ってきたアウスターの強襲艇は？」

「一隻はちかくへ着陸したわ。そのクルーは、〈苦痛の神〉に召されてしまったけれど。ほかの二隻が着陸したのは、ずっと先」

「その〈苦痛の神〉というのは？」

「こっちへ」

とモニータはいった。廃市の外には砂漠が広がっていた。こまかな砂が、なかば砂丘に埋もれた白い大理石の上をさらさらと流れていく。西のほうに強襲艇が着地し、絞り開きのハッチが開かれたままになっているのが見えた。都の内側の、ふたりからさほど遠くないところには倒れた柱があり、その上にホットコーヒーをいれた保温キューブと焼きたてのロールパンが置いてあった。ふたりは無言でパンを食べ、コーヒーを飲んだ。

そのあいだに、カッサードはハイペリオンの諸伝説を思いだそうとした。

「……〈苦痛の神〉とは、シュライクのことだな」

「いうまでもないわ」

「きみはここの……〈詩人の都〉の人間なのか？」

モニータはほほえみ、ゆっくりとかぶりをふった。

カッサードはコーヒーを飲みほし、カップを置いた。これが夢なのだという感覚は、いっこうに消える気配がない。むしろ、これまでのどんなシミュレーションで経験した感覚よりもずっと強いほどだ。だが、コーヒーはすばらしく苦く、旨かった。顔と手を照らす陽光も心地よく、あたたかい。

「きて、カッサード」モニータがいった。

どこまでも連なる冷たい砂の上を、ふたりはならんで歩きだした。歩きながら、カッサードはちらちらと青空を見あげた。ひとりでに目が天にいってしまう。アウスターの熒光艦は軌道上からでもふたりを熒《や》きつくすことができるからである。追手を派遣した以上、そんなまねをするはずがないとわかってはいるのだが。

〈時間の墓標〉は谷の底にあった。鈍く輝く低い〈方尖塔《オベリスク》〉。陽光を吸収しているかのような石造りの〈スフィンクス〉。ねじくれた塔がからみあい、みずからの上に影を投げかける複雑な形の構造物。その他の墓碑群は、昇りゆく朝陽を受けてシルエットになっている。墓標のひとつひとつには扉があり、そのすべてが開かれていた。最初の探険隊が〈時間の墓標〉に遭遇し、各構造物の内部ががらんどうであることを発見して以来、それらの扉が開いたままであることをカッサードは知っている。三世紀以上にもわたって、隠し部屋、玄室、地下室、秘密の通路などが捜索されてきたにもかかわらず、成果はまったくあがっていない。

「これ以上は進めないわ」谷のはずれの絶壁に近づいたところで、モニータがいった。「きょうは時潮《ときしお》が強いから」

戦術インプラントは沈黙をつづけている。コムログもない。やむなく、記憶だけをたよりに、カッサードは質問をした。

「〈時間の墓標〉は抗エントロピー場でつつみこまれているんだったな」

「ええ」

「墓はみな古い。それが朽ちずにすんでいるのは、抗エントロピー場のおかげだ」

「ちがうわ。時間の流れに逆らって、時潮が〈墓標〉を遡行させているのよ」

「時を……遡っているというのか」

カッサードは阿呆のようにくりかえした。

「見て」

彼女が指さす方向に目をやった。唐突に、黄土色の砂塵がむくむくと湧き起こり、その砂塵と靄《もや》のただなかに、幻影のようにきらきらと煌めきながら、鋼鉄の棘《とげ》におおわれた大樹が聳《そそ》り立った。大樹の枝々は谷をおおいつくし、樹高はすくなくとも二百メートルはあろうか。枝々はくねり、ゆらぎ、いったん形を崩しては、またもとの形をとりもどす。まるで調整の悪いホログラムのエレメントのようだ。長さ五メートルはある銀の棘々に、陽光が反射して踊っている。その棘のうちの二十本ほどには――いずれも全裸のまま、アウスターの男女の死体が串刺しになっていた。ほかの枝々には、またべつの死体がつき刺さっている。それも、人間の死体ばかりではない。

砂嵐が一瞬視界をふさぎ、突風がおさまったときには、すでに幻影は消え失せていた。

「こっちへ」モニータがいった。

カッサードは彼女のあとにつづき、時潮の〝波打際〟ぞいに歩いていった。子供が広大な砂浜で寄せ波と鬼ごっこをするように、抗エントロピー場の引き潮や上げ潮には近づかないよう注意する。時潮の吸引力は、カッサードの体細胞のすべてをデジャヴュの波のごとく引きつけた。

谷の入口を出てすぐ、丘はとぎれて砂丘となり、〈詩人の都〉へとつづく荒れ地がはじまっていた。そこでモニータは、絶壁の青いスレート壁に手をふれた。岩壁中にうがたれた、天井の低い部屋があらわになった。

「ここに住んでるのか？」

カッサードはたずねたが、人が住んでいる気配のまったくないことはすぐにわかった。部屋の石壁には、棚や壁龕《へきがん》が隙間なく彫りこまれている。

「準備をしなくては……」

モニータがささやいた。とたんに、室内の光が金色を帯びた。長い棚から品々がふり落とされる。天井からすーっと降りてきた極薄の反射ポリマーは、鏡の役割をはたすものらしい。カッサードは夢見る者のように、冷静に、受動的に、モニータが服をぬいでいくのを見まもった。モニータはつぎにカッサードの服をぬがしはじめた。はだかになることは、もはやエロティックな意味とは無縁の、たんなる儀式的行為でしかなかった。

「おまえは何年も前からおれの夢に出てきた」

とカッサードはいった。

「ええ。あなたには過去。わたしには未来。事象の衝撃波は、水面《みなも》の波紋のように時を駆けぬける」

黄金の鞭で胸を軽くつつかれ、カッサードは驚いて目をしばたたいた。わずかなショックをともなって、カッサードの肌は銀色の鏡面と化し、頭と顔は凹凸のない卵形の鏡に変貌して、室内のあらゆる色彩と構造を映しこんでいた。どうやら特殊なフィールドにつつみこまれたらしい。一瞬ののち、モニータも自分の胸をつつき、全身が積層する映りこみの滝におおわれた。クロームの表面をおおう水銀、その表面をおおう水——。その肉体のあらゆるカーブ、あらゆる筋肉に、カッサード自身の姿が映りこんでいる。モニータの乳房が光をとらえ、きらきらと輝いた。その乳首は、池の鏡面から跳ねとんだ小さな水滴のようだ。カッサードは彼女に歩みより、抱きしめた。たがいの体表が磁気を帯びた液体のように吸いつきあう。結合したフィールドのもとで、ふたりの肉体がじかにふれあった。

「あなたの敵が、都の向こうで待っている」

モニータはささやいた。銀色の顔に光が流れ落ちる。

「敵？」

「アウスターよ。あなたを追ってきた者たち」

カッサードはかぶりをふった。鏡像がおなじように首をふる。

「いまとなっては、やつらなんかどうでもいい」

「いいえ、そんなことはないわ」モニータがささやいた。「敵はいつでもたいせつなもの。武装しておいきなさい」

「しかし、武器は？」

そういったそばから、なにかを手わたされるのがわかった。ブロンズの球体がひとつと、くすんだブルーの円環体《トロイド》がひとつだ。変貌した自分の肉体が、インプラント指令回路に流れこんでくる兵員たちの報告のように、はっきりと状況を物語っていた。同時に、身内に力がみなぎり、流血への渇望がこみあげてきた。

「きて」

モニータはうながし、開けた砂漠へ進み出た。陽光が偏光されたように感じられて、妙に重たい。死んだ都の白い大理石の街路を液体が流れるごとく、カッサードたちは砂丘の上をすべるように進んだ。やがて、都の西のはずれの、〈詩人の円形劇場〉という文字が彫られた楣石《まぐさいし》の残る廃屋の残骸付近までくると――なにかがそこに立っていた。

一瞬、カッサードは、それが自分とモニータとおなじように、銀色のフィールドに身をつつんだべつの人間だと思った――むろん、あくまでも一瞬のことだ。銀をさらに水銀でくるみこんだようなその姿には、人間めいたところがほんのすこしもなかったのである。夢見るような思いで、カッサードはその特徴を目に焼きつけた。四本の腕、引きこみ自在の刃のような爪、のど、額、手首、膝、そして全身いたるところにつきだした禍々しい無数の棘。だが、なによりも視線を引きつけて離さないのは、二千もの切子面でおおわれた紅蓮《ぐれん》の眼――赫々《かくかく》と燃える焔をたたえた双眸《そうぼう》だ。その妖しい輝きのまえでは、陽光も色褪せ、真昼といえども血の色をした日暮れどきのごとくかすんでしまう。

これがシュライクなのか、とカッサードは思った。

「〈苦痛の神〉よ」モニータがささやいた。

銀色の巨体はくるりと背を向け、ふたりの先に立って、死んだ都を先導しはじめた。

アウスターの敷いた防御態勢は評価に値した。二隻の強襲艇は五百メートルと距離をおかずに着陸しており、各種火砲、発射装置、ミサイル・タレットで相互の火線を補完しあって、全周三百六十度の射界を確保しているうえ、両艇から百メートルほどの位置には塹壕が掘ってあり、すくなくとも二輛の磁気浮揚《EM》戦車が砲塔から下をその塹壕に隠して、〈詩人の都〉と強襲艇のあいだの広大でなにもない荒れ地に火器や発射装置を向けていたのである。

いつのまにか、カッサードの視力は常ならぬものに変化していた。強襲艇をつつみこむ遮蔽フィールドが、黄色い靄の帯として目に見える。動体センサーや対人地雷も、明滅する赤い光の卵となって見えている。

だが、そのイメージはどこかがおかしかった。目をしばたたくうちに、ようやく異常の原因に気がついた。光が濃厚すぎるし、エネルギー場に対する感知力が高まっているのも妙だが、それに加えて——なにひとつ動いていないのだ。アウスターの兵員たちも、動きの途中の者でさえも、タルシスのスラム街で子供時代に遊んだおもちゃの兵隊のように、じっと硬直している。ＥＭ戦車にしても、車体を隠して防御態勢をとってはいるが、いまはその捕捉レーダーすら——レーダーが発する電波は、同心円状に重なる多数の紫の弧として見えている——ぴくりとも動いていない。空を見あげると、巨鳥が空中で凍りついていた。まるで琥珀に閉じこめられた昆虫のようだ。風にまきあげられた砂塵までもが空中で静止していた。そのそばを通りかかったとき、銀色の手を伸ばすと、渦巻き状の微粒子の一部を地面にはたき落とすことができた。

前方では、シュライクが悠然たる歩みをつづけており、赤く輝く対人感知地雷の迷路を通りぬけ、縦横に走る足切《トリップ》ビームの青い輝線群をまたぎ越え、自動射撃スキャナーの菫色のパルスの下をくぐり、遮蔽フィールドの黄色い壁と音波防壁のグリーンの壁をつきぬけて、とうとう強襲艇の影にはいった。モニータとカッサードもそのあとにしたがった。

――どうしてこんなことができるんだ？

とカッサードは思った。その問いかけは、テレパシーとまではいかないが、インプラントを使った通信などよりずっと洗練された伝達手段を通じて、モニータに伝えられた。

――時を支配しているからよ。

――〈苦痛の神〉が？

――もちろん。

――なぜここへ連れてくる？

モニータは微動だにしないアウスターたちを指さして、

――彼らがあなたの敵だから。

カッサードははじめて夢から醒めた気がした。これは現実なのだ。アウスター兵たちの目はヘルメットの奥でまたたきもしないが、それでもこれは現実なのだ。左手にブロンズの墓標のように屹立するアウスターの強襲艇、これもまた現実だ。

フィドマーン・カッサードは、ここにいる敵を皆殺しにできることを実感した。コマンドも強襲艇クルーも、ひとり残らずだ。向こうは手も足も出ない。時が停まっているのだから。

じっさいには、モニータが伝えてきたところによれば、時間が完全に静止しているわけではないという。ホーキング航法で航行中の宇宙船とおなじで、たんに時間の進行率が変わっているだけなのだ。頭上で静止している鳥も、何分も何時間も与えられれば、一回ぶんの羽ばたきをおえるだろう。目の前にいるこのアウスターも、こちらが気長に待ちさえすれば、まばたきをするだろう。そのあいだにカッサードとモニータは、アウスターが攻撃されていると気づく間もなく、ゆうゆうと皆殺しにしてしまえる。

だが、それはフェアではない。まちがっている。ニュー武士道に対する最悪の違反であり、わけもなく市民を殺害するよりもまだたちが悪い。名誉の本質は、対等の戦いの瞬間にこそある。それを伝えようとしたとき、モニータがいった／思った——いよいよ、と。

同時に、時が常速で流れだした。それにともなう音の爆発は、エアロックになだれこむ空気の勢いにでもたとえればよいだろうか。とまっていた鳥が高みへ舞いあがり、頭上で輪を描く。砂漠の風は静電気を帯びた遮蔽フィールドに砂塵を吹きつけてくる。それまで片ひざをついていたアウスターのコマンドが立ちあがり、シュライクとふたつの人形《ひとがた》をしたものに気づき——カッサードの戦術通信チャンネルでは聞こえない叫び声をあげつつ、さっとエネルギー銃をかまえた。

シュライクは動かなかったように見えた——というよりも、いままでいた場所からふっと消え、忽然とべつの場所に出現したように見えた。アウスターのコマンドが、二度めの、こんどはもっと短い悲鳴のような叫びをあげ、目をむいて自分の胸もとを見つめた。コマンドの胸につきたてた腕を、シュライクがぐいと引きぬく。鋭利な刃でおおわれたこぶしには、男の心臓がわしづかみにされていた。アウスターは心臓を凝視し、なにかをいおうとするかのように口を開いて——くずおれた。

カッサードは右に向きなおった。ボディアーマーに身をつつんだアウスターと目が合った。コマンドはのろのろと武器をかまえようとしている。一瞬の逡巡もなく、カッサードは手刀を放った。銀色の力場が、ぶん、とうなりをあげる。手刀はボディアーマーとヘルメットもろともにコマンドの首を刎《は》ねた。斬り落とされた首が、ごろんと地面にころがり落ちた。

つづいてカッサードは、そばの浅い溝に飛びこんだ。溝にいた数人のアウスター兵が、こちらにふりむこうとしかけた。時間の進みはまだぎくしゃくしており、敵兵が極低速のスローモーションで動くかと思えば、つぎの瞬間には五分の四速で再生した傷んだホロのように、痙攣的に動くこともある。だが、カッサードほどすばやく動ける者はいない。ここにいたってついに、ニュー武士道の精神は失われた。かまうことはない、こいつらはおれを殺そうとした野蛮人だ。カッサードはまず、ひとりめの背骨をへし折り、さっと脇によけてから、硬い銀の指先をふたりめのボディアーマーにつきたて、三人めの喉頭をたたきつぶし、スローモーションでくりだされるナイフの刃をよけて、そのナイフ使いの背骨に蹴りをいれた。またたく間に溝の敵を薙ぎ倒し、外へ飛びだす。

——カッサード！

危ういところで身をかがめた。その直後肩のすぐ上を、ルビーの光でできた導火線がゆっくり燃えるように、のろのろとレーザー・ビームがかすめていった――ブンと音をたてて空中を貫くビームのまわりに、オゾンのにおいをまとわりつかせながら。こんなばかな！　レーザーをかいくぐるなんて！　カッサードは石ころを拾いあげ、戦車のヘルウィップ砲座についたアウスターに投げつけた。ソニックブームが発生し、砲手は後方へ爆裂した。ついでカッサードは、手近の死体の弾帯からプラズマ手榴弾をとりあげ、戦車に飛び乗り、ハッチのなかへ放りこんだ。爆発が起こり、爆炎が強襲艇の船尾にとどくほど大きく噴きあがった。そのときにはもう、カッサードは戦車から三十メートルも離れている。

嵐の中心で暴れながら、ふと横を見ると、モニータもまた、みずからの創りだす殺戮の渦のただなかにいた。飛沫《しぶ》く返り血はすこしの粘り気もなく、虹色にきらめくあご、肩、胸、腹などのカーブの上を、水面に浮かぶ油のようにするするとすべっていく。酸鼻をきわめた修羅の巷《ちまた》ごしにモニータと視線が合い、カッサードは身内の血がいっそう猛りたつのをおぼえた。

モニータの背後では、シュライクが混沌のなかをゆっくりと動きまわり、作物でも収穫するかのように、悠然と獲物を選んでいる。瞬時に現われては消えるその神出鬼没ぶりからすると、〈苦痛の神〉から見たカッサードとモニータは、ふたりの目から見たアウスターたちとおなじように、やはりスローモーションで動いているように見えるのだろう。

時間流が急に速くなり、五分の四速になった。生き残った敵兵らはいまやパニックに陥り、同士討ちをくりひろげつつ、部署を捨て、先を争って強襲艇に逃げこもうとしている。アウスターたちにとって、この一、二分はどんな経験だったのだろう。朧《おぼろ》な影が防御陣をすりぬけたかと思うと、はでに血飛沫《ちしぶき》をまきちらしつつ、仲間たちがつぎつぎに死んでいく……。カッサードはモニータがアウスターたちのあいだを動きまわりながら、なぶるように殺戮するさまを見まもった。

驚いたことにカッサードは、自分でもある程度まで時間をコントロールできた。いちどまばたきをすれば敵の速度は三分の一になり、もういちどまばたきをするとほぼ常速にもどる。カッサードの武士道精神と正気は、こんな殺戮はやめろと叫びたてていたが、ほとんど性的ともいえる流血への餓《かつ》えは強烈をきわめ、いかなる抗議をもはねのけた。

強襲艇内のだれかが気閘をロックしたらしく、艇外に閉めだされて恐慌をきたしたコマンドのひとりが、成型プラズマ弾を用いて舷側に穴をあけた。その穴から、見えない殺戮者に怯えたアウスターたちが、怪我人を踏みにじり、われ先に艇内へ駆けこんでいく。カッサードもそのあとを追った。

この場合、まさに〝窮鼠猫を嚙む〟という表現がぴったりだった。軍事的衝突の歴史を通じて、人間の戦闘員というものは、退路を断たれ、逃げ場をなくしたとき、なによりも頑強無比に戦うことが知られている。ワーテルローの戦いに見られるラ・エイ・サント農場の隘《あい》路《ろ》やウーゴモン城、あるいはルーサスの巣礎《ハイヴ》トンネルなどのように、史上もっとも熾烈な白兵戦の戦場は、いずれも逃げ道のないせまい場所と相場が決まっていた。その点はいまも変わらない。アウスターは戦った……そして、死んだ……まさしく、窮鼠のように。

シュライクが強襲艇を発進不能にした。モニータは艇外に残り、部署にとどまった六十人ほどのコマンドを血祭りにあげた。カッサードは艇内の敵を殺しまくった。

やがて強襲艇が朱《あけ》に染まるころ、残った一隻の僚艇が攻撃してきた。カッサードはすでに艇外に出ており、粒子ビームと高出力レーザーがのんびりと進んでくるのを見つめていた。それから永遠とも思えるほどの時をおいて、こんどは何発ものミサイルが飛んできた。その進みはあまりにものろくさく、その気になれば機体にサインできるほどだった。その時点で、凌辱しつくされた艇に所属するアウスターは、艇外にいた者もふくめ、ひとり残らず死んでいたが、艇の遮蔽フィールドだけは機能していた。エネルギーの散乱とミサイルの爆発で、フィールド外の死体が吹きとばされ、装備が炎上し、砂が融けてガラス化するなかで、カッサードとモニータはオレンジ色の炎の内側にとどまり、ただ一隻残った強襲艇が宇宙へ離昇していくのを見まもった。

——あれをとめられないか？

カッサードは肩で息をしており、汗にまみれ、文字どおり興奮でうちふるえていた。モニータが答えた。

——できるわ。でも、とめずにおくの。あの強襲艇には、船団にメッセージを伝えてもらわなくてはならないから。

——どんなメッセージを？

「こっちへきて、カッサード」

カッサードはモニータの声がするほうへふりむいた。そのからだをつつむ銀色のフィールドが消えていた。彼女の肌は油を塗ったように汗まみれだ。黒髪もぐっしょり濡れて、こめかみにへばりついている。乳首はつんととがっていた。

「こっちへ」

カッサードは自分のからだを見おろした。自分のフィールドも消えていた。というよりも、自分の意志で消したのだ。そして自分の男性自身も、かつて覚えがないほど硬く、猛々しくそそりたっていた。

「きて」

ふたたび、モニータがいった。こんどはささやき声になっている。

カッサードは歩みより、彼女をかかえあげ、汗でつるつるすべる尻の感触を味わいながら、浸食作用でできた小高い丘の頂上に広がる草地に運んでいった。そこらじゅうにころがるアウスターの死体のあいだに隙間を見つけ、モニータを降ろす。それから、乱暴に股を開かせ、片手で両手首をつかんで頭の上に持っていき、地面に押さえつけ、開いた脚のあいだにみずからの長身を沈めた。

「きて」

モニータのささやき声に誘われるかのように、左の耳たぶにキスをし、首すじのくぼみで脈打つ動脈の上に唇をはわせ、乳房をおおいつくす塩からい汗を舐める。

(死人のあいだでのセックス。これからも死人は出る。何万人も。何百万人も。死人の腹から絞りだされる哄笑。遷導艦から転位してきては、待ち受ける炎のなかへ飛びこんでいく遷兵たちの長い列)

「きて」

モニータの吐息が耳に熱い。いきなり彼女が両手をふりほどき、カッサードの濡れた肩をなでおろし、長い爪を背中に這わせ、尻をぐっとつかんで自分のほうへ引きよせた。カッサードの熱いほてりが彼女の恥毛をこすり、その腹の頂きに押しつけられて疼く。

(転位ゲートが開き、強襲母艦の冷たい巨体をつぎつぎに呑みこんでいく。高熱をまきちらすプラズマの爆発。何百隻何千隻もの艦艇が、つむじ風に翻弄される塵のように舞い踊り、破壊されては消える。はるか彼方より襲いくる長大で硬いルビーの光柱が、究極の熱洪水で標的を溺れさせ、赤い光の海で肉体をたぎらせる)

「きて」

モニータが口とからだを開く。上と下のぬくもりを感じ、カッサードは貫いた。口に舌がすべりこんでくる。熱いひだが彼自身を受けいれる。ぐっと腰をつきだし、いったん浅く引いたのち、秘めやかなぬくもりが彼自身を深くつつみこむにまかせた。たがいにはげしく、腰を使いはじめる。

(百もの惑星で荒れ狂う高熱。まばゆい光輝に彩られて燃える大陸、はげしく沸きたつ大海原。いまや空気そのものが火の海だ。灼熱の空気の海が、恋人の手にふれられて起伏する肌

のようにうねり、膨れあがる）

「きて……きて……きて」

　モニータの吐息が耳に熱い。肌は油を塗ったようにつやつやとして、ビロードのようにすべらかだ。カッサードはすばやく腰をつきあげた。官能が広がるにつれて宇宙は収縮し、ぬくもりとぬめりがぎゅっと締めつけてくるにつれ、感覚は矮小化した。それに応えて、自分という存在の根幹に高まりだした恐怖の圧力を感じとったかのように、小刻みに腰を動かす。

　そして、顔をしかめ、目を閉じ、視た……

（……膨れあがる火球、死にゆく星々、明滅する巨大な炎のなかで爆発する太陽、破壊のエクスタシーのなかで滅びゆく恒星系……）

……胸に痛みをおぼえたが、腰の動きはとまらない、それどころか、ますます速くなっていく。そしてカッサードは目をあけ、視た……

……巨大な鋼鉄の棘がモニータの乳房のあいだからぐぐっとせりだし、いまにも自分を貫きそうになっているのを。無意識のうちにのけぞり、切先をかわした。棘の尖端から血のしずくがしたたり、モニータの青白い肌に落ちるとともに、その肌がふたたび銀色を帯び、生気をなくして金属のように冷たくなっていく。それでもカッサードは腰の動きをとめず、情欲に憑かれた目でモニータの顔を見つめつづけた。赤い唇がしなび、めくれあがり、かつて歯のあった場所にならぶ鋼鉄の歯列があらわになった。長い爪をそなえた指が金属の刃に変貌して、それまでつかんでいたカッサードの尻を切り裂き、強力な鋼鉄のたがと化した脚が疼くカッサードの腰を強烈に締めつける。そして、その眼……

……オルガスムに達する直前の数秒のあいだ、カッサードはからだを引きはなそうと試み……モニータののどに手をかけ、ぐいぐいと締めつけたが……それでも彼女はヒルのように吸いつき、ヤツメウナギのようにカッサードを吸いつくすまで離れようとせず……からみあったまま、ふたりは死体の上をころがっていき……

……真紅の宝玉のごとき双眸が猛々しい焰をたたえて燃えあがる……その焰にも似た熱い昴まりが、睾丸のなかで膨れあがり、猛々しく膨張し、外にあふれだし……

……カッサードは両手を地面につき、渾身の力をこめて、彼女から……それから……からだを引き離そうとしたが、ふたりを密着させる恐ろしいほどの重力には抗いようもなく……ヤツメウナギの口に吸引されるように、男性自身を吸いこまれ……まさに爆発というそのとき、カッサードは彼女の眼を覗きこんだ……滅びゆく諸惑星……惑星がつぎつぎに死んでいく！

カッサードは悲鳴をあげ、身を引きはなした。皮膚がべりべりとはがれるのもかまわず、思いきりのけぞり、脇へころがる。ガチッ！　鋼鉄のヴァギナのなかで、金属の歯が音高く閉じた。粘液の糸を引いた逸物から鋼鉄の顎《あぎと》まで、わずかに一ミリしかない。もうすこしで喰いちぎられるところだった。カッサードは脇に逃げ、ごろごろところがっていった。そのあいだも、腰はびくんびくんと動きつづけている。とめたくても射精がとまらない。精液が奔流のごとく噴出し、そばの死体のぎゅっと握りしめられたこぶしに降りそそいだ。カッサードはうめき、またころがり、胎児のように身をまるめた。ふたたびオルガスムが到来した。そして、もういちど。

背後から、シューッという音、ギギギギという音が聞こえた。モニータが立ちあがろうとしているのだ。カッサードはごろんとあおむけになり、陽光に目をすがめつつ、苦痛の霞を透かしてモニータを見あげた。棘だらけのシルエットが大きく脚を開き、自分の上に仁王立ちになっている。目に流れこむ汗をぬぐうと、手首が鮮血で真っ赤に濡れた。カッサードは覚悟を決め、とどめの一撃を待った。鋼鉄の刃が肉につきたてられる予感に、毛穴がぎゅっと縮みあがる。あえぎながら、もういちどモニータを見た。意外にも、太腿は鋼鉄ではなく、人間の肌の様相を呈しており、秘毛はふたりの愛液でぐっしょりと濡れていた。太陽を背にして顔が影になっているため、表情が見えない。だが、無数の切子面でおおわれた眼のなかで、赫い焔が消えてゆくのが見えた。モニータがにいっとほほえんだ。陽光を受けて、その金属の歯列がきらりと光る。

「カッサード……」

砂が骨を削りあげるようなきしり声。

カッサードはその視線を引きはがし、必死の思いで立ちあがると、死体と燃える瓦礫のあいだをよろよろと歩きだした。念頭には逃げることしかない。あともふりかえらず、ひたすら逃げた。

ハイペリオン自衛軍《SDF》の偵察隊がフィドマーン・カッサード大佐を発見したのは、それから二日後のことだった。廃墟と化した〈詩人の都〉と、カッサードの乗ってきた脱出ポッドの残骸から南に二十キロほど離れたところに建つ、荒れはてた〈時観城《クロノス・キープ》〉——そこにいたる草むした荒れ地のひとつで、気を失って倒れているところを発見されたのである。衣服はいっさい身につけておらず、裸体で長時間野外にいたことに加え、いくつか深傷《ふかで》を負っていて瀕死の状態だったが、応急処置で生気をとりもどしそうな反応を見せたので、即座に〈馬勒山脈〉の南にロープウェイで運ばれ、キーツの病院に収容された。そのいっぽうで、カッサードを救出したSDF大隊の偵察隊は慎重に北上をつづけた。〈時間の墓標〉をとりまく抗エントロピー場の干満のみならず、アウスターがブービートラップを残していったことが懸念されたからだ。だが、トラップはひとつもなかった。偵察隊が発見したのは、カッサードの脱出ポッドと、アウスターが軌道上から熾《や》きつくした二隻の強襲艇の、黒焦げになった残骸だけだった。なぜアウスターが味方の強襲艇を破壊したのか、なぜ仲間の死体を——艇の内外を問わず——解剖や分析が不可能なほど黒焦げにしていったのか、それを推し量る手がかりはまったくなかった。

カッサードが意識をとりもどしたのは、ハイペリオン日で三日後のことだった。上層部には、スクイドを奪取したあとのことはなにも覚えていないと報告した。それから地元時間で二週間後、FORCEの熾光艦に収容されて、カッサードはハイペリオンをあとにした。〈ウェブ〉への帰途、カッサードは軍務を離れた。その後しばらく反戦活動に従事し、ときには軍縮に関する万民院ネットの議論に参加することもあった。だが、ブレシアへの攻撃は、この三世紀のあいだ絶えてなかったほどの勢いで連邦を真の恒星間戦争の準備へと駆りたて、せっかくのカッサードの声は、あるいは埋没し、あるいは南ブレシアの死神の名を冠されたことに対する良心の呵責《かしゃく》だと誤解されるだけにおわった。

ブレシア戦役後、カッサード大佐は〈ウェブ〉からも〈ウェブ〉の意識からもふっつりと姿を消した。以来十六年間、大々的な戦役は起きていないが、アウスターが連邦最大の悩みの種である状況に変わりはない。しかしフィドマーン・カッサードは、いまや〈ウェブ〉においで、消えゆく記憶のなかの存在でしかなくなっていた。

＊

カッサードが物語をおえたのは、昼も間近になってからのことだった。領事は目をしばたたき、あたりを見まわした。船の存在や周囲の状況にまで気をまわす余裕が持てたのは、二時間ぶり、いや、それ以上のことだ。いつのまにか〈ベナレス〉は、フーリー河の主要水路を進んでいた。河鱏《マンタ》がぐんとハーネスを引っぱるたびに、鎖や太綱がきしみをあげる。上流に遡る船は〈ベナレス〉一隻だけのようだが、河をくだる小舟はおびただしい数にのぼった。領事は額をぬぐい、汗でべっとりと濡れた手の甲を見て驚いた。気温はかなり高くなっており、気づかないうちにひさしの影が移動して、直射日光にさらされていたのだ。まばたきをし、まぶたの上の汗をはらうと、領事は日陰にはいって、アンドロイドがテーブルそばのキヤビネットに用意しておいた酒びんの一本をとりだし、グラスについだ。

「……驚きました」気がつくと、ホイト神父がしゃべっていた。「すると、そのモニータという怪物によれば、〈時間の墓標〉は時間を逆行しているというのですね？」

「そうだ」カッサードが答えた。

「そんなことが可能なのでしょうか」重ねてホイトが問う。

「可能だね」答えたのは、ソル・ワイントラウブだった。

「それが事実だとすれば――」と、これはブローン・レイミアが、「大佐がモニータという女と……ほんとの名前はどうだっていい……じっさいに〝出会う〟のは、彼女にとっては過去、大佐にとっては未来のできごとということか」

「そういうことだ」とカッサード。

マーティン・サイリーナスが手すりに歩みより、河にぺっとつばを吐いた。

「大佐、あんたはその女がシュライクだったと思うかね？」

「わからん」カッサードはかろうじて聞きとれる程度の声で答えた。

サイリーナスはソル・ワイントラウブに向きなおって、

「あんたは学者さんだ。シュライクにまつわる伝説には、自分の姿形を変えられるというものがあるのかね？」

「ないな」娘の哺乳球を用意しながら、ワイントラウブは答えた。赤ん坊が小声で「だあ」といって、小さな指を動かした。

「大佐――」ヘット・マスティーンが口を開いた。「その銀色の力場……謎の戦闘スーツのことですが……アウスターとその……女性……との遭遇のあとも、あなたはそれをまとうことができたのですか？」

カッサードはしばし森霊修道士を凝視し、かぶりをふった。

領事はぼんやりと自分の飲み物を見つめていたが、そこで急に、あることに気がついた。

「大佐、きみはシュライクの速贄《はやにえ》の樹の……シュライクが獲物を串刺しにしておく構造物のヴィジョンを見たといったな？」

カッサードはバシリスクのような凝視を森霊修道士から領事へと移し、ゆっくりとうなずいた。

「そこにたくさんの死体が串刺しにされていた、ともいったな？」

ふたたび、大佐がうなずく。

領事は上唇の上にたまった汗をぬぐった。

「その速贄の樹が〈時間の墓標〉とともに時を遡っているのだとすれば……その獲物もまた、未来からきたことになる」

カッサードは無言だった。ほかの者たちは領事を見つめているが、彼のいわんとするところを……そしてつぎになにをたずねるかを……理解しているのは、ワイントラウブひとりだけのようだった。

領事はもういちど唇から汗をぬぐいたい気持ちを抑えた。そして、おちついた声で、こうたずねた。

「その獲物のなかに……このうちのだれかの姿はあったか？」

カッサードはもうしばらく、沈黙をたもった。河水や船の索具がたてる静かな音が、急に大きくなったように感じられた。ややあって、カッサードはため息をついた。

「あった」

ふたたび、沈黙が降りた。それを破ったのは、ブローン・レイミアだった。

「それがだれだったか、教える気はあるかい？」

「ない」

カッサードは立ちあがり、下部甲板に降りる階段へ向かった。

「待ってください」ホイト神父が呼びとめた。

カッサードが階段の手前で立ちどまった。

「せめてもうふたつ、教えてもらえませんか？」

「なにをだ？」

またぞろ苦痛の波が襲ってきたのだろう、ホイト神父は顔をしかめた。油膜のように肌をおおう脂汗の下で、やつれはてた顔が蒼白になっている。大きく息を吸いこんで、彼はたずねた。

「第一に、シュライクは……その女は……予想される熾烈きわまりない星間戦争を起こさせるため、あなたを利用するつもりなのでしょうか？」

「そう思う」カッサードは静かに答えた。

「第二に、この巡礼の旅で、シュライクに……あるいはモニータとやらに……出会ったとき、あなたはどんな願いごとをするつもりなのです？　教えていただけませんか？」

ここにいたって、カッサードははじめて、にっと笑った。薄い笑み……見るものをぞっとさせずにはおかない、おそろしく冷たい笑み。

「願いごとなどはせんよ。やつらに願うことなど、なにもない。こんど出会ったら……殺すまでだ」

無言のまま、顔を見交わすこともわすれた六人の巡礼たちに見送られて、カッサードは階下へと降りていった。正午をまわっても、〈ベナレス〉は北北東へと進みつづけた。

第三章

〈ベナレス〉が河港〈水精郷《ナーイアス》〉にはいったのは、日没の一時間前のことだった。舟方と巡礼たちは、手すりから身を乗りだすようにして、余煙くすぶる町の残骸を見つめた。かつては二万の人口を擁したこの町も、いまなお残る住人は皆無にちかい。ビリー悲嘆王の時代に建てられた有名な〈河畔亭〉は土台まで丸焼けで、船着き場や桟橋はもちろん、格子窓のついたバルコニーまでもが黒焦げになり、フーリー河の浅瀬に崩れ落ちているありさまだ。税関も焼け落ちて、残っているのは枠組みばかり。町の北端にある飛行船ターミナルも状況はおなじで、建物は焼尽し、繋留タワーは消し炭の塔になりはてていた。河のほとりにあるはずの小さなシュライク教会にいたっては、影も形もない。巡礼たちにとって最悪だったのは、〈水精郷〉の桟橋が破壊されていたことである。桟橋は焼け落ち、河の鱏《えい》舎も入口の柵が開きっぱなしで、河鱏《マンタ》が逃げてしまっていたのだ。

「なんたるありさまだ！」マーティン・サイリーナスが嗟嘆《さたん》した。

「だれのしわざでしょう？」ホイト神父がたずねた。

「シュライクでしょうか？」

「むしろ、自衛軍《SDF》だろう」領事が答えた。「もっとも、シュライクと戦った結果という可能性もなくはないがね」

「あきれはてた惨状だな」ブローン・レイミアが吐き捨てるようにいった。それから、後部甲板の巡礼たちに合流したばかりのA・ベティックに顔を向けて、「あんた、知らなかったのか？　こんな状態になってたことを？」

「はい……もう一週間以上も前から、闇門より北とはいっさい連絡がとれていませんでしたから」

「なぜだ？」レイミアは質問を重ねた。「この辺境惑星にデータスフィアがないにしても、無線機くらいあるだろう？」

A・ベティックはかすかな笑みを浮かべた。

「はい、M・レイミア。無線機はありますが、通信衛星が故障しているうえに、カーラ闇門のマイクロ波増幅ステーションが破壊されてしまったもので、短波が使えないのです」

「河鱏《マンタ》はどうする？」カッサードがたずねた。「いまの河鱏《マンタ》たちを酷使して、〈叢縁郷《エッジ》〉まで強引に進むか？」

ベティックは眉をひそめた。

「そうせざるをえないでしょう、大佐。しかし、それは罪深い行ないです。そんな重労働を強いられては、曳き船索の二頭は衰弱して死んでしまう……。それに、河鱏《マンタ》の替えがあれば夜明け前に〈叢縁郷〉へ着けるでしょうが、この二頭では……」アンドロイドは肩をすくめた。「運がよければ……二頭がそれまでもってくれたとしても……到着は午後早めくらいになってしまうでしょう……」

「風莱船《ウインドワゴン》はちゃんと待っていてくれるのだろうね？」ヘット・マスティーンがきいた。

「そう祈るしかありません」A・ベティックは答えた。「よろしければ、これから疲労困憊の二頭に餌をやりたいと思います。一時間のうちには出発できるでしょう」


〈水精郷〉の廃墟周辺には、人の姿がまったく見られなかった。河をくだってくる舟も一艘もなかった。やがて〈ベナレス〉は〈水精郷〉を出発し、町の北東へ向かった。一時間ほどもフーリー河を遡ると、森や南部流域に見られた農場は姿を消し、風にうねるオレンジ色の草原が広がりはじめた。〈大叢海〉が間近な証拠だ。ときおり領事は、築城蟻が造る蟻塚を見かけた。河岸にそそりたつ、でこぼこの形をした蟻塚は、高さ十メートルちかくにまで達するものもあった。付近に人間が住んでいる気配はまったくない。〈ベティの渡し場〉はいまや影も形もなく、引き綱はもちろん、二世紀もむかしから建っていた渡し小屋までもが姿を消していた。〈洞窟口〉の〈河人亭〉は、残ってはいたが灯がともっておらず、ひっそりと静かだった。A・ベティック以下の舟方たちが洞窟の奥に呼びかけてみても、返答はまったくなかった。

夕暮れとともに、河にはいったん詩的な静けさが訪れたが、それはすぐさま、にぎにぎしく虫のすだく声と夜光鳥の鳴き声にとってかわられた。しばらくのあいだ、フーリー河の水面は黄昏の空を映しこみ、グレイ・グリーンの鏡面と化した。その河面を乱すのは、日暮れどきの餌をあさる魚がたてる波紋と、舟を曳く河鱏《マンタ》の航跡くらいのものだ。やがて真の闇が地上をつつみこみ、おびただしい数の草原虹蜉蝣《にじかげろう》が——森に住む従弟より光度はずっと落ちるが、螢光をはなつ翅は大きく、全体のサイズは小さな子供ほどもある——ゆるやかに起伏する丘の谷間や平地で舞いを舞いはじめた。まもなく星座も姿を現わし、流星雨が夜空に無数の引っかき傷をつけ、いかなる人為的な明かりよりもはるかにきらびやかな光で天を彩るころ、すでにランタンのともる〈ベナレス〉では、船尾甲板に夕食がならべられた。

シュライクの巡礼たちは、カッサード大佐の恐ろしくも混乱に満ちた物語のことをまだ考えているかのように、なにかと沈黙に陥りがちだった。昼前からずっと酒を飲みつづけてきた領事は——現実からの、苦痛に満ちた記憶からの——心地よい解放感を味わっていた。毎日毎夜をこうしてしのげるのは、まさしく酒のおかげだ。真性のアルコール中毒者のみに可能な、慎重かつはっきりとしたしゃべりかたで、領事はいま、つぎはだれが物語る番かと問いかけた。

「小生だ」

マーティン・サイリーナスがいった。詩人もまた、朝のうちからずっと飲みっぱなしの口だった。領事とおなじく、声こそ慎重に抑制してはいるが、げっそりと削げた頬の赤みと目に宿るぎらぎらした光とで、酩酊していることは歴然とわかる。老詩人は細い紙片をとりあげた。

「すくなくとも、三番めのクジを引いたのは小生なわけだ……しかしだよ、はたして諸君に、わがやくたいもない話を聞く気があるものかね？」

ブローン・レイミアがワインのグラスを手にとり、顔をしかめ、テーブルにもどした。

「それよりもだな、最初のふたつの物語がこの巡礼行にどう関係してくるのか、それを話しあったほうがいいのではないかと……」

「まだ早い」カッサード大佐がいった。「情報不足だ」

「M・サイリーナスの話を聞いたほうがいいとぼくも思う」ソル・ワイントラウブも賛同した。「わかったことを話しあうのは、それからでもいい」

「同感です」これはルナール・ホイトだ。

ヘット・マスティーンと領事は、だまってうなずいた。

「心得た！」マーティン・サイリーナスは大声で応じた。「では、小生の物語を話して聞かそう。しかしそのまえに、まずはこのグラスのワインを干させてくれ」

詩人の物語：『ハイペリオンの歌』

初めに言葉ありき。つぎにワードプロセッサーなるしろものが現われた。おつぎは思考プロセッサー。最後に、文学の死。ま、そういうものだ。

フランシス・ベーコンいわく、

〝不出来で不適当な言葉の羅列からは、精神に対するすばらしい妨げが生まれる〟

しかり、われらはみな、その精神に対するすばらしき妨げに貢献してきた。ことに小生がそうだ。いまや忘れさられた、二十世紀のよりよい作家のひとりが——忘れられてしまったほうがよい作家ではないぞ——こんな名言を吐いておる。

〝わたしは作家でいられてしあわせだ。書類仕事《ペーパーワーク》には耐えられない〟

おわかりかな？　そのとおり、アミーゴ・アンド・アミゲテよ、小生も詩人でいられてしあわせだ。言葉なるものは、じつにもってまあ耐えがたい。

さてさて、どこからはじめたものか。

ハイペリオンからのあたりがよかろうかな？

（溶暗）

あれは、そうさな、二標準世紀ちかく前になるか。

いまはもうすっかり見慣れたこの瑠璃色《ラピスラズリ》の空を、黄金の蒲公英《タンポポ》の冠毛にも似た宇宙船が五隻、くるくる舞いながら降りていく。これこそはビリー悲嘆王の、五隻の播種船《はしゅせん》だ。やがてわれらは、コンキスタドールのように威風堂々と大地に降り立つ。その構成はといえば――。まずは視覚芸術家、作家、彫刻家、詩人、塑体師、ビデオ制作者、ホロ監督、作曲家、破曲家等、その他もろもろの芸術家が、締めて二千人。さらに、実務を請け負う役人、技術者、生態学者、管理者、王家の侍従、職業的追従屋などがその五倍。加うるに、それに十倍するアンドロイド。アンドロイドの仕事は、畑を耕し、原子炉を管理し、街を築き、あそこの荷物をかつぎ、ここの重荷を運び……とまあ、そういったようなことだ。

われわれが着陸した世界には、二世紀前に入植し、食うや食わずの悲惨な暮らしを送る人間たちがいた。これら勇敢な開拓者の気高き子孫らが、われわれを神々のように迎えたことはいうまでもない――ことに、保安要員の一部が、攻撃的集団のリーダーの一部を肉の塊にしてからはなおさらだった――むろんわれらは、彼らの信仰を受けいれることこそおのが務めと考え、アンドロイドどもも、労働に従事させたとも。南へ四十キロにおよぶ耕地耕作と、丘の上の輝ける都建設にな。

それはまさに輝ける都だった。今日の荒廃しか知らぬ者に、当時の荘厳さは想像もつくまい。以後、三世紀にわたって砂漠は前進をつづけ、山脈からの導水管《どうすいかん》は崩れて砕け散り、いまや都は骸骨に等しい。しかし往時の〈詩人の都〉は、それはそれは立派な都で、ソクラテス描くところのアテネに加え、ルネッサンス期ヴェネツィアの知的興奮、印象派時代パリの芸術的香り、オービット・シティ最初の十年の真のデモクラシー、タウ・ケティ・センターの限りなき未来を加味したような、じつにすばらしい都市だったよ。

むろんのこと、その末期には見る影もなく、いわばフロースガール王の無人の館のごとし。外の闇には怪物グレンデルが待ち受けるばかりなり、だ。じっさい、グレンデルも存在したしな。いかにも大儀そうなビリー悲嘆王の横顔を横目で見れば、フロースガール王の姿が重なって見えたものだよ。ただ、悲しいかな、イェーアト族だけがどこにもおらぬ。巨大な体軀と貧弱な脳みその持ち主ベーオウルフ、彼の率いる陽気な精神病質者の一党は、われらが都にはいなかったのさ。英雄なきがゆえに、われらは犠牲者の役にあまんじ、ソネットを作り、バレエの下稽古にはげみ、巻物をしたためて日々を過ごした――鋼鉄の棘におおわれたわれらがグレンデルが、恐怖で夜を支配し、大腿骨と軟骨を狩り集めつづけるのを眺めながら。

ちょうどそのころ、小生は――そのころは好色家《サテユロス》となり、魂も肉体もすっかり色ごとのとりことなっておったのだが――わがライフワークである譚詩《たんし》も完成間近にこぎつけていた。ま、それから五世紀というもの、ずっとその〝間近〟の状態がつづいているわけだがね。

（溶暗）

しかし、待てよ。グレンデルの物語をするにはまだ早いか。役者が舞台にあがっておらん。話の前後するプロット、連続性のない展開というやつにも愛好者はいるが、小生にその趣味はないし、つまるところ、わが友らよ、羊皮紙の上で永遠に勝ったり負けたりをつづけるのは、キャラクターのほうだ。たとえばだよ、現実の人間には手のとどかぬ場所で――いまこの瞬間も――筏に乗り、棹をあやつって河をくだるハックルベリー・フィンとジムは、もう記憶にないほどむかしに靴を買った靴屋の店員よりもずっとたしかな存在ではないか――と、ひそかにそんな思いをいだいたことはないかな、諸君？　いずれにせよ、このやくたいもない物語を語るのであれば、まずは登場人物を見知りおきねがわねばならん。であるからして――小生にとっては、はなはだ苦痛であるのだが――そもそものはじめから語るとしようか。

初めに言葉ありき。その言葉とは、古典的な二進数でプログラムされたものだ。いわく、「命あれ！」かくて、母の領地にあったＡＩ〈テクノコア〉のどこかで、大むかしに死んだ父の冷凍精子が解凍され、懸濁させられ、そのむかしの発酵中のバニラのようにかきまわされ、消火器と張形の中間のような器具に押しこめられたのち――魔法のような引き金のひと引きで――月満ちて卵子が受胎状態になったころあいを見はからい、母の胎内に注入されたというしだい。

むろん母は、こんな野蛮な形で妊娠する必要などさらさらなかった。腹を痛めずに子をもうけることもできた。愛人に父のＤＮＡを移植してもよし、クローン遺伝子添え継ぎによる処女〝懐胎〟をしてもよし……方法はいくらでもあった。なのになぜそんな方法を選んだかといえば、のちに母から聞いた話では、〝伝統にのっとって大股を開いた〟ということらしい。小生の見るところ、ま、そういうやりかたが好きだったんだろう。

ともかく、そうして小生は生まれた。

生まれは、地球《アース》……ニューアースではないぞ、オールドアースだ。これこれ、こまった人だな、レイミア、そんなに小生の話が信じられんか。ま、よかろう。小生と母とは、北アメリカ保護区からさほど遠くない島の、母の領地に住んでいたんだよ。

ざっとスケッチすれば、オールドアースの屋敷はこんなところだった。

ころは黄昏どき、南西に広がる芝生の外れにならぶのは、クレープペーパーのような木々のシルエットだ。そのむこうでは、見るからに儚《はかな》げな薄暮の空がしだいに輝きを失って、菫《すみれ》色《いろ》から赤紫へ、赤紫から紫へと移りかわっていく。空は半透明の磁器のように繊細で、雲や飛行機雲などが作る傷はほんのひと筋もない。夜明けがまた、これがじつに荘厳でなあ。交響楽演奏まぎわの静謐《せいひつ》のさなか、しらじらと曙光《しょこう》がきざし、やがてシンバルの音も高らかに朝陽が昇る。一帯の大地は東雲色《しののめいろ》と小豆色に染まり、さらに黄金色に燃えたったのち、長い冷却期間を経て本来の色彩をとりもどし、まもなく翠色におちつく。木の葉の色、イトスギやシダレヤナギの細い葉、静寂につつまれた翠のビロードのような芝生——いたるところ、これ翠一色だ。

母の領地は——われわれの領地は——百万エーカー以上もある島の中央の、千エーカーほどの土地だった。小さな草原ほどもあるやわらかな芝生は手入れがいきとどき、さあごろんところがれ、うたた寝をしろといざなっているようだ。堂々たる緑陰樹は日時計の役をなし、悠然と地をよぎっていくその影は、ときに重なりあいながら、昼が近づくにつれて短くなっていき、一日の終焉を迎えるにあたって、ついには東へと長く伸びる。ロイヤルオーク、ジャイアント・エルム、ハコヤナギ、イトスギ、セコイア、ボンサイ。青天井の寺院の磨きあげた柱のように、新緑瑞々しい枝をたわませるバニヤン樹。水路や自然の流れにそって植えられたヤナギは、水辺に枝をしだれさせ、風に吹かれてむかしながらの挽歌を歌う。

うちの屋敷は低い丘の上に建っておってな。冬になると、藁色に枯れた芝生の起伏が女の乳房のなめらかな肌のようにも見えるし、アスリートの太腿の筋肉のようにも見える。建ってから何世紀もの星霜を閲《けみ》して、屋敷に融けこむのは、さまざまな様式だ。曙光に輝く東の中庭の翡翠塔《ひすいとう》、ティータイムを迎えたクリスタルの温室に三角形の影を投げかける南翼の切妻……東のポーティコに連なるバルコニーと屋外階段の迷路は、午後の影とエッシャーのゲームに興じる。

〈大いなる過ち〉のあとではあったが、まだ地球はすっかり居住不可能となってはおらなんだ。〝小康期〟になると、うちの一家は地球にもどってきて、領地に住んでいたものさ。小康期というのもへんな呼び方だが、これはほれ、キエフの研究チームがヘマをやらかして、あのやくたいもないミニ・ブラックホールを地球の中心に落っことしたろう、それでアレが地球の核を食らうたびに惑星規模の大地震が起こるんだが、その饗宴と饗宴のあいだに十カ月から十八カ月ほどの鎮静期間があって、その時期のことを小康期というたんだ。〝激症期〟がくると、一家は月軌道の外にあるコーワ伯父の地所へと疎開する。この伯父の家は、アウスターの大脱出前に環境改造《テラフォーム》して、月まで運んできた小惑星だった。

小生が富貴の生まれであることは、以上の話からもう見当がついていよう。べつに申しわけないとも思わんよ。三千年にわたって、富裕層はデモクラシーにふりまわされてきたのだからな。そのはてに、生き残ったオールドアースの旧家の者らは、下層民どもを回避する方法があるとすれば、地球の人口を増やさぬにつきるという結論に達した。そして、播種船団の派遣や量子船による探険、新たにはじまった転位システムによる移民などを、資金的にあと押ししだした。そのころはあわただしい聖遷のまっ最中で……下層民が外世界で増え、オールドアースをほうっておいてくれるのなら、旧家としては願ったりというわけだ。むろん下層民側とて、開拓者として地球外へ出ていくにやぶさかではなかった。地球が瀕死の老婆であることは周知の事実になっていたからな。彼らとて馬鹿ではない。

そして、ブッダのように何不自由なく育った小生は、これもブッダとおなじように、もの心ついてのち、ようやく貧困の最初の兆しを目にするにいたる。はじめて乞食というものを見たのは、小生が十六の遍歴時代《ヴァンデルヤール》、リュックひとつでインドを放浪していたときのことだった。ヒンドゥーの旧家が乞食を黙認していたのは、じつは宗教的理由によるものだったが、当時の小生には知る由もない。わかるのは目に見える事実だけ——かの地には襤褸《ぼろ》を着てガリガリに痩せた男がいて、籠にいれた古びたクレジット・ディスキーをさしだし、ユニバーサル・カードをさしこんでくれと乞うということだけだ。友人たちはそれを滑稽と思ったらしい。だが、小生は吐いた。ベナレスでのできごとだった。

　小生は何不自由ない子供時代を過ごしたが、過剰な特権を得ていたわけではなかった。ま、ほどほどというところだろう。懐かしく思いだすのは、恒例となっていた、高貴なる《グラーンダーム》シビル伯母のパーティーだ（彼女は母方の大伯母だった）。たとえば、そう、シビル伯母がマンハッタン群島で開催した三日におよぶ大パーティーでは、オービット・シティからシャトルで降りてくる者、ヨーロッパ・アーコロジーからやってくる者と、招待客がぞくぞくと訪ねてきたものだよ。海上にそそりたつエンパイア・ステート・ビルディング、その窓にともる無数の照明が、礁湖や羊歯《しだ》に縁どられた運河に照り映える。ビルの展望デッキにＥＭＶがつぎつぎと招待客を降ろすいっぽうで、草におおいつくされた周囲の島々――すなわち、海上に頭だけをつきだした低いビル群の屋上では、料理の炎がちらついている。

　当時、北アメリカ保護区は、小生ら専用の遊び場だった。あの神秘的な大陸には、まだ八千人ほどの人間が住んでいるといわれていたが、その半分は森林警備隊員《レインジャー》でな。残りの半分はといえば、大洪水以前の北アメリカの地層を発掘し、太古に絶滅した動植物を再生させて糊口《ここう》をしのぐ堕落した塑体師、環境エンジニア、居住許可を得た土着民――たとえばオガララのスー族や、ヘルス・エンジェルス・ギルド――それから、たまさかの旅行者、といったところだ。ある従弟は、リュックをかついで保護区内の観測ゾーンを巡り歩いているといううわさだったが、その巡回地域は中西部地域に限定されていた。なぜかというと、あのあたりはゾーン同士が比較的ちかいというほかに、恐竜の群れがずっとまばらだったからだ。〈大いなる過ち〉によって、ガイアは致命傷を負った。しかし、ついに力つきるまで、一世紀もの時間がかかった。なるほど、激症期の被害は甚大で、予想された増加曲線どおりに地震発生頻度が増していくいっぽう、小康期は短くなり、地震のたびに被害は深刻になっていったが——地球はできるかぎり現状を維持し、自己修復に努めていたのだろうな。

北アメリカ保護区は、さっきもいったように小生たちの遊び場だったが、より正確には、終末の地球《ダイング・アース》全体が遊び場だったといえる。七歳のとき、小生は母に自分用のEMVを買ってもらったが、それを使えば屋敷から一時間飛ぶだけで、地球上のどこにでもいくことができた。親友のアマルフィ・シュワルツは、かつて南極共和国領だったエレバス山の領地に住んでいて、それこそ毎日のように会っていたものだよ。オールドアースの法は転位ドアの使用を禁じていたが、そんなことはすこしも苦にならなかった。そこいらの丘の斜面に寝ころがって夜空を見あげれば、一万におよぶ軌道都市群の明かり、二千におよぶ小惑星のビーコン、満天にきらめく二千から三千の星々が見えたが、ふたりともちっともうらやましいとは思わなかったし、おりしも聖遷の真最中で、〈ワールドウェブ〉は転位ネットワークという絹糸で織りあげられつつあったところだが——そんな活動に参加したいという気持ちもなかった。小生らはしあわせだったんだ。

母の記憶は奇妙に様式化されている。ちょうど、小生の小説『終末の地球《ザ・ダイング・アース》』九部作における虚構の構成要素のように。いや、もしかすると、母は虚構の存在だったのかもしれん。もしかすると小生は、ヨーロッパの自動化都市でロボットたちにかしずかれて育ったのかもしれんし、アマゾン砂漠でアンドロイドたちに乳をふくまされたのかもしれん。はたまた醸造所のイースト菌のように、育児槽で育っただけなのかもしれん。いずれにしても、まず思いだすのは、屋敷の影多き部屋を歩きまわる母の姿、そのさいに裾を引く幽鬼のごとき白いガウンだ。あるいは、光さざめき、ほこり舞う温室で、ダマスク織のテーブルクロスにカップを置き、紅茶をそそぐさいの、華奢な手の甲に浮きあがる繊細このうえない蒼い静脈。そしてまた、蜘蛛の巣にかかった黄金のハエのように、蠟燭の光を受けてきらめく髪――貴婦人らしく、束髪にまとめあげられている髪……。いまもときどき、母の夢を見る。夢のなかでなら、母の声と快活な口調を覚えていて、子宮のなかにいるようなゆるぎない安心感にひたれるのに、目覚めてみれば、聞こえるのは風がレースのカーテンをはためかせる音や、異星の海が岩場に打ちよせる音ばかり……。

もの心ついたころから、小生は自分が詩人になるだろうと――かならずなるものと――知っていた。選択の余地があるとは思えなかった。まわりじゅうで滅びゆく美が、小生に最期を見とってほしい、無思慮にみずからの住む世界を虐殺したことへの罪滅ぼしとして、これよりのち、おまえは言葉を綴る定めにある……そういっているようだった。というわけで――小生は詩人になった。

小生にはバルタザルという家庭教師がついていた。このご仁は、古都アレクサンドリアの人であふれかえる路地裏を逃れ、うちの領地へ転がりこんできた難民で、人間ではあったが、たいへんな年寄りでな。初期の粗野な延齢処置《パウルセン》のおかげで、全身ぼうっと青白い光を放っていて……要するに、人間のミイラに放射線をあてたあと、液体プラスティックに封入したようなものと思えばいい。この男がまあ、じつに好色きわまりない男だった。その後何世紀もたって、小生も好色家《サテュロス》となり、ようやくにしてあわれなバルタザル師の男根的原動力《プリアーポス》が理解できるようになったが、当時はいやはや、いい迷惑だったよ。なにしろ領地の使用人には、若い女がいっさいいつかないしまつだ。人間もアンドロイドもおかまいなし、バルタザルは若い女と見れば手を出していたものさ。

もっとも、小生の教育には幸いだったことに、若い肉体好きのバルタザル師もホモっ気だけはなかったから、その毒牙にはかからずにすんだし、ちょくちょく授業をすっぽかしてもくれたおかげで、尋常ならぬ労力と時間を割いて、オウィディウス、セネシュ、ウーなどの詩を暗記することもできた。

しかし彼は、すぐれた教師だったぞ。ふたりして古代から近代にかけてを研究し、アテネ、ローマ、ロンドン、ミズーリ州ハンニバルなどの地へ実地研究旅行に赴いたりしたものだ。試問や試験のたぐいは、いちどたりともしない人だった。バルタザル師のつねづねの教えは、どんなことであれ、最初に出会ったとき、その対象を心で学べということでな。小生も、そんな師の教えにはちゃんと応えたつもりでいる。ありがたかったのは、数々の〝進歩的な教育〟はオールドアースの旧家向きではない、と母を説得してくれたことだ。あの手の、精神の発育を阻害しかねない促成教育――RNA処理、データスフィア没入、システマティックなフラッシュバック教育、様式化論戦グループ訓練、事実を犠牲にしての〝高次思考技術〟、前文字プログラミング——ああいったものをなにひとつ受けずにすんだのは、ひとえに師のおかげといってよい。ために小生は読書三昧の日々を送り、齢六つにしてフィッツジェラルド訳の『オデュッセイア』を全篇暗唱できたし、ひとりで服を着られるようになるまえから、六行六連体の詩を作れるようになっていた。ＡＩとインターフェイスしないうちから循環遁走詩を考えられたのも、その成果といえる。

いっぽうで、科学教育のほうはというと、これはあまり厳格なものではなかった。バルタザル師は、彼のいうところの〝宇宙の機械的な側面〟にはとんと興味がなくてな。だから小生が、コンピュータやＲＭＵやコーワ伯父の小惑星の生命維持装置が機械であって、周囲に存在するアニマの善意などではないと知るのは、なんと二十二歳になってからのことだった。それまで小生は信じていたのだよ——妖精を、樹の精を、数霊術を、占星術を、洗礼者ヨハネの祝日の前夜、北アメリカ保護区の原生林の奥深くで行なわれる魔法のことなどをな。ヘイドンのアトリエにおけるキーツとラムのように、バルタザル師と小生は〝数学の混乱〟に乾杯し、Ｍ《マン》・ニュートンのプリズムによって破壊されてしまった、虹の持つ詩的側面を悼《いた》んだ。この時期の小生がいだいていた、あらゆる科学的なもの、あらゆる臨床的なものに対する不審と深い憎悪とは、のちのちまで大きな影響を与えることになる。そういう考えを持って生きるのは、さほどむずかしいことでもない。ポスト・サイエンス時代の連邦にあって、小生はコペルニクス以前の異教徒たるすべを学んだのだから。

初期の小生の詩たるや、じつにひどいしろものだった。たいていの三流詩人がそうであるように、小生もその事実に気づかず、創作という行為そのものによって、小生が生みだしていたなんの価値もない愚作群にもなんらかの価値が付与されるなどと、傲慢にも思いこんでいたものさ。しかしながら、小生が家じゅうにヘボ詩の山を書きちらしても、母は鷹揚なものだった。家に慣れぬラマのごとき軽率で抑制がきかない息子だというのに、たぶんひとり息子だからだろう、あれはやけにあまい母親だったよ。バルタザル師の口からは、小生の詩に対する批評はついぞ聞いたことがない。そのおもな理由は、小生が詩を見せたことがなかったからだろう。バルタザル師というのは、偉大なるデイトンは詐欺師、サルムート・ブレヴィーとロバート・フロストは自分の腹わたで首をくくって死ぬべきで、ワーズワースはただの阿呆、ソネットの名にも値せぬシェイクスピアの駄文は言語への冒瀆、といってはばからぬ人だったからな、わざわざ見せるまでもないと思ったわけさ。もっとも、自分の詩には天才の萌芽が見られると、小生は勝手に思いこんでいた。

そしてだ、そういったクズ詩の一部を、小生はあちこちの冊子体雑誌に発表してしまったんだよ。驚いたことに、ヨーロッパ系の各アーコロジーで、それが受けた。母とおなじように、三流雑誌の素人編集者どもも小生をあまやかしたんだな。ときどき、アマルフィやほかの遊び友だちに無理をいって——彼らは小生ほど貴族的ではなかったから、データスフィアや超光速通信網《FATライン》にもアクセスしていたんだが——小惑星帯や火星、さらには転位ゲートを通じて興隆しつつあった外宇宙の開拓星にまでも、そういう詩の一部を送らせてみた。反響は皆無だった。たぶん、忙しくてそれどころではないのだろう、とそのときは思ったものだ。

公表という苛酷な踏み絵を踏むまでの、おのれの詩人や作家としての才能に対する思いこみは、自分は死なないという若者の思いこみに似て、ナイーブで無害であり……やがてかならず訪れる幻滅もまた、同質の苦痛に満ちている。

母はオールドアースで死んだ。母が死んだ最後の大変動のさい、なおも地球に残っていたのは、旧家の半分くらいであったかな。そのとき小生は二十歳で、母星とともに死のうなどとロマンティックな計画をたてていた。だが、母の考えはちがっていた。母が気にかけていたのは、小生が若いみそらで地球に殉ずることでも——小生とおなじく母も自己中心的だったから、そんなことをもくろむ人間がいるとは思ってもみなかったようだが——小生のDNAが消滅することによって、メイフラワー号の時代にまで遡る貴族の血統が絶えることでもなかった。母が本気で案じていたのは、当家が借財をかかえたまま潰れてしまうことのほうだったんだ。最後の百年間における当家の奢侈《しゃし》な生活は、小惑星銀行その他、慎重第一の地球外金融機関からの、莫大な借金に支えられたものだったらしい。ところが、収縮圧で地球が砕けはじめ、各地の森林が大々的に燃えあがり、海洋は逆巻き煮えたぎって生命なきスープと化し、大気そのものまでもが熱くて濃くて、液体とまではいかないが、ねっとりとからみつく段階にいたって、各銀行は借金の返済をもとめだした。そしてその借金の担保は、なんと小生だったんだ。

　というよりもむしろ、母の計画ではそうだった、というべきかもしれん。というのは、母は債務の返済期限がくる数週間前に全財産を整理し、それでできた二十五万マークを、地球から撤収しつつあった小惑星銀行に長期預金の形で寄託したうえで、小生を旅立たせたからだよ――恒星ヴェガをめぐる小さな惑星〈天国の門《ヘヴンズ・ゲイト》〉の、リフキン大気内保護領へとな。その当時、すでにかの有毒大気の惑星は、転位ネットワークを通じて太陽系と連絡があったが、小生はそれを通じて送りだされたわけではない。また、標準年にいちど、ヘヴンズ・ゲイトに寄港するホーキング駆動装備の量子船もあったが、それに乗っていったわけでもない。ではどうしたかというと、こんな辺境の星の果てへ旅立たせるにあたって、母はなんとフェイズ3のラムシップ――光速よりも遅い宇宙船を選び、小生を牛の胚や濃縮オレンジジュースや飼料ウイルスといっしょに冷凍させて、船内時間で片道百二十九年、客観時間にすれば百六十七標準年もかかる旅に送りだしたんだ！

　母の読みでは、長期預金は莫大な利息を生み、家の負債を返済したうえ、なおかつ小生がしばらくのんびりと過ごせるだけの額に膨れあがっているはずだった。母が読みをあやまったのは、その一生において、それが最初で最後のことだ。

　ここで、ヘヴンズ・ゲイトのスケッチを少々。

ステーションの空気変換ドックからは、爛《ただ》れた傷跡のように、何本もの未舗装路が伸びだしている。腐った粗布のごとき空には黄褐色《おうかっしょく》の雲がたれこめ、粗野な木造の家の一群はついに完成せぬまま朽ちかけて、そのガラスなき窓々の目は、ぽっかりとあいた隣家の窓にうつろな視線を向けるばかりだ。そのなかで土着民は殖えつづける……なんと形容すればいいんだろう……結局は、いかにも人間的に、という言いかたになるのかな。目のないからだに生まれ、腐った空気に肺を爛《ただ》れさせ、一軒に十人以上もが群がり住む子らの肌は、標準年で五歳になるころには早《は》やガサガサで、腐食性の空気に絶えず涙を流しつづけたあげく、四十の声を聞かずに死んでしまうんだ。その笑顔は爛れはて、脂じみた頭髪にはわんさと虱がたかり、ドラキュラダニの吸血痕は数知れず。それでも誇り高き親たちは、けっして笑顔を絶やさない。だが、オールドアースの領地にあった西の芝生よりもなおせまい土地、その土地を埋めつくすスラム街、そのスラム街に犇《ひし》めく救いなき衆生《しゅじょう》はじつに二千万人を数え、そのすべてが血まなこになっていたのだよ、天然自然の空気を吸えばたちまちあの世ゆきの惑星で、唯一呼吸可能な空気を口にしようとな。大気生成ステーションが機能不全に陥る以前、なんとか半径六十マイルの安全気圏ができあがっていたが、そのすこしでも中心ちかくへいこうと、みながあがいていたわけさ。

それがヘヴンズ・ゲイト——わが新天地の姿だ。

母といえども、オールドアースの資産が凍結されたあげく、発展しゆく〈ワールドウェブ〉経済に繰りこまれる可能性は考慮にいれていなかった。それにまた、ホーキング駆動が開発されるまで、人々が銀河の渦状肢への進出をさしひかえていたのは、長期の冷凍睡眠にかかると――数週間ないし数カ月の低温睡眠にはいるのとは対照的に――六人にひとりは脳に致命的な損傷を受けるからだということも失念していた。小生は運がよかったほうさ。ヘヴンズ・ゲイトで船を降ろされ、解凍されて、気圏外の酸の運河掘りに放りだされたときには、脳卒中を起こしただけですんだんだから。肉体的には、現地時間で二、三週間ほどで、泥掘りができる状態に復活していた。ただし、脳の機能という点では、まだまだ癒されぬ部分も多かった。

どういうことかというと――小生の左脳は隔絶されていたんだよ。たとえるならば、損傷を受けた量子船で気密隔壁が閉まり、その外に閉めだされて真空にさらされた損傷区画のようなものか。とはいえ、小生はまだ考えることができた。右半身も、じきに意のままに動かせるようになった。簡単には修復できない損傷を受けていたのは、言語中枢だけだったんだ。かくして、小生の脳髄には驚嘆すべき有機コンピュータが挿入され、欠陥のあるプログラムのように、左脳の言語を吸いだしにかかったと思いたまえ。右脳もまったく言語をあつかえないわけではないが――右脳に宿りうるのは、感情的に極度に興奮した意味内容にかぎられる。というわけで、小生の語彙はただの九語に落ちこんでしまった（もっとも、のちに知ったのだが、これは例外的に優秀な例だったらしい。脳血管発作を起こした人間の多くは、語彙が二語ないし三語になってしまうのだそうな）。記録のために申しあげておくと、わがあつかいうる語彙のすべては、これだけだった。ファック、くそ、しっこ、まんこ、忌々《ガッデム》しい、マザーファッカー、ケツの穴《アスホール》、しーしー、うんち。

ざっと見ただけで、重複があることはおわかりだろう。小生があつかえる語彙のうち、八語は名詞で、その意味は六通り。八語のうち五語は動詞としても使える。名詞のひとつと、九語中唯一の形容詞は、ののしりの間投詞としても使用可能。つまりだよ、小生の新しい言語宇宙は、四つの単音節語と、三つの複合語、ふたつの幼児語で成りたっていたわけだ。かくもせまい言語表現の舞台とはいえ、排泄行為については四つの、人体の解剖学的構造については二つの、さらに禁忌にかかわる罵倒に関してはひとつ、性交に関してもひとつ、性交の一変形についてもひとつの表現手段があったことになる。もっとも、その性交の一変形については、もはや小生には実践のしようがなかった。母はすでに死んでいたのでね。

ともあれこれは——充分な語彙だったのだ。

ヘヴンズ・ゲイトで過ごした三年間、運河掘りと汚泥に満ちたスラムの三年間を懐かしく思うかといえば、そんなことはない。しかしながらその三年間は、それまでオールドアースで過ごした二十年とおなじくらい——いや、もしかするともっと——すばらしいものだった。

小生はすぐさま親しい知己を得た。浚渫《しゅんせつ》ショベルの監督、オールド・スラッジ。スラム街のタフガイで、金をはらって用心棒になってもらったアンク。虱たかりの盗っ人の淫売で、小生にふところの余裕があるときはよく寝た、キティ。小生の語彙も、ちゃんと用をなしてくれた。

「くそ＝ファック」と小生がいう。「ケツの穴、まんこ、しーしー、ファック」

するとオールド・スラッジは、歯をこぼれさせてにっと笑い、答える。

「そうかそうか。売店で藻類ガムを買ってきたいか」

「忌々しい、うんち」そういって、小生も笑みを返す。

詩人の真価は、有限な表現による言語の舞いではなく、知覚と記憶、知覚されるものと記憶されるものへの感受性、それらのほぼ無限の組みあわせにこそある。ヘヴンズ・ゲイト時間での三年間、標準時間にして約千五百日間は、小生にものを見、聞き、感じ——記憶する機会を与えてくれた——そう、文字どおり、生まれ変わったかのごとく。その生まれ変わった先がまたもや地獄であったことは、このさいどうでもいい。二度三度の経験は真の詩人たるに不可欠のものだし、初体験は新たなる生をことほぐ誕生祝いだ。

自分の親しんだ時代から一世紀半を隔ててはいても、このすばらしき新世界に適応するには、なんの苦労もいらなかった。この五世紀というもの、大いなる膨張だの開拓者魂だのがにぎにぎしく取沙汰されてはきたがね、そのじつ、だれもが承知のように、わが人類宇宙はなんと無意味でつまらぬものになりはててしまったことか。いまや人類は、創意に満ちた心にとってはぬるま湯のごとき、精神の暗黒時代を迎えている。制度はほとんど変化しない。激変とは無縁で、すこしずつ変質していくだけだ。かつては直観的飛躍をくりかえした科学研究も、いまや蟹の横歩きのようにのろのろと進むのみ。機械技術の進歩にいたっては、さらに変化にとぼしい。われわれの知る最高の技術は、ひいじいさんでもそれと見わけがつくどころか——やすやすとあつかえるほどだからな！　小生が眠っているあいだに、連邦《ヘゲモニー》は正式の統合体となり、〈ワールドウェブ〉は最終的な版図とほぼ等しい段階にまで拡大をとげ、万民院は民主的な統治体として人類歴代の君主に名をつらね、〈テクノコア〉AI群は人類への隷属をやめて同盟者として助力するようになり、アウスターは暗黒の淵に呑まれて人類の天敵《ネメシス》たる役割をになった……が、こういうことはみな、小生が冷凍冬眠ボックスにはいり、豚のバラ肉やシャーベットのあいだで凍りつく以前から、いまにも実現しそうになっていたことばかりであって、かつての潮流の当然の帰結からそれたものなど、ひとつもないではないか。内側から見た歴史というものはつねに暗く、混沌としており、歴史家がまとめるお行儀のよくすっきりとした歴史とは著しく趣きが異なるというのにだぞ。

とまれ、小生の本質は、ヘヴンズ・ゲイトと、その一分たりとも気をぬけぬ生存環境の厳しさによって培われた。空はたえず黄褐色の日没のごとき色に染まり、いまにも崩れ落ちそうな天井のように、小生の住む小屋の数メートル上にのしかかっている。この小屋がまた、奇妙に居心地がいい。なかにあるのは、ものを食うための食卓、眠りかつセックスをするための寝棚、大小便用の穴、黙々と外を眺めるための窓、それだけだ。小生の環境は、まさに語彙を反映していたといえよう。

大むかしから、監獄とはもの書きにとって最高の場所だった。行動の自由と気散じ――この双子の悪魔の憑りつきようがないからさ。ヘヴンズ・ゲイトも、ある意味で監獄だった。そして、肉体は安全気圏に拘束されていても、精神は――すくなくともその残滓《ざんし》は――小生のものだった。

オールドアースでは、小生はサデュー＝デクナール製のコムログ思考プロセッサーで詩をこしらえたが、ではどういう状況で詩作をしたかといえば、たとえばクッションのきいた寝椅子でくつろいでいるとき、また電磁はしけに乗って陰鬱な礁湖上にゆったりと浮かんでいるとき、あるいは哀愁に沈みつつ香りよき田舎屋敷の屋内を経めぐっているときなどがそうだった。あのころの白日夢が生んだ、忌まわしく無節操、かつ女々しくて空疎な産物については、すでに話したと思う。ヘヴンズ・ゲイトで発見したのは、精神に対し、肉体労働がいかに刺激を与えうるかということだった。といっても、ただの肉体労働ではないぞ。背骨がひんまがり、肺がつぶれ、腹わたが張り裂け、靭帯がぶち切れるほどの、苛酷な肉体労働といいなおそう。だが、その労働がつらくて反復性のものであるならば、精神は肉体からさまよいだし、より想像力に満ちた領域へと解放《フリー》されるばかりか、より高次の次元へと羽ばたく《フリー》。ゆえに、ヘヴンズ・ゲイトで過ごすあいだ、恒星ヴェガ・プリモの赤い輝きのもとで泥運河の河底から汚泥をかきだし、ステーションの迷宮じみた空気処理施設のなかで空気処理バクテリアの形作る鍾乳石や石筍《せきじゅん》のあいだを這いずりまわりながら――小生はついに詩人となった。

この身に欠けていたのは、唯一、言葉だけだった。

二十世紀でもっとも栄えある作家、ウィリアム・ハワード・ギャスは、あるインタビューに答えてこんなことをいっている。〝言葉は究極のオブジェだ。魂を持っているといってもいい〟

至言だな。そして言葉は、プラトンのいう〝人間の知覚なる暗い洞窟〟——そこに影を落とすあらゆる概念とおなじくらい、純粋かつ超越的なものだ。しかし言葉は、欺瞞と無理解の陥穽《かんせい》でもある。人間の考えを無限の枝分かれなる自己欺瞞へと導きもする。脳という館は言葉で造られており、人が精神生活の大半をそこで過ごすという事実は、言語のもたらす現実のはなはだしい曲解と、それを見ぬく客観性を人が欠いていることの証左でもある。たとえば、〝信〟を表わす漢字は、文字どおり、〝言葉〟とそのとなりに文字どおり立つ〝人〟という、ふたつのシンボルでできている。それだけですむなら、それでもよかろう。だが、現代英語では、〝誠　実《インテグリティ》〟はどんな意味を持つ？　〝故　国《マザーランド》〟は？　〝進歩〟は？　〝デモクラシー〟は？　〝美〟は？　自己欺瞞のなかで、人は神にすらなれるのだ。

ギャスとおなじ世紀に生まれて死んだ、哲学者であり、数学者でもあったバートランド・ラッセルなる人物は、こんなことを書いている。〝言葉は思いを表明するだけのものではなく、思考を可能たらしめるものである。言葉なくして、思考は存在しえない〟。しかり、言葉にこそ、人類の非凡なる創造的才能の真髄はある。文明の生んだ大いなる建造物にも、その文明を葬りされるほど強力無比の兵器にも、それはない。卵子を襲う精子のごとく、新しい概念を受胎させうるのは、唯一言葉だけだ。言葉／概念なるシャム双生児こそは、混沌とした大宇宙に対して人類という種がなしうる——なすであろう——なすべき——ただひとつの貢献なのだ。

（なるほど、ヒトのDNAは唯一無二だが、それはサンショウウオとておなじこと。なるほど、ヒトはものを造るが、ものを造るだけなら、ビーバーから築城蟻にいたるまで、その種の動物にはことかかない。そうら、いっているそばから、築城蟻の造った城砦塚が、ちょうど舷窓の外に見えている。なるほどヒトは、数学なる夢想じみたものから確かな実体あるものを紡ぎだすが、それも道理、この宇宙は数学で配線されているのだからな。円を描けばπが顔を出す。新しい太陽系にはいればはいったで、時空の黒ビロード・マントの下には、ティコ・ブラーエの法則が隠れている。だが、その生物学、幾何学、そして理解力も感覚もない岩塊のいずこに、宇宙は言葉を蔵していよう？）

これまで発見された他の知的生物にしても——ジョーヴIIの気球生物、〈迷宮建設者〉、情動感応力を持つヘブロンのセネシャイ、デュラリスの枯れ枝に似た〈棍〉族、〈時間の墓標〉の建設者、そしてシュライクそのものにしても——われわれに残したものは、得体の知れない建造物にまつわる謎と神秘だけであって、言語によるそれではない。言葉の形で残された謎は、人類のそれ以外に皆無なのだ。

詩人ジョン・キーツは、ベイリーなる友人に宛てた書簡のなかでこう書いている。〝ぼくにはなにもたしかなものがない。例外なのは、心からの愛情の神聖さと、想像力の持つ真実だけだ——美が真実であるように、想像力もまた真実といえる——それが以前に存在したものであろうとなかろうと〟

また、中国の詩人ジョージ・ウーは——聖遷に先だつこと約三世紀前に勃発した最後の中日戦争で落命した人物だが——右のキーツの言葉を理解したうえで、こうコムログに記録している。〃現実に対して生み落とされる狂気——その産婆が詩人だ。詩人はありのままの現実、その現実のなりうる姿を見ようとはしない。そのあるべき姿のみを見る〃。のちに、没する前の週、恋人にあてた最後のディスクでは、こうもいっている。〃言葉とは、真実という弾帯にある唯一の弾丸である。そして詩人は、その狙撃手だ〃

おわかりか、初めに言葉ありき。そして言葉は、人間宇宙の営みのなかでのみ具現化した。ホーキング駆動の宇宙船がアインシュタイン時空の障壁の下をくぐりぬけるように、この宇宙を押し広げ、新たな現実への近道を見つけられるのは、唯一詩人のみだ。

ゆえに、詩人たることは——真の詩人たることは、人類という存在の化身となることである、と小生は悟った。詩人のマントを身にまとうことは、救世主の十字架を背負い、人類の魂の母としての、生みの苦しみを経験することにほかならぬ。

詩人となることは、神になることとなのだ。

このことを、小生はヘヴンズ・ゲイトの友人らに説明しようとした。

「しっこ、シット。ケツの穴・マザーファッカー、忌々しい・シット・忌々しい。まんこ。しーしー・まんこ。忌々しい！」

みなはかぶりをふり、ほほえみを浮かべて歩みさるばかり。偉大なる詩人が同時代人に理解されることは、たしかに稀といわざるをえん。

黄褐色の雲からは、酸の雨が降りそそぐ。太腿まで泥水につかって、小生は町の下水管にはびこる蛭藻《ひるも》を掃除しつづけた。二年めの年、オールド・スラッジが死んだ。みなでファースト・アヴェニュー運河を〈排水貯め《ミッドサンプ》〉の泥小屋まで拡張しようとしていたときのことだ。事故だった。掘削機の進路にあるたった一輪の硫黄薔薇を救おうと、軟泥の砂丘を登っていったとき——泥震が起きたんだ。しばらくして、キティが結婚した。その後も小遣い稼ぎに売春をつづけてはいたが、だんだんと姿を見なくなっていって——緑色の津波が〈泥原《マッドフラット》シティ〉を襲ってまもないころ、出産時に死んだ。小生は詩作をつづけた。

右半球であつかえるたった九語の語彙だけで、どうやって立派な詩が作れるのかと、不思議に思うかね？

答えはこうさ。小生は一語も言葉を使わなかったのだよ。詩にとって、言葉とは二義的なものにすぎない。なによりたいせつな対象は真実だ。ゆえに小生は、強力な概念、直喩、関係を用いて、物自体《ディング・アン・ズイッヒ》——影のなかにひそむ実体をあつかった。たとえていえば、ガラスやプラスティックやクロムアルミニウムすら出現しないうちから、より高度な強化《ウイスカード》合金の骨格を用いて、エンジニアが摩天楼を築きあげるがごとく。

やがて、ゆっくりと言葉がもどってきた。脳がみずからを維持し、再構成する能力たるや、驚嘆に値する。左半球に埋もれていたものが右半球に住まいを見いだしたのか、はたまた損傷を受けた領域で本来の主権を主張しだしたのか——たとえるならば、開拓者が野火にあって逃げだしたのち、焼け野原にもどってきてみれば、より肥沃になっていたのを発見するようなものかね。それまでは、〝塩〟という単語を口にしようとするだけで、吃《ども》り、喘《あえ》ぎ、歯のぬけたあとの歯茎をなぞる舌のように、小生の心は空無をさぐるばかりだったのに、さまざまな言葉やフレーズが、とうのむかしにわすれてしまった遊び友だちの名前のように、ゆっくりともどってきはじめたんだ。日中は軟泥にまみれて作業をつづけ、夜ごと小生は、ジージーと音をたてる油脂《ギー》ランプの灯りのもと、砕けたテーブル上で連作詩にとりくんだ。かつてマーク・トウェインは、独特のくだけた口調でこう述べている。〝適切な言葉とほぼ適切な言葉のちがいは、雷《ライトニング》と螢《ライトニング・バグ》のちがい、ここに象徴されている〟。なかなかに滑稽だが、これでは充分とはいえない。ヘヴンズ・ゲイトで詩作に手を染めて以後、長い数カ月のあいだに小生が発見したのは——適切な言葉を見つけだすことと、ほぼ適切な言葉でよしとすること、この両者には、雷に打たれるか、それとも雷が閃くのを眺めているだけか、そのくらいの開きがあるということだ。

　こうして小生の詩は生まれ、育っていった。詩を書きつづるのは、蛭藻《ひるも》繊維をリサイクルしたぺらぺらの紙——便所紙用としてトン単位で造られる極薄の紙だ。そこに、会社の売店で買った安っぽいフェルトペンで文字を書きつらねる。やがて連作詩が形をなしはじめた。そして、ばらばらになっていた3Dパズルのピースがしかるべき位置へ収まるように、言葉がつぎつぎともどってくるにつれ、小生は形式を必要とするようになった。そこで、まずはバルタザル師の教えに立ちもどり、入念に考慮しつくされたミルトンの叙事詩に範をとることにした。だんだん自信がついてくると、こんどはバイロンのロマン派的な官能性を、キーツふうに言葉の祝福を施して加味してみた。それから、じっくりとこねあわせ、イェイツふうの聡明なシニシズムを少々、パウンドの曖昧で衒学的《げんがくてき》な傲慢さをひとつまみ。それをぶつ切りにして、賽《さい》の目に切り、エリオットの抑制された比喩的表現、ディラン・トマスの自然派的味わい、デルモア・シュワーツの破滅感、スティーヴ・テムの恐怖の味わい、サルムート・ブレヴィーの純真さへの希求、デイトンの偏愛的なほどに複雑な押韻、ウーの物理崇拝、エドモンド・キー・フレラの過激なまでの陽気さなど、さまざまな香辛料をふりかける。

もちろん最後には、そんなごった煮はまるごとうっちゃって、一から十まで自分のスタイルで書きなおしたがね。

もしスラムの暴れ者アンクがいなかったなら、小生はいまもヘヴンズ・ゲイトにいて、昼は酸の運河を掘りながら、夜は詩作にふけっていたことだろう。

というのは、非番の日、わが詩を——その唯一無二の原稿を！——かかえて、集会場にある会社の図書館へ調べものにいこうとしていると、アンクとその仲間ふたりがいきなり路地から現われて、いますぐ来月のミカジメ料をよこせといってきたんだ。ヘヴンズ・ゲイトの安全気圏には、ユニバーサル・カードなどというものはない。支払いはみな、社票か闇マークですませる。あいにくそのときは、どちらも手持ちがなくてな。するとアンクは、ビニールのショルダー・バッグの中身を見せろというじゃないか。反射的に、小生は断わった。それがまずかったよ。おとなしく見せておけば、原稿を泥の上にぶちまけられ、さんざん脅しつけられたあと、袋だたきにされるくらいですんでいただろう。だが、いやだといってアンクとふたりの〝ネアンデルタール人〟を逆上させたがために、原稿をびりびりに引き裂かれて泥の上にぶちまけられたあげく、あわれ半殺しの目にあわされてしまったんだ。

ところがところが、そこへ運よく、安全気圏空気品質管理者のEMVが低空飛行で頭上を通りかかった。乗っていたのは管理者の細君で、すぐそばのアーケードにある社員向け百貨店へ買い物にいこうとしていたところ、地上の暴行を目にとめ、EMVの高度を落とすように指示を出してくれたのさ。しかも彼女は、アンドロイドの召使いに詩の残骸を回収させたうえ、小生を社の病院へ運びこませてくれた。ふつうなら、借金返済のため働かされている労働者は、かりに医療を受けられるにせよ、簡易バイオ診療所がせいぜいだが、管理者の細君が連れてきたとあっては、病院側もむげに断わるわけにはいかない。おかげで小生は、ぶじに入院させられ——まだ意識のないままに——人間の医師と管理者の細君に見まもられて、治療槽で回復をとげたというわけだ。

……わかったわかった、縷々《るる》凡庸な長話をつづるのはやめにしよう。ヘレンダは——つまり管理者の細君だ——小生が薬液に浮かんでいるうちに原稿を読み、気にいった。そして、小生が入院したその日のうちに、その詩をルネッサンス・ベクトルに転送して、妹のフェリアに見せた。このフェリアの友人の恋人というのが、トランスライン・パブリッシングに勤める編集者の知りあいでな。かくて、あくる朝目覚めてみると、小生の折れていた肋骨はくっつき、砕けていた頰骨はもとどおりになり、打ち身はすっかり消え、五本の歯が真新しくなり、左目の角膜も新しくなったうえ、トランスラインにつてができていたというしだい。
五週間後、小生の連作詩は刊行された。その一週間後、ヘレンダは管理者と離婚し、小生といっしょになった。彼女にとっては七度め、小生にとってははじめての結婚だった。そして、ふたりしてTC^2の〈惑星間大通り《ザ・グランド・コンコース》〉に新婚旅行に出かけ、一カ月後にもどってきてみると……わが詩集は十億部以上も売れており――詩集がベストセラー・リストに載ったのは、じつに四世紀ぶりのことだ――小生は巨万の富を手にいれていたんだよ。

トランスラインの初代担当編集者は、名前をタイレナ・ワイングリーン＝ファイフといった。詩集の題名を『終末の地球《ザ・ダイング・アース》』としたのは彼女のしわざだ（記録をさぐってみたところ、五百年前に同題の小説が刊行されていることがわかったが、著作権は失効していたし、本も絶版になっていたので、これでいこうということになったのさ）。そしてまた、膨大な連作詩のなかから、ノスタルジアただようオールドアースの落日部分だけをぬきだして本にしたのも彼女だったし、読者にとって退屈と判断した部分――哲学的な詩句、母についての描写、詩人の先達への賛辞、実験的な詩を試みた部分、より個人的な内容――要するに大半の部分を削除したのも彼女だった。残ったのは、大型輸送船がすっかり姿を消したオールドアースの、ものうい終末の日々を描く、センチメンタルで無味乾燥な描写のみ……。だが、刊行から四カ月めにして、『終末の地球』はハードファックス版で二十五億部を売りあげ、ディジタライズされた抜粋版は〈メディア・ネット〉のデータスフィアに登録され、立体《ホーリー》映画化権も売れた。タイレナいわく、改竄によって小生の詩は完璧になったという。オールドアースの死が現実世界にもたらしたトラウマは、一世紀にもおよぶ拒否反応——あたかも地球が存在しなかったかのごとき拒否反応の期間をもたらしたが、つぎにその反動で地球を回顧する気運が盛りあがり、いまやオールドアースへの郷愁にひたる宗教団体が勢力を伸ばしていて、〈ウェブ〉のどの惑星にも見られるくらいだから、地球の終末を描く一冊の本は——たとえそれが詩の本であっても——ぴたり時宜にかない、絶妙のタイミングで世に出たのだそうだ。

小生にしてみれば、連邦において一躍名士となってからの数カ月は、オールドアースでのおぼっちゃまから急転直下、ヘヴンズ・ゲイトでの奴隷に等しい掘り手に転落したときよりも、はるかに途方にくれるものだった。その数カ月のうちに、小生は百以上もの惑星で、書籍に直接、あるいはファックスを通じて、サインをしまくった。マーマン・ハムリットといっしょに〈ザ・オールネット・ナウ！〉ショーに出たこともある。CEOのセニスター・ペロットや万民院議員のデュリー・ファインに会ったこともあるし、二十人以上の上院議員に会ったこともある。惑星間女性文筆家協会やルーサス作家協会の集まりで講演もしたし、ニューアース大学と第二ケンブリッジ大学から名誉学位も授かった。あちこちから敬意も表され、インタビューされ、イメージを撮られ、批評され（ただし好意的にだ）、（小生に無断で）生体サンプルを採られ、もてはやされ、連載をもたされ、食い物にされた。まさに、多忙の日々だったといえる。

ここで、連邦での暮らしぶりを少々。

小生の住まいは、三十六の惑星に分散する三十八の部屋でできていた。ドアはない。アーチ型の入口はみな転位ドアだ。いくつかにはプライバシーのためカーテンをかけてあるが、ほとんどは自由に出入り可能で、なかを覗くのもたやすい。それぞれの部屋には、いたるところに窓があり、すくなくとも二面の壁には転位ドアがついている。たとえば、惑星ルネッサンス・ベクトルの広大なダイニングホールは火山の山頂にあり、そのすぐ目の前には谷が口をあけていて、ブロンズ色の空ともども、その谷底に建つイネイブル城砦の緑青《ろくしょう》色の天守閣群が一望できた。こうべをめぐらせば、転位ドアの向こうに連なるのはフォーマルなリビングルームの白い絨毯、さらにその窓から覗くのは、惑星ネヴァーモアはプロスペロ岬の絶壁に打ちよせるエドガー・アラン海の荒波だ。図書室の窓外には、惑星ノルトホルムの氷河とグリーンの空が広がる。図書室から十歩ほど歩いて短い階段を降りれば、そこは塔の最上階にある書斎。居心地がよく、広々としたこの部屋は、周囲が全面偏光ガラス張りになっていて、三百六十度どちらを向いても、クシュパト・カラコルム最高峰の絶景が見わたせる。この山脈は惑星デネブIII《ドライ》のヤムヌ共和国にあり、いちばんちかい人里でも二千キロの彼方だ。ヘレンダとともに寝る広大な寝室は、森霊修道会が所有する惑星〈神の森《ゴッズ・グローヴ》〉の世界樹にあり、高さ三百メートルの大枝上で揺れていた。その寝室に隣接するサンルームがぽつんと建つのは、惑星ヘブロンの乾燥した塩類平原のまっただなかだ。むろん、窓外の風景がすべて自然の景観というわけではない。メディアルームの窓に面するのは、首星タウ・ケティ・

センターにあるアーコロジー・タワー百三十八階のスキマーパッドだったし、パティオのあるテラスから見おろせるのは、人でごったがえすヘブロンの首都ニューエルサレムの、旧市街の市場だ。

家の設計者は、伝説の建築家、ミロン・ドゥアーブルの弟子で、この家の設計にもささやかなジョークがいくつかひそませてあった。もちろん、塔のてっぺんの部屋へ降りる階段というのもそのひとつだが、おなじくらい愉快なのは、高所の部屋からの出口が、ルーサスの巣礎《ハイヴ》都市でもいちばん深い階層にあるエクササイズ・ルームに通じていたり、あるいは客用のバスルーム——ここにはトイレ、ビデ、シンク、シャワー・ストールなどがあるんだが、それが壁もなにもない筏の上にあって、〈無限の海《マーレ・インフィニトゥス》〉の菫色の海面に浮かんでいたりすることだ。

はじめのうちこそ、部屋から部屋へ移るたびに重力が変化することに違和感もあったが、すぐに慣れてしまってな、無意識のうちに、ルーサスやヘブロンやソル・ドラコニ・セプテムでは足を踏んばるようになったし、ほとんどの部屋では一標準G未満の快適さを堪能できるようになった。

もっとも、ヘレンダとともに暮らした十カ標準月間のあいだ、家にいることはめったになくて、むしろ小生は友人らとともに、〈ワールドウェブ〉じゅうのリゾート地、バケーション・アーコロジー、ナイトスポットなどを訪ねてまわったものだよ。〝友人ら〟というのは、かつては転位愛好家、いまでは〈カリブーの群れ〉を自称する者たちのことを指す。カリブーというのは、とうに絶滅したオールドアースの哺乳類のことで、その移動性にちなんでこう呼ぶんだ。この〝群れ〟を構成するのは、作家、少数の成功したヴィジュアル・アーティスト、〈グランド・コンコース〉のインテリ、万民院のメディア議員、ラディカルな塑体師数名、美容遺伝子整形医、〈ウェブ〉の貴族、裕福な転位マニア、フラッシュバック中毒者、若干の立体《ホーリー》映画監督や舞台監督、ちらほらと混じる役者にパフォーマンス・アーティスト、更生したマフィアのドン数名、ころころといれかわる――小生もふくむ――時の名士たち、とまあ、そういった顔ぶれだ。

　この連中、いずれも金はうなるほど持っていたので、高価な興奮剤や快楽インプラントを使うわ、脳の快楽中枢は刺激するわ、最高のドラッグに耽溺するわ、もうやりたい放題だった。とくに珍重されたドラッグはフラッシュバックだ。これはまぎれもなく、上流階層の悪徳にほかならん。なにしろ、その効力をフルに享受するためには、高価なインプラントを各種内蔵せねばならんのだからな。もちろん、ヘレンダの助言を受けて、小生もその手のインプラントはしこたまとりつけた。バイオモニター、感覚拡張装置、生体内コムログ、神経スイッチャー、脳内麻薬誘発装置、メタ皮質プロセッサー、血流制御チップ、RNA条虫、エトセトラ、エトセトラ……かりに母が小生の体内を覗いたとしても、だれのものだか見わけがつかなかったろう。

　フラッシュバックは二回ためしてみた。

　初回はとくに問題なかったよ――イメージしたのは九歳の誕生日だ。あらゆるものが、むかしのままにそこにあった。夜明けとともに東の芝生で祝いの歌を歌う召使いたち。バルタザル師は不承不承、その日の授業を休みにしてくれたので、小生はさっそくアマルフィをさそい、EMVに乗って荒れ放題のアマゾン河流域に連なる灰色の砂丘を飛ばしまくったものだ。その日の黄昏どきになると、松明の行列に迎えられて、他の旧家の代表たちがぞくぞくとわが家を訪ねてきた。月光と一万もの星の明かりを受けて輝く、きらびやかに包装された贈り物の山――。九時間後にフラッシュバックの効果が切れたとき、小生は満面の笑みをたたえていたっけなあ。

だが、二度めにはとんでもない目にあった。

こんどの設定は四歳のときだ。ほこりと古い家具のにおいがただようなか、小生は大声で泣きわめきながら、母をさがして数かぎりない部屋をめぐり歩いている。アンドロイドの召使いたちが懸命に小生をなだめようとするが、小生はみなの手をふりきり、廊下をどんどん駆けだしていく。わだかまる影と何世代にもわたって積もりに積もった煤《すす》とで、廊下は真っ黒だ。それまでに学んだルールをはじめて破って、小生は母の裁縫室のドアをあけはなった。この部屋は聖域で、母は毎日の午後、三時間ほどそこにこもっては、淡い色のドレスの裾をカーペットに引きずり、幽霊のため息のような音をたてながら、おだやかな笑みを浮かべて現われるのがつねだったが――。

裁縫室のなかで、母は影につつまれてすわっていた。指を痛めて泣いていた四歳の小生は、母のもとに駆けより、その腕にとびこんだ。

だが、母はなんの反応も示さない。その優雅な右腕を寝椅子の背あてに這わせ、左腕をクッションにもたせかけたままだ。

彫刻と化したような母の冷たい態度にショックをおぼえて、小生はあとずさった。おそるおそる、母のひだのついた服の袖をひっぱってみたが、びくともしない。

見ると母は、白目をむいていた。唇は半開きだ。口のはたからはよだれの筋がたれ、完璧なあごを濡らしている。金糸のような髪のあいだに見えるのは——髪は母の好きな貴婦人ふうに結いあげられている——快楽中枢刺激ワイヤーがはなつ冷たいスチールの光沢と、それよりも鈍く輝く、頭蓋のソケットだった。ソケットのまわりに覗く頭蓋骨は異様なほどに白い。母の左手のそばのテーブルには、からになったフラッシュバックの注射器がころがっていた。

召使いたちが追いついてきて、小生を連れだした。母はまばたきひとつしない。小生は泣き叫びながら、部屋から引きずりだされた。

そして、泣き叫びながら目をさました。

ヘレンダに見かぎられるのが早まったのは、そんなこんなで、もう二度とフラッシュバックはごめんだと宣言したせいのような気もするが……いや、そうでもないか。小生はな、彼女の玩具だったたんだよ。ヘレンダが何十年もあたりまえと思ってきた暮らしのことをなにも知らず、その無知ゆえに彼女を愉しませてくれる未開人、それが小生の役どころだったんだ。

いずれにせよ、ヘレンダはフラッシュバックの世界に溺れ、小生は仲間入りを拒否したことで、長きにわたって彼女なしの日々を過ごすことになる。実時間での日々が単調にくりかえされるいっぽうで、フラッシュバック中毒者たちは、現実に体験したそれまでの人生よりも長い時間をドラッグびたりの状態で過ごし、命を落とすことも稀ではなかった。

はじめのうちは小生も、オールドアースの旧家の一員にはゆるされなかった、数々のインプラントやハイテク玩具を楽しんだ。最初の年、なによりも夢中になったのは、データスフィアだ。当初はまさに、四六時中情報を引きだしつづけ、完璧なインターフェイスのなかでデータ三昧の日々を送ったものさ。〈カリブーの群れ〉が快楽中枢刺激とドラッグに溺れるように、小生もまた生のデータに中毒したのだな。その反面、インプラントのもたらす全知という一時の充足と引き換えに、せっかく暗記した諸々の詩文の記憶まで捨てさったのだから、バルタザル師もさぞかし熔けた墓のなかで憤慨していたことだろう。しまったと気づいたときにはもう遅かった。フィッツジェラルド訳の『オデュッセイア』、ウーの『最後の行進』、その他、言語喪失時代をも生き延びた二十もの叙事詩は、あわれ高空の強風に吹きちらされる雲のように、ばらばらにちぎれて忘却の彼方。おかげで、インプラントをすべてはずしてからその全部を憶えなおすには、いやはや、えらく苦労したよ。

もっともそれは、ずっとのちの話だ。データにうつつをぬかしていた当時は、それどころではなかった。そしてなんと、生まれてはじめて、あとにも先にもこのときだけだが、小生は政治に深い関心を持った。昼も夜も、転位ケーブルで上院の議会中継を眺め、あるいは横になって万民院の議事を傍聴する日々。かつてだれかが見積もったように、万民院では毎日約百件の立法措置が行なわれていた。何カ月にもおよぶ情報散策のあいだ、小生は知覚中枢に没頭して、そのすべてを見とどけたとも。やがて小生の声と名前は、各議論チャンネルで有名になった。議論に値しない法案などなかった。いかなる法案も、小生にとって単純すぎたり複雑すぎたりはしなかった。数分おきに投票するという行為だけでも、なにかを成しとげたという偽りの達成感を与えてくれた。それなのに、なぜ政治参加への熱がさめてしまったかというと——気がついたんだよ、万民院に常時参加することは、家に閉じこもるか、歩くゾンビと化すか、ふたつにひとつだということに。間断なく自分のインプラントにアクセスしっぱなしの人間は、世間一般からすれば哀れな人間にしか見えない。ヘレンダに嘲笑されるまでもなく、そのまま家にこもっていれば、小生も〈ウェブ〉じゅうにちらばる何百万もの不精者とおなじように、万民院だけが生きがいの政治おたくと化していたことだろう。そう気づいてすぐに、政治はすっぱりとやめた。しかし、そのかわりに、すでに新しい情熱の対象を見つけていた。宗教だ。

小生は宗教に参画した。というよりも、宗教の地歩固めに尽力した。そのころは、禅グノーシス宗が破竹の勢いで勢力を拡大しつつあるところで、小生はその熱心な信者となり、HTVのトークショーに出演したり、聖遷以前のメッカへ巡礼するイスラム教徒なみの敬虔さで、自分にふさわしい霊地を経めぐったりしたものだよ。なにより、転位旅行は大好きだったしな。ただ、小生が『終末の地球』で稼いだ印税は一億マークに達し、ヘレンダが上手に投資してくれてもいたが――だれかの計算によると、拙宅のように転位システムで構築された家を維持するには、接続範囲を連邦内にかぎっても、毎日五万マーク以上はかかるそうだ。しかも小生が訪ね歩くのは、家がまたがる三十六の惑星にとどまらない。そのうえ、トランスライン出版が発行してくれたゴールド・ユニバーサル・カードは野放図に使いまくるわ、〈ウェブ〉内の秘境惑星に飛ぶわ、贅《ぜい》をきわめたホテルに何週間も泊まるわ、自分の霊地をもとめて辺境惑星の僻地へいくさいにＥＭＶを何台も借りまくるわと、それこそ放蕩のかぎりを尽くしたものだから、猛烈な勢いで金が出ていった。

なのに、霊地はちっとも見つからない。ついに音をあげて禅グノーシス宗と縁を切ったところへ、こんどはヘレンダに離婚されるという事態が持ちあがった。そのころには、請求書の金額も莫大な額に膨れあがっていたから、その清算のため、株と長期投資商品の大半を処分しなければならなかったが、ヘレンダが自分の取り分を持ちさったあとなので、もはや財産はなきに等しい。（ヘレンダが弁護士どもに結婚契約を取り決めさせたとき、小生はなんともうぶで、彼女にぞっこんだったばかりでなく……愚かだったのだよ）

ついには、転位旅行も切り詰めざるをえず、アンドロイドの召使いたちも解雇させざるをえない経済状況に追いこまれて、小生の破産は目前に迫った。

で、タイレナ・ワイングリーン＝ファイフのもとへ相談に赴いたのさ。

「詩なんてものはね、だれも読まないの」

それまでの一年半をかけて書いた薄い詩の束をぱらぱらと見て、タイレナはいった。

「どういうことだ？　『終末の地球』は詩だったぞ」

「あれはフロック」タイレナの爪は長く、緑色に塗ってあり、大きくカーブしていた。中国系の最新ファッションだ。小生の原稿をつかむ湾曲した長い爪は、葉緑素獣の鉤爪のようでもあった。「あれが売れたのは、大衆の潜在意識に受けいれ準備ができていたから」

「この詩についても、受けいれ準備はできているかもしれんじゃないか」

小生の口調には怒りがにじんでいた。

タイレナは笑った。その笑い声がまた、いらだたしい。

「マーティン、マーティン、マーティン——これは詩なのよ。あなたはヘヴンズ・ゲイトや〈カリブーの群れ〉について書いているけれど、それが伝えようとしているのは、孤独感、疎外感、不安、人類に対する皮肉な視点などでしょう」

「だから？」

「だから、他人の不安を読まされるために、お金をはらう人間なんていないということよ」

そういって、タイレナは笑った。

小生は彼女のデスクに背を向け、部屋の反対端へ歩いていった。タウ・ケティ・センターのバベル・セクションに建つトランスライン超高層尖塔《スパイア》——その四百三十五階のフロア全体が彼女のオフィスだ。窓はない。というより、壁そのものがない。円形の部屋には、床と天井があるだけ。ほんのすこしもちらつかないので、そばに寄ってもそれとはわからないが、壁のかわりに外との境界をなしているのは、太陽発電による遮蔽フィールドだ。空と地上のあいだに宙吊りになった、二枚の灰色の円板のあいだに立っていると思えばよかろう。眼下を見わたせば、五百メートルほど低い小尖塔群のあいだを、真紅の雲が流れていく。小生はふと、傲慢の罪を思い起こした。タイレナのオフィスにはドアもない。階段もエレベーターも、フィールドエレベーターもトラップドアもない。ほかの階と行き来する手段はまったくないんだ。出入りするためには、切子面が五面ある転位ドアを使う。それは抽象ホロ彫刻のように、空中に浮かんできらめいていた。それを見て、傲慢の罪のみならず、高層ビル火災と停電のことを思いだしながら、小生は問いかけた。

「要するに、出版するつもりはない……と、こういっているわけかね？」

「そんなことはないわ」タイレナはほほえんだ。「あなたはトランスラインに何十億マークも稼がせてくれたんだもの。出版はしてさしあげるわ。ただ、こんなものを買う人間なんていないといっているだけ」

「そんなはずはない！」小生は叫んだ。「万人にすぐれた詩の鑑賞能力はないにせよ、ベストセラーになる程度の読者人口はまだ残っているはずだ」

タイレナは声をあげて笑いこそしなかったが、グリーンの唇の両端をきゅっと吊りあげ、笑みを浮かべて、ふたたびこういった。

「マーティン、マーティン、マーティン――グーテンベルグが活版印刷を発明して以来、文学読者なるものは減少の一途をたどっているのよ。二十世紀の、いわゆる工業化民主主義のころには、年に一冊でも本を読む人間の数は、人口の二パーセントを割りこんでいたわ。しかもそれは、高知能マシン、データスフィア、ユーザーフレンドリーな環境などが整う以前のお話。聖遷のころになると、連邦人口の九十八パーセントまでもが、わざわざ印刷物を読む理由をなくしていたの。だから、あえて読み方を学ぼうともしなかった。いまではそれがもっとひどくなっている。〈ワールドウェブ〉の一千億以上もの総人口のうち、なんらかの印刷物をハードファックスする割合は一パーセント以下。書物を読むなどという人間にいたっては皆無にちかいわ」

「しかし、『終末の地球』は三十億部ちかく売れたじゃないか」

「あのね……あれは『天路歴程』効果なの」

「てんろ……なんだって？」

「『天路歴程』効果。マサチューセッツの入植地ではね……時代はいつだったかしら……そう、十七世紀のオールドアースよ。そこの良識ある家庭は、一家に一冊、その本を備えていなければならないとされていたの。でも、備えていればいいだけで、だれも読む必要はなかった。ヒトラーの『わが闘争』も、ストカツキーの『断頭された子の目の中の幻影』も、事情はみなおなじ」

「ヒトラーとはだれかね？」

タイレナはうすく笑って、

「オールドアースの政治家よ、いくつか本を書いてるわ。『わが闘争』はまだ刊行されていて……トランスラインが百三十八年ごとに著作権を更新しているの」

「ともかくだな――これから二、三週間かけて、この詩集に磨きをかけてくる。わが最高傑作に仕あげてみせる」

「ご随意に」タイレナはほほえんだ。

「まえのときとおなじように、こんども手を加えたいんだろう？」

「まさか。今回はノスタルジアという核がないんだもの、好きなように書けばいいわ」

小生は目をしばたたいた。

「こんどは無韻詩を使ってもいいのか？」

「もちろん」

「お好きに」

「哲学は？」

「実験的な詩は？」

「どうぞ」

「好き勝手に書いても出版してくれるというのか？」

「保証しましょう」

「売れる可能性はあるのかね？」

「ほんのこれっぽかりもないわ」

〝詩に磨きをかける二、三週間〟は、ひたすら推敲に推敲を重ねる十カ月に伸びた。家の部屋は大半を処分した。残したのはデネブ・ドライの塔の部屋と、ルーサスのエクササイズ・ルーム、キッチン、マーレ・インフィニトゥスの筏の浴室だけだ。毎日毎日、十時間ぶっつづけで詩文を彫琢《ちょうたく》しては、いったん休憩してみっちり運動をし、食事をとったり仮眠したりしてから、また書きもの机にもどり、八時間ぶっとおしで詩と格闘する――そんな日々がつづいた。五年前、言語喪失から回復しようとしていた時期とよく似ていたよ。五年前も、たった一語を思いつくのに――たったひとつの概念を言葉という堅固な土壌に根づかせるまでに――まる一時間、まる一日もかかったものだ。だが、いまやその過程は、完璧な言葉を選りぬき、唯一無二の韻を踏み、きわめて陽気なイメージを選びだし、ごくとらえどころのない感情の形容しがたい相似を付与するうえで、さらに時間のかかるものとなった。

十カ標準月ののち、ついに小生はあきらめた。いかなる著作も詩も、決して完成することはない、ただ折り合いをつけられるのみだ……という大むかしの警句を実感しながらね。

「どんなものかな?」

一枚めに目を通すタイレナに、小生はたずねた。

その週の流行に合わせて、彼女の目は淡いブロンズ色にしてあったが、だからといって、そこににじむ涙は隠しようもなかった。涙をぬぐって、彼女はいった。

「すばらしいわ」

「何人かの先達の声を再発見してみようとしたんだ……」

急に恥ずかしくなって、小生は声を低めた。

「みごとに成功しているわね」

「ヘヴンズ・ゲイトの幕合いがまだ粗い」

「そこは寂寥感《せきりょうかん》を伝えようとしてるんだが」

「完璧よ、これで」

「ひしひしと伝わってくるわ」

「これでもう、本にしてもだいじょうぶかな？」

「充分よ……真の傑作」

「売れると思うかね？」

「絶対にむり」

わが『詩篇《カントス》』のハードファックス初版は、七千万部からと決まった。トランスラインはデータスフィアで大々的に宣伝を打ち、HTVでコマーシャルを流し、ソフトウェア折りこみ広告を送信し、首尾よくベストセラー作家たちの推薦文をとりつけ、ニュー・ニューヨーク・タイムズの書評欄やTC^2レビューでとりあげられるように手配し……総じて莫大な宣伝費をかけた。

刊行後の一年間に売れた『詩篇』のハードファックスは、締めて二万三千部だった。定価十二マークで印税率十パーセントだから、前渡し金《アドバンス》二百万マークのうち、二万七千六百マークは正当な稼ぎということになる。二年めに売れた部数は、六百三十八部。データスフィア収録権も売れず、ホーリー化の話もなく、ブック・ツアーの企画も出ずじまいだった。そんな『詩篇』の売れ行き不振を補ってあまりあったのは、否定的書評の手厳しさだ。〝なにが書いてあるのかさっぱりわからない……古くさくて黴の生えた……現代人のいかなる関心とも無縁の、無用の長物〟と書いたのは、タイムズの書評欄。〝M・サイリーナスは究極の意思疎通拒否の試みをなしとげた――もったいぶった、ひとりよがりの頑迷さに耽溺することで〟とは、TC^2レビューのアーバン・カプライの弁。そしてとどめに、〈オールネット・ナウ！〉のマーマン・ハムリットのひとこと。〝なんだか詩みたいなものが出てたっけな。作者は、えーと――だめだ、こりゃ読めない。手にとる気も起こらない〟

タイレナ・ワイングリーン＝ファイフは、べつに気にもしていないようだった。最初の書評が発表され、返本がはじまってから二週間後、十三日間の乱痴気騒ぎがおわった日、小生は彼女のオフィスに転位し、部屋中央にビロードの黒豹のようにうずくまる、黒いフローフォームのソファに身を沈めた。目に見えない遮蔽フィールドのすぐ外では、伝説と化したタウ・ケティ・センターの雷雨が荒れ狂い、とてつもなく巨大な稲妻が血の色を帯びた空気を引き裂いている。

「心配ご無用」とタイレナはいった。今週の流行りのヘアースタイルなのだろう、額から長さ五十センチの黒い角を何本も生やしている。たえず変化する色彩の渦が裸体を覆い隠したり覗かせたりしているのは、不透明ボディ・フィールドをつけているためだ。「初版は六万部しかファックスされていないから、ダメージはすくないわ」

「七千万部の予定じゃなかったのかね」

「そうよ。でも、トランスラインの専属AIに読ませてみて、方針が変わったの」

小生、ますます深くソファに沈みこんだ。

「やれやれ、AIにまできらわれたか」

「いいえ、AIは気にいったわ。だからこそ、一般大衆には受けないと確信したのよ」

小生はがばと身を起こした。

「そうだ、〈テクノコア〉に売るという手があるぞ」

「売ったわ……一部だけね。〈テクノコア〉に属する何百万ものAIは、FATラインで『詩篇』がはいってきた瞬間、その場で同時に読んでしまったみたい。恒星間著作権も、AIが相手ではなんの規制効果もないのよ」

「なるほど……」小生はうなだれた。「で、つぎはどうする？」

各企業の尖塔群と嵐雲のあいだを、とてつもなく巨大な稲妻が走りぬけた。オールドアースにあった、古《いにしえ》のスーパーハイウェイなみの大きさだ。

タイレナはデスクから立ちあがり、絨毯を敷きつめた円板状の床のはずれまで歩いていった。そのボディ・フィールドが電荷を帯びて、水面に浮いた油膜のようにちらつき、きらめいている。

「つぎはね——」とタイレナはいった。「自分が作家になりたいのか、それとも〈ワールドウェブ〉はじまって以来のマヌケになりたいのか、それを決める番」

「なんだって?」

「聞こえたでしょう」タイレナはふりかえり、にっこりと笑った。その歯には、鋭くとがった金冠がかぶせられていた。「契約によれば、どんな手段でも、こちらの好きな形であなたからアドバンスをとりもどせるのよ。インターバンクの全資産を差し押さえてもいいし、ホームフリーに秘蔵している金貨を回収してもいいわ。あの派手なだけで品のない転位システム屋敷を売りとばして、負債返済に充当してもいい。それさえすましてしまったら……ビリー悲嘆王がなんとかいう田舎惑星に集めている、芸術指向のディレッタント、ドロップアウト、異常者たちの集団にでも身を投じることね」

小生はまじまじとタイレナを凝視した。

「それがいやなら……」タイレナはそういって、肉食獣の笑みを浮かべた。「こんどの一時的な失敗のことはわすれて、次作にとりかかりなさい」

次作は五カ標準月後に日の目を見た。『終末の地球II』だ。これは『終末の地球』の後日談で、今回は平易な散文体とし、六百三十八名の平均的ハードファックス読者からなるテストグループの反応をニューロ・バイオ・モニターしつつ、センテンスの長さから内容にいたるまで、入念に調整した。形式は小説の体裁をとり、スーパーのチェックアウト・レジで客がひょいと買うのに抵抗をおぼえない厚さにとどめ、表紙には二十三秒のインタラクティヴ・ホロムービーを用い、長身の日焼けした男が——アマルフィ・シュワルツのつもりなんだろうが、アマルフィは背が低くて色白で、矯正レンズだった——抵抗する女のボディスを引き裂く場面を組みこんである。抗うブロンドが読者のほうを向き、あえぎながらかすれ声で助けをもとめ、いましも乳首が見えそうなところでチョン、という寸法だ。出演は、ポルノ・ホロスターのリーダ・スワン。

『終末の地球II』は、千九百万部売れた。

「悪くはないわね」とタイレナはいった。「読者がつくまで、しばらくはかかるものだから」

「しかし『終末の地球』の第一部は、三十億部も売れたんだぞ」

「『天路歴程』効果よ。『わが闘争』とおなじ。一世紀にいちどの大ヒット。もっと希有な例かもしれない」

「しかし、三十億部というのは……」

「あのね」とタイレナはいった。「二十世紀オールドアースのファーストフード・チェーンでは、死んだ牛の肉を仕入れて、脂を敷いた鉄板の上で焼いて、発癌物質を添加したうえに、石油ベースの発泡材でつつんだものを、九千億個も売っていたのよ。それが人間なの。そういうものなのよ」

『終末の地球III』では、逃亡したのち、自分のファイバープラスティック・プランテーションを持つまでになった奴隷娘・ワイノナのこと（オールドアースでファイバープラスティックが育たなかったことはわすれてくれ）、威勢のいい密航者アーツーロ・レッドグレイヴ（密航とはなんだ？）、得体の知れない小ネル病で死にかけている九歳のテレパス、無垢《イノセンス》なスペリーのことなどを描いた。イノセンスはなんと、『終末の地球IX』まで〝生き延び〟たよ。トランスラインがやっとのことでこのクソガキを〝死なせる〟許可を出してくれたときには、小生、二十の世界をまたにかけ、六日におよぶ乱痴気騒ぎをくりひろげたものだ。目覚めたときは、ヘヴンズ・ゲイトの空気放出管のなか。ゲロと再処理空気の黴にまみれ、〈ウェブ〉で最悪の頭痛に見舞われつつ、そのとき思ったことはこうだった。

ああ、もうじき『終末の地球』年代期第X部を書かねばならん……。

出版社の雇われ三文文士になるのは、そうむずかしいことではない。『終末の地球II』から『終末の地球IX』までの六標準年は、さほど苦痛でもなかった。いいかげんなリサーチ、型どおりのプロット、現実味のない薄っぺらな人物造形、凡庸な文章。しかし、〝お仕事〟以外の時間は自分のものだ。旅行もした。もう二回、結婚もした。どちらの妻も、さほど悪感情を残すことなく離婚してくれたよ。別れたあとに出る『終末の地球』の印税の、かなりの額を持っていきはしたがね。宗教の勉強もしたし、酒に耽溺するようにもなった。とくに酒は、しだいに安らぎを与えてくれるようになっていった。

家はそのまま残し、五つの惑星にもう六つの部屋を拡張して、立派な芸術品で飾りたてた。あれはあれで楽しかったな。作家連とも交流はあったが、作家というものはほぼ例外なしに同業者を信用せず、陰口をたたきあうものだ。ほかの作家の成功は陰で憤り、粗さがしにこれ努める。みながみな、自分だけは言葉の真の芸術家であって、商業主義に乗っかっているのはふとした偶然であると思いこみ、ほかの作家はみなまがいものだと思っているんだ。

そして、ある寒い朝のこと、森霊修道会の惑星ゴッズ・グローヴの寝室で目を覚まし——世界樹の大枝で小さく揺れる、あの寝室だ——灰色の空を見あげたとたん、小生はふと気がついた……自分の詩想がすっかりどこかへ消えてしまっていることに。

なんらかの詩を書いてから、すでに五年。『詩篇《カントス》』の続きはデネブ・ドライの塔書斎にページを開いたまま置きっぱなしにしてあり、既刊の『詩篇』のあとはほんの数ページが書き足されただけだった。そのころは、小説書きに思考プロセッサーを使っていてな。書斎に足を踏みいれると同時にその一台が起動して、小生の思いを反映し、こう出力したものだよ。

〝くそったれ。かつての詩想はどこへいっちまったんだ？〟

いいかげんな小説ばかり書きとばしてきたせいで、気づかないうちに詩想が逃げてしまったんだろう、と諸君は思うかもしらんがね。それはちがう。ものを書かない人間、創作意欲につき動かされた経験のない人間は、詩想のことを文才や綺想と思いがちだが、言葉とともに生きるわれらにとって、詩想とは、言葉という柔らかい粘土そのものとおなじくらいリアルで必要不可欠のものなんだ。詩想あればこそ、ちゃんとした塑像もできあがる。文章を書くこととは――本物の文章を書くこととは――神々のもとへFATラインを通じさせる行為に等しい。本物の詩人には、かつて説明できたためしがないんだよ――自分の精神がペンや思考プロセッサーとおなじ道具と化し、何処からか流れこんでくる啓示を書きつづるときの高揚感をな。

だが、その詩想は消えてしまった。小生は詩想をもとめ、各惑星にまたがる家じゅうの部屋をさがしまわったが、芸術で飾りたてた壁と空虚な空間からは、ただ沈黙が返ってくるばかりだった。あちこちのお気にいりの場所へ転位して、強風吹きすさぶ〈草《グラス》〉平原に沈む夕陽を眺めたり、夜霧がネヴァーモアにそびえる漆黒の岩山を呑みこむさまを見物したりもした。だが、果てしなくつづく『終末の地球』年代期の駄文をいくら心から追いだしても、いっこうに詩想のささやきは聞こえてこない。

アルコールやフラッシュバックをたよりに、詩想を呼びもどそうとしてみた。ヘヴンズ・ゲイト時代を――詩想の運びくる霊感が耳もとでうなりつづけ、作業のじゃまをし、しばしば眠りを覚ましたころを――思いだして、肉体労働に励んでもみた。だが、安閑とした日々のはてに、詩想の声はごくかぼそく、わすれさられた世紀の傷だらけのオーディオ・ディスクのように、ノイズだらけになりはてていた。

わが詩想は消えてしまったのだ。

約束の時間ぴったりに、小生はタイレナ・ワイングリーン＝ファイフのオフィスへ乗りこんだ。タイレナはハードファックス部門の編集部長からパブリッシャーに昇進していた。彼女の新しいオフィスは、タウ・ケティ・センターにそそりたつトランスライン超高層尖塔の最上層にあり、銀河系でも最高峰かつもっともせまい山頂に、絨毯だけを敷いたような趣きをなしていたよ。壁も天井もなく、周囲をとりかこむのは、ほんのすこし偏光をかけた遮蔽フィールドの、目には見えないドームのみ。絨毯の縁から一歩外は、高さ六キロの絶壁になっている。そこから飛びおりようという気を起こした作家はいないんだろうかと、ふと小生は思ったものだ。

「新作？」

とタイレナはきいた。その週のファッションを発信し、支配しているのは、ルーサスだった。そう、まさに〝支配〟という言葉がふさわしい。わが編集者氏は、レザーと鉄のコスチュームを身につけ、手首と首には錆びたスパイクをはめて、肩から左の胸にかけ、巨大な弾帯をかけていたんだ。弾丸は本物のように見えた。

「ああ」

と小生は答えて、彼女のデスクに原稿を放りだした。

「マーティン、マーティン、マーティン」タイレナはため息をついた。「いつになったら原稿の送信を覚えるつもり？　わざわざ印刷して、しかもそれをみずから持ってこなくたってよさそうなものでしょうに」

「自分で持ってくると、不思議に得心がいくんでね。とくに、こいつはそうだ」

「自信作？」

「そのとおり。まあ、すこし目を通してみるといい」

タイレナはにっこり笑い、弾帯の銃弾に黒く塗った爪を走らせて、チチチチという音をたてた。

「いつもどおり、傑作であることは承知しているわ、マーティン。見るまでもないわよ」

「そういわず、見てくれ」

「だからね。そんな必要はないの。だいたい、作家を目の前にして新作に目をとおすのは、こちらもあまりいい気持ちがしないものよ」

「これについては、そんな気持ちにゃなるまい。ともかく、最初の何ページかを読んでみてくれ」

小生の声になにかを感じとったのだろう。タイレナはかすかに眉をひそめ、原稿の箱をあけた。一ページめを読み、つぎつぎにページをめくるにつれて、眉間のたて皺が深くなっていく。

一ページめに書いてあったのは、こんな一文だけだった。

〝そうして、ある十月のすばらしい朝、終末の地球はみずからの臓腑を食らいつくしたのち、最後に大きくぶるっと痙攣し、息絶えた〟

残りの二百九十九ページは、白紙だった。

「これはジョーク？　マーティン？」

「まさか」

「それなら、なにかの暗示？　新シリーズでもはじめるつもり？」

「まさか」

「こんな日をまったく予想しなかったわけでもないのよ、マーティン。うちの原作者たちは、あなた用にといくつかとびきりのアイデアを用意しているの。M・スブワイジーは、あなたがホロ・シリーズ『真紅の復讐者』のノベライゼーションにぴったりだと考えているわ」

「『真紅の復讐者』などクソくらえだ、タイレナ」小生は本気でそういった。「トランスラインとの縁も、これかぎりとさせてもらう。きみたちが小説と呼ぶ、この粥のように嚙みくだかれた愚作ともおさらばだ」

タイレナの表情はぴくりとも変化しなかった。今回、彼女の歯はとがってはおらず、手首と首輪の錆びたスパイクに合わせて、錆鉄色になっている。

「マーティン、マーティン、マーティン」タイレナは嘆息した。「あなたにはわかっていないのよ、このままでは身の破滅よ。ちゃんと謝罪して、悔い改めて、心をいれかえなさい。まあ、それは明日まで待ってあげるわ。ともかく、家にもどって、しらふになって、ようく考えなおしてみることね」

小生は笑った。

「小生、この八年間にかつてなかったほどしらふだとも。クズを書いていたのが自分ひとりではない、と気づくのに、しばらく時間はかかったがね。この一年間に〈ウェブ〉で発表された本のなかで、掛け値なしのクズでなかったものは一冊もない。これ以上ゴミを増やすのは、もううんざりだ」

タイレナは立ちあがった。小生はそこではじめて、彼女のキャンバス地のウェビング・ベルトにFORCEのデスウォンドがつっこんであることに気づき、それがコスチュームのほかの部分とおなじように、デザイナーのあしらった装飾であることを祈った。

「よく聞きなさい、このろくでなしの、才能のかけらもないエセ文士」タイレナはぞっとするような声を出した。「あんたのからだは、金玉からなにから、ぜんぶトランスラインのもの。これ以上ごたごたを起こすというなら、ローズマリー・ティトマウスの名前で、ゴシック・ロマンス工場で働かせてやる。さあ、さっさと家に帰って、酔いを覚まして、『終末の地球X』にとりかかりなさい」

小生はほほえみ、かぶりをふった。

タイレナはわずかに目をすがめて、

「あなたにはね、まだ百万マークちかいアドバンスを貸したままになってるのよ。ひとこと取立会社にいうだけで、あんたの家をひと部屋残らずとりあげることもできるんだからね。まあ、屋外トイレに使っているあのばかげた筏くらいは残してあげましょう。あの上で海を漂流して、好きなだけクズを書きつづけるがいいわ」

とうとう、小生は笑った。

「あれは自己充足した汚物処理ユニットだ。だいいち、家はきのう、売りはらった。アドバンスの差額はもう入金されているはずだ」

タイレナはデスウォンドのプラスティック・グリップをたたいた。

「『終末の地球』コンセプトの著作権はトランスラインが持ってるのよ。あなたがいやなら、ほかの作家につづきを書かせるだけだわ」

小生はうなずいた。

「そのご仁、大喜びだろうな」

元編集者の声に変化が現われた。小生が本気であると、ようやく悟ったらしい。小生が書き手として残ったほうが、彼女にとってはプラスになるのだろう。

「ね、よく聞いて」とタイレナはいった。「あなたが満足する結果に持っていけると思うの、マーティン。先日、取締役に話したのよ、あなたへのアドバンスが安すぎること、それから、あなたに新シリーズを開始させるべきことを……」

「タイレナ、タイレナ、タイレナ」小生はため息をついた。「さよならだ」

そして小生は、ルネッサンス・ベクトルへ、さらに〈吝嗇《パーシモニー》〉へと転位し、そこから量子船に乗って、惑星アスクウィスをめざす三週間の航海に出た。わが赴くは、芸術家ひしめくビリー悲嘆王の王国——。

ここで、ビリー悲嘆王のスケッチを少々。

ウィンザー流浪王朝の国王陛下、ウィリアム二十三世は、熱いストーヴの上に放置された人の形の蠟燭に似ていなくもなかった。その長い髪は勢いのない小流となってなで肩にたれかかり、ひたいの深い皺は両端でたれ落ちて、バセットハウンドのような目を縁どる皺の本流に合流したのち、ふたたび南下し、またもひだと皺を経て、首とのどの肉のだぶつきが織りなす迷路へと流れこんでいる。ビリー悲嘆王といえば、辺境惑星キンシャサにあったワリー・ドールの存在を人類学者に思いださせ、タイ・ジンの禅院火災ののちは禅グノーシス宗に慈悲深きブッダの教えを甦らせ、チャールズ・ロートンなる二十世紀の二次元映画俳優の写真を調べさせるためにメディア史家らに各自の記録庫をあさらせるなど、数々の業績で名高い。しかし、ビリー悲嘆王に対して小生のいだいた第一印象は、ずっとむかしに死んだバルタザル師が一週間にもおよぶ乱痴気騒ぎを経たならば、こうも見えようか、というものだった。

ビリー悲嘆王の憂鬱についてのうわさは、あれはずいぶん誇張されている。じつは彼は、よく笑う。ただ運の悪いことに、その独特の笑いかたが、ほとんどの人間にとっては泣いているように見えるだけの話なんだ。

人はみずからの人相とつきあっていかざるをえないが、ことに彼の場合、その人格全体が〝道化〟か〝餌食〟を暗示していてな。こういう形容が正しければ、彼はつねに無秩序状態ともいうべき服装を好み、アンドロイド召使いたちの趣味や色の好みを拒むものだから、ややもすれば、本人の雰囲気からも周囲の環境からも、まったく浮いていることがある。服装の奇抜さは、服装そのものにとどまらない。常時だらしない着かたをして、ズボンのチャックはあけっぱなし、穴があいてぼろぼろになったビロードのケープの裾を引きずり、磁石のように床のゴミを掃き集め、左袖のひだ飾りは右袖のそれより倍も長いという塩梅《あんばい》で、その長いひだ飾りはジャムまみれのような様相を呈しているしまつだ。

これでイメージはつかめたと思う。

こんなていたらくだが、ビリー悲嘆王は、オールドアースの本物のルネッサンス時代以来ひさしぶりの、芸術や文学に対する洞察力豊かな精神と情熱の持ち主だった。

ある意味でビリー悲嘆王は、菓子屋のウィンドウに永遠に顔をくっつけた、太った子供といえる。すばらしい音楽を愛し、鑑賞する能力はあるのに、みずから創りだす力はない。バレエをはじめ、あらゆる優美なものの目利きでありながら、本人は不器用の見本で、やることなすことへマばかり、なにをやってもうまくできない。たいへんな読書家であり、詩に対しても的確な批評眼を持ち、弁論術の後援者でありながら、吃《ども》りがちなのと極端にシャイなのとで、自作の詩や散文を他人に見せることもかなわぬ。

おん歳六十を越えながら、ついに結婚とは無縁で通した王が住まうのは、その襤褸《ぼろ》服とそっくりの印象を与える荒れはてた宮殿と、二千平方マイルの荒涼たる領地だった。そこにまつわる逸話は数多い。たとえば、ビリー悲嘆王の後援厚きさる高名な油彩画家が、向こうから陛下がうなだれてやってくるのを目にとめたと思いたまえ。両手をからだのまえで組んだ陛下は、片脚はちゃんと庭園の道を歩んでいるのに、もう片脚は泥道を踏んでいる。明らかに、考えごとをしているようすだ。画家は声をかけた。ビリー悲嘆王は顔をあげ、長いうたたねから覚めたような顔で目をしばたたき、困惑顔の画家にこういったという。

「す、す、すまんがな。お、お、教えてくれんか――余は、きゅ、宮殿に向かおうとしておるのか、それとも、きゅ、宮殿から離れようとしておるのか？」

「宮殿に向かっておられます、陛下」

「おお、そ、そうか。それならもう、昼飯は食うたな」


そのころは、すでにホレース・グレノン゠ハイト将軍の反乱の火の手があがったあとで、辺境の惑星アスクウィスは反乱軍の攻略ルート上にあった。アスクウィスの安否は、さほど気づかうべきものでもなかったが――惑星の楯たらしめんと、連邦がＦＯＲＣＥの一個宇宙艦隊を派遣してくれていたからだ――わが放浪王朝の君主は、かつてなくとろけた面持ちで小生を召しよせた。

「マーティン――そ、そなた、フォーマルハウト攻防戦の一件は耳にしておるかや？」

「はい、聞きおよんでおります。案ずることはございますまい。フォーマルハウトはグレノン゠ハイト軍が好んで攻略するタイプの惑星でございますれば……。小型で人口はせいぜい数千、豊富に鉱物を産し、〈ウェブ〉からも遠く、客観時間で――はて、どのくらいだったか――すくなくとも、二十カ標準月はかかりましょう」

「二十三カ標準月じゃ」とビリー悲嘆王はいった。「す、すると、あれかの、そなた、と、当地に、き、き、危険がおよぶことはないと申すのじゃな?」

「御意。〈ウェブ〉から当地までの移動時間は、船内時間にしてわずか三週間、客観時間では十二カ標準月でございますから、将軍がどんなに急いで部隊をフォーマルハウトから量子化させようとも、連邦はいつでもそれより速く増援を送りこんでこられます」

「かもしれぬ」ビリー悲嘆王はつぶやき、天球儀にもたれかかった。そのとたん、体重で球体が回転しだしたため、びくっと飛びあがった。「し、しかしじゃ、に、にもかかわらず、余は決めたぞ――しょ、しょ、小聖遷をいたすことに」

小生は仰天し、目をぱちくりさせた。二年ほど前から、王は放浪王朝の再遷都を行なうと口にしてきたのだが、まさか本気だとは思ってもみなかったのだ。

「せ、せせせ……船団は、パールヴァティーに待機させてある」と王はいった。「アスクウィス政府も、わが王家が新都と〈ウェブ〉を行き来する交通手段を、て、ててて……提供してくれることになった」

「ですが、この宮殿は?」と小生は問うた。「図書館はどうなさいます? 農地は? 土地は?」

「寄付したわい、決まっとろうが。た、ただし、図書館の蔵書とデータは持っていくぞ」

小生は馬巣《ばす》織り地の長椅子の肘かけにすわり、自分の頬をひとなでした。王国にきて十年、その間に一介の後援の対象から、教師役へ、相談役へ、そして友人へと格上げされた小生だが、このみすぼらしい謎の塊を理解できたふりをしたことはいちどもない。そういえば、王国へやってきたばかりのとき、小生は即座に拝謁の栄を賜わり、その場でこう問いかけられたことがある。

「そ、そ、そなた、こ、この小さな王国の、さ、さ、才能ある者たちの一員に、な、ななな、なりたいと申すのじゃな？」

「御意、陛下」

「しゅ、しゅしゅしゅしゅ、『終末の地球』のような本を、も、もっと書くつもりかや？」

「かなうことならば、それは遠慮したいと存じます」

「あ、あ、あれは読んだ」と小男はいった。「ひ、ひ、非常におもしろかったぞよ」

「もったいないおことば――」

「かかか、勘ちがいするでない、M・サイリーナスよ。あ、あ、あれがおもしろかったのはな、明らかに何者かに改竄されて、ろ、ろ、ろ、ろくでもないものに仕立てあげられておった点じゃ」

そのひとことで、自分がビリー悲嘆王を好きになりかけていることに気づき、小生は驚きをおぼえつつ、笑顔を浮かべた。

「し、しかし、あの『詩篇』は……」王はため息をついて、「あ、あ、あれこそ、書物の名にふさわしい。おそらく、この二百年のうちに〈ウェブ〉で刊行されたなかで、最高の、し、し、し……詩集であろう。いったいいかにしてあれほどの作品をものしたのか、余にはとうていわかるまい。ともあれあの書は、王国用に二万部買いいれた」

ことだった。

小生は小さく会釈するほかなかった。言葉をなくしたのは、二十年前の発作後時代以来のことだった。

「『詩篇』のような、し、し、詩集を、もっと書くつもりはあるかや？」

「それを願ってこそ、ここへまかりこしました、陛下」

「ならば、かか、歓迎しよう。ししし……城の西翼の、余の執務室のそばに住まうがよい。余の扉は、そなたが訪ねてまいれば、つねに開かれておるであろうぞ」

そんなやりとりがあってから、十年——もはや開かれてはいない扉をちらと見やり、小生は高貴なる小男に視線をもどした。王は——笑みを浮かべながらも——いまにも涙をこぼしそうなようすをしていた。

「ハイペリオン……でございますか？」と小生はたずねた。

原始に退行したその開拓星の名を、王は何度も口にしてきたからだ。

「いかにも。何年か前にアンドロイドの播種船《はしゅせん》を現地へ派遣してある。下準備をさせるためにの」

小生はかたほうの眉を吊りあげた。ビリー悲嘆王の富は、王国の資産からあがるものではなく、〈ウェブ〉経済への大々的な投資に基づくものだ。とはいえ、何年も前から再移民計画を内密に実行してきたとなれば、莫大な費用がかかっているにちがいない。

「お、おお、覚えておるか、当初の入植者たちが、その、わわわ、わく……惑星に、ハイペリオンと名づけたわけを？」

「覚えております。聖遷前、土星の衛星《ハイペリオン》のひとつに小さな自由領をかまえていた者たちが、地球からの補給が途絶えてどうにも立ちゆかなくなったため辺境に移民し、当時調査中だった惑星に入植して、かつて自由領のあった衛星の名前をつけたのでしたな」

ビリー悲嘆王は哀しげにほほえんだ。

「それならば、その名がわれらの壮挙にふさわしいわけも知っておるか?」

両者の関連に気づくのに、十秒ほどもかかったろうか。

「キーツ……でございますね」

数年前、詩の本質にかかわる長い議論の終盤ちかくになって、ビリー悲嘆王は、かつてこの世に生を受けた詩人のうち、もっとも純粋な者はだれか、と小生にたずねたことがある。

「もっとも純粋な、と問われますか?――もっとも偉大な、ではなく?」

「ま、まままま、まさか。だれがいちばん偉大かなど論ずるのは馬鹿げておる。余が興味あるのは、そなたの考えでは、だれがもっとも、じゅ、じゅ、じゅん、純粋で……そなたのいう詩の本質にちかいのか、ということじゃ」

何日か熟慮の末、小生は答えをビリー悲嘆王に告げた。ふたりして宮殿付近の〝断崖絶壁〟から、沈みゆくふたつの太陽を眺めていたときのことだ。琥珀色の芝生上を、こちらへ向かって長々と伸びる赤と青の影を見ながら、小生はいった。

「キーツですな」

「ジョン・キーツか。ふむ……」

ビリー悲嘆王はかすれ声で応じた。それから、しばらく間を置いて、

「なぜじゃ？」

そこで小生は、十九世紀オールドアースの詩人について知っていることを語った。生い立ちのこと、苦学のこと、夭逝《ようせつ》のこと……。もっとも、話の大半は、神秘と詩的創造の美に対してほぼ全面的に捧げられた、その人生についてだった。

思えばビリー悲嘆王は、そのときから強い興味を持ったらしい。そして、小遷都をいいだしたいま、なにかにとり憑かれたような顔で片手をひとふりし、部屋じゅうにホロ情景を投影させた。もっといい視点へ移動するため、丘や建物、放牧された家畜たちのあいだをぬって、小生はあとずさった。

「見よ、ハイペリオンを」

とわがパトロンはつぶやいた。なにごとかに没頭しているときのつねで、ビリー悲嘆王は吃ることもわすれている。ホロ情景がつぎつぎに切り換わっていった。河畔の町々、いくつもの港町、山上の城砦群、さまざまなモニュメントの屹立する丘の上の街——そして、そのそばの谷に建つ、モニュメントに負けず劣らず異様な建築物の群れ……。

「〈時間の墓標〉でございますか？」

「いかにも。既知の宇宙における最大の謎じゃ」

その誇張に、小生は眉根をよせた。

「あれは廃墟でございましょう。発見されたときから、がらんどうのままの」

「あそこはな、いまなお残る、奇っ怪な抗エントロピー場の源じゃ。特異点の外にあって、あえて時間そのものに干渉する、数少ない現象のひとつにほかならぬ」

「そんなにごたいそうなものですかな。金属に錆止めを塗るようなものではございますまいか。永遠に存続すれども、その存在は虚しい。だいいち、いつから陛下はテクノロジーのようなつまらぬものを気にかけるようになられたのです？」

「テクノロジーではない」ビリー悲嘆王はため息をついた。その顔に、いっそう深い皺が大量に刻まれた。「神秘じゃ。かの地の奇怪さこそは、創造的精神に必要欠くべからざるもの。あれはな、古典的なユートピアと異教の神秘の、完璧なる融合体なのじゃ」

小生はご高説にさして感銘も受けず、肩をすくめた。

ビリー悲嘆王はホロ情景に手をひとふりした。

「ときに、そなたの、し、し、詩は進んでおるのか？」

小生は腕組みをし、眼前のしなびた肉塊をにらみつけた。

「それが……」

「そなたのし、し、詩想は、まだもどってこぬのかや？」

小生は無言だった。もしも視線で人が殺せるものなら、日も暮れぬうちに、王国じゅうの者たちが、「国王崩御！　王の魂に安らぎあれ！」と叫んでいたことだろう。

「よ、よ、よかろう」耐えがたいほどに哀しげなだけでなく、耐えがたいほど気どりくさった表情も作れることを見せつけて、王はいった。「に、に、荷物をまとめるがよい、わが詩人よ。ハイペリオンへまいろうぞ」

（溶明）

瑠璃色《ラピスラズリ》の空のただなかに、黄金の蒲公英《タンポポ》の冠毛のように浮かぶ、ビリー悲嘆王の五隻の播《は》種船《しゅせん》。やがて三つの大陸に、白い街々が興隆してゆく。キーツ、エンディミオン、ポートロマンス……そして〈詩人の都〉。平凡という名の暴虐から逃れ、この荒涼たる惑星に新たなる展望をもとめてやってきた芸術の巡礼は、じつに八千人以上にもおよんだ。

アスクウィスと放浪ウィンザー王朝は、聖遷につづく一世紀のあいだ、アンドロイド生《バイオフ》造《アクチュア》の中心的存在でな。そのため、ハイペリオンの街造りと農地の開墾に従事したのは、もっぱらこの蒼い肌をした人間の友人だった。この最後の労働奉仕が完了した暁には、ついに解放される約束が結ばれていたので、彼らもよく働いたよ。おかげで、白い街はつぎつぎに建設されていった。無為の暮らしに飽いた現地人たちも、村や森を出てわれらのもとに加わり、より人間にふさわしいコロニー建設に力を貸してくれた。やがて、疑うことを知らぬ惑星に官僚や技術官僚や経済官僚が解きはなたれたとき、ビリー悲嘆王の夢は一歩現実へと近づいたわけだ。

小生らがハイペリオンに到着した時点で、すでにホレース・グレノン＝ハイト将軍は死んでおり、その短いが激烈だった反乱は鎮圧されていたが、アスクウィスに引き返そうなどという動きはもはやなかった。

より求道者《ぐどう》的な芸術家や技工のなかには、〈詩人の都〉を頭から蔑み、ジャックタウンやポートロマンス、さらには広がりゆくフロンティアへと移り住み、きびしくはあるが創造的な暮らしを送る者らもいたが、小生は都にとどまる道を選んだ。

ハイペリオンへ移住した当初の数年間、詩想はいっこうにもどってこなかったよ。何年ものあいだ、輸送手段がお寒い状態だったので——なにしろ、EMVは信頼性が低いし、スキマーは数がすくなくてな——相対的に各地域同士の距離が遠くなり、そのいっぽうでデータスフィアがなく、万民院へのアクセスが不可能なこと、超光速通信機《FATライン》がたった一台しかなかったことも手伝って、みなは人工物にたよる気持ちが小さくなり——それやこれやが積み重なった結果、創造的エネルギーが一新され、人間にとって、芸術にとって、それがいかなる意味を持つものかという、新たなる認識が生まれたそうな。

すくなくとも、そういう話になっておる。

しかし、詩想はもどってこなかった。小生の詩は、技巧その極みに達していたものの、詩想はハックルベリー・フィンの猫のように死んだままだったのだ。

だから、自殺することにした。

しかし、そう思いつめるまでのあいだ、すくなくとも九年間は、新生ハイペリオンが欠いていた唯一のものを提供することで、小生も社会奉仕を行なった。すなわち、頽廃の提供だ。

グラウマン・切り刻み屋《ハックイット》という、その職業にふさわしい名のバイオ彫刻家にたのんで、小生は毛むくじゃらの脇腹、蹄、山羊の脚をあつらえてもらった。つまり、文字どおり好色家《サテュロス》になったわけだよ。あごひげも生やし、耳殻も大きくした。性器にも興味深い改造を施してもらった。うわさはたちまち広まってな。農民の娘、土着民の女、志操堅固な都市計画者や開拓者の妻たち――だれもかれもが、ハイペリオンにただひとりのサテュロスの来訪を待ち焦がれ、あるいは進んで逢い引きの手配をした。いやはや、〝男根崇拝《プライアピック》〟や〝男子色情狂《サティリアシス》〟という言葉の意味が身に滲みてよくわかったのは、あのときからだ。絶え間ない性交渉の合間には、伝説となるほど大酒をかっくらった。おかげで小生の語彙は、かつての言語喪失後時代にせまるほど貧弱になってしまったっけなあ。

いやになるほどすばらしい日々。同時に、いやになるほど辛い日々。

そしてある晩のこと、いよいよ頭を撃ちぬく決心をしたとき――グレンデルが出現したんだ。

夜ごと街を訪《おとな》う、怪物のスケッチを少々。

最悪の悪夢、ここに実体を持てり。邪悪の精、光を避く。忍びよるモービアスとクレール人の潜在意識《イド》の怪物。篝火《かがりび》の火勢を強めよ、母者、今宵もグレンデルがやってくる。

はじめのうちは、行方不明者が出ても、たんにどこかへ出かけているのだろうとみなが思った。〈詩人の都〉は治安がよくて、警備の者もおらず、防壁と呼ぶにたるものもなく、王宮の門にも衛士すらいなかったほどだ。そこへ、ある男が出頭してきていわく、夕食後、子供を寝かせつけないうちに、妻が消えてしまったという。つぎに、抽象内破芸術家のホーバン・クリスタスが、週なかば、〈詩人の円形劇場〉の出番がきても姿を見せないという事態が出来《しゅったい》した。舞台に立って八十二年間、彼が出番をすっぽかすなどはじめてのこととあって、さすがに不安の声があがりはじめた。ビリー悲嘆王もジャックタウンの貧民救済の監督から復帰し、警備態勢の強化を約束、都の周辺にセンサー網を張りめぐらすいっぽうで、捜索隊を派遣した。しかし、近衛府の者らが〈時間の墓標〉を捜索しても、人っこひとり見つからない。〈翡翠碑《ひすいひ》〉内部の奥にある迷宮の入口にも探索機械が送りこまれ、全長六千キロにおよぶ距離が捜索されたものの、やはりなにも見つからぬままだ。無人・有人のスキマー隊が都と〈馬勒《ばろく》山脈〉のあいだの一帯を飛びまわったが、探知された最大の熱源は、せいぜいが岩鰻《うなぎ》くらいのもの。さいわい、現地時間でそれから一週間ほどのあいだは、それ以上の行方不明者が出ることもなかった。

人死にが出はじめたのは、そのあとだ。

最初に発見されたのは、彫刻家のピート・ガルシア。彼の遺体はアトリエと……寝室と……庭で発見された。近衛府のトルーイン・ハインズ長官は、マスコミの取材に対し、愚かにもこんな発言をしている。「獰猛なけものにずたずたにされたとしかいいようのない惨状です。しかし、人間をこんなありさまにしてしまえる動物というのは、見たことも聞いたこともありません」

みな、心中ひそかにスリルと興奮をおぼえた。こんなことをいうのが不謹慎だとわかってはいるが、もはや恐怖にふるえて見た百万もの映画やホロ映画どころではない。自分たちが本物のショーの登場人物となったのだから。

まず持たれたのは、当然の疑念だ。人々のあいだにサイコパスがひそんでいて、パルス・ブレードや地獄鞭《ヘルウィップ》で人を殺しまわっているのではないか。今回は時間がなくて、殺人鬼は死体を隠しきれなかったのだろう。ああ、あわれなピートよ——。

近衛府のハインズ長官は更迭され、行政長官プルーエットは陛下の勅許を得て、市警より約二十人の警官を借り受け、訓練を施し、武装させることになった。さらに、〈詩人の都〉に住む全住人六千人が真偽鑑定にかけられるとの話もとびだした。たちまち辻々のカフェでは市民権談議に花が咲き……ハイペリオンは正式には連邦に属していないのだから、はたして市民権はあるのか？……そのいっぽうで、殺人鬼をとらえるための軽はずみな計画がつぎつぎと立てられた。

そうして、殺戮の幕があがる。


殺戮には特定のパターンがなかった。死体は二体、三体とまとめて見つかることもあれば、一体だけのこともあり、まったく死体が見つからないこともあった。襲撃現場には、一滴の血すら残っていない場合もあれば、おびただしい血がまきちらされている場合もあった。目撃者が皆無なら、襲撃を生き延びた者も皆無。狙われる場所も不特定。郊外の邸宅に住んでいたウェイモント一家が襲われたかと思えば、都の中心ちかくにある塔の仕事場から一歩も出たことのないシーラ・ロブが襲われるというありさま。被害者のうちふたりは、夜間にひとりきりで禅庭園を歩いているうちに消えてしまったが、レーマン大法官の娘が忽然と消えたのは、私設ボディガードに護られていながら、ビリー悲嘆王の宮殿の七階にいて、ひとりきりでバスルームを使っているあいだのことだった。

ルーサスやタウ・ケティ・センター、その他十ほどの、〈ウェブ〉でも古株の諸惑星でなら、たとえ千人が死のうとマイナーなニュースにしかならない——データスフィアの短期項目に掲載されるか、朝刊の三面記事に載る程度だ——しかし、総人口五万人の開拓星の、人口六千人の都市ともなると、十人の人間が殺されただけでも——明朝死刑執行を行なうとの立看板のごとく——人々の耳目がこぞって集まることになる。

当初の犠牲者のなかには、ひとり知り合いがいた。シシプリス・ハリスは、サテュロスとなって最初にたらしこんだ相手のひとりであり——もっとも小生に熱をあげていた女でな。美人だったよ。長いブロンドの髪はとても本物とは思えないほど柔らかく、もぎたての桃のような肌は触れるのもはばかられるほど瑞々しく純潔で、信じられないほど完全無欠な美貌を持ち——どんなに小心者の男でも凌辱してみたいと思わずにはいられない、そんなタイプの女性だった。そしてついに、彼女が徹底的に凌辱されるときがきた。シシプリスの遺体のうち、発見されたのは、頭だけだった。バイロン卿広場のまんなかに、生首だけがぽつんとすえられていたんだ。ちょうど、いったん溶かして固めた大理石のただなかに、首から下が埋められているような格好で。その惨状を聞いたとき、小生はすぐさま、それがいかなる種類の怪物のしわざであるかを知った。というのは、母の所領にいたころ小生の飼っていた猫も、夏の朝はほぼ毎日、南のパティオにおなじような奉納物をささげていたからだ――齧歯《げっし》類特有の驚きの表情を浮かべた鼠の頭だけが……あるいは、にゅっと歯をむいて笑みを浮かべた地栗鼠《りす》の頭だけが……砂岩の上からこちらを見つめていてなあ――あれはまさに、誇り高くも飢えた捕食者の、狩猟の記念品《トロフィー》だったよ。

ビリー悲嘆王が訪ねてきたのは、そんなさなか、小生が『詩篇』にとりくんでいたときのことだった。

「おはよう、ビリー」と小生は声をかけた。

「〝陛下〟くらいつけんか」

珍しくごきげんななめと見えて、声がむっとしていた。かつての吃りは、王家の降下船がハイペリオンに着陸した日以来、どこかへ消えてしまっている。

「おはよう、ビリー陛下」

「ふふん」わが君主は原稿の一部をどかし、仕事机に腰をおろした――よりにもよって、コーヒーをこぼした部分にだ。「また詩を書きだしおったか、サイリーナスよ」

明々白々のことを肯《がえ》ずる理由など、どこにあろう。

「いつもペンを使っておったのか？」

「いいや。読む価値があるものを書くときだけだ」

「するとそれには、読む価値があると申すのか？」

王はそういって、小さな原稿の山を指さした。それまでの二週間に書きためてきたのが、その原稿だった。

「ある」

「ある？　ずばり答えおったな」

「まあね」

「いま読んでもよいか？」

「そりゃこまる」

そこでビリー悲嘆王は下を見おろし、左の腿がこぼれたコーヒーにひたっていることに気づいて顔をしかめ、立ちあがり、小さくなったコーヒーだまりをケープの裾でぬぐいながら、たずねた。

「どうしてもだめか？」

「いま読むなら、小生の屍を乗り越えるしかないな」

「それも辞すまい。いつまでも牡山羊のままで、王国の牝山羊たちと遊びたわむれているようではな」

「それ、暗喩のつもりかね？」

「そんなつもりは毛頭ない。見たままを口にしたまでじゃ」

「牧場で遊んだ子供時代からこのかた、牝山羊に関心を持ったことはいちどもないがね。歌の形で、小生は母に約束したんだ、母の許可なくして、二度と山羊のサカるところは見ませんと」

哀しげな顔をしているビリー悲嘆王のまんまえで、小生は『あなたはふたりといない《ゼア・ウイル・ネヴァー・ビー・アナザー・ユー》』という古謡の数小節を歌ってみせた。むろん、あなた《ユー》と牝山羊《ユー》のひっかけだ。

「マーティン……何者か、あるいは何かが、わが人民を殺しておる」

小生は原稿用箋とペンを置いた。

「知っとるよ」

「そなたの力がいる」

「なんのために？　ＨＴＶの刑事ものよろしく、殺人鬼を追いつめて捕えろとでもいうのかな？　ライヒェンバッハの滝の上で、一命を賭して格闘しろと？」

「それはそれで小気味がよいがな、マーティン。当面は、いくつか意見とアドバイスをくれるだけで充分じゃ」

「では、意見その一。この地へきたのは愚行だ。意見その二。この地にぐずぐずしているのも愚行だ。アドバイスαにしてω《オメガ》。撤収しろ」

ビリー悲嘆王は憂いに沈んだ顔でうなずいた。

「撤収とは、この都からか？　ハイペリオンそのものからか？」

小生は肩をすくめた。

王は立ちあがり、小さな書斎の窓に歩いていった。窓の向こうには、幅三メートルの路地を隔てて隣接する、自動再処理プラントの煉瓦壁が立ちはだかっている。その壁をまじまじと見つめながら、王はいった。

「そなたも知っておろう……古来伝わるシュライクの伝説を」

「すこしは聞いたことがある」

「土着の民は、かの怪物と〈時間の墓標〉とを結びつけておる」

「収穫祭といっては腹に絵具を塗りたくり、遺伝子組み換えもしていない煙草を吸うような土着民がかね」

そういいたい気持ちはわかるという顔で、ビリー悲嘆王はうなずいた。

「連邦の第一次探査チームも、この地域は警戒しておった。この一帯には、各地に多チャンネル記録装置を配置しただけで、調査拠点は〈馬勒山脈〉に置いてあったのじゃ」

「なあ、国王陛下……いったいどうしてほしいというんだね？　愚かにもここに街を造ったことへの赦免がほしいのか？　いいだろう、汝は許された。だから、これ以上罪を重ねるな。さて、よろしければ、高貴なるお方よ、そろそろお引き取りねがえんかね。小生は下賤な五《リ》行戯詩《メリック》をものさねばならんでな」

ビリー悲嘆王は、窓外を見たまま問いかけた。

「この都をまるごと捨てて去れ、というのじゃな、マーティンよ？」

小生はつかのま、ためらった。

「いかにも」

「そなたも、みなとともに都を捨てるのであろうな？」

「なぜ小生がつきあわねばならんのだね？」

ビリー悲嘆王はくるりとふりかえり、小生の目を見つめた。

「捨ててくれるな？」

小生は答えなかった。しばらくして視線をそらしたのは、小生のほうだった。

「……であろうと思った」この惑星の支配者は、そういって、ちんまりと太った指をうしろ手に組みあわせ、ふたたび煉瓦壁を見つめた。「余が刑事であれば……そなたを疑ったことであろう。この都でもっとも非生産的な市民が、十年の沈黙ののち、ふたたび詩を書きはじめた。それも殺戮がはじまって……何日かな、マーティン……そう、たった二日後にじゃ。あれほど溺れていた奔放な生活からも隠遁し、叙事詩作りに没頭して……。これでうら若き乙女たちは、山羊のごとき好色漢の魔手に犯されることもない」

小生は嘆息した。

「山羊のごとき好色漢、ときたか」

ビリー悲嘆王が肩ごしにこちらをふりかえる。小生はいった。

「わかった。降参だ。白状しよう。血にまみれた殺人鬼はたしかに小生だとも。人殺しは文学の創作意欲促進剤として大いなる効用を持つ。これからも、二百人……いやさ、三百人を超える被害者が出よう……その暁にはいよいよ、わが次著が出版されるばかりになっていることだろうて」

ビリー悲嘆王は窓に顔をもどした。

「どうした」と小生はうながした。「小生の言葉を信じないのか？」

「信じぬ」

「なぜ？」

「なぜなら……余は知っておるからじゃ——殺人鬼の正体を」


小生らは、暗くしたホロピットにすわり、シュライクが小説家シーラ・ロブとそのつばめを惨殺するさまを見つめていた。光量はかなり低い。シーラの中年の肌は、淡い螢光を受けてぼうっと光っている。ずっと齢若《とし》いボーイフレンドのほうは、日焼けした肌とは対照的に、そこだけくっきりと白い尻が、淡い光のもとで宙に浮かんでいるようだ。不可解な事態が起こったのは、ふたりの愛の営みが最高潮に達したときだった。はげしく腰を動かしたあげく、オルガスムに達してからだを硬直させたのかと思いきや——若者のからだが、いきなり上へ、後方へと浮かびあがったのだ。ちょうど、シーラがなんらかの魔法をふるい、若者をはじきとばしたかのように。ディスクに記録されていた音声は、こういう場面につきものの陳腐な喘ぎ声、よがり声、睦言《むつごと》などだったが、そこへ突然、ホロピットに絶叫が響きわたった——最初は若者の……つぎはシーラの声。

どすんという音を響かせて、若者のからだがカメラをセットした壁にたたきつけられる。いっぽうのシーラは、悲劇的かつ喜劇的ともいうべき無防備な姿勢のまま、青白い大股を開き、両腕を大きく広げ、乳房をはげしく波打たせている。頭は感きわまってのけぞらせたままだ。が、いっこうに貫かれないことに業をにやし、差し迫ったオルガスムの表情と奇妙によく似た腹だちの表情を浮かべ、じれったそうに顔をあげた。そして、かっと目をむき、なにごとかを叫ぼうと口をあけたが——。

その言葉が出てくることはなかった。かわりに響いたのは、鋭利な刃物が肉体を刺し貫くさいの、西瓜を割るような音だった。ありえないほど大きく口を開いたまま、シーラの頭がうしろに崩れ落ち、胸骨より下の腹部からおびただしい血がほとばしる。薪でも割るかのように、見えない斧がシーラ・ロブをたたき切るにつれて、肉体が飛び散っていく。見えないメスが解剖を進めるにつれ、側面に無数の切り口が現われた。狂える外科医が勝手気ままに手術する場面を低速度撮影で収めた、吐き気をもよおす映画とでも形容すればいいのか。それは生きた人間に施される、残虐無比の生体解剖だった。いや、直前まで生きていた人間というべきか。なぜなら、血飛沫《ちしぶき》がとまり、肉体の痙攣がやんだとき、シーラの肉体は生気をなくしてぐったりとなり、腹わたが飛びちる上体の惨劇に歩調を合わせて、腿もふたたび大きく開かれていたからだ。

そのとき——ほんの一瞬ながら——ベッドのそばを、真紅と銀色のぼやけた影がよぎった。

「一時停止、拡大、補整」

ビリー悲嘆王がハウス・コンピュータに命じる。

ぼやけた影は鮮明になり、そこに麻薬中毒者の悪夢のような頭部が出現した。一部はスチール、一部はクローム、一部は頭蓋骨のような頭。金属でできた狼の牙を蒸気掘削機にとりつけたような鋭い歯列。血の色をたたえた一対の宝石から発される、ルビー・レーザーのごとき赫《あか》い眼光。水銀の頭蓋から三十センチも伸びだし、そのまま下方へ湾曲して額を貫く、一本角のような匕首《あいくち》。それによく似た棘々《とげとげ》がとりかこむ首。

「これが、シュライク——？」小生はたずねた。

ビリー王はうなずいた。あごとのど袋を動かしただけの、かすかな動作だった。

「あの若いのはどうなった？」

「シーラの死体が発見されたとき、男の姿は影も形もなかった。そもそも、あの男が現場にいたことからして、このディスクが発見されるまではわからなかったのじゃ。その後の調べで、男はエンディミオンからきた若いレクリエーション・スペシャリストであることが判明した」

「このホロ、偶然見つかったものかね？」

「うむ。きのうのことであった。衛士らが壁を捜索中、イメージャー・カメラを発見してな。直径一ミリとはないしろものじゃ。シーラはこの種のディスクを大量に持っておった。カメラの目的は、明らかに……その……」

「寝室の矯態《きようたい》を隠し撮りするためか」

「そうじゃ」

小生は立ちあがり、中空に浮かぶ怪物の頭部に近づいた。小生の手が、その額を、一角を、牙をつきぬける。コンピュータはその大きさを計算し、実物大のサイズに再現していた。頭部の大きさから判断すると、この地のグレンデルは、身長三メートル以上はありそうだ。

「シュライク……」

と小生はつぶやいた。これがシュライクかという思いよりも、むしろ挨拶の意味合いが強い。

「これを見て、思うところを聞かせてくれぬか、マーティンよ」

「なぜ小生にきく?」小生は声を荒らげた。「小生は詩人だぞ、神話歴史学者ではない」

「そなた、播種船《はしゅ》のコンピュータに、シュライクの性質と出自を問い合わせたことがあるであろう」

小生は片眉を吊りあげた。連邦では、コンピュータへのアクセスは、データスフィアへのログインともども、プライバシーと匿名性が確保されているはずなのに。

「だからどうだというんだ? 殺戮がはじまって以来、シュライク伝説を問い合わせた者は何百人といよう。何千人かもしれん。われわれの手もとにある手がかりらしきものは、つまらん怪物伝説しかないんだからな」

ビリー王は、額に無数の皺を刻んだり広げたりしつつ、

「いかにも」と答えた。「しかし、そなたがシュライクのファイルを検索したのは、最初の殺戮が起こる三カ月も前のことじゃろうが」

小生は吐息をつき、ホロピットのクッションに身を沈めた。

「まあね。たしかに検索したとも。だからなんだというんだ? 小生はただ、いま書いてい

る愚劣な詩にあの愚劣な伝説を使おうと思って検索したにすぎん。さ、逮捕してくれ」

「検索してみて、わかったことは？」

あまりしつこいので、さすがに腹がたってな。小生、サテュロスの蹄で柔らかいカーペットをどすんと踏みつけて、大声を出した。

「あのくだらんファイルに書いてあることだけだ！　いったいなにをいわせたいんだ、ビリー？」

ビリー王は額をこすったが、そのさい、うっかり小指で目をついてしまい、顔をしかめつつ、こう答えた。

「わからぬ。近衛府の者らは、そなたを宇宙船に召喚し、絶対訊問インターフェイスにかけたがったが……。余はかわりに、そなたと話しあう道をとった」

無重量状態にあるときのような不快感が胃の腑に宿り、小生は目をしばたたいた。絶対訊問となると、頭蓋骨に皮質側線とソケットをとりつけることを意味する。そうやって訊問されれば、大半の人間は情報をぬきとられてしまう。大半の人間がだ。

「な。シュライク伝説のどの側面を詩に使うつもりであったか、話してくれるな？」

おだやかな口調で、ビリー王はたずねた。

小生は答えた。

「いいだろう。……土着民の創立したシュライク教団の教義によれば、シュライクは苦痛の神であり、最後の贖罪《しょくざい》の天使であって、時を超えた何処《いずこ》かから人類の最期を告げにやってくるのだという。そんな綺想が気にいったんだ」

「人類の最期か」ビリー王はくりかえした。

「そうだ。シュライクは大天使ミカエルであり、モルモン教の天使モロニであると同時に、サタンでもあり、仮面をかぶったエントロピーでもあり、フランケンシュタインの怪物でもあり――そのすべてを凝縮したものといえる。シュライクは〈時間の墓標〉周辺に待機していて、いよいよ人類最期の時が訪れ、ドードー鳥、ゴリラ、マッコウクジラなどといった絶滅動物のヒットパレード・リストに加わるときには、その居所より解きはなたれて、阿鼻叫喚の地獄絵図をもたらすのだそうな」

「フランケンシュタインの怪物か……」しわくちゃのケープをまとった、小柄で小太りの男は、考え深げにつぶやいた。「なぜそんなものに興味を持った？」

大きく息を吸って、小生は答えた。

「なぜなら、シュライク教団は信じているからだ――どのようにしてか、あの怪物を創りだしたのが人類であると」

もちろん、ビリー王が小生の知識をはるかに超えて、もっと多くを知っていることは承知のうえだ。

「教団は怪物の殺しかたも知っておるのか？」王はたずねた。

「さあね。ただ、シュライクは不死であり、時を超越していると考えられている」

「では、神か？」

小生はためらって、しばらく考えてから答えた。

「ちょっとちがうな」と、しばらく考えてから答えた。「むしろ、この宇宙に生まれた最悪の悪夢のひとつといおうか。大鎌を持った死神のようなものだが、こっちは魂を棘だらけの大樹に突き刺す性癖がある……それも、魂がまだ肉体中にあるうちに」

ビリー王はうなずいた。

「なあ」と小生はいった。「辺境惑星の神学が気になるのなら、ジャックタウンにでも飛んで、教団の司祭を何人かつかまえてきいてみればどうだね」

「うむ」あごにちんまりとしたこぶしをあてがい、明らかによそごとに気をとられているようすで、王は答えた。「それならば、すでに何人かを召し寄せ、訊問を受けさせておる。まっこと、事態は混乱のきわみじゃ」

立ちさる許可が出るかどうか心もとないままに、小生は立ちあがった。

「マーティン――」

「なにかね」

「出ていく前に、この事態を理解するうえで、なにか役にたつことを思いつかぬか？」

のどから飛びでそうなほど心臓をどきどきさせながら、小生は戸口で立ちどまり、

「なくはない」と、かろうじて平静に聞こえる声で応じた。「シュライクがじつはだれであり、何であるか、教えてやれる」

「ほう？」

「詩想の産物だよ」

小生は背を向け、詩作のために自室へもどった。

むろんのこと、シュライクを召喚したのは小生にほかならぬ。小生にはわかっていたんだ。シュライクについての叙事詩を書きはじめることによって、シュライクを召喚してしまったことが。初めに言葉ありき、だよ。

詩の題名は『ハイペリオンの歌《カントス》』と改めた。ハイペリオンそのものではなく、巨人《タイタン》を自称する人間なる種の滅亡を描くもの。純然たる不注意から、みずからの母星を死にいたらしめたのみならず、その危険な傲慢さを星々にまで持ちだしたあげく、ついには神族を——みずから創造に関与した相手を——怒らせた種族の、無思慮な不遜ぶりを描くもの。それがこの詩だ。『ハイペリオンの歌』は、全身全霊を捧げたひさかたぶりの作品であり、二度とは書けぬ最高傑作となった。ジョン・キーツの亡霊にふざけ半分の敬意を表して書きはじめた詩は、なんと小生の最後の存在理由となり、凡庸な道化芝居の時代にあって、空前絶後の傑作叙事詩へと昇華するにいたる。いまや詩を書きつづるのは己れにあるはずもない至妙の技倆、自分に得られたはずのない入神の美技——詩を口ずさむのは自分の声ならぬ声だ。人類の傲慢こそはわが規範、シュライクこそはわが詩想——。

それからさらに二十人ほどの犠牲が出たのち、ビリー王はついに〈詩人の都〉から市民を疎開させた。疎開者のなかには、エンディミオンへいく者、キーツへいく者、その他の新興都市へいく者もないではなかったが、大半の者は播種船に乗りこみ、〈ウェブ〉へもどる道を選んだ。かくてビリー王の夢見た芸術の楽園は滅びさり、王本人はキーツの陰気な宮殿に移り住むことになる。政権も譲りわたされ、かわって主導権を握った惑星自治委員会は、連邦への加盟を申請するいっぽうで、時を移さず自衛軍《SDF》を創設した。といっても、このSDFなるもの、主力はつい十年前まで棍棒で殴り合っていた土着民にすぎず、それを率いるやからがまた、将官を自称する新政権出身のにわか指揮官だったこともあって、無人スキマーによる哨戒飛行で夜の平安を乱したり、自動歩哨の配備でせっかく甦りゆく荒れ野の美を損なったりするのが関の山だったが——ま、そんなもんだろう。

驚いたことに、〈詩人の都〉にとどまったのは小生ひとりではなかった。すくなくとも二百人はあとに残っていたかな。ただし、ほとんどの者は社会的接触を避け、〈詩人通り〉ですれちがうときも、音がうつろに反響する王宮のダイニングドームのあちこちにぽつんとすわって食事をとるときも、丁重に笑みをかわしあうだけだった。

殺人と失跡はその後もあいつぎ、平均すれば現地時間で二週間にひとりの割合で犠牲者が出た。もっとも、犠牲が出ても住民は気づかぬままで、それが明るみに出るのは、地域のSDF指揮官が数週間ごとに人数確認をするときだけだったがね。

ただ……廃都後一年のあいだ、とくに印象に残っているイメージは、いつになく連帯感に満ちたものが多い。廃都の夜、居残り組は下院に集い、播種船の発進を見送った。秋の流星雨が最盛期を迎えていたので、すでにハイペリオンの夜空は皓々と光り輝いていたものだ。

無数の黄金の光条と赤い炎の筋とが交差するなか、ついに播種船のエンジンが点火され、小太陽が出現する。集まったみなは、友が、友なる芸術家らが、核融合の炎の柱に乗って遠ざかってゆくところを、それから一時間ほども見つめていたよ。ビリー悲嘆王もあの場にいたなあ。厳粛な面持ちのまま、王は凝った装飾を施した国王用馬車に乗りこみ、安全なキーツの地へともどっていったが、そのまえにこちらをじっと見つめていたあの姿は、いまもくっきりと脳裡に焼きついている。

それからの十二年間、都を出たことは五、六回しかない。いちどはバイオ彫刻家を見つけてサテュロスの外見をとり除いてもらうためで、その他は食料や補給品を買いこむためだ。そのころには、シュライク教団がシュライクを訪ねる巡礼の旅を復活させていたので、小生は入念に考えつくされた死出の道を逆にたどって、都の外へ旅に出た。まずは〈時観城〉まで歩き、ロープウェイで〈馬勒山脈〉を越え、風莱船《ふうらいせん》に乗って〈大叢海〉をわたり、渡し守《カロン》の操るはしけでフーリー河を下る。そんな旅をおえて都にもどった小生は、年にいちどの巡礼を眺めながら、あのなかで生き残るのはだれだろうと思ったものだ。

〈詩人の都〉を訪れる者は皆無だった。建設途中だった塔群は、やがて廃墟の様相を呈しはじめた。金属＝ガラスのドームをいただくモールや屋根つきのアーケードなど、善美をつくした建築物はびっしりと蔦におおわれ、敷石のあいだからは紅蓼《べにたで》や瘢痕《はんこん》草が顔を出すありさま。荒廃に拍車をかけたのはＳＤＦだ。シュライクを殺すため、連中、各所に地雷やブービートラップを仕掛けおってな。結局それらは、かつては美しかった都の一部を破壊する役にしか立たなんだ。じきに用水路が破綻した。導水管も毀《こわ》れた。砂漠の浸食も進むいっぽうだ。小生は打ち捨てられたビリー王の宮殿をさまよい、あちこちの部屋に点々と居を移しつつ、黙々と詩作をつづけ、詩想の到来を待った。

つらつら惟《おもんみ》れば、ことの因果関係は、データ・アーティストのカロルスが作るいかれた論理ループか、はたまたエッシャーの版画のように見えてはこんかね。シュライクがこの世に出現したのは、わが詩の呪的力によるものだが、その詩は詩想としてのシュライクの脅威／存在なくしては成立しえなかった。おそらく、当時の小生は、すこしく気がふれとったんだろう。

それから十年ほどのあいだ、ディレッタントの都では依然として人死にがあいつぎ、ついに生きているのはシュライクと小生のみとなった。年ごとに訪れるシュライク巡礼も、もはやもの珍しくもなくなり、〈時間の墓標〉めざして彼方の砂漠を越えていくキャラバンとしか意識されなくなった。巡礼のなかには、ときおり命からがら逃げもどってくる者もあり、南西二十キロの位置にある〈時観城〉の避難所めざして、朱砂の砂漠《ヴァーミリオン・サンズ》をほうほうのていで逃げていく姿も見られた。だが、たいていの場合、生還者はなかった。

小生はいつも都の陰から街のようすを眺めてまわった。やがて髪も髭も伸び放題に伸び、ついには身につけている襤褸《ぼろ》をおおいつくすまでになった。出かけるのはたいてい夜で、廃墟のなかを怪しい影のように徘徊し、ときには自分の住まう照明された宮殿の塔をそっと覗きこむ——ちょうど、自分の家を窓から覗きこみ、自分は家にいないとおおまじめで結論づけた十八世紀スコットランドの哲学者、デイヴィッド・ヒュームのように。フードプロセッサーはいつもダイニングドームに置いてあり、けっして自室へ持っていったりはしなかった。魂魄《こんぱく》ぬけはてたイーロイ人のように——モーロックに食われるため、荒れはてた大聖堂でみずからを肥え太らせるあの未来人のように、音がうつろに反響するドームの静謐のなかで、ひとり食事をとるのが好きだったのだ。

しかし、シュライクはいっこうに姿を見せない。何夜となく、とくに夜明けの直前になど、突然の物音に——金属が石壁をひっかく音、何者かの足が砂を踏みしめるきしみなどに——はっと目を覚ますことがあり、これは監視されているなと確信する機会はたびたびあったが、当の監視者はいっこうに目の前に現われない。

気が向くと、たまに〈時間の墓標〉へ歩いていった。それも、きまって夜にだ。抗エントロピー能を持つ時潮《ときしお》の、おだやかだが異様な吸引力を避けつつ、小生は〈スフィンクス〉の翼が落とす複雑な影の下を歩きまわり、〈翡翠碑《ひすいひ》〉のエメラルドの壁を通して星々を見あげた。

そしてある晩、そんな夜の巡礼からもどってきてみると——わが書斎に闖入者がはいりこんでいたんだ。

「か、感じいったぞ、マ、ママママ、マーティン」

室内に置いてあった原稿の山のひとつをたたきながら、ビリー王はいった。長テーブルの、しなびた体には大きすぎる椅子にちょこなんとすわった落魄《らくはく》の王は、以前にもまして齢をとり、いっそうぐんにゃりと溶けかけているように見えた。もう何時間も原稿に読みふけっていたことは明らかだった。おだやかな口調で、王はたずねた。

「そ、そなた、ほ、ほ、ほんとうに、人類がこれほどの終焉にあ、あ、あ、値すると思うておるのかや？」

王がどもるのを聞くのは、十年ぶり、いや、それ以上になるか。

小生は室内へとはいっていったが、なにも答えなかった。かつては友人であり、二十標準年以上にもわたってパトロンであったビリーだが、いまはこちらがその気になりさえすれば、やすやすと命を奪うこともできる。許可なくして勝手に『ハイペリオンの歌』を読まれたかと思うと、身内にふつふつと怒りが沸きたってきた。

「このし、し、し……詩には、日付をつけておるようじゃな？」

完成した原稿のうち、いちばん新しいものをぺらぺらとめくりながら、ビリー王は問うた。

「どうやってここへきた？」

小生はことば鋭く問い返した。これは形ばかりの問いかけではない。そのころはもう、スキマー、降下艇、ヘリコプター、なんであれ、飛行機械に乗って〈時間の墓標〉周辺へやってくるのは至難の業となっていたからだ。到着した飛行機械からは、例外なく乗員が消えさっていた。それはシュライク神話に、いっそうの凄味を与える結果となった。

しわくちゃのケープをまとった小男は肩をすくめた。威風堂々とした王者たるべく仕立てられたその制服も、この男が着ると、太りすぎの道化者という印象しか与えない。

「こんどの巡礼の一団にくっついてな。〈時観城〉からこっちは、ずっとキャラバンに便乗して、こ、こ、ここまでまいった。原稿を見ると、ここ何カ月か、ちっとも、し、詩を書いておらぬようじゃが、マ、マ、マーティン。そのわけを教えてもらえぬか？」

小生は無言で王をにらみつけたまま、にじり寄っていった。

「いえぬなら、余がかわりにいうてやろうか」

ビリー王はそういって、長いあいだ解けなかった謎の答えがそこにあるかのように、書き進められた『ハイペリオンの歌』の最後の一ページに目をやった。

「さ、最後の詩節は、去年、J・T・テリオが消えたのとおなじ週に書かれておるな」

「それがどうした？」

小生はテーブルの、ビリー王とは反対側の端にたどりついた。そして、さりげない態度を装いつつ、原稿の薄い束を引きよせ、ビリー王の手のとどかないところへ移動した。

「つ、つ、つつ、つまりじゃ……SDFの監視員によれば……そのひひひ、日はな、〈詩人の都〉の最後の住人が死んだ日だということじゃよ——そ、そそ、そなたを除けばな、マーティン」

小生は肩をすくめ、テーブルをまわりこんでビリーに近づいていった。彼我のあいだに原稿があっては、気が気ではない。

「そなたも承知であろう。この詩はまだ、かかか、完成しておらぬな、マーティン」王の声はいつものように、深く哀しげだった。「人類が滅亡をま、ま、まぬがれる道は、まだすこしはある」

「ないね」さらににじり寄りながら、小生はいった。

「しかし、そなたにそれは書けぬ。そうであろう、マーティンよ？　そなたには、かのし、し、詩想が流血を招かぬかぎり、この詩を書きあげることはできぬ道理じゃ。そうであろう？」

「ばかな」

「かもしれぬ。しかし、それにしてはみごとな偶然の一致もあったものよ。そなたひとりがなぜ生かされておるのか、不思議に思ったことはないか、マーティン？」

小生はふたたび肩をすくめ、つぎの原稿の山を王の手のとどかないところへ引きよせた。こちらのほうがビリーより背が高いし、力も強いから、飛びかかって首をつまみあげ、放りだすのは造作もないが、そのさいに抵抗されて原稿が一枚でもだいなしになった日にはとりかえしがつかない。

「そ、そ、そろそろ、この問題になんらかの手を打つべきころあいではないかの」

と、わがパトロンはいった。

「ちがうな。あんたが出ていくべきころあいだ」

小生は原稿の最後のひと山を引きよせ、いざビリーをつまみださんと両手をふりかぶったが――そこでぎょっとして立ちすくんだ。ビリーの片手には、真鍮の燭台のような形をしたものが握られていたからだ。

「た、たのむから、そこでじっとしておってくれ」

ビリー王はおだやかにいって、ひざの上にのせてあった神経麻痺銃をかまえた。

立ちすくんでいたのは一瞬のこと、すぐさま小生は笑いだした。

「この惨《みじ》めったらしい、チビで卑屈なペテン師め。たとえ自分の命がかかっていたとしても、おまえにその引き金が引けるものか」

ビリーをたたきのめし、外に放りだそうと、小生は一歩を踏みだした。

――頬が中庭の石畳に触れている。うっすらと片目を開くと、モール天蓋の格子を通して、星々のまたたく夜空が見えた。だが、まばたきができない。からだじゅう、感覚がもどってくるとき特有の痺れでじんじんしている。熟睡していた全身が必死の思いで目を覚まそうとしているかのようだ。すさまじい苦痛に叫び声をあげたかったが、あごも舌もいうことをきかない。いきなり、からだごと持ちあげられ、石造りのベンチに放り投げられた。ベンチの上からは、中庭の一部と、リスメット・コルベット設計の、とうに水の涸れてしまった噴水とが見わたせた。夜明け前の流星雨がふりまく煌めきのもとで、青銅のマングースと青銅の蛇の群れが闘っている。

「す、すすす、すまんな、マーティン」聞き覚えのある声がいった。「し、しかし、きょ、きょ、きょ、狂気には、とどめを刺さねばならぬ」

ビリー王が視野の内側に現われた。両手に堆《うずたか》く、原稿の束をかかえている。その束を、噴水の縁の、金属でできたトロイの木馬像の足もとに置いた。その横には、ほかの原稿の束もならべられている。そしてそのそばには、口をあけた灯油の容器が置いてあった。

小生はやっとの思いでまばたきをした。まぶたが錆鉄でできているかのようだ。

「痺れは、じ、じじ……じきに、と、と、とれる」

ビリー王は噴水に手を伸ばし、原稿の束のひとつをとりあげると、ライターで火をつけた。

「よせっ！」こわばるあごを叱咤して、小生は必死に声をしぼりだした。

ひとしきり踊ったのち、炎は消えた。ビリー王は燃え残りを噴水のなかに投げこみ、つぎの束を手にとって、筒状にぎゅっとまるめた。炎に照らしだされた皺だらけの頬に光っているのは——涙の筋だった。

「そなたが、ま、ま、まいた種じゃ」涙声で、小男はいった。「お、終わらせてしまわねばならぬ」

小生は懸命に起きあがろうとした。だが、操りそこねたマリオネットのように、手足ががくがくするばかりだ。信じがたい苦痛がからだじゅうを走りぬける。小生はふたたび叫び声をあげた。苦痛に満ちたその声が、大理石と花崗岩にこだました。

ビリー王はひときわ大きな束をかかえあげ、いちばん上のページを読みあげた。

「物語も芯もなく
あるは儚《はかな》くも死すべき定めのみ
永遠《とこしえ》の静謐《せいひつ》、晴れることなき薄闇、
三つの動かぬ形が重しとなりて
わが五感にのしかかる、望月《もちづき》のごとく。
燃える脳で余はしかと思う
月光の銀の季節が夜を照らすことを
そして日々、余は知る、わが身ますます痩せ衰え
幽鬼と化しゆくを――しばしば余は乞い願う
死神よ憂き世から余を連れ去れかし、
わが諸々の重荷もろともに――
心底《しんてい》より変化を切望《のぞ》み、
毎時毎刻、われとわが身を呪《のろ》いつつ」

ビリー王は星空をふり仰ぎ、そのページを火にくべた。そして、束の残りも。

「やめろおっ！」

小生はふたたび叫び、脚を曲げようともがいた。片ひざをつき、ところかまわず針で刺されているような腕をついて、上体を支えようとする。が、力たらず、また倒れ伏した。

ケープをまとった影は、まるめられないほどぶ厚い束を持ちあげ、仄かな明かりのもとで詩文に目をこらした。

「そして余はかの蒼白き顔を見てり
人の哀しみには囚われねども
不死なる病のゆえに玲瓏《れいろう》と輝ける顔を。
そがもたらす絶えざる変化は、至福なる死と雖《いえど》も
終息させること能わず、死へと導くこと能わず
いかな死もかの顔を冒すことなし、死を超越せり
その真白き顔は。それ以上は
いまはな考えそ、かの顔を見しのちも……」

ビリー王はライターを持ちあげ、いま読んだページもふくむ五十ページほどの原稿に火をつけた。燃える原稿を噴水の内側に落とし、つぎの束へと手を伸ばす。
「たのむ！」小生は叫んで必死に身を起こし、ランダムな神経衝撃のもたらす痙攣に負けまいと両脚に力をこめながら、石のベンチにもたれかかった。「たのむ……」
三番めの影——それがふっと現われたのは、そのときだった。いや、現われたというのはちょっとちがう。こちらの意識がその存在に気づくことをゆるされた、とでもいえばよいの

か。そう、じつは最初からそこにいたのに、ビリー王も小生も、炎が赤々と燃えあがるまで気づかずにいたという感じだった。信じられぬほど背が高く、四本の腕を持ち、クロームと軟骨で形作られたその姿——シュライク。その赫《あか》い双眸《そうぼう》が、ひたとこちらをにらみすえた。

ビリー王は小さく悲鳴をあげ、あとずさったが、そこで踏みとどまり、原稿をさらに火にくべるべく、前進した。燃える原稿から火の粉が舞いあがる。朽ちかけた天蓋の、蔦がはびこる梁の上から、羽ばたきの音を轟かせ、鳩の群れがいっせいに飛びたった。

歩く……というよりも這うようにして、小生は前へ進んだ。シュライクは動かない。血の色の眼をすこしもそらそうとしない。

「立ち去れっ！」

ビリー王はどもることもわすれ、燃える詩の束を両手に握ったまま、興奮しきった声で叫んだ。

「還るのじゃ！　そなたの出《い》できたった窖《あなぐら》へ！」

ほんのすこしだけ、シュライクが頭を下へかたむけたように見えた。銀色に輝く顔のなかで、赫い魔光が爛《らん》と輝きを増す。

「やめてくれ《マイ・ロード》！」

小生は叫んだ。それがビリー王に向けた言葉なのか、地獄から這い出た魔怪に向けた言葉なのか、そのときはわからなかったし、いまもってわからない。ともかく、小生はよろよろと歩を進め、ビリーの腕に手を伸ばした。

王はもう、そこにはいなかった。ついいましがたまで、年老いた王の手はたしかに目の前にあったのに、つぎの瞬間、そのからだは十メートルも離れ、石造りの中庭のただなかに高々と掲げられていたのだ――その腕を、胸を、腿を、鋼鉄の棘のような鋭い爪に刺し貫かれて。それでも王は身をもがき、両手の原稿を燃やそうと必死にあがいている。そんな王のからだを、息子に洗礼を授けようとする父親のように、シュライクが前へとさしだした。「滅ぼせえっ！」

「滅ぼせっ！」刺し貫かれた腕を動かそうと虚しくあがきながら、ビリーが叫んだ。

小生は噴水のそばで立ちどまり、よろよろとその縁にもたれかかった。滅ぼせとはシュライクのことだろう、と最初は思ったが……いや、詩のことかと思いなおし……最後に、両方を差しているのだと悟った。水の涸れた噴水の底には、まだ千枚以上もの原稿が燃え残っている。小生は灯油の容器を手にとった。

シュライクは動かない。ただビリー王を、奇妙にいとおしむような動作でゆっくりと抱きよせただけだ。ビリー王がはげしく身をよじり、声なき絶叫を張りあげた。その絹の道化衣裳の背中から、ずぶずぶと長い鋼鉄の刃が突き出てくる。小生は痴呆のようにその場に立ちつくし、子供のころに飾っていた蝶の標本を思いだした。それから、のろのろと、機械的な動きで、噴水の底にちらばった原稿に灯油をふりまいた。

「やれえっ！」息も絶えだえのビリー王が、悲痛な声を絞りだした。「マーティンよ、神の愛のために！」

小生はビリー王が落としていったライターを拾いあげた。シュライクは動かない。ビリー王のチュニックにじんわりと血の黒いしみが広がっていき、やがて布地の真紅の四角と交わった。小生は親指でアンティークなライターのやすりをはじいた。一度、二度、三度。火花が飛び散るばかりで、いっこうに火はつかない。あふれる涙を通して、薄汚れた噴水の底にちらばるわがライフワークが見えた。小生はライターをとり落とした。

ビリーが声をふりしぼった。シュライクに抱擁されたまま身をもがくのに合わせて、骨が刃《やいば》とこすれあう、かすかなギシギシという音が聞こえた。

「終わらせろおっ！」ビリーが叫ぶ。「マーティンよ……おおお、神よ！」

小生はさっとビリーにふりかえり、早足で五歩ほど詰めよると、怪物めがけ、容器に半分ほど残った灯油を一気にぶちまけた。すでにぼやけていた視野が、揮発性の気体でさらにぼやける。ビリーと彼を抱きしめる人知を超えた魔物とは、スラップスティック・ホーリーに出てくるふたりの喜劇役者のように、灯油で濡れねずみとなった。ビリーが目をしばたたき、咳きこむ。シュライクの鑿《ノミ》で削りだしたような光沢ある鼻口部に、流星雨煌《きら》めく夜天《やてん》が映りこんだ。つぎの瞬間、ビリーの手になおも握りしめられたまま燃えていた原稿の余炎が、ぼっと灯油に引火した。

小生はあわてて両手をかかげ、顔をおおったが、時すでに遅く、あごひげも眉毛もあっという間に焼け焦げ、ぶすぶすと煙をあげた。そのまま、小生はよろよろとあとずさり、噴水の縁にぶつかってとまった。

一瞬、眼前に完璧な炎の彫像が出現した。青と黄色で彩色され、キリストの死体を抱いて嘆く聖母マリア像——ただし、炎上するキリストをかきいだくのは、四本腕のマドンナだ。その腕のキリストが、なおも鋼鉄の棘に串刺しにされ、二十本のメスのごとき鉤爪にわしづかみにされたまま、がくんと大きく身をのけぞらせ、はげしく痙攣した。そして、迸《ほとばし》らせたのだ、身の毛もよだつ絶叫を……。きょうにいたるまで、あのすさまじい絶叫が、死の抱擁をつづける二体のうちの、人間のかたわれから発せられたものとはとても信じられぬ。この世のものとは思われぬ叫びに、小生は血も凍る思いで佇立《ちょりつ》し……都の壁という壁にこだまする断末魔の叫喚に、鳩の群れは恐慌に陥り、あてどなく一帯を飛びまわった。やがて、あとに灰も残像も残さず、彫像をつつみこむ炎は消えさったが、そのあとも、悲鳴は何分も何分もつづいた。その悲鳴が、こんどは自分ののどから迸るものだと気づいたのは、それから一、二分たってからのことだった。

アンチクライマックスとは、いうまでもなく、ものごとの基本的なありようだ。現実の暮らしが申しぶんない大団円を迎えることはめったにない。燃え残りの原稿を書き写し、消失した詩を書きなおすのに、数カ月——おそらく一年はかかっただろう。ついに詩を完成させられなかったことは驚くにあたるまい。終わらせたくとも終わらせようがないのだ。わが詩想は消えてしまったのだから。〈詩人の都〉は安らかに朽ちていった。小生はもう一、二年、都にとどまった。もしかすると五年かもしれんが、よくはわからん。そのころはもう、すっかり気がふれていたのでな。今日にいたっても、初期のシュライク巡礼の記録には、蓬髪《ほうはつ》をふり乱し、襤褸《ぼろ》を纏《まと》い、目玉を飛びださせてやってきては、猥褻《わいせつ》な言葉をわめきちらし、〈時間の墓標〉に向かってこぶしをふりたて、臆病者、姿を現わせとののしり、ゲッセマネの眠りにつく巡礼たちの目を覚まさせたという、痩せさらばえた怪人のことが書き残されておるよ。

そのうち、狂気もひとりでに燃えつきて──熾火《おきび》はけっして消えることはなかったが──小生は千五百キロの道のりを越え、文明のもとへたどりついた。その間、背中のバックパックに収めていたのは原稿だけだ。道中は岩鰻《うなぎ》と雪だけで存《なが》らえ、最後の十日間はいっさい飲まず食わずだった。

その後の二世紀半は、語るに足るものではない、思い起こす価値すらもない。何度も延齢《パウルセン》処置を受けたのは、ただ生き延びて待つためだ。違法の亜光速航行に二度加わって、その都度、長い冷凍睡眠にはいった。そのたびに、一世紀、もしくはそれ以上が費やされた。そしてそのたびに、脳細胞と記憶はごっそりと失われた。

そうやって、小生は待った。そしていまも待っている。詩は完成させねばならぬ。いずれかならず完成してみせる。

初めに言葉ありき。

終わりには……名誉を超越し、生も煩悩も超えた彼方には、やはり……

終わりにも、言葉あるべし。

第四章

翌日の正午をすこしまわったころ、〈ベナレス〉は〈叢縁郷《エッジ》〉に到着した。あと二十キロでたどりつくというところで、河鱏《マンタ》の一頭がハーネスにつながれたまま死んでしまったため、A・ベティックは死体を切り離さねばならなかった。もう一頭は、船を色褪せた桟橋に舫《もや》うまでもってくれたが、そこでついに精根つきはてて、一対の呼吸孔から盛んに気泡を吐きだしながら、腹を上にしてぷかりと水面に浮きあがった。ベティックはこの河鱏《マンタ》も切り離すよう命じた。この先のいっそう急な流れを遡らせようものなら、生き延びる可能性はひどく低いからだ。

巡礼たちは未明のうちから目を覚まし、以来ずっと河端を流れゆく景色を眺めて過ごした。マーティン・サイリーナスとどう口をきいていいのかためらわれて、みな口数がすくない。だが、詩人はいっこうに気にするふうでもなく、朝っぱらからワインを飲み、日の出どきには猥褻な歌を放吟してみせた。

夜のうちに河幅はぐんと広がって、夜明けを迎えるころには、〈大叢海《だいそうかい》〉南方の翠巒《すいらん》を貫いて流れる、幅二キロの藍鉄《あいてつ》色のハイウェイに変貌していた。

これほど〈大叢海〉に近づくと、もはや高木の姿はない。〈鬣《たてがみ》〉地方特有の、茶色、金色、赤紫色などの灌木群も徐々に姿を消し、色鮮やかな翠《みどり》の草原が支配的になってゆく。一面に生い茂るのは、高さ二メートルもある北方系の肉厚の草だ。午前中を通じて河の左右になだらかに起伏していた草原は、いまやすっかり平坦になり、どちらの岸を向いても、まっすぐに連なる草むす土手の帯としか見えない。北と東の地平線上には、わずかに色の濃い帯が走っている。海がちの惑星に慣れ住み、それが海の兆しであることを知っている巡礼たちは、ここにいたってやっとその意味に気づく。あれは海であって、海ではない――これより先、行く手に広がる海は、面積数十億エーカーにもおよぶ、渺茫《びょうぼう》たる草の大海だけなのだ。

〈叢縁郷〉は、その最盛時にも大きめの宿場村程度の集落でしかなかったが、いまは完全にさびれはて、往時の見る影もなかった。二十棟ほどの建物が、桟橋からつづく轍《わだち》だらけの小道ぞいにならんでいるのだが、いずれも廃屋特有のうらぶれた外観を呈している。河端にかかっていた告知板によれば、住民の全員が何週間も前に郷を捨てていったという。丘の頂きのすぐ下に建っていたはずの、三世紀の歴史を持つ〈巡礼亭〉は、無残にも焼失していた。

A・ベティックは、一行を導いて、土手をなす低い丘の頂上へ登っていった。

「これからどうする？」

カッサード大佐がアンドロイドにたずねた。

A・ベティックは答えた。

「修道会の奉仕条件によれば、この旅ののち、わたしどもは解放されることになっています。みなさんの帰還の足として〈ベナレス〉はここに残し、わたしどもはランチで河をくだりましょう。そのあとは、わが道を歩むのみですよ」

「住民といっしょに、この星を脱出するのか？」

ブローン・レイミアがきいた。

ベティックはほほえんだ。

「いいえ。わたしどもにはわたしどもなりの目的がありますし、ハイペリオンには訪ねるべき巡礼地がほかにもありますので」

一行はなだらかな丘の頂上に登りつめた。背後をふりかえれば、朽ちかけた桟橋にもやわれた〈ベナレス〉が小さく見える。フーリー河は南西へ——〈叢縁郷〉のはるか彼方にかかる蒼い靄へ向かって伸びていた。〈叢縁郷〉から十キロほど上流に遡行すると、河は下《しも》大瀑布で断ち切られ、そこから先は船では遡りようがない。そして丘の北と東には——〈大叢海〉が広がっていた。

「こいつはまた……」

ブローン・レイミアがかすれ声でつぶやいた。

眼前に展開するのは、まさに創造の最後の丘に登ったかのごとき光景だった。眼下に点在する突堤、桟橋、小屋を境に、〈叢縁郷〉はそこで途切れる。その先は〈大叢海〉——茫漠《ぼうばく》たる草の海だ。微風を受けて官能的にゆらぎながら丘の麓へと打ちよせる、翠《みどり》の波、波、波。視界のおよぶかぎり、果てしなく、途切れることなくつづく大草原は、地平線のはるか彼方までを埋めつくし、平坦そのものに見える。北東八百キロの彼方には〈馬勒山脈〉があるはずだが、その冠雪した頂上も、ここからではまったく見えない。風にさざめく丈高い草のきらめきは沖合の白波にそっくりで、これが翠の大海洋であるという錯覚をいっそう完璧に仕あげている。

「こいつは美しい……」

レイミアがつぶやいた。この光景を目にするのは、彼女ははじめてなのだ。

「日の出と日没の眺めは、荘厳の一語につきる」領事が説明した。

「ほうら、きれいだよ」

風景が見えるように赤ん坊を抱きあげて、ソル・ワイントラウブが小声で話しかけた。赤ん坊はごきげんのようすで身を動かし、じっと自分の指先を見つめている。

「非常に状態のよい生態系です」ヘット・マスティーンが賛嘆をこめた声でいった。「ミュアがごらんになったなら、さぞかし喜ばれたことでしょう」

「待った、みなの衆——」

マーティン・サイリーナスがいった。

一同はふりかえり、彼を見やった。

「——風莱船《ふうらいせん》がどこにもおらん」

詩人を除く男五人、女ひとり、アンドロイド一体は、無言で桟橋を見つめた。そこにはたしかに、一隻の船もなかった。ただ茫々の草海原《くさうなばら》が広がるのみだ。

「まだきていないんだろう」領事がいった。

マーティン・サイリーナスがげらげら笑った。

「でなければ、もう出港してしまったかだな。小生らは昨夜のうちに到着する予定だったんだから」

カッサード大佐が電子双眼鏡をかかげ、地平線を見わたした。

「おれたちを乗せずに出港するとは考えにくい。風莱船はシュライク教団の幹部差しまわしのはずだ。連中もこの巡礼には多大な関心を寄せているんだからな」

「歩いていくという手もあるでしょう」

そういったのはルナール・ホイトだったが、当人は苦痛と薬がよほどこたえていると見えて、顔色が悪く、はた目にも衰弱しており、立っているのもままならないようすだった。これでは歩いていけるはずがない。

「むりだな」カッサードは答えた。「目的地までは何百キロとある。しかも草の丈はおれたちの身長よりも高い。方角がわからん」

「磁石を使えば……」

「ハイペリオンでは、磁石は役にたたんのだ」と、電子双眼鏡を覗いたまま、カッサード。

「では、方向探知機は――」

「備えはあるが、この場合、それは論点ではないんだよ」領事が口をはさんだ。「草の葉は剃刀のように鋭い。五百メートルも進めば、満身傷だらけになってしまう」

「加うるに、草原蛟《みずち》というやつがいる」双眼鏡をおろして、カッサードがいった。「非常に状態のよい生態系ではあるが、外からさまよいこんだ者にとっては、そうともいえん」

ホイト神父はため息をつき、丘の頂上の丈が低い草にへたりこんだ。ふたたび口を開いたとき、その声にはどこか安堵にちかいものが聞きとれた。

「しかたがない……。では、引き返しましょう」

A・ベティックが進み出た。

「クルーは喜んでお待ちします。このまま風莱船がこないようでしたら、〈ベナレス〉でみなさんをキーツまでお送りしましょう」

「いや、いい」と領事はいった。「ランチに乗って引きあげてくれ」

「おいおいおい、そう独断専行したもうな」マーティン・サイリーナスが大声を出した。「小生は貴君を独裁者に選んだ覚えはないぞ、アミーゴ。われらはなんとしても〈時間の墓標〉へいかねばならんのだ。風莱船が現われないのであれば、ほかの交通手段を用意せにゃなるまいが」

領事は小柄な詩人に向きなおり、正面から顔を見つめた。

「では、どうやっていく？　海路でか？　いったんもどって〈鬣《たてがみ》〉を遡り、〈北の沿岸〉をまわりこんでオットーかほかの中継点にたどりつくまで二週間はかかる。それも乗り継げる船があったとしての話だ。おそらくハイペリオンの外洋航海船は、一隻残らず惑星脱出のために提供されているだろう」

「なら、飛行船だ」

うめくように、詩人がいいかえす。

ブローン・レイミアが笑った。

「そいつは名案だぜ。河を遡ってきたこの二日間、ずいぶんたくさんの飛行船を見たっけなあ」

マーティン・サイリーナスはくるりとふりかえり、女探偵を殴ろうとするかのようにこぶしを握りしめた。が、そこでにいっと笑って、

「よかろう、ご婦人よ、ではどうする？　だれかを草原蛟の餌食に捧げるか？　輸送の神がほほえんでくれるかもしれんぞ」

ブローン・レイミアはひややかな視線を返した。

「ろくでもない提案こそあんたにゃ似つかわしいな、おチビさんよ」

カッサード大佐がふたりのあいだに割ってはいり、命令口調で一喝した。

「もうよせ。領事のいうとおりだ。風莱船が到着するまで、おれたちはここで待機する。M・マスティーン、M・レイミア、A・ベティックに同行して、装備の荷おろしを監督してくれ。ホイト神父とM・サイリーナスは、薪を集めてくれ」

「薪？」神父がたずねた。火など焚かなくても、丘の上は暑いほどだからだ。

「篝火《かがりび》用の薪だ。暗くなったら、風莱船に居場所を知らせる陸標がいるだろうが。さ、みな行動に移れ」

日没とともに、一同は無言で、河をくだっていくモーター・ランチを見送った。二キロ彼方にまで離れても、領事には乗組員のブルーの肌がはっきりと見てとれた。残された〈ベナレス〉は、乗り手もなく桟橋に放置され、すでに廃村の一部と化したかのようだ。ランチの姿がすっかり見えなくなると、一行は河に背を向け、〈大叢海〉を眺めやった。河岸の丘が落とす長い長い影が、草原のはるか向こうまで伸びている。ふと気がつくと、いつのまにか領事は、眼前に広がる大草原のことを波打ちよせる浅瀬と考えていた。北から東にかけて、草の海はずっと遠方で変色し、〝白波〟立つ藍玉色《アクアマリン》の帯となっているが、その帯がさらに融けこむ先は、蒼い深淵を想わせる瑠璃色《ラピスラズリ》の空だ。その瑠璃空を西から染めあげる落陽の朱金色が、一行の立つ丘を照らしだし、巡礼たちの肌を色鮮やかに彩っている。聞こえるのはただ、草が風にざわめく音ばかり――。

「それにしても、こりゃまたおびただしい荷物の山だな」マーティン・サイリーナスが大声でいった。「片道旅行に出る御一行さまの荷物とはとても思えん」

たしかにそうだな、と領事も思った。一行の荷物は、草むす丘の頂上で小山をなしていた。

「このどれかには――」ヘット・マスティーンの静かな声がいった。「われわれの命綱がふくまれているかもしれませんよ」

「どういう意味だ？」

ブローン・レイミアがたずねた。

「ははあん」マーティン・サイリーナスが草の上へあおむけに寝ころがり、頭の下で両手を組んで、夕焼け空を見あげた。「シュライクの爪に耐えられるパンツでも持ってきたかね」

森霊修道士はゆっくりと首をふった。急速な薄暮の訪れにともない、ローブの頭巾の陰になって、その顔は黒々とした影につつまれている。

「この期におよんで凡庸ぶってもしかたがありません。しらを切るのはやめにしませんか。この巡礼に参加した各自は、苦痛の神に相まみえる瞬間にそなえて、避けがたい最期を避けるべく、心中ひそかに期するところのある装備を持ってきているはずです。そろそろ、それを認めてもいいころでしょう」

詩人が笑った。

「小生、幸運のお守《うさぎのあし》りさえ持ってきてはおらんよ」

森霊修道士の頭巾がわずかに動いた。

「しかし、原稿は持ってきたのでしょう？」

詩人の答えはない。

はたからは見えない視線を、ヘット・マスティーンは左に立つ長身の男に向けた。

「それに、あなたもです、大佐。あそこにはあなたの名前がついたトランクがいくつもある。武器、ですね？」

カッサードはぴくりと顔をあげたが、やはりなにも答えない。

「もちろん――」とヘット・マスティーンは語をついで、「武器も持たずに狩りにいくのはばかげたことです」

「あたしはどうだ？」ブローン・レイミアが腕組みをして問いかけた。「あたしが荷物に忍ばせてきた秘密兵器はなんだかわかるか？」

森霊修道士は奇妙なアクセントのある声で冷静に答えた。

「あなたの物語はまだうかがっていませんね、M・レイミア。推し量るにはまだ早い」

「では、領事はどうだ？」重ねて、レイミア。

「ああ……わが外交官の友人がお持ちの武器については、推測するまでもないでしょう」

荘厳な日没を見ながら考えにふけっていた領事は、そのひとことで船長に向きなおり、虚偽をまったく感じさせない声で答えた。

「はて、衣類少々のほかは、時間つぶしの本を二冊持ってきただけだが……」

「なにをおっしゃる」森霊修道士の声が、美しいものをたたえるような響きを帯びた。「あなたには、あの美しい宇宙船があるではありませんか」

それを聞いたとたん、マーティン・サイリーナスががばと起きあがり、

「宇宙船とな！」と叫んだ。「なんと、あれを呼びよせられるのか？　ええい、そんならさっさと犬笛を吹いてくれ、ここにへたりこんでいるのは、もううんざりじゃい」

領事は草をひとつかみ千切りとってばらしはじめ、しばらくしてから、こう答えた。

「かりに呼べたとしても……A・ベティックがいっていただろう、通信衛星も中継ステーションも射ち落とされてしまったと……かりに呼べたとしても、〈馬勒山脈〉より北には着陸できない。それは即時の破滅を意味する――シュライクが山脈の南を徘徊しだすまえからそうだった」

「それはそうだが……」サイリーナスは興奮して両手をふりまわしながら、「このいまいましい……〝芝生〟を越えることはできるだろう！　呼んでくれ、船を」

「まあ、朝まで待ちたまえ」領事はいなした。「それで風萊船がこなければ、そのとき対策を検討しよう」

「そんな悠長なことを……」

なおもいいつのる詩人のまえにカッサードが立ちはだかり、その大きな背中でサイリーナスを巡礼の円から巧妙に締めだして、森霊修道士に話しかけた。

「M・マスティーン。では、あんたの秘密兵器はなんだ？」

森霊修道士の薄い唇に、うっすらと笑みが浮かんだ。が、幽《かす》かな残照のもとでは、余人にそれを見わけるすべもない。荷物の山に手をひとふりして、修道士は答えた。

「ごらんのとおり、わたくしのこのケースはひときわ重く、ひときわ神秘的なものです」

「メビウスの正六面体ですね」ホイト神父がいった。「以前、古代の人工物をそれにいれて運ぶのを見たことがあります」

「核融合爆弾の運搬にも使うぞ」とカッサード。

ヘット・マスティーンはかぶりをふった。

「そのように粗野なものはいれておりません」

「教える気はあるのか？」これはレイミアだ。

「わたくしの語る番がまいりましたなら……」

「つぎはきみの番だったかな？」領事がきいた。「風莱船を待つあいだ、話を聴くのも一興だ」

ソル・ワイントラウブが咳ばらいをして、クジの紙を見せた。

「つぎはぼくの番ではあるんだが——〈聖樹の真の声〉となら、喜んで順番を代わろう」

学者はそういって、レイチェルの背中を軽くたたきながら、左肩から右肩へと抱きかえた。

ヘット・マスティーンが左右に首をふった。

「いいえ、時間はたっぷりとあります。わたくしが物語のことを口にしたのは、絶望のなかにもつねに希望があることを指摘するためでした。これまでのところ、各人の物語はおおいに参考になっています。しかしながら、われわれのひとりひとりが、自分で認識しているよりもずっと深いところに約束の種子を蔵しているのです」

「いったいなんのことやら……」

ホイト神父がいいかけたとき、マーティン・サイリーナスがいきなり大声をあげた。

「風莱船だ！　あそこに帆船が！　やっときたぞ！」

風莱船が桟橋に到着したのは、それから二十分後のことだった。風莱船は北からやってきた。その四角い白帆が、色彩絶えゆく暗黒の叢海に白々と映えている。やがて最後の残光も消え入るころ、大型帆船はようやく低い丘のまぎわにたどりつき、大檣帆《だいしょうはん》を巻きあげて、ゆっくりと停止した。

圧倒される思いで、領事は帆船の偉容を見つめた。風莱船は総木造の手造りで、しかもばかでかい。古代オールドアースで遠洋航海に使われたというガレオン船のように、その舷側は湾曲している。湾曲した船底の中央に位置する巨大な車輪は、ふだんは高さ二メートルの草に隠れて見えないが、荷物をかついでそばまで降りると、桟橋のまぎわとあって、かなりの部分が見えた。地上から手すりまでの高さは六、七メートル。大檣《たいしょう》の先端までなら、さらにその五、六倍はあるだろう。桟橋まで荷物を運びおえ、荒い息をしながら立っていると、ずっと上のどこかから三角旗のはためく音が聞こえてきた。それに、この間断ない、可聴下周波にちかい音――これは船内のフライホイールか巨大なジャイロスコープの発する音だ。

船体上部から舷梯《げんてい》がせりだし、桟橋に降りてきた。ホイト神父とブローン・レイミアは、押しつぶされまいとしてあわてて飛びのいた。

風莱船は〈ベナレス〉ほど照明が完備されてはいなかった。一見するかぎり、照明らしきものは、帆桁にぶらさがるいくつかのランタンくらいのものだ。〝入港〟中も姿を見せなかった乗組員たちは、接岸したいまも顔を出そうとしない。

「おーい！」

領事は舷梯の下から呼びかけてみた。返事はなかった。

「ちょっと待っていてくれ」

カッサードがいって、いちどに五段ずつ、長い舷梯を登りはじめた。

一同が見まもるなか、カッサードは最上段でいったんとまり、小型デスウォンドをさしたベルトに手をあてがうと、風莱船の中央部分に姿を消した。数分後、船尾に連なる広い窓の内側に灯りがともり、草地に黄色い台形の光を投げかけた。ほどなく、

「もういいぞ」と、舷梯の上端からカッサードが呼びかけた。「船内は無人だ」

一同は何往復かして、荷物を甲板に運びあげた。領事はヘット・マスティーンに手を貸して、重いメビウス・キューブをいっしょに運んだ。そのさい、キューブから指先に伝わってきたのは、かすかだが強い振動だった。


「さてさて、乗組員はいずこにありや？」

ふたたび前部甲板に集まると、マーティン・サイリーナスが問いかけた。それまで一同は、二、三人ずつに分かれ、せまい通路をめぐって各船室を覗き、むしろ梯《はしご》と呼ぶのがふさわしい〝階段〟で下の甲板へ降りて、ひととおり船内を見てまわってきたのだが、その探険によってとりあえずわかったのは、船室はみなせま苦しく、造りつけの寝棚だけでいっぱいなほどで、ただひとつ船尾にある船室だけが——こう呼んで正しければ、たぶん船長室だろう——〈ベナレス〉の標準的船室なみの広さと居住性の良さをそなえているということだった。

「見ればわかるだろう。自動操船だ」

カッサードが動索《ハリヤード》を指さした。その下部は甲板のスロットへと消えている。索具や帆桁に隠れてよく見えないが、その下にマニピュレーターがあるようだ。大三角帆を装備した後檣のなかほどの高さにも、ギアらしきものが見える。

「コントロール・センターは見あたらなかったな……ディスキーやCスポット・ネクサスすらもだ」

レイミアがそういいながら、胸ポケットのコムログをとりだし、標準データや周波数、生体波長の反応などを確認した。船内からの反応は皆無だった。

「以前はちゃんと乗組員がいたんだがね」領事はみなに説明した。「教団の信徒が巡礼につきそって、山脈の麓まで送っていったものだ」

「その乗組員も、いまはもういない——」これはホイトだ。「——しかし、ロープウェイの駅か〈時観城〉には、だれかが生き残っていると仮定してもよさそうですね。つまり、この風莱船をよこした者たちが」

「でなきゃ、ひとり残らず死にはてたあとも、運航予定にしたがって、自動で行き来しているかだな」レイミアがそういったとき、一陣の突風が吹いてきて、索具をきしませ、帆をはためかせた。レイミアは肩ごしに頭上をふりあおいだ。「まったくなあ。こんなふうに外界の万物から切り離されるってのは、気分のいいものじゃないぜ。目も耳も封じられたみたいじゃないか。この世界の住人、よくもこんな状況に耐えられるもんだ」

ひとり離れていたマーティン・サイリーナスが、一同のもとへ歩みより、手すりにすわると、長い緑の瓶を口に運び、詩を吟じた。

「詩人はいずこ？　いざいざ、ここへ！
　詩想はわがもの、さだめし馴じみあるべし。
詩人とともにあるは男
その男、王にも等しく
またあるときは最貧の乞食
　またはいかなる驚異の存在にても
はたまた猿ともプラトンとも知れず。
　詩人とともにあるは鳥
鷦鷯《みそさざい》か鷲か、詩人のために道を見いだす、
　おのが本能の命ずるままに。詩人は聞けり
雄々しき獅子吼を。すなわち知る
　その猛き喉の発する意味を
詩人の耳には猛虎の咆哮も
　分明にして意味明瞭
その声あたかも母語のごとし」

「どこからワインの瓶など手にいれてきた？」

カッサードがきいた。

マーティン・サイリーナスはにんまりと笑った。その小さな目が、ランタンの灯火を受けて明るく輝いている。

「厨房には食糧満載、バーまであってな。あけてみたら、これがあったというしだい」

「夕食の準備をしないといけないな」

領事はワインしかほしくない気分だったが、あえてそういった。最後に食事をしてから、もう十時間以上もたつ。

いきなり、ゴトンという音が響き、ブーンというモーター音がそれにつづいた。七人の巡礼はみな右舷の手すりへ歩みよった。舷梯がひとりでに引きこまれていく。ふたたびブーンという音がしたかと思うと、こんどは帆が広がりだし、支索がぴんと張り、どこかで動きだしたはずみ車のうなりが超音波の領域にまで高まった。帆が風をはらみ、甲板がわずかにかしぐ。風莱船は桟橋を離れ、暗黒の淵へと進みだした。聞こえるのはただ、帆のはためき、船のきしみ、ゴロンゴロンという車輪のくぐもった音、草が船底を打つ音のみだ。

七人の巡礼は、離れていく丘の黒い影を見送った。ほのかな星明かりを受けて、ついに火をつけずじまいの——誘導灯がわりにと用意した——薪の山が遠ざかっていく。やがて夜空と周囲をつつみこむ闇のほかは、ゆれるランタンの灯が落とす、丸い光の輪しか見えなくなった。

「では、わたしは中部甲板に降りて――」と領事はいった。「どんな食事の用意ができるものか見てこよう」

領事が消えたあとも、ほかの巡礼たちはしばし甲板にとどまり、足もとから伝わってくる小さな揺れや振動を感じながら、眼前を流れさってゆく闇を見つめた。〈大叢海〉の草波がかろうじてうかがえるのは、星空が水平に断ち切られ、平坦な暗黒の海がはじまる、わずかな境界部分だけだ。

カッサードが高指向性の懐中電燈をとりだし、帆布や索具、見えない手でぴんと張られた支索などを照らしてから、船尾から船首にいたるまで、隅や物陰をひととおり調べた。ほかの者たちは、だまってそのようすを眺めている。やがてカッサードが懐中電燈を消すと、暗闇の重苦しさはまえよりも薄れ、星々は輝きを強めているように感じられた。それに、この豊かで肥沃な薫り――潮のにおいではなく、春の農場のにおい――これは微風に乗って、千キロも彼方の草地から運ばれてくるものだ。

ややあって、領事に下から呼びかけられ、巡礼たちは食事をとりに厨房へ降りていった。

厨房はせまく、食事のできそうなテーブルもなかったので、一同は船尾の大型船室を共同の部屋に使うことにし、トランクのうち三つを運びこんで、間にあわせのテーブルとした。低い梁《はり》にぶらさがった四つのランタンのおかげで、室内は明るい。ヘット・マスティーンがベッド上の高い窓の一枚をあけたとたん、涼風が吹きこんできた。

いちばん大きなトランクの上にサンドイッチを山盛りにした皿をならべてから、領事はいったん厨房にもどり、厚手の白いカップとコーヒーの保温ポットをとってくると、食べはじめたみんなにコーヒーをついでまわった。

「思いがけないごちそうだな」フィドマーン・カッサードがいった。「このローストビーフはどこで見つけた?」

「冷蔵庫だよ。食糧がぎっしりだ。船尾の食糧貯蔵室にも大型の冷凍庫がひとつある」

「電気冷凍庫ですか?」ヘット・マスティーンがたずねた。

「いや。二重断熱方式だ」

マーティン・サイリーナスがトランク上の瓶のにおいをかぎ、サンドイッチの皿のナイフを目にとめると、それで瓶の中身を大量にすくい、自分のサンドイッチにこってりと塗りつけた。ホースラディッシュだった。口に運ぶや、たちまち詩人の目に涙がにじんだ。

レイミアが領事にたずねた。

「この航海、どのくらいつづくんだい?」

手にしたカップの熱いブラックコーヒーを見つめ、もの思いにふけっていた領事は、はっと顔をあげ、きき返した。

「失礼、なんだって?」

「〈大叢海〉の横断だよ。どのくらいかかる?」

「山脈に到達するまで、ひと晩と半日——風さえ味方すればだがね」

「そのあとは……山越えにはどのくらいかかります?」ホイト神父がたずねた。

「一日とはかからない」

「ロープウェイさえ動いていればな」カッサードがことばをそえた。

領事は熱いコーヒーをすすり、顔をしかめた。

「動いていると仮定せざるをえまい。さもないと……」

「さもないと?」レイミアがうながす。

「さもないと、だ——」カッサード大佐があとを受け、開いた窓のまえに歩いていき、腰に両手をあてて説明した。「——〈時間の墓標〉から六百キロ、南の諸都市から千キロの位置で、立ち往生するはめになる」

領事はかぶりをふった。

「そうはなるまい。この巡礼を後援している教団の司教かだれかは、ここまでこられるように周到な準備をしていた。以後も目的地へたどりつけるよう、ちゃんと手配してくれるだろう」

ブローン・レイミアが腕組みをし、眉根をよせた。

「で、それにともなう……犠牲は?」

マーティン・サイリーナスが高笑いし、ワインの瓶をとりだした。

「みずからを生贄《いけにえ》に捧ぐは何者ぞ？
　いかなる緑の供物台に、おお神秘なる僧侶よ、
天に鳴く雌の仔牛を汝は導くや？
　艶やかな肌を花輪で飾りたてた仔牛を？
河辺の水郷《すいきょう》から、海辺の集落から
寂《じゃく》たる城砦聳《そび》える山間の小村から
　この敬虔なる暁に里人の消えたはいかに
されど小村よ、汝を貫く道はとこしえに
賑わうことなし。そなたの打ち捨てられしわけを
語る者、もどること能わざれば」

　ブローン・レイミアがチュニックのふところに手をつっこみ、小指ほどの大きさしかないカッティング・レーザーを引きぬくと、さっと詩人の頭に向けた。

「このしみったれたチビの下種野郎。あとひとことでもそんな戯《ざ》れ口をたたいてみろ……その場できさまを切り刻んでやる。脅しじゃないぞ」

　船内に突然の沈黙がたれこめ、聞こえるのはくぐもったゴロンゴロンという走行音だけとなった。しばらくして、領事はマーティン・サイリーナスに歩みよった。同時に、カッサード大佐が二歩動き、レイミアの背後に立った。

詩人は長々と瓶をかたむけると、黒髪の女性ににっとほほえみかけ、濡れた唇を開いて、詩の先をつづけた。

「おお、汝の死の船を造れ……おお、死の船を造れ！」

ペンシル・レーザーを握るレイミアの指はもう真っ白だ。領事はどうしてよいかわからないままに、いまにもレーザー・ビームが詩人の眉間を貫くのではないかとはらはらしながら、サイリーナスのそばににじりよった。カッサードは身の丈二メートルの影のごとく、レイミアの背後で身がまえている。

「マダム——」一触即発の沈黙を破ったのは、奥の壁ぎわの寝棚に腰かけた、ソル・ワイントラウブだった。「ここには幼な子もいることを指摘せねばなるまいかね」

レイミアは右に視線を向けた。ワイントラウブは備えつけの戸棚から深い引きだしをぬきとって、寝棚の上に乗せ、ベビーベッドにしたてあげていた。赤ん坊を湯浴みさせ、詩人が詩を吟ずるまぎわ、静かに部屋にはいってきた学者は、いまは詰め物を敷いた引きだしのなかに、そっと赤ん坊を寝かせようとしているところだ。

「すまなかった」ブローン・レイミアは小型レーザーをおろした。「この男があまり……腹のたつことばかりいうもんだから」

ワイントラウブはうなずき、そっと引きだしをゆすった。風萊船の大ぶりの揺れ、それに巨大車輪の絶え間ない振動音が加わって、赤ん坊はすでに眠りについているらしい。

学者はいった。

「みな疲れているし、気を張りつめさせてもいる。今夜はもう寝床にはいって、寝《やす》んではどうかな」

レイミアは嘆息し、武器をベルトにつっこんだ。

「あたしは眠れそうにないな。いろいろと……奇怪なことばかり起こるから」

一同もうなずいた。マーティン・サイリーナスは船尾の窓の下の幅広い出っぱりにすわりこんでいたが、そこで立ちあがり、ぐびりとワインをあおると、ワイントラウブをうながした。

「それより、あんたの話を聴かせてもらえんかね、ご老人」

「同感ですね」ホイト神父がいった。疲労困憊して息も絶えだえのありさまだが、目だけはぎらぎらと熱に浮かされたような光を放っている。「話してください。到着するまえに、みんなの物語を聴き、吟味しなくてはなりません」

ワイントラウブは禿げ頭をつるりとひとなでして、

「聴いても退屈なだけだよ」といった。「ハイペリオンにくるのはこれがはじめてだ。怪物と遭遇したこともなければ、英雄的な行為とも関係ない。なにしろ、おまえにとってエピック・アドベンチャーはなにかと問われれば、ノートなしで講義することだと答える男の話だからね」

「それなら、なおのこと、けっこう」とマーティン・サイリーナス。「ナイトキャップがわりにちょうどいい」

ソル・ワイントラウブはため息をつき、眼鏡を押しあげると、こくりとうなずいた。あごひげには幾筋か黒い部分も残っているが、全体はほぼごま塩だ。ベビーベッドの上のランタンを暗くして、学者は部屋中央の椅子に移動した。

領事はほかのランタンをすべて消し、希望する者にはコーヒーをついだ。ソル・ワイントラウブの話し方はゆっくりとしていて、いいまわしにも気をつかい、ことばづかいは正確をきわめた。ほどなく、彼の物語のゆるやかな韻律は、北をめざす風萊船のおだやかな振動と悠揚たる揺れに融けこみ、一体となった。

ニュー・スタンダードSF

ホログラム街の女
F・ポール・ウィルスン／浅倉久志訳

ホログラムに包まれた快楽の街で、クローン娼婦をめぐって起こった奇妙な事件とは……

クローム襲撃
ウィリアム・ギブスン／浅倉久志・他訳

電脳空間に没入し、データを盗むコンピュータ・カウボーイの活躍を描く表題作ほか収録

カウント・ゼロ
ウィリアム・ギブスン／黒丸　尚訳

新米ハッカーのカウント・ゼロは、電脳空間に没入中に防禦プログラムにつかまるが……

モナリザ・オーヴァドライヴ
ウィリアム・ギブスン／黒丸　尚訳

久美子は、女ボディガードやハッカーのボビイたちとともに電脳空間の冒険に旅立った！

スキズマトリックス
ブルース・スターリング／小川　隆訳

遺伝子工学で肉体を変形させる〈工作者〉リンジーは太陽系をさまようことになるが……

驚異のナノテクSF

女王天使〔上下〕
グレッグ・ベア／酒井昭伸訳

近未来のナノテク理想社会に潜むサイコパスを美貌の女捜査官が追う！　緊迫のSF長篇

〈ネビュラ賞受賞〉火星転移〔上下〕
グレッグ・ベア／小野田和子訳

二十二世紀火星に生きる人類を未曾有の動乱に陥れたのは地球だった!?　驚天動地の傑作

凍月《いてづき》
グレッグ・ベア／小野田和子訳

絶対零度達成実験により熱力学が崩壊したとき月に異変が……巨匠が描く異貌の人類文明

極微機械《ナノマシン》ボーア・メイカー
リンダ・ナガタ／中原尚哉訳

人体や精神の改変までも可能にする究極の極微機械とは？　ナノテクの未来を描く話題作

幻惑の極微機械《ナノマシン》〔上下〕
リンダ・ナガタ／中原尚哉訳

理想の世界を求めて、陥穽星をめざす宇宙船ネセレス号の人々を待ち受ける恐るべき罠！

現代SF傑作選

〈ネビュラ賞受賞〉
太陽の王と月の妖獣〔上下〕
ヴォンダ・N・マッキンタイア／幹　遙子訳

太陽王ルイ十四世と捕獲された謎の妖獣をめぐり繰りひろげられる華麗な歴史改変SF。

〈国際幻想文学賞受賞〉
人間以上
シオドア・スタージョン／矢野　徹訳

人々から厄介者として嫌われる五人が、協力して一体となったとき起こることとは……？

夢みる宝石
シオドア・スタージョン／永井　淳訳

不思議な能力を持つ生きた水晶を探しているカーニヴァルの団長の秘密とは……幻想SF

〈ヒューゴー賞／ネビュラ賞受賞〉
ブルー・シャンペン
ジョン・ヴァーリイ／浅倉久志・他訳

宇宙にただ一台しかない人工骨格をつけた孤独な少女を描く表題作ほか、名品六篇を収録

〈ヒューゴー賞／ネビュラ賞受賞〉
残像
ジョン・ヴァーリイ／冬川　亘・大野万紀訳

三重苦の人々がみずからの手で作りあげたコミューンを感動的に描く表題作など九篇収録

訳者略歴　1956年生、1980年早稲田大学政治経済学部卒、英米文学翻訳家　訳書『エンディミオンの覚醒』シモンズ、『知性化戦争』ブリン、『タイムライン』クライトン（以上早川書房刊）他多数

HM=Hayakawa Mystery
SF=Science Fiction
JA=Japanese Author
NV=Novel
NF=Nonfiction
FT=Fantasy

ハイペリオン
〔上〕

〈SF1333〉

二〇〇〇年十一月二十日　印刷
二〇〇〇年十一月三十日　発行
（定価はカバーに表示してあります）

著者　ダン・シモンズ
訳者　酒《さか》井《い》昭《あき》伸《のぶ》
発行者　早川浩
発行所　株式会社早川書房
郵便番号　一〇一 - 〇〇四六
東京都千代田区神田多町二ノ二
電話　〇三-三二五二-三一一一（大代表）
振替　〇〇一六〇-三-四七七九九
http://www.hayakawa-online.co.jp

印刷・三松堂印刷株式会社　製本・株式会社川島製本所
Printed and bound in Japan
ISBN4-15-011333-5 C0197